Colecionador de Lágrimas

HOLOCAUSTO NUNCA MAIS

AUGUSTO
CURY

O Colecionador de Lágrimas

HOLOCAUSTO NUNCA MAIS

Planeta

REVISÃO DE PROVAS Francisco José M. Couto, Tulio Kawata, Gabriela Ghetti
DIAGRAMAÇÃO S4 Editorial
CAPA Marcílio Godoi

CIP-BRASIL. CATALOGAÇÃO-NA-FONTE
SINDICATO NACIONAL DOS EDITORES DE LIVROS, RJ

C988c

Cury, Augusto, 1958-
O colecionador de lágrimas : Holocausto nunca mais/Augusto Cury. - 1.ed. - São Paulo : Planeta, 2012.
376p. : 23 cm

ISBN 978-85-422-0008-9

1. Holocausto judeu (1939-1945) - Ficção. 2. Guerra Mundial, 1939-1945 - Ficção. 3. Ficção brasileira. I. Título.

12-1957. CDD: 869.93
CDU: 821.134.3(81)-3

Grafia atualizada segundo o Acordo Ortográfico da Língua Portuguesa de 1990, que entrou em vigor no Brasil em 2009.

2013

EDITORA PLANETA DO BRASIL
Avenida Francisco Matarazzo, 1500 | 3º andar | conj. 32B
Edifício New York | 05001-100 | São Paulo | SP
www.editoraplaneta.com.br
atendimento@editoraplaneta.com.br

Dedicatória

Dedico este romance histórico/psiquiátrico a todas as vítimas do Holocausto, em especial às crianças, que deveriam ser tão livres no jardim da existência quanto as borboletas nos bosques floridos, mas infelizmente foram cruel e impiedosamente ceifadas... Este livro é mais uma pequena tocha para manter acesas suas histórias. Dedico-o também às crianças de todas as gerações que, direta ou indiretamente, foram vítimas dos mais diversos tipos de "holocaustos". Uma espécie que não protege carinhosamente os seus filhos não é digna de ser viável.

Dedico-o também aos mais importantes e dos menos valorizados profissionais das sociedades modernas: os professores. Eles são tão ou mais importantes do que os psiquiatras e os juízes de direito, pois lavram os solos da psique dos seus alunos para que protejam sua emoção, gerenciem seu estresse, desenvolvam o altruísmo e acima de tudo se tornem autores da sua própria história, para que não adoeçam nem cometam crimes. Os professores são heróis anônimos, com uma mão escrevem num quadro, com a outra mudam a humanidade quando iluminam com seu conhecimento a mente de um aluno... Eu não me curvaria diante de uma celebridade ou autoridade política, mas curvo-me diante dos educadores, especialmente dos professores de história e sociologia, que, como colecionadores de lágrimas, tal qual o protagonista deste romance, sabem que uma sociedade que não conhece sua história está condenada a repetir seus erros no presente e expandi-los no futuro. Parabéns por acreditarem na educação e investirem nesta espécie belíssima, complexa e paradoxal, que ousa conhecer o mundo de fora, mas é tímida em conhecer a sua essência.

Sumário

PREFÁCIO

Não deveríamos fugir do Holocausto perpetrado pelo nazismo na Segunda Guerra Mundial. Primeiro, porque ele é parte fundamental da nossa história, a história da humanidade. Segundo, porque é provável que a maioria das pessoas, dos mais diversos continentes, inclusive do europeu, desconheça seus fatos primordiais. Terceiro, porque a história pode se repetir de múltiplas formas e com múltiplas roupagens. Quarto, porque não há garantias de que a educação clássica que nos arremete para fora, para conhecermos dos segredos dos átomos até a intimidade das células, que nos seduz com milhões de dados que passeiam pela matemática à física, possa produzir uma massa crítica capaz de prevenir em tempos de crises econômicas e sociopolíticas a ascensão de novos "Hitlers", portando soluções mágicas radicais e inumanas. Quinto, porque quem tem contato com a dor humana e a trabalha com maturidade tem mais possibilidade de ser emocionalmente saudável. Fugir do contato com a "dor" pode bloquear o desenvolvimento de habilidades para superá-la.

Esses foram alguns dos temas de minhas conferências sobre a educação do século XXI e o processo de formação de pensadores em alguns países do leste europeu, como a Sérvia e a Romênia, por ocasião do lançamento de meus livros. Países belíssimos geográfica e afetivamente, que eu desconhecia e que foram também surpreendidos pelas garras de Adolf Hitler. A Sérvia, a Croácia e as demais nações de origem eslava, inclusive a Rússia, foram consideradas pertencentes a uma raça inferior pela pseudociência do nazismo. Após essas minhas conferências, aproveitei para conhecer o Museu do Holocausto na Polônia, situado na região da Cracóvia, onde foram construídos os três campos de concentração de Auschwitz.

Com meu guia, perito em história, discuti muitos detalhes daqueles anos dramáticos. Primeiro passei pelo Campo I e, entre inúmeros fatos chocantes, vi milhares de sapatinhos das crianças e suas maletas com as datas de nascimento e suas origens. Cortava o coração verificar o que homens insanos fizeram com os meninos e as meninas da nossa espécie. Quando entrei no Campo II, o mais atroz deles, Auschwitz-Birkenau, logo na entrada, tive um impacto extraordinário. Um grupo de homens de mãos dadas cantava em círculo e dançava ao som de um violão. Outro grupo, de mulheres, os envolvia também em círculo e os aplaudia. Era uma cena impensável naquele ambiente, uma alegria incompreensível num local cujas paredes testemunharam sofrimentos inexprimíveis e cujo solo foi palco de atrocidades inimagináveis. Definitivamente, não era um lugar para cantar e dançar. Parecia uma violação à história. O que eles cantavam e que os motivava?, perguntei-me, chocado. Então descobri: cantavam em hebraico. Era um grupo de judeus que celebravam que seu povo ainda vivia.

Embora eu seja publicado em Israel, não entendo nada da língua hebraica. Logo me foi traduzido o conteúdo da canção. Vislumbrei, admirado, que eles não fugiam da dor com seu cântico, mas, cientes dela, tinham a coragem e a sensibilidade de homenagear a vida naquele inferno nazista. Contudo, tinham eles motivos para festejar? Festejavam porque ainda acreditavam no ser humano, apesar de tudo: apesar de seu povo ter vivido o ápice da dor física, o topo da ansiedade e da depressão, os patamares mais altos da discriminação, o extermínio cruel e industrial de homens, mulheres, idosos, crianças, adolescentes...

Batiam palmas porque tinham aquilo que nós, na ciência, não compreendemos nem lhes podemos dar, fé: acreditavam que o espetáculo da vida continuava para aqueles que se despediram dessa breve existência, ainda que de forma completamente injusta e brutal! E criam também que a vida precisava pulsar com dignidade e prazer para os que ficaram. Jamais esquecerei essa cena. Nós, psiquiatras, tratamos de depressão, mas nossas técnicas e nossos medicamentos, por mais atuais e eficazes que sejam, não produzem a alegria e o encanto pela existência. Com lágrimas nos olhos, eu os acompanhei.

Num determinado momento da visita a Auschwitz-Birkenau, fiz uma pergunta inesperada ao meu guia: "Não o perturba falar sobre esses assuntos diariamente?". Sincero, ele me disse que já se abalou muito, mas hoje sentia certo distanciamento. E mostrou desconforto com suas palavras, pois não queria passar a impressão de que era um especialista em ganhar a vida falando das mazelas dos outros. Tentando aliviá-lo, comentei que a função dele era relevante, era educativo-preventiva. Ele sorriu e me agradeceu.

Na realidade, seu distanciamento não ocorria apenas porque ele assim se programara, mas pela ação espontânea e inconsciente do fenômeno da psicoadaptação, um mecanismo de defesa que surge no cerne da psique para nos ajudar a sobreviver às intempéries. Muitas vítimas, dentro dos campos de concentração, tinham desenvolvido esse mecanismo. Disputavam acirradamente um mísero pedaço de pão. Em seguida, mais íntimo de mim, o guia confessou que o que mais o abalava era crer que não era possível que todos os cerca de 8 mil policiais nazistas de Auschwitz fossem psicopatas. É uma questão crucial. Sabendo que eu investigava a psique humana, queria saber minha opinião. Esse assunto aparecerá ao longo desta obra, e apenas adianto que há uma diferença gritante entre um psicopata clássico e um psicopata funcional, entre uma mente doente que foi forjada por traumas ao longo da formação da personalidade e uma mente frágil, capaz de ser adestrada por ideologias radicais. Ambos cometem crueldades inimagináveis, mas têm origens distintas.

Adolf Hitler, um austríaco tosco, rude, inculto, usou técnicas sofisticadíssimas de manipulação da *emoção* para se agigantar no inconsciente coletivo de uma sociedade à qual não pertencia, a Alemanha. É provável que fiquemos perplexos ao passearmos pela infância e formação da personalidade daquele que se tornou um dos maiores monstros, se não o maior sociopata, da história, mas ficaremos igualmente impressionados com a complexidade da sua mente e com o magnetismo social fomentado por ele e seus asseclas, em especial Goebbels, seu ministro de Propaganda. Antes de devorar os judeus, eslavos, marxistas, homossexuais, ciganos, maçons, Hitler usou estratégias sofisticadíssimas para devorar a alma dos alemães, um dos povos mais cultos do seu tempo, portador provavelmente da melhor educação clássica.

Mas por que escrever um romance sobre a Segunda Guerra Mundial? Um romance produz uma abertura e uma liberdade maior para tentar reconstruir o drama e os fatos históricos, e quem sabe esse formato possa despertar o interesse não apenas de adultos como também dos jovens para expandir sua cultura sobre esse tema fundamental da história. Os jovens germânicos daquela época aderiram em massa às ideias megalomaníacas do nazismo.

Procurar escrever este romance dos ângulos da psiquiatria, da psicologia, da filosofia, inclusive da sociologia, tocou as raízes da minha emoção, gerou-me insônia. Nunca mais serei o mesmo... Sempre abordei os grandes conflitos psicossociais em meus livros de ficção e não ficção, inclusive o cárcere da emoção em sociedades democráticas. Agora chegou a vez de falar sobre o Holocausto. Há cerca de dez anos, nos intervalos das minhas obras, tenho trabalhado na arquitetura deste romance. Estudei muitos livros de história procurando garimpar detalhes para tentar formar um quadro psicossocial sobre o autor e ator principal da mais dramática e violenta "ópera" social, Hitler. *O historiador aponta os fatos e ambientes, o ficcionista constrói personagens, e o psiquiatra e o psicoterapeuta transportam-se para dentro deles. Dessas atuações, a última mexeu com minha estrutura.*

Por ser este um romance histórico, diferentemente de outros romances, fiz questão de colocar, à medida que a trama se desenvolvia, diversas referências bibliográficas que apontam alguns dos textos dos livros que estudei para escrevê-lo. Foi uma tarefa extenuante e um aprendizado constante. Apesar de todo o meu esforço, peço desculpas sinceras pela imperfeição desta obra.

É possível imaginar a dor de um ser humano que semanas antes era um médico, empresário ou profissional respeitado e subitamente foi arrancado de seu ambiente social e tratado como verme num campo de concentração? É possível vivenciar a tortura emocional de mulheres que frequentavam festas e usavam roupas confortáveis e abruptamente foram atiradas como animais em trens fétidos para, se tivessem sorte, serem escravas, se não, serem asfixiadas sumariamente? E sobre as crianças judias, que, antes de serem judias, eram filhas da humanidade? Elas brincavam com seus amigos e se escondiam atrás das árvores, mas abruptamente foram arrancadas de suas escolas, transportadas em condições inumanas, sem água nem comida, e silenciadas numa câmera de gás como se fossem objetos. E o que poderíamos dizer dos doentes mentais alemães, que mereciam diletos afetos e solenes apoios para suportar o caos de um transtorno psíquico, mas foram eliminados pelo nazismo para purificar a raça ariana? Não, definitivamente não é possível resgatar o pesadelo sofrido pelas vítimas do Holocausto, mas tentei.

Muitos me disseram: por que entrar nessa seara? Por que não escolher temas menos complexos para desenvolver? Sinto-me atraído para escrever sobre esse drama. Minha responsabilidade perante milhões de leitores em mais de sessenta nações não é produzir uma obra que faça sucesso, mas que possa trazer alguma contribuição à consciência crítica e à formação de mentes livres. A violência não é produzida apenas por seus patrocinadores, mas também pelos que se calam sobre ela...

Fiquei convicto de que o Holocausto patrocinado pelos nazistas não foi apenas um acidente histórico violento e inumano, mas colocou em xeque a viabilidade da única espécie que pensa e tem consciência que pensa, pelo menos quando submetida a determinados níveis de estresse político-econômico-cultural. Não havia regras nem justificativas para matar, ainda que todas elas sejam inaceitáveis e insanas, eliminava-se pelo simples prazer mórbido de eliminar.

Penso que a educação que contempla somente as competências técnicas, que não esculpe a resiliência, o altruísmo, a generosidade, a capacidade de se colocar no lugar dos outros, de expor e não impor as ideias, e, em especial, de pensar como humanidade, não previne novos holocaustos, não viabiliza a espécie humana para seus futuros e cáusticos desafios, ainda que promova o PIB (produto interno bruto). Somos americanos, europeus, asiáticos, africanos, judeus, árabes, muçulmanos, cristãos, budistas, ateus..., mas acima de tudo constituímos uma única e grande família, a humanidade. Pensar como espécie é a mais nobre e sofisticada de todas as funções da inteligência, mas uma das pouquíssimas desenvolvidas. Este romance disseca que somos equipados, treinados e até viciados em pensar como grupo social. E quem pensar como grupo racial, político, acadêmico, religioso, muito acima da espécie humana, terá dificuldade de desenvolver um romance com a humanidade. Poderá não contribuir para aliviar suas dores nem promover a tolerância e a paz social, mas terá grande chance de aumentar suas chagas...

CAPÍTULO 1

O TERROR NOTURNO

Sem gritar nem chorar, pais e filhos judeus tiravam as roupas, reuniam-se em círculos familiares, beijavam-se e despediam-se uns dos outros, esperando por um sinal de outros homens da SS[*] *que ficavam perto da vala com chicotes nas mãos. Durante os 15 minutos que estive presente naquele cenário, não ouvi nenhum pedido de clemência diante do pelotão de fuzilamento... O que mais me abalou foi presenciar uma família de umas sete pessoas, um homem e uma mulher de aproximadamente 50 anos, com duas filhas, de 20 e 24 anos, três meninos, de 10, 7 e um de apenas 1... A mãe segurava o bebê. O casal se olhava com lágrimas nos olhos. Depois, o pai segurou as mãos do menino de 10 anos e falou com ele ternamente; o menino lutava para conter as lágrimas. Então ouvi uma série de tiros. Olhei para a vala e vi os corpos se contorcendo ou imóveis em cima dos que morreram antes deles...*[**1]

**Schutzstaffel* (SS) ["Tropa de Proteção"], criada inicialmente como guarda pessoal de Hitler (daí o nome), tornou-se com o tempo uma enorme organização paramilitar do Partido Nazista que se encarregava, entre outras funções, do projeto de extermínio em massa nos campos de concentração.

** Testemunho real de um observador sobre o extermínio judeu.

— Não! Não. Covarde! Omisso!

Júlio Verne movia-se na cama em estado de choque; tivera um pesadelo com um dos fatos mais sombrios da Segunda Guerra Mundial. Acordou subitamente com o coração palpitando, as artérias pulsando, os pulmões ansiosos em busca de oxigênio, as mãos gélidas e hematidrose (suor sanguinolento desencadeado em casos raríssimos de intenso estresse). Autoflagelava-se batendo em seu rosto e bradando:

— Sou um fraco! Por que não reagi?!

E chorava copiosamente, embora as lágrimas raramente fizessem parte do cardápio dos seus sentimentos.

Katherine, sua esposa, assombrada, acendeu a luz do abajur.

— O que foi, Júlio...? O que aconteceu?

Sem prestar-lhe atenção, ele, em estado de pânico, continuava punindo-se.

— Sou um crápula! Omisso!

Perturbada, ela viu o rosto dele sangrando em completo desespero. Sentou-se na cama, angustiada. Parecia que seu marido estivera numa guerra e cometera um crime imperdoável. Conheceram-se oito anos antes e havia cinco estavam casados. Uma relação estreita, íntima, regada a prazer; pensara que o conhecia tão bem, mas, surpresa, jamais presenciara uma reação dessa. O homem com quem ela resolvera dividir sua história era intelectualmente inteligente. Nunca o vira ter insônia, sono fragmentado ou ser alvo de terror noturno, muito menos se mutilar. Parecia que naquela fatídica noite um brutal predador e uma frágil presa habitavam na mesma mente.

Júlio Verne, observador, determinado, perspicaz, bem-humorado. Analítico, mas com rompantes de ansiedade. Dosado, mas jamais rejeitava uma polêmica. Poliglota, falava cinco idiomas: inglês, sua língua materna, alemão, francês, polonês e hebraico. Brilhante orador, uma mente sofisticada, um homem incomum. Cursou psicologia, foi notável como aluno e mais notável ainda como psicoterapeuta clínico e professor de psicologia, mas um acidente de percurso mudou seus planos. Logo após terminar seu mestrado, um desastre de carro com múltiplas fraturas o imobilizou por seis meses. Acamado, recorreu a livros científicos. Mas, entediado, perdeu a atração por eles; precisava de doses de aventura. Reatou uma paixão antiga, livros de história, especialmente sobre a Segunda Guerra Mundial. Devorou-os dia e noite como um faminto que há tempos andava subnutrido.

Convalescido, tomou uma atitude que chocaria seus amigos e decepcionaria seus pais, cursar a mais fundamental das áreas do conhecimento: história.

— História, Júlio? Seu salário vai despencar — disseram seus pais.

— Porém, uma paixão me move.

— Mas um psicólogo não deve ser controlado por paixões — disseram seus amigos.

— E por que não? Razão sem emoção é uma terra sem fertilidade.

Quando decidia algo, não recuava. Terminada sua nova faculdade, deixou o *set* terapêutico para se arriscar nos palcos da sala de aula. E brilhou, embora sua conta bancária nunca mais fosse a mesma. Já tinha mestrado em psicologia, decidira agora fazer doutorado em história, cujo tema envolvia a mente dos grandes ditadores. Intrépido, casou essas duas ciências humanas e tornou-se um especialista no perfil psicológico, *marketing*, ações e influências de sociopatas no tecido social, em especial dos nazistas.

O professor era de origem judaica, tinha 38 anos, morava em Londres, a cidade que no fim da primeira metade do século XX fora a capital da resistência ao nazismo. Filho único, 1,83 m, cabelo liso, preto, magro, nariz que se sobressai na arquitetura facial, olhos amendoados e castanhos. Fora dos padrões de beleza, mas atraente. Recebeu o nome Júlio Verne por causa do fascínio de seus pais, Josef, comerciante de artes e de produtos eletrônicos, e Sarah, proprietária de uma requintada loja de grife feminina, pelo lendário escritor francês Júlio Verne. Josef e Sarah viajavam nos livros desse autor e sonhavam que seu filho, quando crescesse, libertasse seu imaginário e fosse um viajante no tempo. Só não sabiam que um dia ele o faria literalmente, primeiro em seus pesadelos e depois...

O dramático pesadelo do professor o levou pela primeira vez a sair das páginas dos livros para o pulsar da história, vivenciando em seu psiquismo os horrores provocados por Hitler. Jamais havia tido a sensação de ter sido transportado no tempo com tanto realismo. Respirou a história. Mente invadida, tranquilidade furtada, ânimo esfacelado, dissipou-se sua serenidade.

— O que fiz? Por que me calei? Por quê?

Dizia para si, ainda ofegante, Júlio Verne, que em seguida contou para Katherine os detalhes do seu pesadelo. Tinha como cenário o relato de Berthold Konrad Hermann Albert Speer, arquiteto-chefe do nazismo, ministro do Armamento e amigo pessoal de Hitler. Após o término da Segunda Guerra Mundial, Speer, um dos entusiastas da construção da capital mundial sonhada pelo nazismo, contou para o tribunal de Nuremberg, instalado para julgar os crimes de guerra, sobre o assassinato de famílias judias que ele presenciara.[2] O arquiteto do nazismo vira de perto a grande obra de Hitler, o extermínio em massa de pessoas inocentes com requintes de crueldade. O professor não apenas sonhara com esse fato histórico, mas viu-se e sentiu-se participando em "carne e osso" do evento.

Katherine ficou abalada com a descrição.

— Querido, se acalme. Estamos aqui saudáveis e em nossa cama. — E, tentando abrandar sua ansiedade, o abraçou afetuosamente, mas ele não se permitiu.

— Eu estava lá, Kate. Eu estava lá...

Kate era o nome carinhoso pelo qual a chamava.

— Como assim, estava lá? — indagou ela, preocupada.

— Eu estava nesse episódio...

— Mas foi só um pesadelo — disse ela, intervindo.

— Sim! Porém, não foi uma invenção do meu psiquismo. Foi um drama histórico. Contudo, eu... eu me acovardei. Como pude fazer isso?

— Mas se foi um massacre judeu, porque em seu pesadelo você não foi assassinado?

— Esse era o problema. Eu não estava na pele dos judeus. Não estava sob a mira dos carrascos, ao contrário, estava trajando um uniforme da SS. Estava ao lado de Albert Speer... — E respirou prolongadamente: — Eu vi aquelas famílias morrendo na minha frente. Vi mães e crianças assassinadas impiedosamente. Sabia que eles pertenciam à minha raça. Mas não gritei em favor delas. Traí tudo o que penso.

— Mas tudo ocorreu em seu inconsciente. Todos sabem que você é um humanista, um...

— Será que sou mesmo? Será que não sou uma farsa...? — disse Júlio Verne, roçando as mãos no rosto, numa atitude desesperada, de quem começou a desconfiar de suas verdades.

Tensa, ela fez mais uma tentativa para proteger seu homem, cuja marca pessoal era a "capacidade de se refazer", agora, temporariamente fragmentada.

— Não se culpe... Lembre-se de um dos seus próprios pensamentos: "Quando a vida está em risco, o instinto de sobrevivência prevalece sobre a solidariedade"...

Mas a tentativa dela só piorou seu estado.

— Eu cunhei esse pensamento para entender as loucuras dos outros. Jamais pensei em aplicá-lo para entender as minhas loucuras. Não fui solidário, não protegi crianças inocentes, acovardei-me, ainda que inconscientemente, para me preservar.

Embora ele quisesse colocar a cabeça debaixo do travesseiro e não sair de casa, precisava se preparar para mais uma jornada de trabalho. Inconsolado, levantou-se rapidamente e foi se arrumar.

Júlio Verne foi apresentado a Katherine quando já era professor de história, e a conheceu na sala de professores da universidade. Cabelos pretos, longos, ondulados, olhos verdes, 1,65 m, 32 anos, seis anos mais nova que ele, atraía pela beleza física e, mais ainda, pela intelectual. Formada em psicologia social, era uma especialista em *marketing* de massa e em ciência da religião. Católica praticante, mas, assim como Júlio Verne, respeitava e até elogiava os diferentes. Tinha bons amigos não apenas entre seus pares acadêmicos como também entre muçulmanos, judeus, protestantes, budistas, ateus. Carismática, rápida no raciocínio, ousada, às vezes impulsiva, hipersensível, sofria por fatos que não aconteciam. Sonhava em ter dois filhos com Júlio Verne, mas a dificuldade de engravidar a atormentava.

Dois intelectuais, um judeu e uma cristã, viviam harmônica e afetivamente. O segredo deles era simples: não tinham a necessidade neurótica de mudar um ao outro, respeitavam a cultura de cada um. Raramente um casal fora tão apaixonado e bem-humorado. Katherine teve muitos pretendentes, mas ficou encantada com o professor de história, uma mente provocadora, instigante, que sabia que o tamanho das perguntas determina a dimensão das respostas. Seu intelecto era uma fonte insaciável de indagações, daí surgia a predileção dele por discussões, debates, saraus, mesas-redondas. Mas os anos se passaram, e o sucesso acadêmico bateu-lhe à porta, e foi um desastre.

Os aplausos e reconhecimentos se tornaram o único veneno que conseguiu asfixiar a mente do mestre. Intelectual renomado, escritor admirado (cinco livros publicados em mais de trinta países), o professor Júlio Verne deixou de se nutrir com o cardápio das dúvidas. Sua capacidade de perguntar, de passear por novas ideias, entrou em coma induzido. O pensador se apagou. A chama que fascinava Katherine estava se debelando. Suas aulas ainda eram didáticas, bem articuladas e tinham riqueza de detalhes, mas não oxigenavam o psiquismo dos seus alunos, não encantavam suas plateias, nem geravam introspecção e consciência crítica. Já não era um formador de pensadores, mas de repetidores de informações. Esquecera-se da frase que o movera no início de sua carreira: "No dia em que um professor deixar de provocar a mente de seus alunos e não mais conseguir estimulá-los a pensar criticamente, estará pronto para ser substituído por um computador".

Fez essa frase para outros mestres, era difícil aceitar que esse dia chegara para ele... Era igualmente difícil aceitar que preparava o alimento do conhecimento para uma plateia que não tinha apetite intelectual. A notável cultura de Júlio Verne não possuía sabor, induzia ao sono. Até que outro acidente de percurso, tão ou mais forte quanto o que o levara a ser um professor de história, começou a resgatá-lo: seus terrores noturnos...

Arrumou-se em cinco minutos. Nunca dera importância para roupas de grife nem para combinações estéticas, Katherine o monitorava nessa área. Não tomou café da manhã, apetite zerado. Apenas pediu desculpas para a mulher que amava:

— Eu vou me recompor, Kate. Obrigado mais uma vez por investir em mim — falou afetivamente. Ela não o acompanhou, não tinha atividades na universidade nessa manhã. Mas lhe pediu:

— Cancele suas aulas, você não está bem. Olhe para o seu rosto.

— Bem que eu queria, mas como? Os alunos estão me esperando. Não são culpados pelas minhas mazelas psíquicas.

Beijou-a suavemente e se despediu. Os pesadelos começaram a se suceder noite após noite e fatos perturbadores começaram a ocorrer durante o dia, abalando-o e nutrindo a sua ansiedade, mas também, de algum modo, libertando-o do calabouço da mesmice e fazendo seu psiquismo voltar a se aventurar. Voltaria a brilhar em sala de aula, mas o preço era alto, muito alto...

CAPÍTULO 2

O TERROR EM SALA DE AULA

O professor, ansioso, sentiu que não deveria dirigir seu carro naquela manhã. Pegou o metrô e se misturou com a massa, algo que sempre apreciou, mas não naquele momento. Tentava evitar seus pensamentos acusadores, mas simplesmente não controlava sua mente. A universidade nunca esteve tão longe, sentiu. Mas precisava se tranquilizar, afinal de contas daria uma importante aula para uma classe exigente de estudantes de direito sobre o ambiente sociopolítico da Europa que antecedeu a Segunda Guerra Mundial.

Ao atravessar a avenida a três quadras da universidade, subitamente apareceu um carro desgovernado que vinha em sua direção. O motorista ziguezagueava como se estivesse alcoolizado ou não soubesse dirigir. Os olhos dele pareciam fixos no professor, que, num impulso instintivo, deu um salto e rolou no chão, escapando da colisão. O motorista bateu fortemente seu veículo num carro estacionado a dois metros dele e desmaiou.

O susto, intenso que foi, furtou sua atenção, aliviando a emoção da sobrecarga dos inquietantes pensamentos. Os passantes rapidamente tentaram socorrer a vítima. Como o homem estava inconsciente, aguardaram ajuda. Não tardou para as sirenes da polícia e da ambulância golpearem o ar com sons ensurdecedores. O professor não sofreu lesões maiores, apenas uma pequena escoriação do lado direito do rosto, o mesmo lado em que seu olho estava roxo pela automutilação produzida por seu pesadelo. Também sujou o lado esquerdo da sua camisa na altura do umbigo, mas, despreocupado com a estética, não retornou para casa, daria sua aula daquele jeito.

Antes de partir para a universidade, aproximou-se também do carro da vítima e perguntou sobre seu estado. Os socorristas queriam se livrar das perguntas dos curiosos, mas, informados de que o professor quase fora atropelado por ela, responderam-lhe apenas que talvez tivesse sofrido um traumatismo craniano e precisaria fazer exames urgentes. Era um homem de cerca de 40 anos, rosto comprido, aparência nórdica. Ao ser colocado na maca, Júlio Verne fitou-o e levou outro choque. Viu que o motorista portava um anel estranho na mão direita. Tentou se aproximar para vê-lo melhor, e eis que percebeu que parecia um anel de honra da SS, a violenta polícia do Partido Nazista, uma premiação oferecida a poucos membros dessa agremiação dirigida por Himmler. Queria se aproximar e tocar no anel, mas não foi possível, os paramédicos o afastaram.

O motorista entrava inconsciente na ambulância, enquanto o professor, com as mãos na cabeça, pensou alto:

— Não é possível! Um anel de honra da SS? Devo estar confuso pelo pesadelo que tive. — E, depois desse episódio, caminhou até a universidade.

Enquanto percorria os corredores da imensa instituição, sentiu o ar invadir com dificuldade seus pulmões. Os colegas professores o cumprimentavam e, ao mesmo tempo, ficavam perturbados com sua horrível aparência. Fácies com leves edemas e escoriação, órbita ocular direita arroxeada, camisa esgarçada, passos apressados, emoção tensa... Não tinha o mesmo sorriso, nem a mesma disposição para um breve diálogo.

Entrou na sala de aula. Esperou os alunos entrarem a conta-gotas. Era tangível sua inquietação e sua aparência imprópria, mas a maioria de seus distraídos alunos não as percebeu. Passou silenciosamente seus olhos pela classe e ficou decepcionado. Não havia nada de errado com a turma, esse era o problema. Conversas paralelas, jogos nos celulares, mensagens nas redes sociais, comportamentos de sempre, só não havia o prazer de aprender, pelo menos história. Era possível ouvir uma indiscreta conversa que dizia:

— História, que droga. Queremos ouvir processo criminal, civil...

Como era frequente, precisava exercer pressão para conquistar a atenção, algo que naquele momento passou a causar-lhe náuseas. Usaria a multimídia para dar mais uma aula didática e com riqueza de detalhes. “Mas para quê? E para quem?”, indagou angustiado. “O que estou fazendo aqui?”, questionou, no recôndito de sua mente, o seu papel como educador como há muito tempo não fazia.

Insatisfeito, meneou a cabeça, deixou o computador de lado e abandonou a didática rigorosa e as palavras dosadas. Mudou o assunto, aventurou-se em falar aquilo que borbulhava em seu psiquismo.

— Não houve geração que não produzisse insanidades, não houve povo que não formasse mentes estúpidas, mas nos dias de Adolf Hitler nossa espécie foi às raias da loucura. Terminada a guerra, instalou-se o tribunal de Nuremberg. Testemunhas oculares denunciaram os sofrimentos perpetrados nos campos de extermínio. Gemidos inexprimíveis de crianças e adultos fizeram parte do cardápio dos julgamentos. O que vocês pensam sobre isso, caros estudantes de direito?

Poucos queriam pensar no assunto. Enquanto Júlio Verne tentava viajar pelas atrocidades da Segunda Guerra, a maioria dos universitários continuavam a viajar em outros mundos, conversavam sobre esportes, música, moda, usavam seus celulares e outras distrações. Indignado com a indiferença deles, o professor elevou mais ainda o tom de voz.

— 8.861.800, esse foi o número provável de judeus sob o controle direto ou indireto dos nazistas nos países europeus. E calcula-se que eles exterminaram mais de dois terços deles, ou 5.933.900. Os números são a tal ponto gritantes que, se assassinassem um judeu por minuto, a máquina de destruição humana montada pelos nazistas demoraria dez anos trabalhando 24 horas por dia.

Alguns alunos, antes desconcentrados, ficaram impactados com esses dados, mas a maioria ainda permanecia indiferente. A dor dos outros não os perturbava. O professor esfregou suas mãos no rosto. Profundamente indignado, perguntou como se estivesse falando pelos ares:

— Que espécie é essa que elimina seus iguais como se fossem subumanos ou monstros? A meta de Adolf Hitler era o genocídio, varrer a raça judia, das crianças aos adultos, da Europa e, se possível, da face da Terra. Para Hitler e seus discípulos, não apenas os judeus, mas também os eslavos, ciganos, homossexuais, não eram seres humanos complexos e completos.

Enquanto falava, esforçou-se para não envolver seus sentimentos. Mas não teve êxito. Recordando as cenas de seu pesadelo, 100 mil células do seu sistema lacrimal contraíram-se e expulsaram lágrimas que serpentearam os vincos do rosto, denunciando a angústia represada nos secretos terrenos da sua emoção.

Tentou disfarçar seus sentimentos. Abaixou suavemente a cabeça e esfregou delicadamente os dedos da mão direita sobre os dois olhos e a fácies. Interrompeu o curso das lágrimas, mas não o movimento da sua emoção. Alguns se sensibilizaram, mas vários espectadores continuavam distraídos, nem sequer percebendo a comoção do mestre. Na era digital, a juventude perdia a capacidade de perceber o intangível, a história não mais aguçava o paladar do psiquismo nem arrebatava o imaginário de estudantes de direito, medicina, engenharia, psicologia, computação. Raras eram as exceções. Sentiu-se preso nas tramas da inutilidade como professor e nas garras do conformismo da classe. Sua ansiedade foi às alturas. Num rompante, falou destemidamente para os desconcentrados:

— A sociedade de consumo entorpeceu sua sensibilidade? Vocês têm olhos, mas enxergam o essencial?

Marcus e Jeferson, dois alunos de posições políticas extremistas, conversaram um com o outro em tom baixo, mas audível.

— Quem é esse cara para nos acusar dessa maneira? — falou Marcus para Jeferson.

— Esse professor é pago para nos ensinar e não para dar sermões! — completou, alto, Jeferson.

O professor ouviu e, pela primeira vez, questionou o papel da história, pelo menos a que ensinava, em prevenir a ascensão de psicopatas ao poder. O conhecimento, para mentes desfocadas, tornara-se semente estéril. Respirou profundamente e bateu fortemente na mesa.

— Estou falando de um dos maiores dramas da humanidade e vocês parecem indiferentes a ele?

O professor comentou que os campos de concentração eram campos de confinamento, cercados por arame ou outras barreiras e vigiados dia e noite. Um dos primeiros campos fora construído na África do Sul pela Inglaterra, na Guerra dos Bôeres, entre 1899-1902. Infelizmente, no fim da guerra, 26 mil mulheres e crianças morreram, muitas de infecção. Os campos de concentração se espalharam por todo o mundo. Nos Estados Unidos, depois do ataque a Pearl Harbor, foram confinadas 120 mil pessoas, em sua maioria japonesas com cidadania americana, um erro crasso. Até no Brasil, depois da declaração de guerra aos países do Eixo, em 1942, o governo criou doze campos de concentração para confinar alemães, italianos e japoneses.

— Nada se compara aos campos de concentração nazistas. Não eram campos de vigilância, mas de extermínio brutal e escravidão descomunal. Em 17 de março de 1942, o campo de Belzec desenvolveu "uma capacidade de assassinar" 15 mil pessoas por dia; em abril foi a vez de Sobibór, próximo da fronteira da Ucrânia, 20 mil por dia. Em Treblinka, 25 mil por dia.[3]

A grande maioria nem sequer ouvira falar desses campos. Eles não sabiam do resultado, não imaginavam que em Treblinka foram mortas 700 mil pessoas; em Belzec, 600 mil; em Sobibór, 250 mil; em Majdanek, 200 mil; em Kulmhof, mais de 152 mil.[4]

— Isso não os perturba, senhoras e senhores? — Mais da metade dos alunos ficaram impressionados com esses dados, mas alguns ainda bisbilhotavam no fundo da classe e faziam chacota sobre o professor descontrolado. — O que vocês sabem sobre Auschwitz?

Alguns futuros juristas tentariam ser magistrados, promotores ou criminalistas, mas poucos se interessariam em estudar a maior máquina de violação dos direitos humanos de todos os tempos. Conheciam dados superficiais.

— Foi um campo de concentração em que milhares de homens morreram numa câmara de gás — afirmou Deborah, uma de suas alunas, que vivia distraída com as redes sociais, mas que agora despertara.

Os alunos não sabiam que o gás usado em Auschwitz não foi o gás dos motores, o gás carbônico, mas um pesticida poderoso, o Zyklon B, à base de cianeto, que desprendia um gás altamente tóxico que asfixiava os pulmões e produzia vômitos e diarreias. Desconheciam o trabalho escravo ou as experiências pseudocientíficas realizadas sem autorização dos pacientes.

— Ok, Deborah, mas quem foi deportado para esse campo?

Inumeráveis idosos, mulheres e crianças foram deportados e ali exterminados. Havia alunos, inclusive de universidades de outros países, que acreditavam que Auschwitz não existiu, nunca tinham penetrado em águas profundas da história. A ignorância fazia com que os gravíssimos erros cometidos pelas sociedades modernas deixassem de ser pedagógicos para prevenir novas atrocidades no futuro.

— Calígula foi cruel, Stálin foi um sanguinário, Pol Pot foi um tirano, mas Hitler e o nazismo chegaram às raias do inimaginável. Durante seu julgamento, Rudolf Höss, o comandante de Auschwitz, comentou com uma ponta de orgulho que o campo era uma indústria de massacre sem falhas, desde a seleção dos que chegavam, à eliminação dos cadáveres e até ao aproveitamento dos seus pertences.[5] O professor explicou que Auschwitz, anexado pelos alemães em 1939 e criado na primavera de 1940, a partir de um antigo quartel, era uma instituição estatal administrada pela SS. Em 14 de junho de 1940, as autoridades alemãs destinaram ao KL[*] Auschwitz o primeiro transporte de 728 presos poloneses, a maioria políticos. Depois dos judeus, os poloneses

* KL significa *Konzentrationslager*, campo de concentração.

representaram o maior número de vítimas. A partir de 1941, os nazistas deportaram cidadãos de outros países. Durante seu funcionamento, os alemães enviaram para esse campo cerca de 1 milhão e 100 mil judeus, quase 150 mil poloneses, 23 mil ciganos, 15 mil prisioneiros de guerra soviéticos e 25 mil pessoas de outras nacionalidades.[6]

Evelyn levou as mãos à boca, espantada. Perguntou:

— Meu Deus, que absurdo! Como os judeus foram parar na Polônia em tão grande número se não havia transporte coletivo suficiente?

— Os judeus eram deportados em trens de gado, sob condições insuportáveis até para os animais. Não havia banheiros, camas nem comida suficiente. A viagem era um martírio — revelou o professor.

— Mas de onde eles vinham? Eram todos da Alemanha? — questionou Deborah, impressionada.

— Não. Os judeus foram deportados de muitas nações, indicando o desejo, insano e programado, de extermínio industrial: 438 mil da Hungria, 300 mil da Polônia, 69 mil da França, 60 mil da Holanda, 55 mil da Grécia, 46 mil da República Tcheca (Boêmia e Morávia), 27 mil da Eslováquia, 25 mil da Bélgica, 23 mil da Alemanha e Áustria, 10 mil da Iugoslávia, 7,5 mil da Itália, mil da Letônia, 690 da Noruega e 34 mil procedentes de outros campos. Resultado: mais de 1 milhão de judeus morreram nos três grandes campos de concentração de Auschwitz.[7]

Júlio Verne tinha todos esses dados na memória, mas seu pesadelo levou-o a ficar profundamente sensibilizado com eles. Franziu a testa e mais uma vez esfregou as mãos sobre os olhos.

— Mas que desculpas os nazistas davam para deportá-los? Era à força? — indagou Peter, despertando seu paladar para conhecer mais a história.

— Sim, era à força; mas, para disfarçar a máquina de destruição em massa, vendiam ilusões. Usavam megafones e espalhavam boatos para a população desses países dizendo que os judeus deportados que iam para o leste seriam assentados, receberiam casa, trabalho, ouviriam orquestras e praticariam esportes. Estes, deixando tudo o que possuíam, não sabiam que os fétidos trens eram o começo do holocausto.

O diálogo estava interessante, mas não para todos os alunos.

— E o que acontecia quando chegavam a Auschwitz? — comentou Lucy, uma aluna que raramente fazia alguma pergunta em classe.

— Imaginem a cena. Não lhes era permitido nem mesmo se sentar no chão. Chegavam extenuados, insones, famintos, deprimidos ao campo de concentração. Não se alimentavam, não tomavam água, nem sequer havia bancos para sentarem-se. Não lhes era permitido nem mesmo sentar-se no chão. Eram imediatamente separados por um médico da SS. Os aptos para o trabalho escravo eram poupados, os demais iam para as câmaras de gás.

— Incrível! Mas como iam para as câmaras de gás? Eles não resistiam? — indagou Lucas, um estudante aparentemente insensível, mas que agora estava comovido com essas informações.

— A fábrica de mentiras continuava. Eram enganados. Diziam-lhes que iriam tomar banho, se desinfetar. Inocentes, eles entravam lentamente na câmara da morte.

O professor ainda comentou que, a partir de 1942, também mulheres começaram a ser deportadas para Auschwitz. Representavam provavelmente a metade das vítimas das câmaras de gás. Juntamente com elas, traziam suas crianças. Fatigadas, carregavam suas malinhas, mas quando desciam dos trens não viam as promessas. Algumas perguntavam pelos pássaros, campos verdes e riachos, mas só encontravam o ambiente tétrico do campo. Os nazistas deportaram em torno de 232 mil crianças e adolescentes apenas para Auschwitz, a maioria das quais de origem judaica.[8]

Os alunos ficaram pasmados com esses surpreendentes dados. Os números e a forma de o professor expressá-los cativaram a atenção de boa parte deles. Mas Marcus, Jeferson e mais uma meia dúzia de alunos ainda insistiam em continuar conversando no meio da classe: nada de indignação, nada de inconformismo. Eram tempos sombrios, brilhantes na era digital, mas opacos no território psíquico. Perplexo com a insensibilidade deles, o professor bradou altissonante:

— Filhos do sistema cartesiano! Sintam-se livres para sair.

— "Filhos do sistema cartesiano"? Ele falou mal de nós ou nos elogiou? — perguntaram entre si os componentes desse grupo. E debochando disseram "o mestre surtou". Depois não houve dúvidas de que o professor, numa atitude incomum, estava com essa expressão criticando severamente os alunos.

— Ególatras! Poderão ser futuros juristas, mas com essa insensibilidade estarão aptos para conviver com leis, e não com seres humanos. Estarão habilitados para defender ou acusar máquinas, mas não mentes complexas. Discernem sons, mas não ideias, e muito menos sentimentos.

Marcus, 23 anos, um dos líderes da turma, sentiu-se ofendido. Já tinha preconceito contra judeus, e aproveitou para contrapor-se veementemente ao professor. Mas, como futuro advogado, tomou cuidado.

— Você ultrapassou os limites! Para defender sua raça, você nos difamou. Age com preconceito, como um insano!

O professor deu alguns passos à frente, fitou seus olhos nele e desferiu estas palavras:

— Não é minha raça que foi mutilada, mas a sua espécie, a nossa espécie! Você é incapaz de ver que foi a humanidade que se autodestruiu? Não percebe que o *Homo sapiens* falhou em usar o próprio pensamento para enxergar que no código genético não há judeus, muçulmanos, europeus, asiáticos, mas somente a família humana? Não enxerga que outros ditadores poderão surgir e devorar a mente de muitos? Em tempos brandos é fácil repudiar políticos psicopatas, mas em tempos de estresse socioeconômico quem tem consciência crítica para contrapor-se a eles? Você tem?

Marcus abalou-se, mas seu processo de reflexão distorcido e sua emoção saturada de ira bloquearam sua capacidade de interpretar, deram asas à sua repulsa. Não ficou indignado com os desvalidos da Segunda Guerra, mas profundamente indignado com a saia justa em que o professor lhe colocou.

— Você me injuriou!

Tentando defendê-lo, Jeferson, seu grande amigo, falou como um advogado em alto e bom som:

— Sim, você invadiu nossa privacidade, professor! Feriu nossos direitos! Isso não vai ficar assim.

O interessante é que ambos eram bons estudantes. Não tinham estereótipo de maus-caracteres. Aplicados, mas frios, dedicados, mas inflexíveis, o mundo tinha que girar na órbita deles. Tinham posições radicais não apenas contra judeus, mas também contra muçulmanos e imigrantes. Apoiado por seu amigo, Marcus ameaçou Júlio Verne:

— Vamos processá-lo!

— Processem-me! Mas antes saiam da posição de vítimas e sintam-se na posição de juízes para julgarem sua atitude perante a dor dos outros!

Eles quase caíram da suas carteiras diante dessas palavras, mas não se dobraram. Abalados com as ideias do professor, Marcus e Jeferson, juntamente com um terceiro aluno, saíram irados da classe. Os demais alunos que com eles conversavam se aquietaram. O clima ficou pesado, mas Júlio Verne, mostrando uma ousadia que perdera havia muito, explicou para a classe o que era ser filho do sistema cartesiano.

— René Descartes, o filósofo francês, exaltou solenemente a matemática e a posicionou como fonte das ciências. O sistema cartesiano expandiu os horizontes da física, química, engenharia, computação. Eis a consequência! — E apontou para o seu computador, os celulares dos alunos, a iluminação do ambiente, o sistema de som e a estrutura do edifício.

E depois de uma pausa o professor acrescentou, entristecido:

— A tecnologia está pulsando ao nosso redor. Mas o mesmo sistema lógico-matemático que nos fez exímios construtores de produtos sequestrou nossa emoção, prostituiu nossa sensibilidade, asfixiou a maneira como encaramos e interpretamos o sofrimento humano.

Os alunos nunca ouviram algo parecido. Alguns, atônitos, começaram, enfim, a entender a ideia central de Júlio Verne. Deborah, inquieta, disparou seu *insight*.

— Incrível. Tudo se tornou números frios.

— Sim, Deborah. A dor humana virou estatística.

Peter, embasbacado, comentou:

— Cem morreram em ataques terroristas no mês passado. Mil morreram de câncer esta semana. Dois mil se suicidaram nesta cidade no último ano. Milhões estão desempregados no país. Secos números que não nos impactam mais! Quais foram suas histórias, que crises atravessaram e que perdas sofreram? Quais os nomes dos mutilados na Segunda Grande Guerra? Pela fome, por traumas, rajadas de balas? Que história eles possuíam? Que lágrimas choraram? Que medos abarcaram o psiquismo deles enquanto se aproximavam do último fôlego da existência?

— Correto, Peter. Não vemos os outros pelos olhos deles, mas pelos olhos da matemática. — E, inspirando prolongada e profundamente, comentou: — A matemática adulterou nossa capacidade de enxergar as angústias e as necessidades dos outros a partir da perspectiva deles.

O professor fez um sinal de profundo contentamento com esses alunos.

Não se ouvia um zunido na classe. Em seguida, o próprio Peter teve a coragem de confessar:

— Penso que somos todos filhos do sistema cartesiano. Somos ávidos para julgar e lentos para acolher. Ainda hoje de manhã vi minha mãe chorando, deprimida. E, em vez de dialogar, fui insensível com quem mais amo e pensei: "isso é frescura!".

Enquanto discutiam sobre o inferno emocional das vítimas, um amigo de Jeferson, Brady, que havia permanecido na sala, estava impaciente. Com um cartesianismo arrogante, falou de dentro das raias da lógica.

— Mas essas informações não caem nas provas! Em que elas me ajudarão a ser um profissional melhor?

O professor colocou as mãos na cabeça e disse:

— Brady, elas poderão ajudá-lo a se tornar um ser humano melhor! — E completou, inconformado: — As provas medem nosso conhecimento, mas não nossa humanidade; aferem dados arquivados em nosso córtex, mas não nosso altruísmo; avaliam nossa capacidade de recitar informações, mas não de criar ideias. Se você ou qualquer um de seus colegas fossem capazes de derramar uma gota de lágrima por uma das vítimas da Segunda

Guerra e errasse todos os dados das minhas provas, eu lhe daria a nota máxima.

Dois outros alunos amigos de Brady saíram enraivecidos da classe, mas Brady ficou. Enquanto acompanhava os passos desses alunos, o professor foi transportado para o terror noturno que tivera. Lembrou-se de que estivera ao lado de Albert Speer como o mais tímido dos covardes. Ao recordar a cena, deixou escapar novamente algumas lágrimas, mas dessa vez não tentou disfarçar suas emoções. Em seguida, contou sobre o pesadelo e seu realismo. Antes de falar que estava na farda de um oficial da SS, comentou sobre a formação dessa temível polícia.

— Ela foi fundada pelo próprio Hitler. Como ele mesmo disse: "Convencido de que sempre há circunstâncias nas quais se fazem necessárias as tropas de elite, criei em 1922 as Tropas Adolf Hitler. Eram compostas por homens prontos para uma revolução e que sabiam que um dia as coisas poderiam chegar a uma situação difícil".[9]

— Mas a Alemanha não era um país democrático? Não havia os três poderes funcionando: o Executivo, o Legislativo e o Judiciário? Não era suficiente o aparelho judiciário para protegê-lo? Por que criou a SS? — indagou Peter, como "advogado".

Júlio Verne abordou que Hitler era paranoico — tinha ideias de perseguição. Vivia sobressaltado pelo medo de uma conspiração, fenômeno típico dos tiranos.

— Todo predador teme ser predado. Queria, portanto, uma polícia fiel, pronta para agir, capaz de protegê-lo contra os falsos amigos, membros das forças armadas, inimigos políticos e conspiradores internacionais.

Anos antes de ele ascender ao poder, a SS não deveria ter mais do que dez homens. De 1931 a 1932, próximo de Hitler se tornar chanceler,[10] seus membros aumentaram de 2 mil para

30 mil. E, a partir da sua ascensão ao poder, ela se tornou uma organização paramilitar de um gigantismo e uma crueldade sem precedentes, responsável inclusive por serviços de espionagem, execuções sumárias e pela indústria de extermínio em massa dos campos de concentração.

— Os membros da SS tinham um fanatismo quase religioso. Embora pertencessem à polícia do Partido Nazista, seus membros deveriam prestar lealdade incondicional não ao partido, mas ao Führer [guia ou líder] da Alemanha, como uma espécie de messias.

Vendo seus alunos profundamente atentos, o professor aproveitou o momento para rasgar sua alma, desnudar sua emoção. Falou sobre sua covardia e seu autoflagelo:

— Em meu pesadelo, eu estava na pele não dos judeus, mas de um oficial da SS.

Na classe houve um burburinho.

— Durante os minutos em que estive presente naquele cenário horrendo, vi famílias inteiras tirarem as roupas passivamente, sem fazer nenhum pedido de clemência. E assim eram fuziladas e atiradas nas valas. Fiquei paralisado, em pânico. Foi então que presenciei uma família composta por um pai e uma mãe de cerca 50 anos, com duas filhas jovens, um menino de 10, outro de 7 e um de apenas 1 ano.

Alguns alunos começaram a marejar seus olhos ao ouvir o relato do professor. Tiraram nota máxima na "prova da existência".

— O pai, não se importando com os fuzis dos soldados da SS, abraçou suas duas filhas ao mesmo tempo. Em seguida, beijou a testa da esposa, posteriormente fixou seus olhos no bebê e beijou sua cabeça. Depois agachou-se, beijou e abraçou o garoto de 7 anos, que não sabia o que estava acontecendo. E, por fim, pegou as mãos do garoto de 10 anos e dialogou com ele, um menino que não compreendia as causas, mas sabia que iria ser assassinado. Ele chorava, mas tentava conter suas lágrimas. Passava as duas mãos no rosto sem parar.

A voz do professor ficou embargada. A maneira como traduzia suas palavras e o movimento dos seus gestos libertaram o imaginário dos alunos, levando-os a enxergar a indecifrável cena de extermínio. O mestre recebeu gentilmente um lenço de uma das suas alunas e, depois de enxugar o rosto, continuou:

— Fiquei perturbadíssimo com o comportamento desse pai. E ia me perguntando: o que um pai diria a seu filho de 10 anos que está prestes a ser assassinado? É possível dizer "seja forte!"? Que palavras poderiam abrandar o terror dessa criança? Se esse pai cresse no Deus de Israel, preservaria ele sua crença diante dessa inimaginável atrocidade? Teria ânimo de falar da bondade desse Deus e da continuidade da existência para seu menino no momento em que seria silenciado sem piedade? Se fosse um humanista, perderia completamente a crença na viabilidade da espécie humana ou teria ainda fé na humanidade?

Nunca algumas poucas perguntas emudeceram tanto uma classe. E ele aproveitou para questionar:

— E vocês, se estivessem no lugar desse pai, o que diriam para seu filho?

Evelyn abortou o silêncio e, emocionada, comentou:

— Não sei. Não teria palavras para consolar uma criança que mal começara a vida e já era tratada pior que os animais.

— Eu também me emudeceria — confessou o professor.

— Mas esses fatos foram reais? — indagou, atônita, Elizabeth.

— Sim. Sonhei com fatos reais.

— E o bebê de 1 ano? O que passava na mente desses nazistas ao assassiná-lo? Que violência é essa? — indagou Peter quase sem voz.

— Pensar nesse bebê também me torturou. Não sabia como protegê-lo. Pensei em atacar os nazistas ao meu lado. Mas qualquer reação poderia me levar ao fuzilamento sumário. Pensei em gritar "As crianças não, o bebê não! Por que matá-los?", mas me calei, fui um covarde. Quando reuni forças para gritar, o som da minha voz foi abafado pelo som do fuzilamento. Acordei em profunda crise, como se tivesse traído o sangue do meu sangue.

— Mas foi apenas um pesadelo? — disse Deborah, tentando defendê-lo, tal como fez a mulher que ele ama, Katherine. O professor deu uma resposta contundente.

— Sentado em minha cama, pensei comigo: se me calei em meu inconsciente, será que também não me calaria numa cena real? E vocês, se estivessem lá, seriam mais nobres que eu? Não respondam, apenas pensem.

Os alunos saíram calados. Entenderam que eram humanos imperfeitos, sem vocação para heróis. Com essa pergunta, o professor terminou sua fala. A aula mexeu tanto com a estrutura deles que continuou a produzir reflexões, pois debateram o assunto nos intervalos.

Brady chegou até ele, apertou sua mão, agradeceu pela aula e pediu-lhe desculpas. O professor ficou feliz por tê-los instigado a pensar, mas a fatura era alta. Seria processado por alguns alunos. Porém, o processo estaria entre seus menores problemas. Uma perseguição implacável por parte de inimigos desconhecidos, que saíam dos porões do tempo, estava em gestação. Júlio Verne, que nunca tivera aptidão para o comércio de produtos, e sim pelo comércio das ideias, precisaria de muito mais que ideias para sobreviver...

CAPÍTULO 3

A CAÇA DE DOENTES MENTAIS

Cinco de dezembro de 1939. A neve caía ininterruptamente, embranquecendo casas, ruas, carros e até animais. No Asilo de Hadamar, o vento frio sibilava, roçando a pele e maltratando os doentes mentais mal agasalhados, obrigando-os a contrair e curvar o corpo enquanto caminhavam. Os Merkel cuidavam generosamente do asilo, à noite se recolhiam ao seu aposento dentro da instituição, pequeno, mas confortável, constituído de uma sala, dois quartos e um banheiro. O isolamento térmico, como em todo o asilo, era péssimo.

Os Merkel tinham acabado de jantar uma porção de repolho refogado, dois ovos repartidos para quatro pessoas, algumas fatias de queijo e um pão guardado a contragosto do almoço para aliviar a incansável fome noturna. À mesa estavam Günter Merkel, de 73 anos; sua esposa Anna, de 70 anos; Rodolfo, de 35 anos — o filho caçula, que não se casara. Também havia um estranho de origem judia, um "protegido", abalado pelo frio e, mais ainda, pela insegurança. Fora encontrado havia uma hora e estava faminto, fatigado e tremendo de frio. Não tivera tempo ainda para um diálogo aberto com seus anfitriões, precisava se aquecer, pois fazia -9ºC. Se não tivesse sido recolhido ao asilo, não sobreviveria.

Os Merkel eram sobremaneira altruístas, a ponto de dividirem a ração que recebiam do Estado com alguns dos doentes mentais mais debilitados da casa. O estranho olhava para os membros da família que o acolhera, percebia que tinham bem pouco. Não entendia por que haviam se arriscado a resgatá-lo. Eram tempos difíceis, a Polônia poucos meses antes fora invadida pela Alemanha, a Segunda Guerra Mundial começava a se desdobrar. Desconfiança, medo, carestia, fome eram esperados dia e noite, ainda mais naquele depósito de seres humanos portadores de doenças mentais.

Rodolfo ria sozinho. Olhava fixamente para o garfo, personificava-o e com ele dialogava. Dizia:

— Cuidado, amigo! Dou-lhe o direito de entrar na minha boca. Mas não me machuque! Ah, ah, ah...

— Rodolfo, fique quieto — expressou Günter.

— Deixe-o se divertir — interveio Anna, sempre paciente.

Rodolfo se envolvia com os seus delírios. Depois de personificar o garfo, fazia gestos bizarros batendo na testa para tentar afugentar os fantasmas da sua cabeça. De súbito, punha-se de pé e gesticulava contra "esses miseráveis" que queriam dominá-lo. Constrangida, a mãe tentou explicar os comportamentos do seu filho para o espantado judeu:

— Rodolfo sempre foi um bom menino. Aplicado estudante, tornou-se professor e se destacou numa escola secundária. Mas era intrépido, não tinha papas na língua. Hitler, que nunca amou a educação e sempre teve um pé atrás com os professores, demitiu muitos deles, considerados "suspeitos", de esquerda. Rodolfo foi um deles. Sentindo-se excluído e abatido, um dia sua mente se desorganizou, e ele começou a falar coisas desconexas.

Anna era de uma inteligência notável. Antes de se aposentar, fora pesquisadora de biologia e professora universitária. Günter havia sido funcionário público. No momento em que ela explicava as reações de Rodolfo, este olhava para o judeu, dava uma risada sutil e fazia sinais de que sua mãe estava "doida", que não sabia de nada do que acontecia na Alemanha. O hóspede se descontraiu e deu um sorriso contido. De repente, Rodolfo soltou esta frase:

— Numa guerra não há vencedores, há menos perdedores. Só as moscas vencem. Morte às moscas!

— Bravo, Rodolfo! Bravo! — aplaudiu o estranho, que pensou que o psicótico fosse mais esperto que ele. Mas, curioso, em seguida perguntou: — Se os judeus são caçados sem piedade pelas ruas e casas, por que vocês me acolheram?

Anna deu um intenso suspiro e, enquanto o ar adentrava-lhe os pulmões, ela penetrava nos olhos de seu marido, que lhe deu sutilmente permissão para falar.

— Anos antes das primeiras crises, Rodolfo era reservado e de poucos amigos, mas havia, entre eles, alguns da sua raça.

Rodolfo fez novamente movimentos com as mãos e face para o estranho, mas dessa vez valorizava as ideias de sua mãe.

— Hitler prendeu os judeus que eram amigos de meu filho. Abalado com essa intensa e violenta perseguição, ele começou a fazer críticas, na sala de aula e na sala de professores, à política nazista.

— Foram esses comportamentos que o levaram a perder a licença de professor. Afastado, deprimiu-se, o que precipitou sua doença mental — afirmou Günter.

— E para não abandoná-lo neste asilo, há três anos começamos a dirigi-lo. Só Günter recebe salário, e muito magro. O governo está nos abandonando.

Rodolfo passou a ter delírios de grandeza e, nesses delírios, tentava libertar seus amigos judeus. Em seu imaginário se dizia um grande oficial do Führer, mas não se sabia se o fazia porque ironizava o grande líder da Alemanha ou porque acreditava sê-lo. De repente, ao ouvir as palavras da mãe, pôs-se de pé, fez um sinal de saudação nazista e clamou: "*Heil, Hitler!*".* O estranho se assustou com sua reação. Em seguida, Rodolfo bateu continência várias vezes e pronunciou ainda mais alto:

— *Heil, Hitler!* Sou um general do Führer! Matem as moscas! Viva os judeus!

O hóspede mais uma vez não se conteve, deixando escapar uma risada, porque traduziu a expressão como uma sutil piada.

— Rodolfo, cale-se! — interferiu o pai. — Não coloque nossa vida em risco!

— Não o perturbe, Günter. Ninguém dá importância a ele. Que grite por nós e por todo este abrigo! — expressou, entristecida, Anna.

— Não! É melhor que Rodolfo silencie — falou o judeu. E acrescentou: — Hitler não apenas é o carrasco dos judeus, mas... — De repente interrompeu sua própria fala, fez uma pausa e mostrou uma expressão de apreensão. Anna, ansiosa, perguntou:

— Mas, o quê? Quem mais o Führer persegue?

Em vez de responder para a dócil mulher, o estranho olhou para Rodolfo e disse pausadamente.

— Os alemães desprotegidos.

— Os alemães? — falou, espantada e incrédula. Günter mexeu com a cabeça, discordando do forasteiro.

— Absurdo!

— Espere! Em que ano e mês nós estamos?

---

* "Salve, Hitler."

Os Merkel se entreolharam, acharam que o judeu estava confuso, sem orientação espaçotemporal, como a maioria dos doentes mentais do asilo. Talvez tivesse ficado mentalmente abalado pela perseguição que sofrera. Günter lhe respondeu, irritado:

— Todos sabem que estamos em dezembro de 1939!

O forasteiro gelou, mas agora não de fora para dentro, e sim da alma para o corpo. Tomado por uma visível inquietude, com a testa franzida, taquicárdico e, com as mãos sobre as faces, por instantes, interrompeu a respiração. Os Merkel não entenderam a sua reação. Parecia entrar em colapso diante de um predador prestes a devorá-lo. Sem fluidez na fala, indagou:

— Não é possível! Como vocês... ainda não foram invadidos?

— Por quem? — perguntou Anna.

— Pelos nazistas.

— Por que invadidos? Somos alemães, dirigimos uma instituição alemã e que cuida de alemães. Por que seríamos invadidos pelos nazistas? — disse Günter rispidamente. Rodolfo, enquanto a conversa se desenrolava, parecia distraído com seu bizarro comportamento.

O estranho engoliu saliva, não queria dar-lhes as mais tristes notícias de suas vidas. Calou-se. Mas Anna sentiu algo no ar. Seria o hóspede um perturbado mental ou guardava alguns importantes segredos? Ela, aflita, insistiu para ter plena liberdade de falar, mesmo na frente de Rodolfo. Era assim que se relacionavam, aberta e francamente.

— Hitler, em seu livro *Mein Kampf*,* dera uma forte indicação de como lidaria com os doentes mentais: defendia a esterilização deles. E em 1929, quando falou no congresso do Partido Nazista

* *Minha luta.*

sobre os mais frágeis da sociedade alemã, foi às raias da desumanidade, usou o argumento econômico e principalmente o da higiene racial para propor a eliminação de crianças especiais.

— Não é possível uma coisa dessas! — rebateu Anna. — Nós, mulheres, pelo menos a grande maioria, nunca ficamos sabendo disso. — Günter, que era filiado ao Partido Nazista, se calou.

Contudo, o forasteiro, emocionado, acrescentou:

— Nessa data, são dele estas palavras, Anna, proferidas nesse congresso: "Se a Alemanha viesse a ter 1 milhão de crianças por ano e se livrasse de 700 mil a 800 mil das mais fracas delas, o resultado seria um aumento da força".[11] Belas e dóceis crianças com traumas cranianos, paralisia cerebral, defeitos físicos, síndrome de Down e outras alterações genéticas, que precisariam ser protegidas como um tesouro inestimável da espécie humana, deveriam ser, na opinião de Adolf Hitler, eliminadas.

Anna não podia acreditar no que ouvia. Estava atônita. Não podia ser verdade. Günter, por sua vez, estava trêmulo. Tinha vontade de voar no pescoço do forasteiro, mas alguma coisa o segurava em sua cadeira. Ouvia-o impassivelmente, mas não conseguia calá-lo.

A ferocidade e monstruosidade humanas haviam chegado a patamares impensáveis. Era de se esperar que um líder político que tinha essa virulência contra crianças indefesas do seu povo não tivesse nenhuma compaixão com as crianças de outras raças, e menos ainda com adultos e idosos. O extermínio em massa, a solução final para os judeus, já estava em curso no psiquismo de Hitler muitos anos antes dos campos de concentração.

De repente, a porta central da pequena sala dos Günter se abriu sem ninguém bater, assustando o hóspede. Era Klaus, um paciente com síndrome de Down extremamente amável que havia dez anos habitava a instituição. Íntimo da família, Klaus entrava com a maior ingenuidade e ia mexendo nas panelas dos Günter e na despensa para procurar comida. Ele sentou-se ao lado de Rodolfo, colocou os cotovelos sobre a mesa e as mãos sob o rosto, e disse para o hóspede:

— Tô te ouvindo. Não fala bobagem!

O hóspede sorriu e afirmou:

— Somente esse esquecido discurso de 1929 seria suficiente para Hitler ser alijado para sempre do teatro da política. Infelizmente, a Alemanha elegeu um líder sem examinar suas credenciais. Pagará muito caro e levará milhões de inocentes a também pagar um preço dantesco.

Anna não aguentou. Num rompante de ansiedade, ela, que era bióloga, concluiu:

— Não é possível?! É um plano bárbaro! Uma engenharia racial por meio de assassinato em massa de frágeis crianças! E justificada por quê? Por uma ideologia darwinista distorcida e inumana.

E a dócil mulher, agora irada, olhou para seu marido e perguntou:

— Isso é verdade, Günter? Você sabia disso?

Günter respirou algumas vezes antes de quebrar o silêncio. Ele sabia, por isso não expulsara o forasteiro.

— Sim, Anna. Foi há dez anos, eu estava nesse congresso.

— Como não se revoltou? Você foi um fraco!

— Achei absurda sua tese, louca, estúpida! Mas eu era uma voz solitária e corria risco de vida no meio desses radicais. Hitler foi ovacionado com delírio. Foi essa tese que me fez lentamente me afastar do partido. — Porém, em seguida, tentou acalmá-la. — Mas veja bem, Anna, Hitler está no poder há mais de seis anos e nada aconteceu com essas crianças. O Führer mudou. Todos mudam.

— Não, Günter — respondeu o estranho, que parecia mais uma vez muito bem informado. E completou suas ideias: — Hitler adiou suas teses loucas, mas não abriu mão delas. Não apenas as crianças especiais internadas em instituições como também pacientes que são doentes mentais estão na mira de Hitler.

Rodolfo, que durante todo o trânsito de palavras parecia distraído, reagiu às palavras do forasteiro:

— *Heil, Hitler!* Salvem os asilos!

Klaus levantou-se, bateu continência e confirmou:

— Morte a todas as moscas! Viva eu! — E olhou para Rodolfo e exclamou: — E você também!

Depois, ambos se acalmaram. Em seguida, o forasteiro fez comentários que deixou assombrados os anfitriões. Afirmou que em 1º de setembro de 1939, o dia em que a guerra com a Polônia começou, Hitler, que para se proteger raramente assinava ordens letais, firmou um memorando liberando os portadores de doenças incuráveis para terem a concessão de morrer. O programa se chamou dissimuladamente de "eutanásia ativa". Mas não era a eutanásia no sentido clássico, consentida por uma pessoa em fase terminal e em dramático sofrimento. E sim uma eutanásia compulsória, determinada pelo Estado. Vários médicos se revoltaram e foram expulsos dos seus cargos. Entretanto, esse programa, por incrível que pareça, foi apoiado não apenas pelos médicos fanáticos da Liga dos Médicos Nacional-Socialistas, mas por muitos outros médicos. Perto de 45% dos médicos na época eram filiados ao partido e, de certa forma, comprometidos com a purificação da raça, algo intelectualmente débil e cientificamente absurdo, o que demonstra a influência do meio sobre a inteligência. Diversos psiquiatras, sob a égide da influência nazista, também a aprovaram e elegeram pacientes para ser eliminados.[12]

Em março de 1935 foi aberta uma exposição em Berlim chamada de O Milagre da Vida, em que o médico despontava como o grande líder da política racial. Na busca do sangue puro, os judeus e os miscigenados surgiram como inimigos. Em um setor dessa exposição foram mostradas as comparações de Paul Schultze-Naumburg, um ideólogo da arte nazista e da defesa racial, sobre seres humanos portadores de deficiências genéticas. Schultze fez uma abordagem de tal monta agressiva que questionou a humanidade deles.[13]

Posteriormente, Gerhard Wagner, o médico-chefe do Terceiro Reich, prometeu que no futuro conseguiriam realizar o desejo do Führer, criar o novo homem destinado a comandar a Terra.

— Era quase inacreditável que profissionais de saúde que, sob o juramento de Hipócrates, deveriam preservar a vida a qualquer custo defendessem esse bárbaro projeto — afirmou, consternado, o forasteiro. E acrescentou: — Hitler, numa reunião do partido nesse ano, confessou com imponente voz: "Compatriotas, o que desejamos da juventude de amanhã é diferente do passado. Precisamos criar um novo homem para que nossa raça não sucumba...".[14] Gerhard Wagner fez um filme, exibido em toda a Alemanha, no qual dizia que nos últimos 70 anos a população aumentara 50%, enquanto a doença hereditária aumentara 450%. Queria induzir a população a aceitar o extermínio desses inofensivos e insubstituíveis seres humanos.[15]

A sociedade alemã desaprovava a eutanásia na República de Weimar, antes de Hitler tornar-se chanceler. Mas após sua ascensão tudo mudou. O nazismo criou um ambiente alucinante, queria eliminar os pacientes psicóticos, cuja complexidade intelectual em nada era diferente da dos "normais", pelo contrário, eram muito mais afetivos. Todavia, Hitler tinha o poder de criar, fomentar ou despertar o instinto animal que se alojava no inconsciente das pessoas, inclusive dos intelectuais.

— Mas a Igreja não aprovará isso! — Disse Anna, em completo desespero.

— Hitler teme a reação da Igreja, Anna — comentou o hóspede. — Mas sutilmente esperou a guerra começar para, num ambiente saturado de estresse, distrair a atenção das Igrejas Católica e Protestante e diminuir a resistência. E, infelizmente, a guerra já começou. Em breve este asilo será invadido e os pacientes serão mortos; alguns fuzilados, outros asfixiados. É preciso um plano urgente para...

Günter, interrompendo-o, reagiu violentamente:

— Mentira! Mentira!— E raivoso, levantou-se, pegou o judeu pela gola da camisa e completou: — Hitler pode ser um ditador, mas não fará mal ao seu povo! Caia fora da minha casa!

— Sr. Günter, Hitler é um estrangeiro, um austríaco, que ama a si mesmo, mas não o povo alemão.

No entanto, mesmo ouvindo essas palavras, o velho Günter arrastava com força o estranho para a porta. Rodolfo, arrancando os cabelos, aos gritos, se interpôs.

— Não, papai! Não! Eu sou general do Führer.

De repente, diante do desespero do filho, ele o soltou e tentou acalmá-lo.

O forasteiro não se intimidou, insistiu:

— Sr. Günter, para Hitler os internos desta instituição não significam nada, são um embaraço social. É preciso fazer algo por eles.

Günter abrandou sua ira. Sentou-se, estarrecido, no velho sofá que estava atrás da mesa de jantar.

— Não é possível! A justiça tem de prevalecer.

— Sim, a justiça vai prevalecer — falou Anna, embora sem convicção.

Mas o estranho não escondeu deles o que sabia. Não havia justiça na Alemanha nazista.

— Hitler rasgou a Constituição. Hitler é a lei, conseguiu unir o Executivo com o Legislativo, tornando-se um déspota, que subjuga o Judiciário para realizar a sua vontade.

E comentou que um destemido juiz distrital, Lothar Kreyssig, se opôs ao programa da "eutanásia ativa". Para ele, as crianças deficientes e os doentes mentais são pessoas que precisam de insofismável apoio. Escreveu cartas de protesto contra a ilegalidade gritante da ação. Pois cria-se que o sistema jurídico alemão entraria em colapso.

— Quando lhe mostraram a autorização de Hitler para eliminá-los, num sobressalto, disse: "Mesmo com base na teoria positiva, o errado não poderia ser transformado em certo". Tal ousadia lhe custou caro. O próprio ministro da Justiça do Reich, Franz Gürtner, lhe escreveu: "Se o senhor não consegue reconhecer a vontade do Führer como fonte da lei, como base para o direito, então não pode continuar a ser juiz". Kreyssig foi aposentado compulsoriamente.[16]

Oficialmente, de 70 mil a 90 mil alemães foram vítimas desse programa de engenharia racial, mas, extraoficialmente, o programa deve ter ceifado um número muito maior.[17] Com gemidos inexprimíveis, pais, esposas, filhos, perderam seus entes queridos. Mas eles foram enganados. Recebiam três cartas. A primeira dizia que estavam levando os pacientes para um lugar de assistência. A segunda, que estavam bem alojados e sendo bem tratados. A terceira continha pesares pela morte deles.

Os Merkel ficaram impressionados com o corpo de informações que o estranho portava. Ficaram abaladíssimos com o que poderia vir. Hospedaram o judeu por mais dois dias em sua casa. Rodolfo o fazia relaxar e sorrir. Ambos passeavam com bom humor entre os doentes mentais. Enquanto isso, ele e os pais de Rodolfo começaram a arquitetar um plano para proteger aqueles pacientes, mas era quase impossível. Fazia muito frio, não tinham carros, agasalhos, suprimentos. Mas mesmo assim começaram a levá-los para uma fazenda de um amigo que possuía uma casa que estava abandonada. Levaram dezesseis pacientes, inclusive Klaus. Quando se preparavam para conduzir outra leva, o inevitável aconteceu. Ouviram-se batidas violentas no portão central do asilo, que ficava ao lado do diminuto aposento dos Merkel. Não eram toques comuns.

O casal ficou tenso. Pediu para o estranho sair rapidamente da sala. Rodolfo também se escondeu. Eram doze policiais da SS armados até os dentes. Rostos enraivecidos, mãos que portavam documentos, fácies que denunciavam a procura de inimigos. Mas dessa vez não eram judeus. Havia uma longa lista deles, e Rodolfo Merkel estava nela. Seus crimes: terem necessidades especiais, gastarem marcos do governo, "contaminarem" a raça ariana.

Colocavam os doentes mentais em comboios. Os soldados já haviam passado por muitas instituições desse tipo; alguns foram mortos por esquadrões da SS, outros em vans meticulosamente preparadas para liberar gás, mas no asilo dos Merkel os soldados ficaram irados porque o número não batia. Começaram a procurar por Rodolfo, sabiam que era filho do líder da instituição. Sob o pranto de Günter e Anna, vasculharam sua casa e não o encontraram. Ele estava dentro de um armário.

— Onde está o louco? — indagou, aos berros, o líder da SS.

— Não há mais ninguém aqui — afirmou Anna.

— É mentira! Onde está o louco? — voltou a perguntar o chefe da missão.

— Todos nós somos loucos, senhor...! — falou Günter, querendo dizer indiretamente que eram loucos por terem aceitado a liderança de Hitler.

O chefe da SS já havia fuzilado mais de cinquenta homens pessoalmente. Era experiente e frio. Ao ouvir a ironia de Günter, sem se importar com sua idade, aplicou-lhe imediatamente um bofetão que o derrubou no chão. Anna, desesperada, foi socorrê-lo.

Rodolfo era um "oficial", não podia se esconder ao ver seu pai ferido. Saiu do armário do quarto e, aos gritos, veio até a sala.

— Eu sou um general do Führer. Matem as moscas e não meus pais.

O chefe da missão deu uma gargalhada fantasmagórica e disse:

— Os malucos sempre se entregam. — E olhando para seus parceiros, impiedosamente agarrou Rodolfo e o empurrou em direção à porta para o levarem.

— Deixem nosso filho em paz! — bradou Anna aos prantos, prostrada aos pés dos soldados. — Por favor, soltem-no... Ele é incapaz de fazer mal a alguém.

O mundo ficou pequeno para conter sua angústia. Rodolfo era o sentido de sua vida, vivia para o filho.

Mas o chefe da missão, portando uma ordem expressa dos altos escalões da SS, sentenciou, destituído de sensibilidade:

— Em nome da raça ariana, ele deve partir.

Sob o impacto da dor de sua mãe, Rodolfo resistiu à rendição:

— Sou um general de Hitler! Matem as moscas! Viva os judeus!

Ao ouvir essa infâmia, recebeu no rosto um forte tapa de outro soldado, cujo estalido feriu não apenas o rapaz, mas abalou o judeu que estava escondido debaixo da cama, no quarto de Rodolfo. Em seguida, apontaram uma arma para sua cabeça. Nesse momento, o estranho esforçava-se para sair do seu esconderijo. Queria proteger seu amigo. Fora ele que inicialmente o acolhera para que não morresse congelado, mas sentia-se paralisado, em colapso. Parecia que iria explodir dentro do armário, porém não tinha domínio da sua musculatura. Ofegante, subitamente, numa explosão de ansiedade, deu gritos:

— Reaja! Saia, seu covarde!

E batia em seu rosto, punia-se como o último dos homens. Estava entre o sono e o despertar. De repente, Júlio Verne acordou em pânico, parecia que estava sofrendo um infarto. Transpirava. Outra vez tivera um pesadelo com requinte de detalhes, permeado por fatos históricos e vivenciado com uma concretude espantosa.

Katherine, ao ouvir seus gritos, acordou súbita e igualmente tensa. Acendeu a luz do abajur e viu o rosto de Júlio Verne novamente desfigurado pelo pavor noturno. Olhos sobressaltados, rosto contraído, parecia ter saído de um filme de terror em que ele era a vítima, como se estivesse fugindo de algo que o consumia por dentro.

— Acalme-se, Júlio! Você está em seu quarto. Acalme-se!

Ao ouvir a voz de Kate, respirou profundamente. Mas ainda estava sob o efeito da crise. Tentando regurgitar seu pavor, abraçou-a, e o homem que não estava acostumado a chorar derramou lágrimas novamente. Ela sentiu as pulsações vigorosas do seu coração e de seus pulmões ofegantes. Ele realmente estava sofrendo, não eram pesadelos comuns. Procurando aliviá-lo, ela lhe disse:

— Está tudo bem. Foi só mais um pesadelo, querido.

O intrépido professor pela primeira vez se permitiu entregar-se como uma tímida criança ao colo de sua mulher.

— Kate, eles entraram no Asilo de Hadamar e, sem piedade, levaram aqueles pobres inocentes para a morte.

— Não estou entendendo, Júlio.

Foi então que ele lhe contou o sonho que o abismou. Ela ficou impressionada. Nunca ouvira falar de alguém que sonhasse com essa riqueza de detalhes.

Os pesadelos continuaram numa incidência de pelo menos duas a três vezes por semana. Seu imaginário o transportava para dentro da história, ao vivo e em cores. À medida que o tempo passava, Katherine, que sempre achou seu marido de um equilíbrio emocional refinado, começou a ficar preocupada com sua saúde mental. Dez dias depois, mesclando os papéis de esposa e psicóloga, sem querer ser indelicada, falou-lhe honestamente:

— Júlio, você tem andado tão tenso ultimamente. Seu bom humor está se dissipando, sua paciência, se esgotando. Eu sofria por antecipação, agora você sofre pelo passado, um passado que você não construiu, mas parece que dele participou.

Ele manteve silêncio, não se defendeu nem se justificou. Sabia que ela tinha razão. Katherine completou:

— Você era tão forte, querido. Era difícil vê-lo chorar, mostrar-se inseguro, se atemorizar, mas agora... de um mês para cá, tornou-se um colecionador de lágrimas... Acorda em prantos. Sinceramente, sei que você está sofrendo, mas não sei como ajudá-lo.

— Meu cérebro parece que vai explodir. Parece que meu inconsciente está traindo minha tranquilidade. Vivo em estado de alerta. Estou com medo de dormir, Kate, e o filme recomeçar... — confessou o professor, que nunca fora controlado por nenhum tipo de fobia. Já havia tido diversos marcantes pesadelos, algo que não fazia parte da rotina do seu sono.

— Você sempre foi um referencial de saúde psíquica para mim. Sei que era um pouco ansioso, um tanto teimoso...

Ele sorriu suavemente, e ela continuou:

— Mas nunca o vi tão irritado. Será que não seria o momento de procurar ajuda? — falou encorajando-o a procurar um psiquiatra ou psicólogo experiente.

— Não sei. Acho que primeiro devo tentar me reorganizar. Eu me supero, Kate, eu me supero.

Não era resistente a procurar ajuda, já tinha exercido com brilhantismo a psicologia clínica, antes de ser professor. É que no fundo achava que algo estava errado, mas não sabia dizer se dentro ou fora dele. No início da semana seguinte, um fato o levou a ter certeza de que alguma coisa estranha o envolvia. Katherine não havia pernoitado em Londres nos últimos dois dias, fora dar uma conferência em Paris. Ele havia tido uma noite relativamente tranquila, sem sobressaltos, mas dessa vez o pânico veio de fora. Após despertar, ouviu toques fortes e apressados na porta de entrada do seu apartamento.

— Estranho! — falou alto para si mesmo. — O porteiro não avisou que alguém estava subindo.

Vestiu uma calça amassada e rapidamente saiu para atender a porta. Observou pelo olho mágico da porta e não viu ninguém. Titubeou por momentos, mas em seguida abriu-a, ansioso. Nada. Dez segundos de silêncio, respiração lenta, olhos fixos no corredor. Ninguém. "Será que algum vizinho está brincando comigo? Ou que alguém errou o apartamento?", pensou. Ao fechar a porta, inclinou sua cabeça para baixo e viu uma carta. Não recebia cartas havia meses. Toda sua comunicação era feita através das redes sociais e pelo correio eletrônico. Abaixou-se, pegou-a delicadamente e achou-a estranhíssima. Estava datada: 6 de dezembro de 1939. Esfregou os dedos nos olhos enquanto lia a data da carta.

A textura do envelope era diferente, fosca, desgastada, envelhecida, não parecia o papel macio usado atualmente. E, por fora, não tinha o nome do remetente nem para quem era endereçada. Abriu-a e, para seu assombro, a carta fora escrita à mão, com uma caneta-tinteiro. E o que era pior, a letra era sua.

— Mas como isso é possível? — disse, suspirando.

E os mistérios continuaram a se seguir. Olhou-a, atônito, e não podia acreditar, estava endereçada ao ministro de Propaganda de Hitler, Goebbels. Rapidamente leu-a.

Sr. Goebbels,

Gostaríamos de ter um encontro com o senhor por ocasião da visita da sua mãe à minha cidade. Desejaríamos discutir ideias de seu estrito interesse, inclusive novas técnicas de propaganda veiculadas pelo rádio. Certos de que seremos atendidos, subscrevemo-nos.

Júlio Verne e Rodolfo Merkel

— O que está acontecendo? Eu escrevi uma carta para esse crápula! Não é possível! — disse, andando de um lado para o outro, com a mão direita esfregando os cabelos e a esquerda segurando a carta! E acrescentou, pasmo: — Eu odeio o projeto megalomaníaco de Hitler, odeio a propaganda de massa imprimida por Goebbels, como, então, me dirijo a ele? Não posso estar ao lado dessa fábrica de horror! Quem está me pregando esta peça? Quem assina comigo?

Sentou-se, abalado, no estofado bege extremamente macio, mas parecia que se sentava sobre pedras pontiagudas. Não relaxava. Tentou centralizar seu intelecto e dar-lhe um choque de racionalidade. Mas não teve êxito. Era difícil gerenciar seus pensamentos; estavam parcialmente desconexos. Um tanto confuso, pensou alto: "Eu sei. Estou dentro de um pesadelo. Nada disso é real!". Mas apertou sua mão esquerda e sentiu sua pele, esfregou seus dedos sobre a carta e sentiu sua textura. Não era um pesadelo, mas nem por isso era menos chocante. Perturbado, tentou encontrar suas razões:

"Meu inconsciente está me pregando uma peça. É isso, só posso tê-la escrito sonâmbulo. Mas não é possível! Esse papel, essa tinta... E por que um encontro com o arquiteto da propaganda nazista? Colaborar com ele? Impossível! Eliminá-lo? Provavelmente, mas não mato nem uma mosca...! E esse Rodolfo? É o mesmo com quem sonhei há algumas semanas? Por que assina essa carta comigo?"

Muitas perguntas, nenhuma resposta. Lembrou-se do carro que quase o atropelou e do provável anel com símbolo nazista. Por alguns momentos, começou a pensar alto, achando que estava sendo alvo de uma conspiração. Mas nada fazia sentido.

— Não sou agente secreto. Não faço parte de nenhum partido político. Sou apenas um professor, um mero professor de história... Meu Deus! Ou estou enlouquecendo ou será que estou sendo... Não, isso é paranoia — disse, suspirando e transtornado.

Ao mesmo tempo em que o caldeirão de imagens mentais e pensamentos inquietantes fervilhava em sua mente, ele, para tentar sobreviver, procurava dar aulas vibrantes. Não mais informava a história, teatralizava-a, transportava seus alunos para dentro da história viva tal qual era transportado em seus pesadelos. Descrevia personagens como Rodolfo, suas características de personalidade, seus trejeitos e gestos bizarros, estimulando seus alunos a admirar a complexidade do psiquismo humano e levando-os a enxergar a desumanidade do líder da Alemanha e de seu radical partido.

— Hitler assassinou os filhos da Alemanha com alterações genéticas e mentais como sendo inimigos da política racial do

Estado. Nunca a ciência desonrou tanto a humanidade — dizia o professor para as turmas de alunos, que ficavam em estado de perplexidade. Em suas aulas imitava a voz e o comportamento grosseiro dos oficiais da SS com seus mandados de busca. Levava sua plateia à comoção.

Não queria ser herói, mas se tornou convicto de que os professores, embora frequentemente não gozem dos melhores salários, são revolucionários "semeadores" de ideias, têm um poder de transformação social maior que os generais e os políticos. São as ideias que promovem a paz ou fazem as guerras. Júlio Verne nunca se sentiu tão frágil e ao mesmo tempo tão poderoso. Para alguns, ele parecia um homem mentalmente descompensado; para outros, um mestre inconformado com o cárcere social.

— Se as ideias não os inquietarem, caros alunos, ou vocês estão mortos como pensadores ou eu estou morto como educador.

O recado era direto e provocador. E ele acrescentava:

— Se vieram aqui para ouvir informações, esqueçam-me, liguem um computador. Eles farão um trabalho melhor que o meu.

Estimulando seus alunos a debater ideias, dizia:

— A violência não é causada apenas pela ação dos tiranos, mas também pelo silêncio dos que se calam.

"Mas se calam sobre o quê?", eles se perguntavam. Contudo, o professor não explicava muito. Cada um interpretava como queria.

Sua irreverência ocupava a pauta principal das conversas nos corredores da universidade. Muitos queriam conhecer o "maluco" que subia na mesa, colocava os alunos contra a parede e bradava teatralmente suas aulas. Numa universidade entediante, cuja transmissão seca e fria do conhecimento competia com a supraexcitante internet para capturar a atenção das plateias e perdia de lavada, o surgimento de um professor "descompensado" e polêmico foi um acontecimento notório. Suas aulas começaram a ser disputadas por ouvintes de outros cursos que não tinham aulas de história no currículo. O intelectual passou a ser famoso, algo que incomodava o reitor.

Colecionava admiradores, mas não poucos detratores. Não havia uma aula em que não fosse aplaudido de pé ou da qual não saíssem espectadores enraivecidos em algum momento de sua preleção. Alguns alunos, como Peter, Deborah, Evelyn, Lucas, Brady e outros, começaram a acompanhar o mestre em todas as classes. Muitos não amavam os livros de história nem procuravam expressar seus pensamentos em sala, mas algo aconteceu no psiquismo deles. Começaram a ter uma sede insaciável de conhecimento.

Dias depois, Júlio Verne estava trabalhando em seu computador quando, de repente, uma mensagem eletrônica chegou marcando uma reunião urgente na reitoria da universidade. Em outros tempos ele se sentiria confortável com o convite. Elogios certamente seriam ouvidos. Hoje, sabia, o quadro havia mudado. Nunca tivera muita afinidade com o imprevisível e austero reitor, mas o suportava. No horário marcado, foi ao encontro. Pernas cruzadas, o pé esquerdo se movimentando ininterruptamente revelavam ansiedade. Esperou longos 25 minutos para ser atendido.

A porta se abriu, e o pró-reitor acadêmico, Antony, convidou-o a entrar. Nem um sorriso, nem um cumprimento. Além do pró-reitor, estavam reunidos ao redor da mesa oval de mogno avermelhado o reitor, Max Ruppert, o coordenador do curso de direito, Michael, e um advogado da instituição. Os rumores das aulas de Júlio Verne havia semanas os estavam perturbando. Rostos cerrados, pedras nas mãos.

— O senhor está aqui há anos e nunca teve problemas, mas ultimamente vários alunos têm reclamado de sua conduta — afirmou o reitor.

— Eu sei. Mas há alguns que me têm elogiado?

Não ouve resposta.

— O que é pior, o senhor está sendo processado, professor, por calúnia e difamação, por três alunos. Nossa universidade, por tê-lo contratado, tem responsabilidade solidária nesse processo — falou secamente o reitor. Os demais inquisidores mantinham um silêncio tépido.

— Não entendo os motivos... — Antes que terminasse a frase, o reitor o cortou.

— Não entende os motivos? O senhor os chamou de nazistas!

— Jamais! Isso é mentira. Falei que são filhos do sistema cartesiano!

— E o que o senhor quer dizer com isso? — expressou, confuso, o advogado da universidade, o dr. Cássio.

— Não conhece os acidentes provocados no inconsciente coletivo pelo cartesianismo, doutor?

— Não somos seus alunos. Vá direto ao assunto! — comentou friamente Antony, o pró-reitor.

— Afirmei que a dor foi institucionalizada pela matemática. Os homicídios, os suicídios, a violência contra as mulheres, os maus-tratos na infância, a farmacodependência tornaram-se estatísticas propaladas pela mídia ou estudadas pela Academia. Não enxergam esse fenômeno?

Michael, como coordenador do curso de direito e especialista em direitos humanos, ficou fascinado com as implicações psicossociais daquelas simples cadeias de ideias. Mas não foi essa a impressão de Max nem de Antony, os líderes da poderosa instituição.

— Pare com esse romantismo acadêmico, professor! — comentou rispidamente Antony. Mas Max foi mais longe:

— Quem é o senhor para nos induzir a defender suas teses? Quem diz que sua crítica a esse cartesianismo não é uma estupidez? O senhor está se tornando um corpo estranho nesta universidade. Muitos comentam que temos um professor histriônico, polêmico, maluco... Cumpra seu papel acadêmico, como sempre fez — rebateu Max, num tom exasperado.

— Sinto muito. Não darei mais aulas como sempre dei. Eu formava repetidores de ideias e não pensadores — comentou Verne, lembrando-se de que não poucos intelectuais aplaudiram as loucuras de Hitler...

— Está nos afrontando, professor! Se continuar assim, nós o cortaremos da universidade por justa causa — afirmou Max, com o dedo em riste apontado para ele. — Nosso advogado, o dr. Cássio, irá defendê-lo, bem como à universidade. E mais uma reclamação, nosso contrato será encerrado e talvez o senhor tenha mais um processo. Agora, de nossa parte.

— Calma, cavalheiros — falou Michael, tentando abrandar a ira de Max. — Senhor reitor, são respeitáveis os pontos de vista do professor — disse Michael em sua defesa.

— Respeitáveis? Estamos maculando nossa magna instituição com a conduta antiética desse professor! Inclusive, perdendo alunos por sua petulância — o que era uma insofismável mentira. Seu tom de voz e sua sudorese facial indicavam que estava completamente descontrolado, o que ele não disfarçava. Seu desejo era intimidar o professor. E, pessimista, sentenciou: — E certamente teremos que pagar caras indenizações a certos alunos por suas difamações.

Depois do clima tenso, respirou profundamente e diminuiu seu tom de voz:

— Resolvemos introduzir a história no currículo de alguns de nossos cursos para nos distinguir das outras instituições acadêmicas e incumbimos aquele que era um dos mais notáveis mestres para realizar essa empreitada. E agora somos apunhalados pelas costas, traídos...

O pró-reitor acadêmico ponderou:

— O senhor pode ter suas convicções, professor, mas jamais deveria afrontar nossa clientela. É pago para transmitir dados e não causar polêmica.

— Sr. Antony, sou pago para formar mentes livres. Se a meta é transmitir dados frios, contrate um programa, ele será mais eficiente. Como formar mentes livres sem provocar os alunos com a arte da dúvida? Como usar a arte da dúvida sem questioná-los? E como questioná-los sem perturbá-los? Impossível!

Diante dessas palavras, o reitor, ansioso, esfregou as mãos no rosto emudecido. Antony colocou suas mãos na cabeça. Sabia que Júlio Verne era um gênio no debate de ideias e que, desde que assumira a pró-reitoria, nunca um professor fora tão disputado, todos queriam assistir às suas aulas, embora tivesse seus desafetos.

— Professor Júlio Verne — expressou Antony, agora pausadamente. — O que lhe peço é que não cause motins. Só isso.

Impossível para o professor, que detestava a quietude da classe, amava as discussões. Nesse momento, ele fez um mergulho em seu psiquismo e, comovido, revelou um de seus pesadelos.

— Há pouco tempo, tive um sonho que me perturbou muitíssimo. Vi jovens alemães de 18, 19, 20 anos nos tempos de Hitler. Frequentavam escolas, tinham sonhos, eram sorridentes, bem-humorados, gostavam de ter amigos, ir a festas e jantares, tais quais os nossos alunos desta universidade. Eles não eram psicopatas no sentido clássico, não imaginariam que um dia pegariam em armas e teriam a coragem de assassinar sem compaixão os judeus, ciganos, homossexuais e, inclusive, dóceis crianças especiais de sua própria raça. Mas, adestrados pelo nazismo, eles os consideraram a escória da humanidade e praticaram tais atrocidades. Com uma arma numa mão e uma ordem de busca na outra, tornaram-se deuses do mal.

Todos os que estavam na reitoria ficaram abalados com o que ouviram, e mais perplexos ainda porque o professor teatralizou, como fazia em classe, um soldado alemão no encalço de inimigos do regime. Imitando a voz do alemão, disse:

— "Onde estão os doentes mentais que contagiam a raça ariana?" — Em seguida, imitou a voz e os comportamentos bizarros de um inocente psicótico: — "Não sei, senhor! Salve a Alemanha. Por favor, nos leve para conhecer o grande e bondoso Führer...!" — E o Führer lhe dava um presente. Em seguida, imitou o presente: o som de uma metralhadora.

Depois dessa breve teatralização, Júlio Verne reafirmou:

— Estou aqui para contribuir para formar mentes com consciência crítica e não manipuláveis. Não sei se conseguirei, mas, se não tentar, será melhor desistir de ser... — E, interrompendo sua própria fala, levantou-se e, sem se despedir, saiu silenciosa e emocionadamente. Michael também sentiu seus olhos se umedecerem.

Absorto em seus pensamentos, Júlio Verne nem sequer atinava por onde caminhava. Se continuasse com sua agenda, estaria com a corda no pescoço. Mas como calá-lo? Como silenciar um homem com uma mente em pânico por terrores noturnos, abarcada por fatos inexplicáveis e perturbada pelo conformismo social? Era um homem inquietante e inquietador.

CAPÍTULO 4

CONFLITOS INSOLÚVEIS

As aulas de história do professor Júlio Verne ganhavam cada vez mais corpo, estatura emocional, realismo, crueza, concretude, "sabor" do tempo. O professor-ator sorria, chorava, assombrava, surpreendia seus alunos. Fazia sucesso entre os estudantes de direito, psicologia, medicina, pedagogia. E até estudantes de engenharia concorriam a fim de obter uma vaga para assistir às suas aulas. Sensações antes vivenciadas apenas em impactantes filmes ganharam eco nos áridos palcos das salas de aulas. Certa vez, ele estava fazendo uma apresentação sobre os mecanismos de interpretação da história.

— Todo pensamento é em tese derivado da história. Não apenas os fatos do passado ou os textos dos livros o são, mas cada pensamento que você produz neste exato momento, ainda que seja relativo ao futuro, tem elementos da história, seja pelos verbos, substantivos que resgatou, seja por fatos que aprovou ou negou, ou por medos e expectativas que projetou. A história é a mãe das ideias e, como tal, deveria ser interpretada com critérios, inclusive a história das pessoas que amam ou rejeitam. Se elas não se esvaziarem de seus tendencialismos, cometerão erros crassos na avaliação dos fatos e comportamentos dos outros. E, sinceramente, cedo ou tarde produzimos interpretações falsas ou tolas.

— Protesto! Sou sempre verdadeiro — expressou um aluno que estava esperando uma oportunidade para se contrapor ao professor. Era um olheiro, um amigo de Jeferson e Marcus.

— Obrigado por me contestar. O pensamento é solitário, jamais incorpora a realidade do objeto pensado. Por exemplo, um psicólogo interpreta seu paciente não apenas a partir do outro, mas também a partir de si mesmo. Sua história (quem sou), sua emoção (como estou), seu ambiente social (onde estou), comprometem sua interpretação. Concluo com isso que a verdade é um fim inatingível![18] Portanto, você não pode ser sempre verdadeiro, a não ser que seja um deus — respondeu o mestre.

Esse aluno filmava o comportamento do professor. Subitamente, ao ouvir essas palavras, juntamente com outros colegas, saiu da classe. E antes de deixar o ambiente rebateu:

— É você que pensa que é um deus!

O clima ficou pesado. Segundos depois, o professor fitou a classe, respirou profundamente e alertou:

— Cuidado! O pensamento consciente é virtual, e, como tal, liberta nosso imaginário, mas, ao mesmo tempo, está sujeito a graves distorções. No exato momento em que lemos a memória e construímos uma cadeia de pensamentos, nossos níveis de ansiedade, crenças religiosas, ideologias políticas interferem em frações de segundos nessa construção e contaminam nossos julgamentos. Treinem sempre enxergar o outro, mesmo os personagens da história, mais com os olhos dele e menos com os seus. Você vai falhar, mas falhará menos.

Deborah, impactada com esse fenômeno, expressou:

— Nunca imaginei que o pensamento fosse virtual e passível de inúmeras distorções. Sou impulsiva, sempre falo o que penso, mas nunca pensei sobre o modo como penso e o que penso.

— Se os ditadores que mataram, escravizaram e excluíram pessoas compreendessem as distorções do pensamento e olhassem suas vítimas pela perspectiva delas, pelo menos minimamente, não cometeriam crueldades — afirmou Peter.

— Sim! As maiores loucuras não são produzidas pelos psicóticos, mas pelos que nunca viajaram para dentro de si mesmos. Quem aqui nunca olhou com preconceito as pessoas com seus estranhos comportamentos nas ruas? Quem nunca achou frágil um adolescente que chorou ou um adulto que hesitou ou uma pessoa que teve uma reação fóbica? Sejam honestos.

O professor amava usar a história para colocar seus alunos contra seus preconceitos. Depois de um prolongado silêncio, uma aluna resolveu abrir a boca.

— Eu zombei de um mendigo na semana passada. Ele andava nas ruas, falava sozinho, fazia movimentos engraçados com as mãos, parecia delirar. Eu e meus amigos não nos aguentamos, caímos na gargalhada — declarou Geny, uma aluna de física, que pela primeira vez assistia a uma de suas aulas.

— Meu pai tem síndrome do pânico há dez anos, não frequenta reuniões, festas nem grupos de trabalho. Ofendi-o muitas vezes, chamei-o de fraco, dependente de minha mãe. Para mim, suas crises eram uma desculpa para não assumir suas responsabilidades — comentou Robert, um aluno de administração pouco generoso que vivia em função do consumismo.

— Obrigado por sua sinceridade. O preconceito surge quando não nos colocamos no lugar dos outros! Eis o câncer da humanidade. Ah, os tímidos têm preconceito contra si mesmos. Diminuem-se. Quem tem algum grau de timidez aqui?

Cerca de 70% a 80% dos alunos, espantosamente, tinham. A ausência de debate nas universidades contribuía para esse acidente psíquico.

— Sejam espontâneos. Não tenham medo de ser estúpidos.

Os alunos sorriram, e sem outras palavras o professor terminou sua aula. Os elogios ao professor percorriam os corredores, mas as reclamações também não paravam de chegar à reitoria. Max, que não havia digerido a ousadia de Júlio Verne na última reunião, cogitava despedi-lo, mas sua fama crescera.

— Você tem que interromper o movimento produzido por esse professor, Antony — afirmou o reitor para o pró-reitor acadêmico.

— Mas muitos alunos estão apreciando o dr. Verne. Parece que estão tendo prazer em debater ideias — afirmou.

— Professores de história! Estou cônscio de que são um perigo para o bom comportamento dos alunos. Incitam a rebeldia — falou, esbravejando com o pró-reitor acadêmico. — Não sei como fui ouvir sua sugestão de introduzir história no currículo de nossos cursos, até no de engenharia. Como eu, Max Ruppert, um dos mais respeitados intelectuais desta nação, fui tolo!

— Senhor, me desculpe, os professores de história podem incitar o pensamento crítico. A história é a lupa para se enxergar o futuro e corrigir suas rotas — falou timidamente Antony, tentando defender sua ideia.

— Até você está seduzido por esse romantismo de Júlio Verne! Alguns alunos e professores estão furiosos, acham suas exposições uma palhaçada teatral, um insulto à rotina acadêmica. O importante são as competências técnicas.

Antony sabia que as competências técnicas formavam o profissional, mas não o ser humano. Tinha em mãos pesquisas que revelavam que grande parte das demissões de executivos era por falta de habilidades emocionais, interpessoais, cultura geral e habilidades não técnicas, por isso tentou inovar em sua universidade. Mas não podia enfrentar o reitor, um especialista em despedir desafetos.

— Mas, dr. Max, a procura por nossa universidade aumentou.

Ao ouvir isso, o reitor reagiu rápida e rispidamente:

— Aumentou! Mas não por causa dele, em detrimento dele. Aumentou pelo meu trabalho.

Antony procurou o professor de história sentindo que também poderia estar com a corda no pescoço. No fim de uma de suas aulas, pediu mais uma vez que tivesse mais moderação.

— Professor Júlio, você me lembra de quando comecei minha carreira, mas, sinto muito, sua carreira aqui está por um fio... O reitor está no limite.

— Não me importo!

— Não se importa? A Europa está em crise financeira. Há professores universitários trabalhando como taxistas, há mestres empregados como garçons, doutores como balconistas, sem contar a leva de desempregados.

O professor suspirou e titubeou um pouco, mas foi sincero.

— O que posso fazer, Antony? Ultimamente não tenho dormido direito, e, se eu for infiel à minha consciência, ficarei insone, serei um zumbi!

— A decisão é sua e as consequências também — disse, desanimado, o pró-reitor, sentindo que o professor era imutável, pelo menos nessa área, o que acabaria complicando a ambos.

Dez passos à frente, Júlio Verne encontrou os alunos Peter, Lucas e Brady, que haviam saído da sua última aula e conversavam no corredor. Eles o cumprimentaram com entusiasmo. Peter tomou à frente e perguntou:

— Onde será sua próxima aula, mestre?

— Espero que ainda seja aqui, Peter.

— Mas por quê?

— Parece que sou um corpo estranho na instituição.

E antes que eles fizessem mais perguntas, acenou com as mãos e partiu, indeciso. Passou o dia pensativo e à noite, quando colocou sua cabeça no travesseiro, foi assaltado pelo medo de mergulhar nos insólitos espaços dos seus pesadelos. E novamente aconteceu. De madrugada, acordou assombrado. Sentou-se rapidamente na cama com os olhos marejados de lágrimas, pulmões galopantes, pânico, o cardápio psicossomático de sempre. Eram cinco e quinze da manhã. Katherine também acordou tensa, e, dessa vez, perdeu a paciência.

— Júlio, eu te amo. Mas não suporto presenciar sua dor. Não é normal alguém ser escravo de pesadelos dramáticos e tão frequentes.

— Eu sei — disse incomodado.

— Você precisa se tratar. Tomar um indutor do sono, fazer terapia.

— Acho que você tem razão — reconheceu ele pela primeira vez.

— Mas por que fica inerte, paralisado, sem ação!? Eu não o entendo. Você é formado em psicologia, tem um notável conhecimento da mente humana, sempre foi seguro. O que o perturba? O que o aflige? Admitir que não é perfeito? Que é frágil? Que há monstros em seu inconsciente que o envergonham?

— Desculpe-me, Kate.

— É só o que sabe dizer: "desculpe-me"! E o nosso casamento? Faz dois meses que você vive estressado! Raramente fazemos amor. Tenho seu corpo, mas não sua alma. Você vive distante. Não saímos mais, você não tem sequer disposição para irmos a um simples restaurante. Onde está o homem forte, o judeu bem-humorado, o romântico cativante?

Katherine disse essas palavras e saiu da cama angustiada tentando esconder suas lágrimas. Pela primeira vez, colocou em xeque seu casamento. Trocou-se rapidamente e foi preparar a mesa do café da manhã; não tinha mais ânimo para voltar a dormir. Estava perdendo o homem que amava e sentia-se completamente impotente.

Quinze minutos depois, Júlio Verne apareceu na sala do café e sentou-se ao seu lado. Ela já tinha comido alguma coisa e ia começar a tomar seu suco de laranja. Júlio ficou sentado silenciosamente. Katherine sentiu que não tinha nada para lhe dizer naquele momento. Quando ela ia se preparar para se levantar, alguém bateu à porta. E, como da outra vez em que Júlio recebeu a estranha carta, o porteiro também não interfonou para avisar sobre um suposto visitante. Os toques eram igualmente fortes e apressados.

Ele, ansioso, levantou-se desastradamente, derrubou seu suco sobre ela e, sem nem sequer lhe pedir desculpa, dirigiu-se à porta, como se aguardasse algo ou quisesse esconder um segredo dela. "Quem sabe eu pego em flagrante o estranho visitante que deixou a carta da outra vez", imaginou. Nem observou pelo olho da porta para saber quem era. Abriu-a subitamente e novamente não havia ninguém. Respirou profundamente, inclinou a cabeça e novamente viu uma carta. Sentiu um frio na espinha. Pegou-a, inseguro, e a trouxe até a altura do peito. Katherine achou seu comportamento estranhíssimo.

O envelope era de um papel envelhecido, rústico, tal como o da primeira carta. Guardou-a sobre o peito como se estivesse escondendo algo proibido. Não queria constranger mais ainda

Katherine. Só que ela já estava atrás dele e percebera seu gesto. Ao se virar, ele se assustou com a presença dela.

Ela achou perturbador o comportamento dele e mais estranho ainda tentar esconder a carta. Eram abertos, transparentes, não havia segredos entre eles, pelo menos até agora. "Uma amante?", pensou ela. "Só uma amante usaria cartas e não uma rede social", imaginou.

— Quem escreveu essa carta, Júlio?

Ele a tirou de dentro da camisa e ficou sem palavras.

— Quem a escreveu? Você sempre foi honesto comigo.

— Não sei, Kate. Não sei.

— Como não sei? Você não viu o remetente?

— Não há remetente.

— Como não? — disse ela, levando sua suspeita às alturas. — Você está tendo algum caso?

— Claro que não, eu te amo.

— Júlio, pense um pouco. Você corre até a porta como se estivesse esperando algo importantíssimo. Recebe uma carta sem remetente e sem identificar o endereçado. Você pensa que sou tola? Se fosse comigo, como reagiria?

Katherine, apesar de toda a crise de ciúme, não invadiu a privacidade de Júlio Verne, não arrancou a carta de sua mão. Ele fez uma pausa e meneou a cabeça, concordando com ela.

— Venha. Vamos lê-la juntos.

E gentilmente se sentou ao lado dela no sofá da sala. Mas estava apreensivo, pois, depois de lê-la, talvez ela tivesse vontade de interná-lo em alguma clínica psiquiátrica.

Querido tio Júlio Verne,

Fique tranquilo, a sra. Fritz disse que cuidará de nós enquanto o papai e a mamãe estiverem na Polônia. Disse ainda que os policiais que os levaram não são tão maus assim, embora não creiamos. Depois que saímos de nossa casa, fizeram um leilão com tudo que tínhamos lá: joias, móveis, quadros. Levaram também nossos brinquedos e roupas. Anne chora muito. Perdemos tudo. Eu não entendo por que nos odeiam. A sra. Fritz também comentou que o papai e a mamãe foram procurar um lugar agradável para irmos morar. Um novo lar. Eu e a Anne não aguentamos de saudades deles. Não podemos mais ir à nossa escola nem temos mais amigos alemães. Só nos resta brincar na neve e, ainda assim, escondidos. Esse será o inverno mais triste de nossa vida.

Obrigado por ter-nos ajudado.

Um beijo de

Moisés e Anne Kurt

— Quem são Moisés e Anne Kurt? Não sabia que você tinha sobrinhos?

— Não sei. Não tenho a menor ideia — disse Júlio Verne, completamente confuso.

— Não brinque comigo.

— Não estou brincando. Conheço meninas e meninos com esse nome, mas com esse sobrenome, não, não me lembro. — E colocou as mãos na cabeça, perturbado.

— Tente se lembrar de algum amigo ou conhecido. Essa carta tem tanta intimidade...

— Não sei, Kate, estou tão perplexo quanto você.

— Espere. Nós estamos no verão. O inverno ainda está distante — observou Katherine.

— Também reparei nesse detalhe — disse, curioso, e acrescentou: — E olhe a textura do papel da carta.

— Sem brilho, áspera, rugosa. Diferente. Parece feito no passado — ela afirmou.

— Espere, Kate.

Júlio Verne foi até sua biblioteca e retirou, escondida num livro de história, a outra carta e lhe entregou.

Ela leu-a, pasma. Não podia acreditar. Datada de 1941 e escrita pelo próprio Verne, com uma máquina de datilografar que só existia em museus.

— O que significa isso, Júlio?

— Não sei, querida, não sei — expressou com a respiração ofegante.

— É incrível, está endereçada a Goebbels.

— Só sei que essas cartas são tão estranhas quanto meus pesadelos.

— Será que você... — Ela interrompeu sua fala. Não queria atrever-se a dar um diagnóstico.

Mas ele completou:

— ... estou tendo um surto psicótico?

— Não uma psicose, mas quem sabe outra síndrome.

— Que síndrome? Você acha que estou tão mentalmente desorganizado que escreveria para mim mesmo?

Ela ficou em silêncio, e ele expressou:

— Mas como? Posso estar perturbado, mas não rompi com a realidade. Sei quem sou, onde estou, meus papéis sociais — disse, tenso, tentando ser razoável.

Enquanto falava, transpirava. Ela aventou outra possibilidade.

— Será que você não está sendo alvo de alguma conspiração?

— Pensei nisso, mas sou apenas um professor de história.

— Quem sabe grupos extremistas.

— Não prego a violência, não sou radical, não tenho inimigos. Sou pacifista. Torço dia e noite para que palestinos e judeus vivam harmonicamente. Mas não entendo, Kate... Nessas cartas não há ameaças, nem injúrias.

Ela confirmou com a cabeça que não havia sombra de ameaças nelas. De fato, a carta era carregada de afetividade. Por enquanto estavam sendo poupados das incríveis ameaças que se seguiriam.

— A carta parece se referir a famílias que foram deportadas pelos alemães para a Polônia na Segunda Guerra Mundial. Mas por que essas duas crianças ficaram? — indagou o professor.

— Talvez alguns de seus alunos estejam querendo lhe pregar uma peça.

— Talvez...

E assim terminou a conversa. Kate ficou preocupadíssima com ele. Olhou para o relógio e mostrou que precisavam ir para a universidade, dar suas aulas e realizar suas pesquisas. Saíram saturados de dúvidas. Era tempo de o cardápio das dúvidas ser temperado com algumas respostas para aliviar o estresse deles. Mas as respostas pareciam distantes e, sem que eles soubessem, muito perigosas.

CAPÍTULO 5

UMA ESPOSA EM PÂNICO

Katherine chegou à universidade sem o brilho e o bom humor que sempre pautaram sua vida. Por mais que fosse equilibrada, a avalanche de estímulos estressantes passara do suportável. Paul Simon, amigo e professor de psicologia clínica, a encontrou nos corredores e percebeu algo estranho.

— Você está bem, Kate?

Ele também tinha a liberdade de chamá-la carinhosamente.

— Vou indo, Paul. Vou indo.

Ela estava atrasada para dar sua aula. A conversa não podia se estender. Paul talvez não fosse a pessoa mais indicada para ela se abrir. Ele tinha um fascínio não confessado por Katherine. Fora seu namorado no passado e, às vezes, frequentava sua casa. Sempre achara que o homem certo para ela fosse ele mesmo e não Júlio Verne. Mas ela, ao conhecer Júlio, trocou o homem rico, o psicólogo de sucesso, pelo aventureiro professor de história. Contudo, Paul era um profissional que ela respeitava.

— Procure-me, se precisar. Talvez você precise mais de um amigo do que de um psicoterapeuta.

Katherine agradeceu e continuou caminhando. Aquela foi uma manhã para se esquecer. Não conseguiu dar aula de psicologia social com suavidade e segurança, como sempre fazia. Parecia que suas ideias não se encadeavam, comprometendo a argúcia e o desenvolvimento do seu raciocínio. Volta e meia interrompia sua exposição e, num mergulho introspectivo, pensava na saúde mental de Júlio Verne, nas suas crises noturnas e nas cartas que recebera. Os alunos perceberam que a ponderada e observadora professora perdera um pouco sua concentração. Após as duas primeiras aulas, ela foi à sala dos professores do Departamento de Psicologia. Paul estava lá, com outros professores. Minutos depois, ele e ela ficaram a sós. Ela porque queria relaxar, ele porque queria tentar ajudá-la.

Júlio Verne, embora considerasse Paul culto, sempre o achou um tanto precipitado e radical em seus diagnósticos. Este percebera que Katherine continuava ansiosa. Outrora ela já teria feito algumas brincadeiras, mas nesse dia permanecia compenetrada.

— Posso ajudar você em alguma coisa?

Ela permaneceu em silêncio. Hesitava em se abrir.

— Se os amigos não forem para essas horas, para que servem?

Era um momento oportuno para Katherine se abrir com alguém, dividir suas preocupações, mas era muito discreta, não revelava suas intimidades, ainda mais as que podiam comprometer a imagem de seu marido. Porém, sentia que estava perdendo-o, não sabia o porquê nem para quem. Poderia estar perdendo-o até por causa das suas próprias cobranças, ponderava Katherine. Como psicóloga experiente, só tinha uma certeza: um inimigo sem face, desconhecido, por inofensivo que seja, se torna um monstro no imaginário humano. Conhecê-lo o minimiza.

Ela hesitou mais um pouco, mas por fim falou:

— Não sei, Paul. Eu não queria falar sobre esse assunto, mas estou preocupadíssima com Júlio Verne.

— Não tenha medo de se abrir. Quem sabe eu possa ajudá-lo.

Katherine rompeu sua resistência e começou a comentar com detalhes sobre os pesadelos de Júlio Verne, mas não tocou no assunto das cartas. Após a exposição dela, Paul concluiu:

— Muitos pacientes têm terrores noturnos, e não poucos acordam assombrados. Mas sonhar com fatos históricos que aparentemente não tenham ligação direta com fatos cotidianos ou com a história de formação da personalidade é incomum. Contudo, o mais estranho é que Júlio Verne se sente inserido dentro desses fatos e se acovarda, ao seu ver, categoricamente.

— Eu sei, é estranho mesmo. Mas não consigo entender que conflito ele possui.

— Parece que um grave transtorno está em franco desenvolvimento na mente dele — disse Paul, para a angústia dela, e adicionou: — Parece também que o inconsciente de Júlio Verne está bradando: "Ei, cara, abaixe a bola! Saia do pedestal! Você não é um herói, mas um crápula. Seja sensível, se humanize!".

— Desculpe-me, Paul, mas Júlio, apesar de defender suas ideias com contundência, nunca esteve num pedestal nem se posicionou como herói. Ele é mais culto que seus pares e o mais humilde deles. Como pode o inconsciente gritar que ele saia do pedestal? — falou ela, contrariando o pensamento do amigo. — E, além disso, ele é um dos homens mais sensíveis que conheço, capaz de observar uma prostituta nas ruas e tentar imaginar as lágrimas que chorou e as privações que sofreu na infância.

Paul ficou constrangido, não tinha essa sensibilidade, mas não recuou nem abriu mão da sua tese.

— Será que de fato você o conhece bem, Kate? Uma mulher pode dormir com um homem por décadas e não conhecer os porões da sua personalidade. Talvez seus sonhos sobre assassinatos indiquem que ele tenha um instinto assassino embotado.

Ela imediatamente o rebateu.

— Que absurdo, Paul! Os mecanismos mentais nos levam a produzir sonhos também com aquilo de que temos aversão e não apenas com o que desejamos. Uma mãe que desesperadamente vê a imagem mental de uma faca penetrando no seu filho não quer dizer que quer matá-lo, mas, ao contrário, que odeia a ideia de matá-lo, pois o ama intensamente. Júlio sonha com o que mais odeia, a violação dos direitos humanos.

Paul sabia, desde seu namoro, que Katherine tinha um raciocínio brilhante; subjugá-la era uma tarefa hercúlea. Se fosse ingênua, talvez ele tivesse plantado nela um conflito na relação com Júlio Verne.

Em seguida ele a criticou.

— Por que você resiste a qualquer diálogo, Kate? Não posso falar nada sobre Júlio que você retruca. Não sou um inimigo — disse espertamente.

Ela suspirou, tentou se recompor e percebeu que ele tinha razão. Já que resolvera se abrir, deveria pelo menos ter a gentileza de ouvi-lo. Afinal de contas, não poderia ter receio de tentar conhecer um pouco melhor as crises de seu homem.

— Desculpe-me, Paul, tenho estado muito ansiosa.

Ele pegou nas mãos dela e as acariciou, fazendo sinal de que a entendia. Ela delicadamente recuou as mãos. Paul continuou.

— Ele está deprimido? Pensa em suicídio? Perdeu a motivação para viver?

— Não creio que tenha ideias de suicídio. Aliás, Júlio é teimosamente apaixonado pela vida. É provável que esteja muito mais estressado do que deprimido. Porém, ele acorda à noite chorando, suando, taquicárdico, em pânico.

— Mas ele chora por quê?

— Parece que ele sai das páginas da história e vive a dor das vítimas da Segunda Guerra, e não apenas dos judeus. Outro dia sonhou com doentes mentais alemães e acordou em prantos. Depois teve pesadelo com uma família de ciganos da Romênia que fora tratada como cães pelos oficiais da SS. Nesse dia, ele acordou se punindo porque não conseguiu protegê-las.

— É a velha culpa, esse sentimento tão antigo, que, ainda hoje, tira oxigênio da emoção de milhões de seres humanos. Você foge dela de dia e, sorrateiramente, ela surge à noite.

— Algum sentimento de culpa tem perseguido você, Paul? — falou Katherine, tentando testá-lo.

— Não, de modo algum. Sou uma pessoa resolvida — disse, um tanto constrangido.

— Ser resolvido não quer dizer não sentir culpa. A culpa é um raciocínio complexo, de importância vital para reconhecer erros e corrigir rotas. Se for bem trabalhada, é um brilhante ferramental para desenvolver a maturidade.

— Claro! Mas se for mal trabalhada deprime ou produz sociopatia. Você poderia ser uma boa psicóloga clínica — disse ele, novamente constrangido.

Em seguida, ela contou alguns comportamentos mais cálidos de Júlio Verne.

— Várias vezes ele acorda autopunindo-se. Ele diz que, se falha em seu imaginário, tem grande chance de falhar numa situação concreta.

— Júlio tem medo dele mesmo. Perdeu sua autoconfiança.

— Penso que sim. Não tem mais a mesma alegria, leveza, serenidade.

— Você é forte e resiliente — disse Paul, como se a estivesse encorajando a desistir da relação. Em seguida indagou: — Ele organiza bem as ideias?

— Ele está perturbado, mas seu raciocínio está preservado.

— Será? Seu raciocínio não está fragmentando ou rompendo com a realidade? Tente resgatar seus comportamentos — disse Paul, boicotando ainda mais a tranquilidade de Katherine. E sem demora emendou outra perguntou: — Júlio tem falsas crenças?

Ela demorou a responder. Não queria falar sobre as cartas que ele escrevera a Goebbels ou sobre a estranha carta que recebera das crianças. Nem queria comentar sobre o motorista que quase o atropelara e o seu bizarro anel. Estava apreensiva. Temia que Paul fosse implacável com o homem que ela amava.

— Kate, responda! — solicitou ele sem delicadeza, pois percebeu que ela guardava alguns segredos: — Ele tem tido pensamentos irreais?

Com o olhar preocupado, ela lhe relatou os misteriosos fatos. Paul esfregou as mãos no rosto comprido e, fixando-se nos abatidos olhos dela, perguntou:

— Cartas sem remetente? Carta dirigida a um personagem do passado? Quem foi Goebbels mesmo? — perguntou ele, refletindo seu péssimo conhecimento sobre história.

— Ministro da Propaganda nazista. Não sabe?

Paul desta vez foi ferino:

— Sinto muito, Kate, mas você tem um psicótico dentro de casa. E, pior ainda, um homem violento, que pode colocar sua vida em risco.

— Não é possível — falou ela, abaladíssima. — Já lhe disse. Júlio Verne é dócil, mais gentil que eu e você juntos.

— Apenas aparentemente. Os piores monstros são especialistas em esconder suas garras — comentou Paul, destituído de qualquer compaixão.

Abortou sua ética, não era um psicólogo falando, mas um homem que sempre tivera ciúmes de Júlio Verne e que aproveitou suas crises para desconstruí-lo diante da mulher que perdera.

— Pare, Paul, pare!— falou ela em prantos: — Você está me confundindo, me machucando.

Katherine teve vontade de sair da sala correndo, mas ele não a deixava respirar. Ela ameaçou se levantar, mas ele, sutil, pediu desculpas e continuou seu massacre:

— Desculpe-me, Kate, só quero dizer que Júlio precisa de tratamento. Vamos ajudá-lo. Mas há dúvidas quanto à assinatura nessa carta?

Ela respondeu com a voz embargada:

— Ele re... reconhece que parece a dele. Mas não sabemos. Júlio Verne é muito coerente e inteligente, não pode estar tendo surtos psicóticos — disse, inconformada.

— Mas quem disse que os inteligentes não surtam? É bem provável que esteja desenvolvendo uma grave esquizofrenia paranoica, saturada de ideias de perseguição. Ele cria seus carrascos.

— Paul, que diagnóstico extremista é esse? Vim para você nutrir minha esperança, e você a sepulta completamente?

— As verdades precisam ser ditas. Pergunte ao seu pai, que ele concordará comigo.

O pai de Katherine, dr. James Klerk, era um neurologista clínico de renome. Tinha apreço por Paul e esperara que sua filha se casasse com ele. Mas Júlio Verne arrebatou a emoção dela. Um professor universitário destituído de grande herança não estava nos planos dessa família descendente de lordes para sua filha única. O dr. James era uma pessoa ponderada, justa, não aceitou confortavelmente a troca, mas respeitou a decisão da filha. Por fim, o neurologista passou a admirar o professor. Helen, sua esposa, demorou dois anos para construir uma relação suportável com Júlio Verne.

— Mas meu pai é neurologista e não psiquiatra!

— Porém, é um homem experiente. Dê as costas às verdades que elas sepultarão sua saúde mental.

— Verdades? — indagou ela de pé, irada; ela, que nunca fora servil, ao contrário, sempre falava o que pensava: — A verdade é que você sempre teve ciúmes de Júlio Verne! A verdade é que ele sempre achou que você vive sob o peso da indústria do diagnóstico! A verdade é que você confina complexos seres humanos em rótulos preconceituosos! A verdade é que sou tola em ter me aberto com você!

Mas antes de ela começar a caminhar, ele mais uma vez foi cruel.

— Seu descontrole, Kate, é um sinal claro de que você pensa como eu. Mas resiste em aceitar a dura realidade. Esse homem está doente e vai adoecer você cada vez mais.

Ela novamente lhe retrucou:

— Júlio tem um transtorno emocional e não psicótico. Ele pode estar abalado, mas não perdeu os parâmetros da realidade.

Ele bateu na mesa e a enfrentou com agressividade.

— Você arrastará um relacionamento infeliz. — Depois abaixou o tom e disse: — Pense numa válvula de escape. Conte comigo. — E tentou colocar as mãos nos ombros dela, o que ela recusou veementemente.

Paul era casado com Lucy, uma amiga querida de Katherine, mas o casamento havia mais de um ano estava em decadência.

— O que você está me propondo? Pular fora do casamento e cair nos seus braços quando meu homem mais precisa de mim? E Lucy? Você não pensa em minha amiga?

— Sou honesto comigo mesmo, reconheço que minha relação está falida, e por que você não reconhece que a sua também está? Confesse, Kate, sempre tivemos uma queda um pelo outro.

— Você está louco! Usando minha fragilidade para impor seus instintos sexuais? É isso que é ser psicólogo? Que ética é essa? Você denigre a nossa classe.

Kate era a obsessão de Paul, que sempre procurava se aproximar do casal por causa do seu sentimento de perda e pelo fascínio sexual por ela. Tinha consciência desse conflito, mas jamais o tratara.

— Calma, Kate, sente-se, vamos conversar. Sempre me preocupei com você!

— Nunca mais, Paul, nunca mais. — E saiu da sala, decepcionada e angustiada.

Mas Paul, sagaz, antes que ela cruzasse a porta, disparou:

— Você ainda vai me dar razão. Frequente as aulas de seu marido e descubra os escândalos que ele tem dado.

Paul era amigo do reitor Max Ruppert, que o colocara a par do processo em curso movido por Jeferson e Marcus. Havia se aproximado destes e ajudado a denegrir a imagem de Júlio Verne.

Katherine tremulou sua alma diante dessa acusação, mas saiu sem se despedir. Paul podia ser um sedutor sem escrúpulos e um profissional de posições radicais, mas ela nunca percebera que fosse mentiroso. "Júlio tem dado problemas em sala de aula?", pensou aflita.

Ao chegar a sua casa, não contou nada para Júlio, não queria angustiá-lo ainda mais. Mas não conseguia relaxar e ser sua esposa. A psicóloga entrava em cena, observava cada um dos gestos dele para tentar entender a dimensão do seu transtorno. Percebendo a ansiedade dela, ele comentou:

— Angústia, essa masmorra emocional, que nos asfixia ao ar livre. O que te perturba?

Ela deu uma pequena tossida e tentou disfarçar.

— Tudo e quase nada. Não se preocupe. — E saiu para tomar água. Tentou assistir a um filme com ele, mas não conseguiu.

— Vou deitar, estou muito fatigada. — E o deixou na sala. Minutos depois ele também foi dormir.

Antes de fechar seus olhos, Katherine recordou uma penetrante conversa que tinha tido com ele havia três meses.

— Júlio, lembrei-me de uma frase que você me disse no início de nosso casamento.

— Qual, querida?

— "Se as derrotas não fizerem um homem cair, dê-lhe muito sucesso, que, embriagado com ele, cairá." Você não acha que bebeu desse veneno?

Ele ficou pensativo. E depois comentou:

— É possível.

Katherine sabia que, se ele ainda não havia caído ao chão, estava, no entanto, quase em queda livre. Era preciso um anteparo para lhe aliviar o impacto.

Após adormecer, seu inconsciente resistiu à sua crise conjugal, libertando seu imaginário e mergulhando num complexo sonho que resgatou os melhores dias com o homem a quem se entregara. Ela era de classe média alta, tinha inúmeros pretendentes do mais alto *status* social e financeiro, como Paul. Dinâmica, proativa, direta, honesta, mas encantou-se por Júlio Verne.

Sonhou com os primeiros tempos de namoro. Ela tinha completado 25 anos e estava começando a dar suas primeiras aulas. Júlio Verne ainda não havia completado 32 anos, já tinha terminado a faculdade de psicologia, o mestrado, e cursado história. Tudo o que fazia era muito precoce. Havia alguns anos brilhava como professor. Ele ensinou técnicas pedagógicas, postura e entonação de voz para Katherine. Mas, depois dessas lições, disse-lhe: "Esqueça tudo isso, seja espontânea". Depois, sonhou com o humor contagiante de Júlio Verne dentro e fora de classe. Recordou os tempos em que ele a encontrava nos corredores da universidade e, irreverente, a tomava pelos braços e dançava com ela, livre e leve, na frente de quem passava. Ela ficava rubra com suas brincadeiras e amava seu jeito despojado de ser e levar a vida. E não parava por aí; fazia declarações em praça pública e, às vezes, até se arriscava a cozinhar para ela, embora fosse um desastre na cozinha.

Os psiquiatras e psicólogos, assim como os juízes e promotores, tendem à discrição social, mas Júlio Verne era diferente. Era o intelectual mais extrovertido e apaixonado que já passara na universidade. As amigas de Katherine "morriam" de inveja. Assim era Júlio Verne: pensava como um homem maduro, mas se aventurava como uma criança. Ano após ano, era o professor homenageado das turmas que se formavam. Tinha alguns atritos com Katherine, é verdade, até porque ele era determinado e medianamente obsessivo em suas metas, e ela, preocupada e impulsiva, mas a capacidade deles de se refazerem era surpreendente.

Ele não cobrava nem insistia que Kate fosse razoável quando ela se irritava por coisas tolas. Elogiava-a e, depois de conquistá-la, transformava uma atitude impulsiva ou uma reação incoerente num motivo para darem risada. Era, como nenhum outro namorado, um especialista em desarmá-la. As crises inflavam seu amor. Não dormiam sem dialogar, pedir desculpas e fazer declarações íntimas e sigilosas.

Desse modo, Júlio Verne e Katherine construíam uma rica história de amor. Eram um casal sociável, participavam de instituições sociais e gostavam de bons restaurantes, cinema e viagens. O único problema era que ele ascendeu rápido na carreira acadêmica; o sucesso e o excesso de atividades não apenas sufocaram sua capacidade de instigar seus alunos, mas asfixiaram seu romance. Havia dois anos, Katherine já sentia que os compromissos nacionais e internacionais, os livros e as aulas o estavam levando a perder seu jeito irreverente e natural de ser. Amava as "flores", mas não tinha mais tempo para "sujar" as mãos para cultivá-las.

O sonho de Katherine era de tal realismo que, mesmo dormindo, ela começou a dar risada, levando Júlio Verne a acordar lentamente e ficar curioso com seu comportamento. Ele não a despertou; ficou observando com certa inveja sua alegria, seus movimentos faciais, pois sabia que, diferentemente dele, ela viajava pelos vales prazerosos da imaginação.

No fim desse sonho, ela recordou o dia em que se casaram. Foi inesquecível, e não apenas para eles, mas para todos os convidados. Um casamento ecumênico entre um judeu e uma cristã, celebrado por um rabino e um sacerdote ortodoxo. Quando o sacerdote, ao fim de seu ritual, perguntou se ele aceitava Katherine como legítima esposa, ele olhou bem nos olhos dela, fez quinze longos segundos de silêncio, abriu um largo sorriso e literalmente gritou: "Sim! Sim! Como não dizer sim, se essa mulher dominou meu cérebro e sequestrou minha emoção?!". E, voltando-se para a plateia, declarou: "Eu prometo que a amarei não apenas na saúde e na doença, mas na fortuna e na miséria. Bom, um professor dificilmente fará fortuna", ponderou. Todos sorriram, e ele completou: "Mas também prometo amá-la na sanidade e na loucura". Todos novamente deram risada. Foi o "sim" mais alto que se ouviu em Londres.

De repente, Katherine começou a acordar suavemente, sob o olhar admirado de Júlio Verne, que lhe deu um afetuoso e prolongado beijo na face.

— O que foi, Kate? Com que sonhou? — indagou, surpreso.

— Com nossa relação. Sobre o modo como você me conquistou. E foi tão bom! — disse, beijando-o. — Lembrei-me do nosso casamento e de seu "sim", e das suas últimas palavras, inapropriadas para um psicólogo.

— Mas apropriadas para um apaixonado — declarou ele. E recordando-as, declamou em voz alta para ela: — Mulher! Está disposta a me amar na sanidade e na loucura?

Era um grande desafio, amar um homem em crise. Mas, ainda que estivesse abalada, ela realmente o amava. Atirou-lhe o travesseiro no rosto, pulou em cima dele e lhe disse:

— Sim, seu maluco. Mas não exagere em suas doidices.

Deixaram as interrogações para trás e se amaram intensamente. Debaixo do lençol, segredando sentimentos íntimos, resgataram os melhores momentos de sua história. O casal afetivo precisava se reinventar. Era a única maneira de superar o caos que ambos atravessavam e conseguir sobreviver.

CAPÍTULO 6

O EGO DE HITLER

Katherine tinha dificuldade em se abrir com sua mãe, uma senhora irritante, rápida em dar conselhos e lenta em se colocar no lugar dos outros. Mas admirava seu pai.

— Tenho notado Júlio Verne mais circunspecto, Kate. Seu bom humor não tem mais o mesmo volume nem as mesmas nuances. A sua alegria não mais é contagiante — disse o dr. James ao visitar sua filha.

Abalada e sem pessoas experientes com quem dividir seus conflitos, Katherine resolveu contar ao pai os turbulentos fenômenos que os dominavam.

Ele ouviu tudo pacientemente. Tentava esconder sua perplexidade. Fez diversas perguntas, mas não deu sua opinião até que explorou ao máximo todos os detalhes.

— Filha, nunca vi um caso deste. Há fenômenos neurológicos incomuns mesclados com fenômenos psiquiátricos desconexos. Tudo é muito estranho. Parece que, ao dormir, Júlio Verne entra em estágios mais profundos do seu sono e vive uma realidade histórica tão crua e cruel que seus pesadelos tentam sabotar sua tranquilidade ao despertar.

— Você acha que tudo é criado por ele? As cartas, as mensagens...

— É uma possibilidade concreta. Não sou psiquiatra, mas parece-me que seu inconsciente tenta se comunicar ou solapar desesperadamente seu consciente. É preocupante a sua saúde mental. E precisamos fazer exames para poder descartar a possibilidade de um tumor cerebral ou uma degeneração neuronal precoce como causa básica desses sintomas psiquiátricos.

Com esforço, Katherine convenceu Júlio Verne a fazer uma bateria de exames neurológicos. Dias depois, o diagnóstico veio negativo, o que os aliviou. Mas o dr. James estava preocupado com a fragmentação do psiquismo do seu genro. Ele continuava intelectualmente arguto, brilhante em seu raciocínio, mas podia estar desenvolvendo um transtorno psiquiátrico, irrigado com ideias de perseguição, uma suspeita semelhante à de Paul. Escondendo sua suspeita, pelo menos do professor, sugeriu que ele procurasse um excelente psiquiatra, e indicou um amigo seu. Mas Júlio Verne não o procurou. Cria que estava integrado à realidade e que precisava absorver e assimilar os fenômenos incompreensíveis que literalmente lhe batiam à porta. Como psicólogo, respeitava muito o trabalho dos psiquiatras, mas os fenômenos que o envolviam eram tão inusitados que um psiquiatra iria confundi-lo ainda mais, pensou.

Toda a conversa com o pai e sua hipótese colocaram mais combustível na ansiedade de Katherine. Sua mãe, que ficou sabendo sobre o deserto emocional da filha pelo marido, dias depois deu rapidamente a solução.

— Separação não é coisa de outro mundo, minha filha.

— Devo me separar de quem amo no momento em que ele mais precisa de mim?! Que amor é esse que não passa no teste da crise emocional, mamãe?

— Mas você vai estragar sua vida, minha filha. Ele é um doente mental.

— Helen! Eu não quis dizer isso! — falou o dr. James, criticando-a, constrangido. — É sempre assim, nunca posso falar nada mais profundamente com sua mãe que ela distorce minhas palavras.

Katherine desabou. Seu pai a abraçou e tentou consolá-la, mas ela ficou cônscia de que, se quisesse ficar ao lado de Júlio Verne, teria de atravessar o deserto sozinha.

Por outro lado, a fama de Júlio Verne ultrapassava cada vez mais os limites da sua universidade. Alunos de várias outras escolas e até de outras cidades vinham ver e ouvir o intrépido e polêmico professor. No início dos seus terrores noturnos, ele dava aulas para uma turma de 20 alunos, depois para 40, 50, 60. E, posteriormente, começou a ter grandes plateias, o que só era possível nos anfiteatros da universidade. Mas não dava a mínima para a fama. Seu prazer era inquietar seus ouvintes. Nem os que o aplaudiam escapavam de suas provocações.

Certa vez, diante de uma plateia de 232 alunos, o professor foi incomum. Antes de começar sua aula, agradeceu:

— Não aplaudiria celebridades ou poderosos, mas aplaudo os alunos que saem do silêncio subserviente, que amam expandir o mundo das ideias e procuram ser agentes modificadores da sociedade. Muito obrigado pela paciência de me ouvir. — E acrescentou: — Os loucos também têm algo para dizer.

E começou a aplaudir os alunos, e os alunos, sorrindo, levantaram-se em peso e também o aplaudiram. Em seguida, comentou que Hitler tinha uma personalidade altamente complexa. Seu ego era explosivo, belicoso, neurótico, intolerante, manipulador, messiânico. Logo, um aluno interrompeu sua fala, algo que o mestre apreciava e incentivava. Detestava a quietude serviçal.

— Não entendo, professor. Se o ego de Hitler tinha tais características doentias, como ele se tornou líder de uma grande nação, de incontestável cultura?

— Essa é uma grande pergunta. Historiadores, psicólogos, sociólogos a fizeram milhares de vezes e se envolveram num novelo de dúvidas. Não tenho todas as respostas, mas tenho algumas importantes. E as estudaremos.

— Também não compreendo, mestre. Se Hitler era um agressivo e radical ator social, como é que, depois de se tornar líder de uma sociedade democrática, não foi banido do teatro político? Por que não caiu? — perguntou uma aluna que cursava ciências políticas.

— Essa é outra grande questão — disse apreciando as intervenções. E apontou algumas causas: — Os ditadores surgem em qualquer estação, mas ficam hibernando, até que eclodem nos invernos sociais. O vexame da Alemanha causado pela derrota na Primeira Guerra Mundial, as pesadas indenizações impostas pelo Tratado de Versalhes, que desconsiderava o país à beira da falência, a inflação galopante (as pessoas precisavam de sacolas de papel-moeda para comprar alimentos), o desemprego em massa, a violência social em alta, a falta de líderes nacionais, tornaram-se um caldeirão de estímulos estressantes que diminuíram os níveis da consciência crítica da população e elevaram o instinto de sobrevivência. Hitler dominou a Alemanha quando sua imunidade psíquica estava em baixa, tal como um vírus que infecta o corpo quando o sistema de defesa está combalido.

— Mas a Alemanha que abalou a Europa tinha vocação para a guerra? — indagou em voz alta um aluno que estava no fundo do anfiteatro.

— A Germânia mostrou vocação para a paz mais do que seus pares em alguns períodos. Entre a Primeira e a Segunda Guerra houve pelo menos quatorze guerras regionais, com inúmeras batalhas, e ela não participou de nenhuma.[19]

— Mas, mestre, não faltou cultura acadêmica para o povo alemão se contrapor às ideias radicais de Hitler? — perguntou um estudante de engenharia.

O professor também gostava de ser provocado pelos seus alunos.

— A Alemanha tinha os melhores cientistas e as melhores escolas. Era indubitavelmente um dos povos mais cultos do seu tempo. Um terço dos prêmios Nobel até a década de 1930, antes da ascensão do nazismo, foi ganho por seus pesquisadores. A Alemanha foi berço de grandes pensadores, como Kant, Hegel, Schopenhauer, Marx, Nietzsche, Max Weber. Se a culta Alemanha, irrigada por notáveis escolas e nutrida por uma rica filosofia, caiu nesse ardil, que povo estará livre de cair nas mãos de um sociopata se as variáveis socioeconômicas se reproduzirem...!? Em tempo de estresse credita-se um notável valor às palavras e não se avaliam as ações.

Percebendo a inquietação da plateia com essas informações e querendo instigar ainda mais o raciocínio dos alunos, o professor fez uma pergunta que chocou alguns deles.

— Se vocês fizessem parte da juventude alemã daqueles tempos, quem escaparia de dizer "*Heil, Hitler*"?

Um burburinho dominou a plateia. Subitamente, numa explosão emocional, Gilbert, um aluno inteligente, preocupado com os direitos humanos, praticante da religião católica ortodoxa, de cor negra, bradou:

— Não sou insensível! Jamais diria "*Heil, Hitler*".

— Mas quais são suas credenciais intelectuais para garantir que vomitaria Hitler do seu psiquismo se ingerisse suas teses naquele tempo...? — questionou-o Júlio Verne.

— Eu odeio Hitler.

— Desculpe-me, mas o ódio e a paixão podem estar muito próximos. O ódio nunca foi uma grande vacina contra o preconceito.

Mas Gilbert, irritadíssimo, subitamente se levantou para sair do anfiteatro. Diante dessa reação, o professor desferiu um golpe em toda a classe:

— Tenho certeza de que vocês jamais saudariam o sociopata que hoje a história disseca, conhece e lhes transmite, mas Hitler, nos primeiros anos em que se tornou chanceler, ainda que fosse um crápula nos bastidores, vendia a imagem de estadista eficiente.

Gilbert, ao ouvir isso, reduziu seus passos.

Imediatamente o professor tirou do bolso esquerdo um texto e o leu altissonante, teatralizando-o, mas usando o timbre de voz de um alemão e não de um inglês. Gilbert, que já estava no fim do corredor, ao ouvir o texto, interrompeu sua marcha.

> *Sr. presidente Roosevelt!*
> *Compreendo perfeitamente que a extensão de seus domínios e as imensas riquezas de seu país lhe permitem ser responsável pelo destino do mundo inteiro e pela sorte de todos os povos. Minha esfera, senhor presidente, é de âmbito consideravelmente mais modesto e restrito, e não posso me sentir responsável pelo destino do mundo, pois esse mundo preferiu fechar os olhos para a triste situação do meu povo. Considero-me chamado pela Providência para servir só ao meu povo e tirá-lo de sua terrível miséria...* [20]

Júlio Verne interrompeu a leitura e perguntou aos jovens:

— Quem é o autor desse texto?

Apenas alguns descobriram, pela entonação da voz, que era Hitler.

— Hitler, o próprio. Esse texto faz parte de uma carta dirigida a Roosevelt, presidente dos Estados Unidos. Por quê? Porque Roosevelt havia escrito a Hitler e a Mussolini, em 14 de abril de 1939, sobre sua preocupação com uma possível guerra, e encorajava a Alemanha e a Itália a fazerem um tratado de não agressão com 31 países.[21] Hitler respondeu a Roosevelt contundentemente. Mas, na primeira parte da resposta, pergunto a vocês: onde se vislumbram as garras de um psicopata e sociopata? — disse o professor, e esperou a plateia responder.

— Não se pode ver claramente — afirmou uma aluna de engenharia da computação de outra universidade, que pela primeira vez participava de suas aulas.

— Sim, claramente não, mas é possível vê-la subliminarmente!

— Talvez quando ele ironiza o poder dos Estados Unidos — respondeu Brady.

— Correto. Sua psicopatia se enxerga primeiro quando ele ironiza as imensas riquezas dos Estados Unidos. Segundo, quando comenta, também ironicamente, a ação de Roosevelt como apóstolo do destino do mundo. Terceiro, quando grita, por meio da palavra, que "não é responsável pelo destino do mundo". Ninguém escreve uma carta diplomática com essas deselegantes e grandiloquentes expressões, se elas, inconscientemente, não estiverem alojadas como objeto de desejo em seu psiquismo. Elas revelam justamente o contrário do que Hitler queria mostrar: uma ambição megalomaníaca. Quarto, Hitler não assume os erros da Alemanha na Primeira Guerra Mundial, ao contrário, condena o mundo por tê-la abandonado ao caos econômico e social: "O mundo preferiu fechar os olhos para a triste situação do meu povo". Quinto, embora austríaco, um forasteiro, ele assume com habilidade as dores do povo alemão, chamando-o continuamente de "meu povo", uma expressão que será usada à exaustão como propaganda para cativar a sociedade e colocá-la a serviço de sua necessidade neurótica de poder. Sexto, como mestre dos disfarces, Hitler vende a ideia de que era apenas um líder preocupado com o destino do seu povo, sem nenhum outro interesse, mas... — E deixou seus alunos concluírem.

— Em seguida, traiu sua humildade revelando um messianismo fanático que iria perpetuar até o fim dos seus dias — expressou Peter categoricamente.

— Exato! Esse fanatismo está claramente indicado pela frase: "Chamado pela Providência para servir só ao meu povo".

— Incrível! — disse, num *insight*, o futuro advogado Lucas. — Hitler, nesse discurso, não se considerava portador de um mandato temporário sustentado pelo voto, mas um líder investido pela Providência divina para executar uma missão.

— E essa missão era moldar o mundo aos seus olhos — completou Nancy.

O professor meneou a cabeça, satisfeito. Sob o impacto da análise de Júlio Verne, Deborah, sempre presente nas suas aulas, comentou honestamente:

— Temo concluir que, se vivêssemos naquele tempo, é provável que alguns de nós disséssemos ingenuamente "*Heil, Hitler!*". É difícil perceber o veneno de uma cobra quando ela serpenteia admirável, arguta e vagarosamente sobre o solo.

O professor ficou admirado com o raciocínio de Deborah. Gilbert, que ainda estava de pé na porta do anfiteatro, resolveu finalmente se sentar. Como não havia mais cadeiras disponíveis próximas a ele, sentou-se humildemente na própria escada.

Em seguida, Júlio Verne comentou:

— É fácil abortar um ditador quando ele está em gestação, mas não o é quando ele se agiganta no útero social, pois, como os reis, passam a amar as "caçadas", perseguem seus inimigos para se perpetuar no poder. E, paranoicos, criam inimigos, mesmo quando eles não existem.

Cinco anos antes desse embate entre Hitler e Roosevelt, a perseguição aos judeus já havia tomado forma. Em março de 1933, menos de três meses depois de Hitler ascender ao poder, as SA* invadiram os tribunais e destilaram seu ódio contra juízes e advogados judeus.[22]

Alguns foram perseguidos, outros espancados, e todos impedidos de exercer sua profissão. Um advogado judeu de Munique foi um representante dos tempos dourados de humilhação que precederam as loucuras dos campos de concentração. Com as calças cortadas acima do joelho, teve de marchar pelas vias públicas com um humilhante cartaz que dizia: "Eu sou um judeu insolente...".

— O presidente da Suprema Corte, que deveria gritar em favor dos direitos humanos, se acovardou, "rasgou" a Constituição ao anunciar que era necessário restringir as atividades dos juízes, promotores e advogados judeus para produzir a "tranquilização da população". Um mês depois, as universidades também se tornaram capachos do nazismo, destruindo a democracia das ideias, demitindo quase todos os professores judeus de uma só vez graças à Lei do Funcionalismo Público, de 7 de abril de 1933. Nunca a universidade violou tanto os direitos humanos.[23]

— E os alunos judeus? Que fim tiveram? — perguntou Evelyn, que era praticante do islamismo.

— Não apenas foram expulsos, mas escorchados, vilipendiados. Em algumas universidades havia cartazes que diziam: "Fora, vermes!". Hoje vocês, muçulmanos, indianos, chineses,

* *Sturmabteilung* (SA), ["Tropas de Assalto"], milícia do movimento nacional-socialista.

latinos, têm liberdade de frequentar as universidades britânicas. A liberdade é caríssima, tão cara quanto o ar, mas só percebemos seu inestimável valor quando nos falta.

— E os órgãos de imprensa, eles foram discípulos da liberdade? — quis saber Peter, procurando encontrar alguma esperança no caos.

— Quanto aos defeitos, os jornalistas são "animais" políticos da fauna humana, sujeitos às mesmas vaidades e tendencialismos que os demais da espécie *Homo sapiens*. Quanto às qualidades, alguns têm uma ousadia sobre-humana, capazes de denunciar corrupções e violações dos direitos humanos, ainda que corram risco de vida. O antissemitismo pulsava nas artérias da imprensa da Alemanha. Os poucos jornalistas alemães que discordavam dessa política sofriam severas punições

— Não entendo! Por que os intelectuais alemães não usaram sua influência para questionar Hitler logo que ganhou musculatura e assumiu o poder? Que omissão foi essa? — perguntou a aluna Elizabeth.

Essa era uma questão fundamental. Mas, mesmo sendo um perito em psicologia e história, era difícil explicar à plateia de alunos o quanto o psiquismo humano era saturado de contradições. Alguns intelectuais deixaram a Alemanha nazista; outros se calaram; muitos, porém, aderiram às ideias de Hitler.

— Somos construtores de um mundo lógico, mas a mente humana não é tão lógica como pensamos que seja. Os intelectuais fizeram um silêncio irracional e coletivo; mesmo os psicólogos alemães amordaçaram sua voz diante do nazismo. O intenso estresse político, social e econômico, o clima de terror imposto pelo nazismo nos bastidores da sociedade, a propaganda de massa, a busca de um herói em tempos de crise e o carisma de um líder que propagandeava soluções mágicas contraíram a consciência crítica dos intelectuais, que é o fator regulador e filtrador do processo de interpretação, gerando um comportamento incompreensível. Parecia que a sociedade alemã estava hipnotizada por uma espécie de "síndrome" de circuito fechado da memória.

— Como assim? Quando opero um computador, tenho acesso aos arquivos que quiser e na hora que desejar, mas você está querendo dizer que em nossa mente as coisas podem ser diferentes, que determinados níveis de estresse podem restringir-me a leitura dos arquivos da minha memória e, consequentemente, me fazer reagir estupidamente? — concluiu Peter.

— Exatamente, Peter, exatamente. Se você fechar o circuito da memória, ainda que seja portador de grande cultura, poderá reagir grosseiramente.

— Me desculpe, mas não concordo com essa tese, professor. Onde está a liberdade de escolha? — expressou Deborah.

— Na velha e sempre nova habilidade de pensar antes de reagir, frequentemente não praticada nos focos de tensão. Diga-me uma coisa, Deborah, há algum estímulo estressante que a faça reagir irracionalmente?

Ela precisou de pouco tempo para pensar.

— Dou escândalo diante de ratos.

A turma sorriu. Lucas, em especial, deu uma gargalhada. Mas no fundo todos tinham algum estímulo ou situação que fechava o circuito da memória e os tirava do ponto de equilíbrio. E Deborah, vendo-se em saia justa, apontou:

— Lucas entra em pânico quando está em elevadores.

A turma ficou admirada, pois Lucas era um dos mais ousados alunos. "Como poderia ser tão frágil diante de uma máquina tão segura?", pensaram. Mas Lucas, que estava aprendendo a ser transparente, confessou seu conflito e, levantando-se, aproveitou para dramatizar os seus sintomas e zombar da plateia.

— Pode parecer tolice, mas quando estou em lugares fechados não raciocínio. Parece que o ar vai faltar... — E pôs as mãos na garganta: — Eu me sinto asfixiado... Grito: Aaahhh! E preciso sair correndo para respirar.

A turma novamente sorriu. O professor agradeceu a Lucas pela sua sinceridade e continuou seu pensamento:

— A emoção, uma ferramenta tão primitiva e atual, nos aprisiona ou nos liberta. — E fez uma pausa e também confessou: — Amo o sono, mas tenho pavor de dormir.

Os alunos acharam que era uma piada.

— É sério. Sinto medo de dormir e ter pesadelos. Tenho me transportado para a história e sentido algo que os textos nunca me disseram.

Mas não deu mais explicações, usou apenas essa panaceia para explicar algumas áreas do inconsciente coletivo da sociedade alemã.

— Se num clima brando temos nossos fantasmas, imagine num clima irracional. Os intelectuais alemães dos tribunais, das universidades e da imprensa tinham informações suficientes em seu córtex cerebral para se contrapor ao antissemitismo, expressar solidariedade aos judeus e hastear a bandeira da liberdade, mas se calaram. Uns por medo, outros por conveniência. Mas nenhum desses motivos é desculpável.

De repente, um homem mais velho, tocado com tudo que ouvira, levantou-se no fundo do anfiteatro e fez uma intervenção. Era Michael, o intelectual de confiança do reitor, o coordenador do curso de direito, que surpreendentemente estava participando dessa aula.

— De acordo com a filosofia jurídica, todo ser humano capaz de ser autor da sua própria história é responsável pelas consequências dos seus atos. Caso contrário, as explicações desculpariam crimes indesculpáveis. Esses intelectuais poderiam e deveriam abrir o circuito da sua memória através da arte da dúvida para poder pensar em outras possibilidades... Mas se fecharam num casulo cerebral.

O professor ficou feliz com sua contribuição.

— Obrigado, Michael. Eles não correram riscos, preferiam ser subservientes. Hitler seduzia tanto as classes menos abastadas como a elite intelectual com palavras claramente ardilosas. Em 11 de fevereiro de 1933, portanto um mês após assumir o poder, ele teve a ousadia de dizer: "Povo alemão, dê-nos quatro anos, depois nos julgue e nos sentencie. Povo alemão, dê-nos quatro anos, e eu juro que, assim como entrei nesse cargo, estarei pronto para deixá-lo".[24] Ele mentia, pois amava o poder acima de tudo e jamais o abandonaria. Quando estava completamente derrotado na guerra, todos pediam que deixasse Berlim, mas Goebbels insistia que Hitler cumprisse seu papel histórico e ficasse. E ele ficou, ainda que ouvisse os canhões russos ribombando aos seus ouvidos.

— Será que, se vivêssemos naquele ambiente, no início do governo nazista, e ouvíssemos Hitler pedir com falsa humildade quatro anos de completa confiança para depois ser julgado também não nos calaríamos? — disse Michael.

A turma pensou nessa pergunta. Em seguida, Júlio Verne endossou a questão do coordenador do curso de direito e desnudou-se diante dos seus alunos:

— Eu sou judeu, e muitos de vocês são cristãos, muçulmanos, budistas, ateus. Mas uma análise de nosso psiquismo em situações especiais revela que, se o nosso "eu" não for plenamente livre, temos chances de negar aquilo em que mais acreditamos. O meu inconsciente, por meio dos meus pesadelos, tem gritado que há um covarde dentro de mim. — E contou outros episódios que nem os mais íntimos alunos sabiam. — De algum modo, eu me silenciei.

Os alunos ficavam perplexos com o que ouviram. Jamais tinham visto um mestre descortinar o portfólio da sua história tão cruamente. Eram aulas de anatomia da alma humana.

— Que atitudes teríamos ao vermos os médicos judeus se tornarem como que leprosos nos tempos de Hitler, com cartazes que diziam: "Evite médicos judeus"? Frequentaríamos seus consultórios, ainda que neles confiássemos? Tais médicos haviam dedicado toda a vida a tratar da dor, e agora experimentavam a mais penetrante das dores, a dor do desprezo. Sem poder exercer sua profissão, alguns caíram em profunda depressão. Que reação teríamos ao ver os comerciantes judeus se transformarem em vírus contagiosos: "Não comprem em lojas judaicas"? — E, teatralizando a dor desses miseráveis, em seguida o professor chocou mais uma vez seus alunos: — Teríamos coragem de ir contra a opinião pública e comprar mercadorias de judeus? Suportaríamos as consequências? É duvidoso que haja muitos heróis entre nós.

Júlio Verne continuou dizendo que no começo do governo, durante 1933 e 1934, os nazistas recuaram de sua promessa de fechar lojas de departamentos dos judeus, pois isso poderia aumentar o desemprego dos "arianos".[25] Em 1936, houve uma trégua relativa à perseguição da comunidade judaica por ocasião dos Jogos Olímpicos, gerada pelo temor dos nazistas de uma represália internacional. Mas logo foi quebrada. As investidas contra os judeus se tornavam cada vez mais frequentes e extremas.

Uma delas resultou na expulsão de 8 mil judeus de ascendência polonesa. Muitos deles já tinham fixado residência na Alemanha havia mais de 25 anos, mas seus bens foram confiscados sem piedade. Eles foram despojados de tudo, ficando com nada mais do que suas roupas.[26] Esses judeus foram despejados na fronteira com a Polônia. De lá foram forçados a caminhar a pé sob constantes abusos físicos e verbais por parte dos guardas das SS. Após atravessar sem comida a fronteira, algumas famílias que antes comiam finas iguarias foram abrigadas em estábulos sob o cheiro azedo de estrume fermentado de animais. Era o começo da desgraça judaica em massa. Hitler, nessa época, já não se importava com as críticas do exterior. Comentou que era o Robert Koch da política. "Ele descobriu o bacilo e mudou a medicina. Eu expus os judeus como uma bactéria que destrói a sociedade..."[27] Parece que Hitler não era ser humano. Era incapaz de se perturbar com o sofrimento dos outros, mesmos os mais tangíveis.

Após esse comentário, Júlio Verne tomou um pouco de água, umedeceu os lábios e pausadamente pegou a outra parte da carta de Hitler ao presidente americano, passando a lê-la. Agora não apenas teatralizava o texto, como imitava a voz de Hitler, como se estivesse pronunciando um dos seus impactantes e agressivos discursos.

> *[...] Dominei o caos que reinava na Alemanha, restabeleci a ordem, aumentei imensamente e em todos os campos a produção da nossa economia. Consegui encontrar trabalho útil para os 7 milhões de desempregados. Não só uni politicamente o povo alemão, mas também o rearmei e, além disso, livrei-o daquele tratado (o Tratado de Versalhes), página por página, que em seus 448 artigos contém a opressão mais vil jamais infligida aos homens e às nações... Guiei de volta ao seio da mãe pátria milhões de alemães que estavam em abjeta miséria... Sr. Roosevelt, fiz tudo isso sem derramar sangue e sem trazer para meu povo, e portanto para outros povos, a desgraça da guerra.*[28]

— Hitler não estava blefando nos argumentos ao se dirigir ao presidente dos Estados Unidos. Havia se sentido ofendido com a carta e proposta de Roosevelt, mas em vez de mostrar seu espírito aguerrido, dissimulava suas intenções mostrando seus notáveis feitos como pacificador e estadista no campo econômico, social e bélico. Hitler dividiu a mensagem de Roosevelt em vinte e um pontos e os respondeu um a um.

— Mas eu pensava que Hitler tivesse sido um péssimo chanceler, uma farsa como líder — afirmou Lucas.

— Nos primeiros anos, não, Lucas, pelo menos em algumas áreas.

De repente, uma jovem que não era sua aluna, mas que amava muito Júlio Verne, e que estava sentada discretamente na vigésima fileira, levantou-se e o elogiou publicamente. Era Katherine, a mulher de sua vida.

— Parabéns pelo seu raciocínio, mestre. Gostaria de ter um pouco da sua loucura. — A plateia irrompeu em aplausos. — Mas tenho uma pergunta: as ações de Hitler eram internacionalmente reconhecidas antes da guerra? E até onde o sucesso na primeira fase de seu governo contribuiu para o domínio da sociedade alemã?

O professor sorriu, surpreso; jamais imaginou que Kate estaria presente. Desconfiou que ela estivesse lá para observar sua sanidade. De qualquer forma, ela o inspirava e o alegrava.

— Sim, Katherine, Hitler foi reconhecido internacionalmente, embora muitos o considerassem bizarro, um camaleão. Por estranho que pareça, Winston Churchill, seu mais ferrenho inimigo, fez este comentário: "Se Hitler tivesse morrido em 1938, portanto, antes de desencadear a Segunda Guerra Mundial com a invasão da Polônia, seria considerado um dos maiores estadistas da Europa".[29] Mas Churchill se equivocara muitíssimo nesse pensamento; talvez desconhecesse as atrocidades que Hitler estava cometendo nos bastidores do regime.

Júlio Verne abordou que mais tarde Churchill disse para John Martin, seu secretário particular: "Posso parecer feroz, mas só o sou com um homem — Hitler".[30] Porém, é verdade que à custa de pesados investimentos em infraestrutura e para rearmar a Alemanha, portanto com grande endividamento, Hitler aliviou a crise econômica, aumentou a produção, fomentou o emprego, um feito notável.[31] Sete milhões de desempregados foram introduzidos no mercado! Talvez 20% da força de trabalho.

— Sete milhões encontraram emprego! — disseram os alunos entre si, admirados. Era um número realmente grande.

— Uma Alemanha humilhada após a derrota na Primeira Guerra Mundial resgatou seu orgulho! Provavelmente na década seguinte o endividamento implodiria as bases da economia do país, mas não há dúvida de que seu êxito inicial contribuiu para anestesiar a sociedade alemã para receber suas trágicas obras-primas: a invasão de outras nações, a supremacia racial e cultural ariana e o extermínio em massa dos judeus da Europa.

Katherine, diante disso, alertou:

— Todo político é um empregado da sociedade pago com dinheiro do contribuinte. Ter sucesso é sua obrigação e não objeto de exaltação. O político que não se posiciona como servo da sociedade, mas se serve dela, não é digno do cargo que ocupa.

Os alunos a aplaudiram.

E o professor aproveitou a motivação deles para convidá-los a interpretar o comportamento de Hitler expresso no texto que lera. Com a voz empolada, pediu a eles que contassem quantas vezes o Führer fazia sua autoexaltação:

— "Eu dominei o caos da Alemanha."

Os alunos disseram em voz alta.

— Uma!

— "Eu restabeleci a ordem na Alemanha!"

— Duas!

— "Eu aumentei a produção alemã!"

— Três!

— "Eu consegui trabalho para o povo alemão!"

— Quatro!

"Eu o uni politicamente!", "Eu o rearmei!", "Eu o livrei do Tratado de Versalhes!", "Eu o guiei!", "Eu fiz tudo isso!".

Os alunos ficaram perplexos. Contaram que num curto texto Hitler usara, direta ou indiretamente, o pronome "eu" nove vezes!

— O que esse ego superinflado indica?

— Indica um ególatra de marca maior, que ambicionava que as pessoas se curvassem à sua grandeza. Se num texto diplomático, que requer o mais polido discurso, ele mostrava um egocentrismo tosco, imagino como não se promovia nas rádios, nos discursos do partido e para os seus generais? — afirmou Michael, apreciando a maneira como Júlio Verne conduzia suas aulas.

Diante disso, Lucy, uma tímida aluna do quarto ano do curso de serviço social, também emitiu sua opinião.

— Indica ainda um líder que nega a colaboração dos seus pares. Eles tinham de gravitar na sua órbita. A Alemanha era Hitler.

— Talvez nem Winston Churchill tenha percebido essa falha na personalidade de Hitler quando o exaltou como estadista. O uso excessivo do pronome "eu" revela um desvio de personalidade gravíssimo, típico de um sociopata — afirmou Katherine.

— Hitler acertadamente disse que a Alemanha não era uma nação com espírito bélico, mas seu líder o era. Ele dissimulava sua agressividade latente nas entrelinhas: "Sr. Roosevelt, fiz tudo isso sem derramar sangue e sem trazer para meu povo, e portanto para outros povos, a desgraça da guerra". O que esse pensamento aponta?

— Que Hitler considerava no secreto da sua mente dia e noite as hipóteses do derramamento de sangue e da guerra — comentou Peter.

— Muito provavelmente. A negação radical pode ter cor e sabor de uma afirmação disfarçada — afirmou o professor. — O fantasma da intolerância estava consumindo a sua alma e pronto para devorar os líderes poloneses.

Katherine, tomando a palavra, surpreendeu o homem que amava. Citou as ideias de um grande psicólogo social.

— Erich Fromm comenta, em seu livro *Anatomia da destrutividade humana*, que muitas guerras ocorrem não por mágoas represadas no passado, mas por agressão instrumental das elites militares e políticas. E que, quanto mais primitiva uma civilização, menos guerras se encontram em seu passivo.[32]

Olhando para Katherine, o coordenador de direito, amante de filosofia, discordou. Ele a conhecia.

— O que você está dizendo, professora? Quanto menos desenvolvidas as nações, menos guerra em sua história? Não é possível! Penso que é justamente o contrário, que o desenvolvimento asfixia qualititativa e quantitativamente as guerras. Que tese é essa? Será que você não está equivocada?

Depois dessa impressionante e curta tese de Erich Fromm, Katherine estendeu seus argumentos e deu dados para alicerçá-los:

— As agressões entre os Estados europeus seguem uma trajetória crescente à medida que eles se desenvolvem econômica e tecnologicamente: no século XVI houve 87 batalhas. No XVII, 239 batalhas. No XVIII, 781 batalhas. No XIX, 651 batalhas. Mas, por incrível que pareça, apenas na primeira metade do século XX houve uma explosão do número de batalhas: de 1900 a 1940 houve 8.928.[33]

Após uma pausa para um breve momento reflexivo mapeando as guerras da atualidade, que nunca davam tréguas, Katherine indagou, para o assombro da plateia:

— Será que o desenvolvimento tecnológico, se não for trabalhado pelas ciências humanas, em vez de abrandar o fantasma do impulso agressivo do ser humano, não é um impulso a ele? O que podemos esperar para nossos filhos, nas próximas décadas, com escassez de água, energia, alimentos?

— Será que as loucuras da exclusão, controle de pessoas, assassinatos em massa, patrocinadas por Hitler, não têm chance de ser retomadas, de alguma forma? — acrescentou, temerosa, Deborah.

O professor, pegando carona nessas ideias, adicionou:

— De uma coisa, sei, a educação lógico-linear e, portanto, cartesiana, que não nos encoraja a explorar o território psíquico e desenvolver a tolerância e o altruísmo, não é uma vacina eficaz contra as atrocidades humanas. Ao contrário, fomenta a ansiedade, o consumismo, e nos deixa em um limiar baixíssimo para suportar frustrações. Hitler odiava ser contrariado. Quem aqui tem maturidade para reagir com bom humor quando contrariado? — alfinetou mais uma vez o professor.

Enquanto os alunos faziam um burburinho, o professor elevou o tom de voz e finalizou a carta do tirano.

Fiz isso, sr. Roosevelt, com minhas próprias forças, embora há 21 anos eu fosse um desconhecido trabalhador e soldado do meu povo... Em comparação, sr. Roosevelt, sua tarefa é muito mais fácil. O senhor tornou-se presidente dos Estados Unidos em 1933, quando eu me tornei chanceler do Reich. Desde o início tornou-se chefe de um dos maiores e mais ricos Estados do mundo. Portanto, o senhor tem tempo e vagares para se devotar aos problemas universais. O meu mundo, senhor presidente... é muito menor. Compreende só o meu povo. Mas acredito que assim sirvo melhor o que está no coração de todos nós — justiça, bem-estar, progresso e paz para toda a confraternidade humana.

Adolf Hitler, 28 abril de 1939

Após lê-la, o professor pediu que os alunos acusassem os pontos conflitantes ou doentios de Hitler nesse parágrafo. Aprendendo a não terem receio de ser "estúpidos", os alunos, com a ajuda do mestre, começaram a interpretar o texto. Elegeram vários pontos:

1) O continuísmo do egocentrismo de Hitler, expresso no pensamento "(eu) fiz isso com minhas próprias forças". 2) A supervalorização de sua origem humilde, apontada na frase "embora fosse um desconhecido trabalhador". Valorizar a origem humilde é fundamental, mas supervalorizá-la indica um conflito não resolvido, uma contração latente da autoestima e da autoimagem não superadas e uma exploração do coitadismo. 3) A insistência em dizer que é desprendido do poder, indicada na ideia "meu mundo é muito menor". Quem fala repetidamente que não ama o poder tem uma paixão clandestina por ele, afirmou Júlio Verne. 4) A quantidade exagerada de citações diretas ou indiretas ao presidente americano.

— Vejam bem, diletos alunos. Hitler fala nove vezes de seu ego, e aqui aborda seis vezes num único parágrafo, direta ou indiretamente, o nome de Roosevelt. Chama-o pelo próprio nome ou por "senhor", indicando mais uma vez a magnitude de seus traumas e a dimensão do seu complexo de inferioridade, que era canalizado para um autoritarismo e uma irrefreável ambição de cravar seu nome na história. Acompanhando os passos de Roosevelt e invejando-o, diz: "O senhor tornou-se presidente dos Estados Unidos em 1933, quando eu me tornei chanceler do Reich. Desde o início tornou-se chefe de um dos maiores e mais ricos Estados do mundo...".

— Então, há de se concluir que, antes de Hitler lançar a Alemanha numa guerra irracional, havia uma bomba em seu psiquismo que estava explodindo... Uma bomba que seus discípulos se recusavam a admitir ou desarmar — concluiu Lucas.

O professor concordou. E, nesse momento, sem que ele tivesse controle, sua mente foi novamente invadida por pensamentos inquietantes. Viu a imagem de duas crianças conversando, Moisés e Anne, os garotos da estranha carta que recebera. Mas nunca tinha sonhado com eles, e não entendia por que e de onde vinham essas imagens, que revelavam que eles estavam sendo deportados para um campo de concentração. Sua respiração se tornou mais rápida e superficial, seu coração pulsou mais forte, e ele começou, inclusive, a ter extrassístoles — contração sobreposta do coração —, que lhe produziram desconforto e o levaram a colocar a mão direita no lado esquerdo do peito. Esforçava-se para gerenciar sua ansiedade, uma árdua tarefa. Todos perceberam que algo estava errado com ele, só não sabiam dizer o que era. Katherine abalou-se. Os olhos do professor lacrimejaram com as imagens vislumbradas e ele não se importou que o chamassem de frágil, inseguro, instável. Com esforço descomunal, tentou finalizar sua aula.

— O homem que proclamava aos quatro ventos "[...] acredito que, assim, sirvo melhor ao que está no coração de todos nós — justiça, bem-estar, progresso e paz para toda a confraternidade humana" cometia violências inimagináveis por detrás da cortina dos discursos, inclusive com as crianças. Cinco meses depois de responder a Roosevelt e se autoproclamar um dos maiores pacifistas da Europa, Hitler invadiu a Polônia e começou a Segunda Guerra Mundial. A maior máquina de destruição humana de todos os tempos se iniciava.[34] Nunca as palavras traíram tanto as ações!

Em seguida, o professor se recostou, fatigado, na mesa central do anfiteatro. Sua saúde estava debilitada. Sua pressão arterial variava, latejantes cefaleias o acompanhavam. O sono de má qualidade e a gastrite nervosa que adquirira nas últimas semanas o castigavam. Encerrou sua aula sem um ponto-final, apenas flexionou a cabeça em agradecimento. A plateia levantou-se e o ovacionou demoradamente.

— Dirijo-as para as vítimas do nazismo! — falou pensativo e pausadamente.

Katherine caminhou apressadamente até ele. Não parecia o colecionador de lágrimas dos últimos tempos, o frágil homem que despertava em crise nas noites maldormidas. Esperou que o grupo de admiradores, inclusive Michael, se dissipasse para se aproximar. Fixou seus olhos nele, beijou-o suavemente nos lábios e, sem explicações, pediu-lhe desculpas pelas cobranças.

— Entre a sanidade e a loucura, talvez só tenha sobrado a loucura, Kate — disse ele com bom humor.

— Seu tolo. Você é o louco mais admirável que conheço.

Ela o tomou em seus braços e, como ele era mais alto, repousou suavemente a cabeça sobre seu peito, sentindo seu coração e seus pulmões estressados. Ele relaxou e a envolveu carinhosamente. Era um homem em conflito, ela sabia disso, mas surpreendente, ela tinha certeza.

CAPÍTULO 7

UM PSICOPATA NA UNIVERSIDADE

Terça-feira, 7 horas e 54 minutos da manhã, Júlio Verne e Katherine entraram pelo saguão principal da belíssima universidade. Os dez lustres reluzentes, com sessenta lâmpadas cada um, fixadas em círculo, as colunas romanas com suas abóbodas torneadas e o piso de mármore de Carrara com suaves estrias encantavam os olhares dos menos apressados, uma raridade no ambiente acadêmico. A universidade reproduzia a sociedade estressante, era dificílimo encontrar professores tranquilos, e mais incomum ainda, alunos calmos. Todos andavam rápido, sem questionar por que tinham tanta pressa.

Ao ver o professor, os alunos o rodearam como a uma pequena celebridade, algo nunca acontecido na instituição. Ele sorria, agradecia e, abraçado a Katherine, não interrompia sua caminhada. Beijava algumas meninas na face, abraçava alguns garotos, tocava seus alunos. Max Ruppert observava de longe Júlio Verne, indignado com sua conduta "imprópria" de aproximação da sua clientela. A intrepidez e oratória de Júlio Verne ofuscavam o brilho do reitor como estrela-mor da universidade e geravam-lhe aversão. A vaidade de um intelectual não permite competidores.

Aquele dia se parecia com outro qualquer. Júlio Verne continuava caminhando sob o assédio dos alunos. Mas subitamente, quando estava no meio do saguão, seu semblante mudou; começou a ficar inquieto, perturbado, como se pressentisse algo dramático prestes a acontecer. Sua mente não foi assaltada por imagens aterradoras, mas sua emoção, sobressaltada por altos níveis de ansiedade. Olhava para os lados sem parar. Katherine ficou preocupada com seu comportamento. Pegando no braço esquerdo dela, ele acelerou seus passos. Katherine disfarçadamente o chamou de lado, se aproximou dos seus ouvidos e lhe disse:

— Não seja indelicado com os alunos. O que está acontecendo?

— Não sei, parece que estamos sendo seguidos.

— Pesadelo acordado? Impossível. Acalme-se — comentou, impaciente.

Ele se esforçava para relaxar, mas parecia descontrolado. Ela, por sua vez, encantada com o raciocínio dele nos últimos dias, ficou decepcionada. Pensou: "Será que suas crises retornaram? Será que sua melhora não é consistente?".

Subitamente, um pequeno estrondo chamou a atenção dos presentes no saguão. Espantados, todos olharam para cima, mas não viram nada. Parecia um trovão, mas não era um dia chuvoso e, além disso, estavam dentro da universidade, um ambiente protegido. Talvez estivessem consertando o edifício, alguns pensaram. O que era estranho é que o isolamento acústico do edifício não permitia ouvir barulhos de fora. Logo a curiosidade se dispersou e os alunos começaram a conversar com o professor.

De repente, um tipo incomum, loiro, alto, de 24 anos, trajando um sobretudo preto que encobria uma farda militar, surgiu com olhar fixo, face carregada de tensão e sedento de ódio. Quem passou por ele estranhou sua postura, mas a universidade era uma coleção de figuras atípicas. Ninguém desconfiou que o sujeito estivesse lá para sangrar pessoas inocentes. Júlio Verne continuava com os olhos atentos ao ambiente. Subitamente avistou o estranho personagem, que já estava a cerca de 15 metros dele. Os olhos de ambos se cruzaram. De repente, o suposto militar sacou uma pistola e apontou para a sua direção. Num sobressalto, o professor tentou tomar a frente dos alunos para protegê-los. Bradou:

— Abaixem-se! Abaixem-se. — E sem saber de onde vinham suas forças, gritou ao assassino: — Por favor, não atire! Não atire!

E tudo foi tão rápido que ninguém entendeu, pois muitos não tinham visto sequer o atirador. A estratégia do professor não deu resultado; o assassino, destituído de qualquer sensibilidade, fez vários disparos. O primeiro alvo foi um dos alunos mais queridos e participativos, Peter Douglas, que fora o último a abraçar o professor. Atingido nas costas, na região central da coluna, entre a cervical e a lombar, imediatamente tombou.

Gritos, tumulto, pânico, uma sinfonia do desespero. Alunos e professores da instituição corriam em todas as direções. O assassino, furioso, continuava disparando sua pistola na direção do mestre, o local de maior aglomeração de pessoas. Acertou outros dois alunos, um no ombro direito e outro no abdome. Ambos caíram ao chão. Mais alguns disparos, até que conseguiu atingir Júlio Verne, de raspão, no braço esquerdo. Temendo por Katherine, o professor se jogou sobre ela, tentando evitar que também fosse alvejada. Em 25 segundos de pânico, o saguão foi arrebatado por um vazio mordaz. Somente restaram em cena, caídos, os três alunos atingidos, o professor e Katherine.

O atirador, como serpente apta a cravar os dentes, se aproximou passo a passo de Júlio Verne e estranhamente bradou "*Heil, Hitler!*".

Nesse momento, o professor, perplexo, sabendo que viveria seus últimos instantes, virou o rosto para seu algoz, que o sentenciou em baixo tom com um sorriso macabro no rosto:

— É seu fim, judeu!

Mas, antes que ele atirasse, Júlio Verne levou um choque. O jovem assassino trajava por baixo do sobretudo um uniforme da SS, e nele havia estampada a suástica, a insígnia do Partido Nazista. O atirador apontou para sua cabeça a pouco mais de um metro de distância. E apertou o gatilho... Porém, felizmente a arma falhou. Parecia que o gatilho tinha emperrado ou que não havia mais balas no tambor. E ele insistiu, apertando o gatilho ansiosa e continuamente, mas nada. Tomado pela cólera, começou a chutar repetidamente o professor. Após esse espancamento, o professor, mesmo ferido, conseguiu derrubá-lo trançando suas pernas com as dele. Uma vez no chão, rapidamente cinco seguranças da universidade apareceram e tentaram imobilizá-lo usando *spray* de pimenta e armas emissoras de choques elétricos que geravam violentas contrações musculares. Afinal conseguiram, mas não sem grande esforço, pois o jovem parecia estar sob efeito de poderosas drogas estimulantes.

O professor e Katherine começaram a socorrer os alunos. Ele abraçou Peter, de 21 anos, o primeiro jovem alvejado.

— Seja forte, Peter. Você vai ficar bom.

Peter olhou para o professor e, por incrível que pareça, confortou-o e lhe agradeceu:

— Você não é um covarde, professor. O... obrigado... Obrigado. — E assim fechou seus olhos.

O professor gritava:

— Uma ambulância, uma ambulância!

Peter não morreu, mas estilhaçou sua coluna. Os outros dois alunos, felizmente, conseguiram sobreviver sem sequelas, embora o que fora alvejado no estômago ficasse cinco dias internado. Só não houve assassinatos em massa porque aparentemente o carrasco tinha um alvo a ser eliminado.

Júlio Verne levou três pontos em seu ferimento. Passado o tumulto, ele, profundamente angustiado, em especial por Peter, foi interrogado no hospital. Katherine, igualmente apavorada, estava ao seu lado. Fizeram um longo interrogatório, conduzido por Billy, o bem-humorado, bizarro, mas esperto, inspetor de polícia da Scotland Yard, a polícia metropolitana de Londres. Billy, 1,76 m, frontalmente calvo, cabelo preto, faces circulares, leve sobrepeso, tinha orgulho de trabalhar na polícia fundada por *Sir* John Peel em 29 de setembro de 1829. Achava seu desempenho profissional excelente. Sempre considerou que o objetivo fundamental da polícia é a prevenção do crime, por isso gostava de bombardear com perguntas seus entrevistados, até sobre fatos desnecessários.

Perguntou para o professor se ele conhecia grupos radicais em Londres, se sabia da existência de neonazistas na Inglaterra, se havia recebido ameaças antes, se tinha desafetos, se era perseguido, se havia se envolvido com brigas, se não pagara alguma de suas contas. As respostas foram todas negativas. Júlio Verne disse apenas que alguns jovens se sentiam incomodados com suas aulas.

— Hum... Incomodados por que, professor? — indagou Billy, torcendo o bigode.

O professor tentou se explicar.

— Sou professor de história. Tenho dado aulas sobre a Segunda Guerra Mundial e os crimes contra a humanidade cometidos pelo nazismo. Mas não incito a agressividade, sou pacifista. Por mais que alguns alunos não gostem de minha didática e das minhas teses, penso que seriam incapazes de cometer uma atrocidade dessas. Além disso, não conheço o assassino, nunca o vi antes.

— Tem problemas com palestinos, árabes?

— Em hipótese alguma. Tenho vários alunos árabes por quem nutro o maior respeito. Sou amigo de professores muçulmanos que, juntamente com um grupo de judeus londrinos, participam de um movimento em prol do desenvolvimento socioeducacional da Palestina.

Katherine, mais direta, questionou o inspetor:

— Mas você acha que Júlio Verne é que era o alvo do assassino?

— Não sabemos. Parece-nos que ele não atirou aleatoriamente. Talvez quisesse matar qualquer um que estivesse no foco central dos seus olhos. E vocês por acaso estavam lá. Mas ele lhe disse alguma coisa antes de ser contido?

Preocupado, o professor contou-lhe:

— Sim: "*Heil Hitler!* É seu fim, judeu!".

Katherine se assustou, pois não havia ouvido essas palavras. E Billy ficou pensativo, respirou profundamente e comentou:

— É interessante. Ele sabia que você é judeu. — E, irônico, comentou: — Mas esse nariz o denuncia, professor. Hum... Será que ele também sabia que você é professor de história? Preciso investigar. Anote isso — falou para um auxiliar, que era mais um figurante em suas mãos.

Depois ponderou:

— É difícil dizer se ele programou assassiná-lo. Esses jovens radicais têm raiva da vida, do mundo, de tudo. Vivem a expensas da sociedade, mas não querem reconstruí-la, e sim destruí-la. Matam sem endereço, sem se importar com o nome de quem vai morrer.

— E qual é o nome do atirador? — perguntou Júlio Verne.

Billy pegou a ficha do interrogatório preliminar.

— Diz que é Thomas Hellor.

— De onde ele vem? Faz parte da universidade? Onde mora? Quem são seus pais? — indagou, ansiosa, Katherine.

— Não conseguimos grandes respostas. O sujeito não tinha documentos, parecia estar em estado de choque, confuso, perturbado. Está delirando. Vocifera que faz parte da SS e que Hitler ganhará a guerra. O maluco não sabe que Hitler morreu há um "século". Fala inglês, mas tem sotaque de alguém que está vivendo há muito tempo na Alemanha. Tem um caráter forte, determinado.

Lembrando-se das duas misteriosas cartas que recebera, Júlio Verne ficou irrequieto ao saber que o sujeito acha que é um personagem que viveu nos tempos de Hitler. Mas não contou nada sobre elas para o inspetor. Tinha medo de ser acusado de doente mental.

— Como assim? O assassino acredita que está vivendo nos tempos da Segunda Guerra?

— Sim. E jura que Hitler vencerá a Inglaterra. Quando lhe falamos que vencemos, só faltou ele pular em nossa garganta. Precisou ser contido.

— Você comentou que Hitler se suicidou? — disse Katherine.

— Sim, mas mesmo contido ele espumava pela boca: "É mentira! É mentira!". E obsessivamente acenava e clamava "*Heil,*

Hitler!". Se Renan estivesse lá, acreditaria que o sujeito saiu de um portal do tempo, não é desta era.

— Renan? Portal do tempo? Não estou entendendo, inspetor — indagou o professor.

— Ah, me desculpe, pensei alto. — E se explicou: — Renan é um amigo, um gênio da física quântica, mas muito estranho. Bem, nem tanto... Ele acredita em universos paralelos. Diz que é possível haver transporte no tempo, que o passado pode visitar o futuro e o futuro, o passado.

— Há louco para tudo — disse Katherine olhando para Júlio Verne, tentando descaracterizar aquelas bobagens. A sua sobrecarga de estresse dele já era por demais exagerada. Dar crédito ao misticismo só o pioraria. Porém, o professor era mais cético que ela.

Mas Billy não digeriu o modo preconceituoso como ela falou sobre Renan.

— Senhora, meu amigo é diferente, mas não é louco — afirmou o inspetor.

— Desculpe-me, foi força de expressão — ponderou a professora.

Em seguida o inspetor disse que era perturbadora a convicção do assassino.

— Ao mesmo tempo que delira, parece convicto, talvez seja bipolar.

— Qual a origem dele? — perguntou o professor.

— Diz que seu pai se chamava Cooper, era britânico, e foi, veja só, soldado fotográfico na Primeira Guerra Mundial, e que sua mãe era alemã. Após a Primeira Guerra, seus pais retornaram para a Grã-Bretanha, onde ele nasceu. Comentou que foi rejeitado o seu ingresso na polícia britânica por sua linhagem germânica.

Enquanto ouvia essas palavras, Júlio Verne sentiu calafrios na espinha. Depois, começou a ter vertigem. Balbuciou duas vezes em tom menor o nome do atirador, como se estivesse refrescando sua memória.

— Thomas... Thomas Hellor.

Katherine ficou incomodada com seu comportamento.

— O senhor está passando bem? — indagou o inspetor.

Mas ele não respondeu a Billy. Em seguida emendou uma estranha pergunta.

— Por acaso ele diz que nasceu em agosto de 1917?

O inspetor pegou o depoimento e ficou impressionado.

— Sim! Disse que nasceu em 29 de agosto de 1917. Como você sabe?

O professor novamente não respondeu a Billy, mas acrescentou outra questão:

— Ele trabalhou como professor na Alemanha?

Novamente surpreso, o inspetor confirmou.

— Sim, diz que foi professor. Mas não estou entendendo. Como você sabe dessas informações?

O professor explicou:

— Thomas Hellor, depois de ser preterido pela polícia da Inglaterra, foi para a Alemanha. Entrou para as forças de Hitler e se tornou o único britânico que foi condecorado pelo nazismo.

— Impossível! Um britânico lutou ao lado de Hitler e pela causa nazista? Agora você é que está delirando, professor!

— Quisera estar, inspetor, quisera estar. Mas Thomas Hellor também teve problemas na Alemanha. Foi demitido como professor por ser britânico. Posteriormente, por aderir às teses nazistas, foi encorajado a se alistar no exército alemão. E não parou por aí. Tempos depois, foi apresentado ao oficial Gottlob Berger e se alistou na SS. Foi comissionado como oficial no 5º Regimento de

Infantaria, onde atuou como instrutor permanente. Em fevereiro de 1943, esteve em combate e, depois de ter matado vários aliados, foi ferido por estilhaço de bombas. E pelos serviços prestados à Alemanha nazista, foi agraciado com a Insígnia de Prata para Feridos, uma condecoração de honra. Em 1945, foi preso e julgado no Old Bailey por alta traição, declarado culpado e condenado à morte, mas a sentença foi comutada para prisão perpétua.[35]

— E como você sabe de tudo isso? — questionou, desconfiado, o inspetor.

— Esqueceu? Sou professor de história, especialista nesses nebulosos tempos.

— Se lutou ao lado de Hitler, mereceu a sentença — declarou Billy.

Trazendo luz para o ambiente, Katherine, sempre racional, afirmou:

— Mas, se acreditássemos que o assassino que tentou nos alvejar é o mesmo Thomas Hellor do século passado, deveríamos comprar um assento permanente num hospital psiquiátrico.

— Claro, Kate. Ainda estamos dentro da realidade — confirmou o professor.

Billy mordeu os lábios, fletiu algumas vezes a cabeça, revelando uma pequena ponta de dúvida. Em seguida, deu outra olhadela no depoimento.

— Não é que o assassino disse que foi condecorado como ferido de guerra? E já notou como ele manca de uma perna?

— Sim, percebi que manca da perna esquerda. — Novamente vieram à sua mente as cartas, o que, somado a esse fato, o levou a ficar apreensivo. Eram fenômenos completamente incomuns num período tão curto, meses, mesmo para ele, que era racional e coerente.

Katherine, como psicóloga social, tinha sua explicação.

— Não poucos psicopatas tendem a se despir da sua identidade real e se travestir de uma identidade social, enfim incorporar personagens do passado que admiram. O assassino certamente leu a história do nazismo e, como inglês, se projetou em Thomas Hellor, assumindo seu personagem.

— Certamente — afirmou Júlio Verne.

— Não há dúvida — confirmou o inspetor, que no fundo tinha lá sua queda pelo misticismo. Depois dessa prolongada conversa, Billy se despediu.

Posteriormente ela recebeu a visita de seus pais.

— Filha, o que está acontecendo?

Ela lhes contou os fatos, mas não os detalhes. Se lhes dissesse sobre a suposta identidade do atirador, sua mãe mais uma vez iria incentivar a separação. Júlio Verne lembrou-se dos seus pais. Eram grandes amigos. Se estivessem vivos, teria dois ombros para chorar. Quinze minutos depois, os pais de Katherine se foram. O casal estava, enfim, a sós. Júlio Verne ficou abaladíssimo quando recebeu a notícia de que Peter tinha grandes chances de ficar paraplégico.

— Que injustiça! É um absurdo Peter não poder mais andar. Nunca mais correr, caminhar, ser livre!

— Sem dúvida, é muito triste. Ele terá uma longa batalha pela frente para se reerguer e se superar.

— Será por minha causa que Peter estará numa cadeira de rodas? — disse, condoído, pensando na possibilidade de o assassino tê-lo como alvo e o ter errado.

Ela olhou em seus olhos e o repreendeu.

— Pare de se culpar, Júlio. Você se tornou um especialista em se punir. Desse jeito entrará na masmorra de uma depressão.

E procurou desviar sua atenção para algo que a intrigava.

— Por que, antes de ver o assassino, você estava inquieto? O que o levou à sensação de estarmos sendo perseguidos?

— Não sei. Não sei. Apenas pressentia algo.

— Você tem tido com frequência essa sensação?

— Não, Kate. Lembre-se da frase de Voltaire: "Amo a Deus, amo aos meus amigos, não odeio os meus inimigos, mas detesto a superstição". Eu enfatizo: detesto a superstição. Não estou com ideias de perseguição, fique tranquila.

— Perdoe minha ansiedade, mas me preocupo com sua saúde mental.

— Agradeço sua preocupação. Mas, quanto àquela impressão, foi a primeira vez. Devo ter passado pelo assassino e percebido, de relance, seu comportamento incomum, o que deve ter aberto algumas janelas da minha mente e desencadeado minha inquietação. Nada místico, nada sobrenatural, nada irracional, entende?

— Entendo! — disse ela, respirando profunda e relaxadamente.

E não conversaram mais sobre esse assunto. No dia seguinte, o professor visitou Peter no hospital. Foi uma visada rápida porque ele estava na UTI (unidade de terapia intensiva), convalescendo de uma cirurgia na coluna. Peter, infelizmente, não movia as pernas nem tinha sensibilidade tátil. Falaram pouco.

— Tenho medo de não voltar a andar, professor.

— Seu medo é legítimo, mas jamais permita que ele paralise sua liberdade e encanto pela vida. Use-o para se construir e não para se destruir.

— Obrigado, mestre.

O braço esquerdo do professor estava enfaixado. Colocando afetuosamente a mão direita sobre o ombro de Peter, ele se despediu dizendo:

— Longas jornadas o aguardam.

Quinze dias depois, Peter apareceu na universidade numa cadeira de rodas. Seus pais o conduziam lentamente. Por onde passava, as pessoas ficavam comovidas. Muitas lágrimas e perguntas sem respostas fizeram parte daqueles cálidos momentos. Seus pais estavam inconformados, sem palavras. Sabiam o quanto o filho admirava Júlio Verne e era influenciado por ele. Os debates em sala de aula eram comentados com entusiasmo na sala de casa. O professor e Katherine, juntamente com alguns alunos, foram recebê-los e fizeram uma grande homenagem a ele.

Tocaram uma música que os próprios alunos fizeram, com o tema "eternos amigos". Todos esperavam que Júlio Verne falasse algumas palavras, inclusive os pais de Peter. O professor, respirando profundamente, recordou algumas brilhantes intervenções de Peter.

— Sem andorinhas não se fazem as primaveras. Elas chilreiam e voam alegremente em busca da mais nobre das liberdades. O que posso dizer de Peter? Sem alunos como ele, não há primaveras no teatro da educação. Com seus debates e intervenções, transformam o árido solo da sala de aula num lugar onde aprender é o melhor de todos os prazeres. Peter, com apenas 21 anos, já navega nas águas mais profundas da sensibilidade. Revelando que estamos perdendo a capacidade de enxergar o ser humano numa perspectiva mais profunda, certa vez disse palavras inesquecíveis: "Mil morreram de câncer esta semana. Dois mil se suicidaram. Milhões estão desempregados. Secos números que não nos impactam mais! A matemática prostituiu nossa emoção. Quais foram suas histórias, que crises atravessaram e que perdas sofreram?".

E fitando Peter, declarou:

— Talvez hoje ele acrescentasse ao rol dos feridos "quem são os que perderam a capacidade de andar? Que lágrimas viveram?".

— E enxugando seus olhos, o mestre completou: — Peter! Muitos têm pernas, mas não sabem caminhar, têm liberdade para correr riscos, mas vivem no cárcere do medo. Não lhes falta musculatura, mas têm *deficit* de ousadia. E ousadia não é falta de medo, mas a capacidade de dominá-lo. Você terá que ter ousadia para transformar limites em liberdade. E quando, deprimido, perguntar "por que eu?", que você possa bradar "porque, como raros, sou capaz de transformar o caos em criatividade, a revolta em agradecimento e de fazer longas caminhadas sem pernas".

Com essas palavras, encerrou. E todos entusiasticamente aplaudiram o mestre e seu aluno. Peter, procurando dominar seu medo, agradeceu a homenagem.

— Talvez um dia eu volte a andar ou talvez nunca mais eu ande... — E seus olhos lacrimejaram. Então, refazendo-se, completou: — Será uma jornada difícil, e conto com o apoio de todos vocês, e com o sustentáculo do Artesão da Vida. Prometo a mim mesmo que procurarei gerenciar minha ansiedade, administrar o medo do futuro e lutar todos os dias para me nutrir no cardápio do prazer. Agradeço a vocês por fazerem parte do rol dos meus amigos e por ter o privilégio de me empurrarem. — Todos sorriram.

CAPÍTULO 8

A mente complexa e doente de Hitler

Ensinar irrigava o ânimo debilitado de Júlio Verne. Por amor a alunos como Peter, não podia desistir, precisava continuar penetrando nos espaços mais íntimos da história. Estava atrasado para mais uma aula. Tentava, ansioso, furar o bloqueio dos estudantes nos corredores. Muitos o cumprimentavam com entusiasmo. Sem que ele percebesse, alguém lhe passou o pé e o fez tropeçar. Tentou cair sobre o lado não ferido pelo projétil, embora estivesse cicatrizado. Seus livros e seu *notebook* se esparramaram pelo chão. Jeferson e Marcus, que haviam entrado com um processo contra o professor, deram gargalhadas exaltadas. Marcus, que foi quem o havia feito tropeçar, se aproximou e falou aos ouvidos do mestre:

— Precisa de ajuda, judeu?

— Não, obrigado — disse, expressando sua profunda frustração.

— Não se sente culpado por Peter, mestre? — falou Jeferson, destituído de afeto, no momento em que o professor estava sendo ajudado por outros alunos. Estes imediatamente repugnaram a atitude do garoto. Ao se recompor, o professor captou seus olhos e lhe deu uma resposta.

— Sinceramente, sinto. Mas meu maior sentimento de culpa não é pelos alunos feridos, e sim pelos que acham que estão vivos.

Jeferson retraiu seu corpo, pensativo. Em seguida, os alunos que admiravam o professor retiraram os dois desafetos de perto dele. Constrangido, ele se refez e agradeceu-lhes. Minutos depois de passar por longos corredores, entrou no anfiteatro lotado. Havia alguns jovens sentados inclusive nas escadas, algo que não era permitido. Queriam embarcar em mais um passeio pelos labirintos da história, em mais uma jornada pelos segredos da mente humana, em uma aventura surpreendente. Peter estava presente, com sua cadeira de rodas, na primeira fila. Sem perder tempo, o professor disse:

— Hoje veremos que a loucura e a razão podem estar muito próximas, e, em determinados psicopatas, em especial em Hitler, habitar a mesma alma. Se considerarem o psiquismo como a mais complexa de todas as construções, devem entender que as portas de entrada e saída não estão indicadas, e os mapas não têm marcos definidos.

— Mas como explorar nossa mente ou, em nosso caso, a dos psicopatas que causaram crimes contra a humanidade se não há mapas definidos? — falou, confuso, Peter, o primeiro a perguntar.

O professor animou-se em ouvi-lo. Mas a resposta não era simples.

— Para desvendá-la, é necessário em primeiro lugar perder o medo de se perder. Você tem esse medo? — Em seguida, continuou: — Em segundo lugar, é preciso se esvaziar o máximo possível de preconceitos e tendencialismos. Em terceiro, ser mais amante das perguntas que das respostas. Os amantes das respostas sempre serão superficiais. Quarto, ser um observador detalhista do objeto analisado. Quinto, sistematizar os dados observados e analisá-los multiangularmente, ou seja, por todos os lados possíveis. Assim, farão menos tolices interpretativas. — Os alunos sorriram. — Mas é provável que 90% dos julgamentos sobre os outros sejam equivocados ou distorcidos.

— Por isso minha namorada não me entende — brincou Lucas.

Deborah, que era amiga dela, a defendeu.

— Mas você tem uma mente complicadíssima.

A turma zombou dele.

O professor criava um clima descontraído para entrar em camadas mais profundas e complexas dos personagens que mancharam a história.

— Deveríamos inventar estratégias para percorrer os espaços psíquicos mais inóspitos da mente humana. — E, como gostava de fazer, aproveitou para colocar seus alunos mais uma vez contra a parede: — Mas quem gasta tempo observando sua estupidez? Quem interpela sua ansiedade? Quem mapeia suas intenções subliminares? Se viverem sob o verniz social, como poderão se autoconhecer? E, pior ainda, se a história impressa ou digitalizada é tão fria e distante, como poderão interpretar fatos históricos sem grandes contaminações?

Para o professor, ninguém poderia investigar personagens do passado se não se arriscasse a conhecer o mais importante personagem vivo, a própria pessoa. Para encorajá-los a fazer essa empreitada, mais uma vez se humanizou:

— Alguns de vocês sabem que me perturbo diante da possibilidade de ter pesadelos, mas não sabem que fracassar como educador também me tira do ponto de equilíbrio. E tem outra fobia perturbadora... — Fez uma pausa, esfregou as mãos no rosto e disse-lhes: — Não riam... os aracnídeos, esses bichos com um emaranhado de pernas que vocês chamam de aranhas, também me deixam em pânico.

Alguns alunos caíram na gargalhada, outros, relaxados, mapeavam as armadilhas de sua própria mente. E eram muitas. Alguns tinham pavor de empobrecer, envelhecer, morrer, serem traídos, amar, entregar-se. E, por fim, Júlio Verne comentou, mas não se sabia se falava a sério ou brincava, sobre o que mais lhe causava horror.

— Mas nada me perturba tanto quanto perder a mulher que me fascina, me domina e me deixa estonteado. — As alunas o aplaudiram. Katherine, discretamente sentada no fundo do anfiteatro, suspirou e pensou alegremente: "Esse é meu intrépido homem!".

— Provocada a me mapear, fico pensando que todo ser humano é um mundo com incríveis particularidades — afirmou Deborah. — Mas, nessa sociedade de consumo, classificamos as pessoas como produtos, umas pela magreza, outras pela cultura acadêmica e ainda outras pelo poder financeiro.

— Obrigado por introduzir o tema da minha aula, Deborah. — E, fitando a classe, afirmou: — Todo ser humano tem sua complexidade e singularidade, inclusive os personagens como Hitler. Já comentei em outra aula o ego doente de Hitler; agora precisamos avançar, precisamos conhecer as incríveis flutuações da mente do homem que deixou perplexo o mundo.

Em seguida, comentou que todo ser humano, por mais saudável que seja, sofre flutuações emocionais e intelectuais.

— Só os mortos são estáveis! — brincou Peter: — Felizmente estou vivo.

— Correto, Peter. Os vivos num momento estão tranquilos, noutro, inseguros; num período são racionais, noutro, incoerentes; num período, gentis, noutro, individualistas. A flutuabilidade branda é aceitável, mas a extrema é gritante, caso de Adolf, filho de Klara e Alois Hitler. Era gravíssima, refletia uma mente destruidora. A emoção do Führer da Alemanha flutuava entre o céu e o inferno.

— Não entendi essa característica de personalidade de Hitler, professor. Ele era um psicótico ou psicopata?

— Hitler não era um psicótico, era um psicopata, o que é muito diferente. Um psicótico não tem consciência dos seus atos, perdeu os parâmetros da realidade, não tem capacidade de avaliar as consequências dos seus comportamentos, portanto não pode ser responsável por eles. Os psicóticos são frequentemente inofensivos. Hitler era um psicopata, e, como tal, tinha plena consciência dos seus atos. Feria, excluía, exterminava, e não sentia a dor dos outros. E não era apenas psicopata, mas também sociopata, portador de alta periculosidade, o que o levava a colocar a sociedade em risco pela sua virulência. Entretanto, nesta aula, quero lhes mostrar que a mente dele não era simplista, mas altamente complexa e sedutora: em alguns momentos, expressava grande generosidade; noutros, extrema violência.

— A psique de Hitler era espantosamente não linear. Tal qual na teoria quântica, em que não se pode determinar a trajetória exata de um elétron, ou, pelo menos, simultaneamente, a velocidade e a posição de uma partícula — falou um jovem professor de física nuclear, que pela primeira vez frequentava uma das aulas de Júlio Verne.

O professor não entendia muito sobre teoria quântica, mas compreendeu o sentido da observação e afirmou:

— A mente de Hitler era extremamente paradoxal, o que o levou a confundir a culta sociedade alemã. Quem aqui já estudou a biografia dele para poder dar-nos um exemplo?

Ninguém se arriscou a falar. O professor sabia que alguns poderiam expressar suas ideias.

— Vamos, pessoal. É melhor o som da insensatez do que o silêncio da timidez.

Quando a aula chegava a um impasse, ele simplesmente esperava um, dois, cinco minutos, enfim, o tempo que fosse necessário. Não queria espectadores passivos. Professor e alunos tinham de ser cozinheiros do conhecimento. Como toda cozinha notável, tinha de haver um pequeno caos antes de os "pratos" serem elaborados. Os alunos ficavam aflitos com seu cáustico silêncio, até que eram impelidos a se arriscar, a falar o que lhes vinha à mente. Nesse dia, ele esperou três longos minutos. Até Katherine ficou inquieta. E disse:

— Hitler acariciava sua cadela.

A turma sorriu sem entender no que acariciar uma cadela revelava a flutuação do psiquismo do tirano, mas ela estava na direção correta.

— Ok! Hitler era gentil com sua cadela, Blondi. Solitário em seu *Bunker*, aposento de segurança máxima, era capaz de ficar em seu divã por horas a fio com Wolf, um filhote de sua ninhada aos seus pés.[36] Por um lado, Hitler tinha um intenso afeto por animais, por outro, não nutria afeto pelos seres humanos. Não é esse um comportamento extremista, inumano, irreconciliável? Enquanto um pequeno filhote de sua cadela era protegido carinhosamente aos seus pés, Hitler enviava para a morte centenas de milhares de crianças judias, filhos da sua própria espécie, para o extermínio coletivo. Não há como não se tornar um colecionador de inexprimíveis emoções se analisarmos os últimos instantes desses meninos e dessas meninas.

Fez uma pausa e emendou, sem detença:

— E lhes direi outra flutuação paradoxal. Quando Hitler fazia suas reuniões de cúpula, o clima era de um controle absoluto dos participantes. Raramente havia aqui ou ali alguma conversa paralela entre ministros e líderes das forças armadas. Um dos participantes dessas reuniões relatou: "Havia uma corrente de servilismo, de nervosismo e de permanente falsificação da realidade, terminando por sufocar-nos e gerando um mal-estar físico. Nada ali era autêntico, a não ser o medo".[37]

Falsificando a realidade, Hitler conseguia sempre fazer fluir a confiança e despertar esperança diante dos líderes da Alemanha. O surpreendente é que sua autoridade permaneceu indiscutível até seu último fôlego de vida, apesar de seus erros, suas mentiras, seus rompantes de agressividade e suas teses incoerentes.

— O medo, a velha ave de rapina do psiquismo, era a única coisa autêntica nas reuniões dos arquitetos da Segunda Guerra Mundial, mas os cegos seguidores de Hitler não se mapeavam nem o mapeavam, não adentravam o edifício do psiquismo. Ficavam na superfície. Precisou terminar a Segunda Guerra para que se fizesse um exame de consciência.

Hitler era portador de um otimismo inabalável e de uma autoridade inquestionável nas reuniões ministeriais e nas campanhas de guerra, mas quando estava só, recluso em seu *Bunker*, ficava frequentemente deprimido, tinha uma atitude sombria de meditação, um espírito distante e vago.

— Hitler se suicidou emocionalmente anos antes de fazê-lo fisicamente. Ele assassinou seu prazer de viver, pois nunca aprendeu que o segredo do prazer de viver se encontra nas pequenas coisas. Precisava de grandes eventos para experimentar fagulhas de alegria. Eis mais duas flutuações doentias do líder da Alemanha: otimismo social e depressão, autoridade política e fragilidade emocional.

Uma professora de psicologia, amiga de Katherine, que também frequentava aquela aula, comentou:

— De sua exposição se conclui que Hitler tinha uma péssima relação consigo mesmo. A solidão o asfixiava. Só se podia ver o brilho evidente no seu rosto diante das grandes decisões, do domínio dos povos, da bajulação das plateias. O que se pode esperar de uma sociedade cujo líder é mal resolvido? Um líder doente adoece sua sociedade.

O professor refletiu sobre essa tese e concordou. E continuou a dissecar algumas características da personalidade de Hitler perante uma plateia superconcentrada.

— Como todo ditador, Hitler não desenvolveu o pensamento abstrato, era incapaz de corrigir suas rotas. E vocês, são mutáveis?

Alguns alunos eram de alguma forma pequenos ditadores, radicais, inflexíveis, tinham grande dificuldade de superar algumas características doentias de sua personalidade. Mas Júlio Verne não os constrangeu; após atirar a pergunta ao ar, comentou:

— A mente de Hitler era pendular, flutuava entre a amabilidade e a agressividade explosiva.

Nancy ponderou:

— Como conviver com um homem que não se sabia como estava seu humor? Como agir diante de uma pessoa que em alguns momentos mostrava afetividade, noutros, uma compulsão para eliminar a quem a ele se opunha?

O professor aproveitou o momento para comentar que Albert Speer, amigo e arquiteto de Hitler, falou dos paradoxos comportamentais dele. Disse que na campanha eleitoral, em 1932, após a chegada ao aeroporto de Berlim, Hitler, num momento de intensa agressividade, repreendeu seus assessores pelo atraso dos carros que deveriam pegá-lo. Caminhava de um lado para o outro ansioso, descontrolado. Batia com seu chicote no alto das botas, como se quisesse espancar alguém.

— Speer, ao ver seu descontrole e sua irritabilidade diante de uma pequena contrariedade, disse: "Era muito diferente do homem com modos gentis e civilizados que me impressionara...".[38]

Impresionada, Katherine levantou as mãos e indagou:

— E Hitler era gentil com as mulheres?

— Depende de quais mulheres, Kate. Com as mulheres dos oficiais, dos grandes empresários e dos notáveis políticos, era um *gentleman*, inclusive com suas secretárias. Era capaz de pegar as mãos delas e delicadamente as beijar.

— O quê? Hitler encantava essas mulheres? — perguntou Evelyn, espantada.

— As mulheres alemãs tinha verdadeiro fascínio pelo Führer, o mais famoso solteirão. Tinham a impressão de que ele era um homem de rara sensibilidade.[39] Onde as encontrava ele se curvava para beijar suas mãos, em especial as mulheres da alta-roda. Mas o mesmo homem que beijava generosamente as mãos das mulheres arianas era o que dava ordens para matar milhares de mulheres judias sem nenhum constrangimento, inclusive ciganas. Eis outra flutuação fantasmagórica.

— Quantas mulheres judias foram assassinadas pelo nazismo? — indagou Deborah.

— Os números são imprecisos, mas foram pelo menos 2 milhões de mulheres que morreram sob seu domínio.

Lucy ficou pasma. Sempre pensou que os homens, por mais violentos que fossem, tinham uma tendência a preservar as mulheres. Desconhecia esse assassinato industrial. Chocada, perguntou:

— Como as mulheres eram selecionadas para a morte?

O relato do professor foi surpreendente.

— As mulheres chegavam aflitas dos comboios de trens para os campos de concentração de Auschwitz, Sobibór, Treblinka, Majdanek, Belzec, desesperadas por um pedaço de pão, ansiosas para alimentar seus filhos. Imagine viajar por dois dias, 170 pessoas espremidas em um único vagão. E quando chegavam, sem demora eram selecionadas pelos médicos da SS. Entre as da esquerda ficavam as que serviriam no regime de escravidão nos campos; as da direita, juntamente com crianças, idosos e deficientes, iam para as câmaras de gás. Carregando suas malinhas, muitas vezes após mais de um dia sem comer, sedentas, as crianças quase sem voz perguntavam: "Mamãe, estou com fome. Aonde vamos?". — E, com a voz embargada, o mestre acrescentou: — As mães não sabiam o que responder... Algumas, num esforço descomunal para consolá-las, diziam: "Vamos tomar banho e depois jantar". Nunca mais teriam refeições.

Os alunos que frequentavam as aulas do professor, embora tivessem contato com a dor humana, se tornavam cada vez mais estáveis emocionalmente, passavam a valorizar suas refeições, amizades, sua liberdade. Adquiriam mais estratégias para superar suas crises e angústias.

— Hitler era um homem de dupla performance, dupla face, uma no palco, outra nos bastidores — comentou Katherine. — Parece-me que ele tinha tendência a inspirar o suicídio.

— Ele era um suicida em potencial. Tinha resiliência débil, baixo limiar para lidar com frustrações, não suportava ser contrariado. Atitudes violentas ou depressivas acompanhavam suas decepções. Goebbels alimentava seu messianismo. Inclusive no fim da vida. Dizia a Hitler: "Se a morte fosse seu destino, deveria procurá-la nos escombros de Berlim. Sua morte seria um sacrifício à lealdade para com sua missão na história mundial".[40] Eram um bando de loucos sustentando uma missão torpe.

Baldur von Schirach, o líder da Juventude Hitlerista, escreveu criticamente em 1932: "Acredito que algumas pessoas atraem a morte, e Hitler definitivamente é uma delas",[41] mas com o tempo Baldur, tal qual muitos outros críticos, se curvou aos pés de Hitler.

O professor fez uma pausa e trouxe à lembrança a relação doentia do Führer com as mulheres mais íntimas.

— As mulheres próximas de Hitler adoeciam de tal maneira que tentavam o suicídio.

As alunas ficaram surpresas com essa informação. O professor deu alguns dados intrigantes. Teatralizando a angústia delas.

— Mimi Reiter, uma de suas namoradas, tentou o suicídio em 1926; Geli, sua sobrinha e amante, se matou em 1931; Renata Muller, uma amiga, também o fez, em 1937. Inge Ley, mulher do político Robert Ley, tentou contra a sua própria vida. E, por fim, Eva Braun se matou com cianureto poucas horas depois de se casar com Hitler.[42]

Enquanto o professor fazia sua exposição, havia emissários do reitor anotando o seu comportamento. Ele era policiado, e sabia disso.

— Que homem era esse cujas mulheres mais íntimas entravam em colapso? — questionou, alto, Deborah.

— Talvez ele as cativasse no primeiro momento, no segundo lhes furtasse a identidade e no terceiro as levasse ao desespero — afirmou Katherine.

O professor ficou feliz com a cooperação de Katherine. Embora ela estivesse sobremaneira estressada e preocupada, era uma mulher vibrante. Ele expressou com os lábios:

— Espero jamais levá-la ao desespero.

Depois se deu conta de que estava em público. Pigarreou e discorreu:

— Cito mais uma flutuabilidade da personalidade do homem que começou a Segunda Guerra Mundial. Hitler era vegetariano, cuidava do seu corpo com obsessão, tinha medo de contrair doenças.

— O quê? Hitler, o mais sanguinário dos homens, era vegetariano? Como pode ser isso? — indagou Gilbert, o mesmo aluno que certa vez ameaçara sair da classe.

— Ele não apenas era vegetariano como queria fazer seguidores. Aludindo às sangrias para fins de tratamento que seu médico Morell nele praticava, alfinetava seus convidados não vegetarianos com palavras rudes e altas doses de ironia: "Vou mandar preparar para vocês uma guloseima a mais, chouriços com excedente de meu sangue. Por que não? Vocês gostam tanto de carne."[43]

A classe tentou assimilar essas grosseiras palavras de Hitler.

— Esse homem que detestava que os animais fossem sacrificados para saciar a fome humana foi o projetista do Holocausto, sacrificou a vida de milhões de pessoas para saciar sua irrefreável ambição. Seu psiquismo de fato se nutria do cardápio da razão e da loucura. — Comentou uma aluna desconhecida.

— E o pintor, o amante das óperas, dos museus e de música clássica não contrastava também com suas atitudes grosseiras? — observou Katherine.

— Bem lembrado, Kate.

De repente, enquanto fazia sua exposição, um funcionário da universidade se aproximou do palco e lhe entregou uma carta com as características das estranhas cartas que recebera. Tenso, interrompeu sua fala e, afastando o microfone, o interrogou.

— Quem lhe entregou este envelope?

— Um tipo estranho que foi barrado pelos seguranças. Mas disse que era urgente, por isso vim até aqui.

O professor, ansioso, abriu a carta e abalou-se com seu conteúdo:

Há duas maneiras de assassinar um homem: estancando-lhe o sangue ou descontruindo sua imagem. Você optou pela mais cruel: desconstruir a imagem de Hitler. Eu prefiro a primeira. Estou no seu encalço. Seus dias estão contados.

Alemanha
Outono de 1941
Reinhard

O professor pensou, por instantes, em interromper a aula. Fitou sua classe e viu que todos estavam esperando que continuasse, afinal de contas estavam no fim do expediente. Captou também os olhos de Katherine e viu-a aflita. Ela sabia que algo estava errado. Precisava dar-lhe segurança. Num ataque de raiva, em vez de se intimidar, continuou a dissecar a imagem do Führer.

— Hitler, caindo afinal do pináculo da sua glória, fez um comentário tétrico sobre o que ocorreria após sua morte — e mais uma vez o professor usou o timbre de voz de Hitler: — "Se algo me acontecer, a Alemanha ficará sem um guia, pois não tenho sucessor. O primeiro enlouqueceu (Hess), o segundo jogou fora a simpatia do povo (Göring) e o terceiro é malvisto pelo partido (Himmler)... E Himmler, além do mais, é totalmente avesso à música".[44]

Após essa citação, perguntou:

— O que vocês acham dessa fala de Hitler?

— Às portas da morte, o ser humano recolhe suas máscaras e fala sem disfarces. Sentia-se um messias derrotado, mas não tinha substituto — afirmou Lucas.

— Exato, Lucas. O maior criminoso do século XX estava fisicamente combalido, muito próximo de colocar um ponto-final na sua história, mas, até quando o mundo ruía aos seus pés foi capaz de exaltar a si mesmo. E não apenas isso, exaltou também, por mais inacreditável que pareça, a importância da música erudita como requisito básico para a formação de um líder. Seus mais diletos seguidores não poderiam substituí-lo e quanto a Himmler, o todo-poderoso da cruel polícia SS, que tinha ambição de ser o grande Führer, aludia contra ele não apenas a rejeição do partido nazista como também sua aversão à música clássica.

— Hitler realmente apreciava a música. Mas eu pensei que todos os músicos fossem sensíveis e generosos — expressou Ellen, uma pianista que estudava música clássica.

— Eu protesto! Não é possível que Hitler amasse a música. Um amante dessa arte não cometeria as crueldades que cometeu! — contestou Ronald, um respeitado professor de música que frequentava suas aulas.

O professor fez uma pausa, agradeceu a contestação dele e comentou:

— Há mais diferenças entre admirar a música e contemplá-la do que imagina o mundo das artes. Admirar é uma experiência fortuita, desprovida de profundidade. Contemplar a música é se entregar a ela, é penetrar em sua essência, imergir em sua sensibilidade, sentir o "paladar" das suas notas. Somente a contemplação produz a generosidade e o altruísmo.

Ronald silenciou diante dessa observação. Em seguida, o professor fez uma pausa, suspirou e afirmou:

— Hitler podia ser rude, tosco, inculto, mas tinha um psiquismo singular, admirava indubitavelmente as artes, embora não as contemplasse.

E comentou que em 1939, seis semanas antes de iniciar a Segunda Guerra Mundial, houve uma comemoração apoteótica, o Dia das Artes de Munique, a última manifestação artística do Terceiro Reich. O presidente da Câmara de Literatura do Reich, Hans-Friedrich Blunck, declarou que: "Este governo é constituído de homens que aspiram a servir as artes [...] Nascido em oposição ao racionalismo, este governo conhece os maiores sonhos do povo [...] que somente um artista pode dar forma".[45] O artista era Hitler. E o racionalismo tão criticado foi incorporado pelo nazismo e levado às últimas consequências pelas ambições geopolíticas, a purificação da raça, a eliminação de minorias, inclusive de inocentes doentes mentais.

Em seguida o professor falou:

— Havia uma corja de artistas frustrados que lideravam o nazismo. Goebbels, o "papa" do *marketing*, escreveu um romance, poesias e peças. Alfred Rosenberg, o ideólogo do partido, era pintor, achava-se um filósofo e tinha ambições literárias. Von Schirach, líder da Juventude Hitlerista, era considerado um importante poeta do Reich. Heydrich, um dos grandes signatários da solução final da questão judaica, amava tocar violino. E Hitler? Era um escritor sem brilhantismo, um pintor frustrado que pintava aquarelas no estilo de cartões-postais. E como vimos, era um confesso amante da música. Ele declarou, logo após iniciar a guerra: "Sou um artista e não um político. Quando terminar a guerra, pretendo me dedicar às artes...".[46] Com uma mão ele destruía, com a outra, acariciava. Com uma mão manipulava a espada, com a outra, o pincel.

Os alunos ficaram impressionados com essas informações.

— É difícil entender uma personalidade como a de Hitler — expressou com humildade o professor Ronald, que estava prestes a se tornar maestro. — Estou estarrecido. O homem que confessava solenemente a importância da música foi ele mesmo o maestro da orquestra que protagonizou os maiores crimes contra a humanidade. A batuta que usava para reger era a mesma que manipulava para tirar vidas.

— Li certa vez que o nazismo promovia concertos dentro das fábricas de armas. São simplesmente incríveis essas características diametralmente opostas — comentou Gilbert.

Depois de um breve silêncio, Peter se atreveu a concluir:

— Penso que conviver com uma pessoa com somente uma face, ainda que agressiva, insensível e controladora, é possível se adquirirmos defesa, mas conviver com alguém que ora é dotado de afetividade, ora é assaltado por intensa agressividade, é um convite para ficarmos doentes.

A classe ficou emudecida com esse ponto de vista de Peter, pois os alunos sabiam que havia muitas pessoas irracionalmente flutuantes ao seu redor, inclusive alguns deles. Quebrando o silêncio, James, um aluno que frequentava assiduamente os cinemas, perguntou:

— Hitler gostava de cinema?

— O líder da Alemanha não apenas gostava como era um ardoroso cinéfilo. E que tipo de filme gostava de ver? — indagou o mestre.

— Certamente de guerra e ação — afirmou Deborah com grande convicção, mas estava parcialmente errada.

— Hitler apreciava filmes que demonstravam a grandeza e o sucesso da nação que dirigia — confirmou Júlio Verne. E indagou: — Mas também gostava de outros gêneros. Quais?

— Terror! — disse uma aluna.

— Suspense! — disse outra.

— Policial! — disse James, o aluno que fez a pergunta.

— Que tal desenhos animados? — perguntou o professor.

A plateia sorriu.

— Impossível, mestre — afirmou Deborah.

Todos concordaram com ela.

— Pois, pasmem. Certa vez, no Natal, Goebbels, que durante algum tempo controlava os filmes e as produções teatrais na Alemanha, presenteou Hitler com dezoito desenhos animados do Mickey, o ratinho da Disney.[47]

— Você está brincando, professor! Um homem com espírito assassino e uma sede insaciável pelo poder como se distrairia com inocentes desenhos animados? — afirmou Peter.

Mas Júlio Verne não brincava com essas coisas. Estava relatando mais um fato histórico, o que deixou os alunos embasbacados.

— Adolf Hitler não apenas gostava de filmes infantis como de histórias infantis. Jamais deixou de ler Karl May, o escritor que lia na infância e que escreveu cerca de setenta livros para crianças e adolescentes.[48] Karl May descrevia com detalhes florestas, índios, ambientes, táticas de sobrevivência, lugares que na realidade nunca visitara, mas imaginara. Hitler admirava a imaginação de Karl May e, como ele, libertava seu imaginário para ser o maior dos estadistas, fosse em tempo de guerra ou paz, mesmo não tendo nenhuma experiência no assunto. E, por incrível que pareça, solicitava que soldados que estivessem no *front* da batalha pudessem ter em mãos um livro do seu autor infantil preferido para sobreviver às intempéries ambientais. Hitler, intelectualmente imaturo, vendia a imagem de um grande líder.

— Um adulto que lia histórias infantis e que, ao mesmo tempo, atirou sua nação em guerras, que colocou seus adolescentes no calabouço do *front*, que deu ordens para eliminar crianças especiais e odiava crianças judias. Como não ficar perturbado diante desses paradoxos? — concluíram os alunos.

E para encerrar sua aula, o professor comentou que uma das maiores ambições de Hitler era criar um grandioso museu na sua inesquecível Linz, cidade em que cresceu. O ditador comprou cerca de 3 mil quadros durante os anos de 1943 e 1944, ao custo de 150 milhões de marcos. E, por absurdo que pareça, mesmo quando estava francamente derrotado, não apenas apontou a relevância da música, mas das artes plásticas, e gastou mais 8 milhões de marcos nessa empreitada. No fim de 1945, nas minas de sal de Altaussee, na Áustria, os americanos encontraram 6.755 quadros que Hitler adquirira com esse fim.[49] Para uma plateia assombrada, o professor afirmou:

— Ninguém na história comprou mais obras de artes do que Adolf Hitler. É provável que tenha comprado mais obras que todos os grandes ditadores juntos, desde Alexandre, o Grande, passando pelos imperadores romanos, até os dias atuais.

— Estou perplexa! Como pode um homem com esse viés emocional não nutrir compaixão pelos miseráveis? — questionou Nancy.

Ecoando as palavras de Nancy, uma psicóloga clínica, especialista em psicologia forense, que assistia pela primeira vez a uma aula de Júlio Verne, comentou:

— O que me perturba, professor, em sua apresentação, é que de um lado Hitler tinha necessidades completamente grotescas, de outro, completamente humanas e normais... Tenho pós-graduação em mentes criminosas. Mas nunca vi nem estudei uma personalidade como essa. Como ela foi forjada? Gostaria muito de conhecer um pouco sobre esse assunto.

— Discutiremos a formação da personalidade de Hitler em minha próxima aula. — Em seguida, olhou para a classe e completou: — Vocês podem chamar Hitler de louco, insano, maníaco, psicopata, sociopata, mas não podem deixar de reconhecer a sua complexidade mental. A tese é que, se sua mente não fosse complexa, jamais seduziria a também complexa sociedade alemã.

— Na mente de Hitler convivia simultaneamente o vampiro social e o artista, o monstro e o menino. O carisma e o terror, a afetividade e a destrutividade andavam lado a lado. Essa é a mente do maior tirano da história, que foi eleito pelo voto e que penetrou no tecido emocional da sociedade, seduziu-a e produziu dezenas de milhões de cegos seguidores. Que sociedade moderna teria força para expurgá-la? — concluiu Katherine, e Júlio Verne completou:

— Eis uma pergunta que não pode deixar de ser feita: personalidades como essas podem voltar a eclodir no útero da humanidade?

E com essa pergunta, destituída de resposta, encerrou sua aula. Imediatamente recolheu seus objetos da mesa e a perturbadora carta que recebera, e saiu sem se despedir. Depois dos cumprimentos de alguns alunos, encontrou Katherine no corredor e saiu com a mão direita sobre seu ombro. Banhar-se com essas informações levou os alunos a saírem silenciosos, reflexivos, observando-se.

Deborah era racional, ponderada nas relações interpessoais, mas não com seu namorado. O medo da perda a controlava e traduzia-se em crises de ciúmes e intermináveis cobranças. Lucas era um garoto gentil com os de fora, jamais levantava a voz para os estranhos, mas paradoxalmente sua gentileza não abarcava seus íntimos, especialmente a avó, que o criara. Reagia grosseiramente diante das suas manias e seu *deficit* de memória. Gilbert era um garoto dado à espiritualidade, inteligente e socialmente generoso, mas consigo mesmo era um carrasco: punia-se muito quando falhava. Peter era rápido e preciso em seu raciocínio, mas era hipersensível. Vivia a dor dos outros e sofria muito por antecipação. E, se não se reciclasse, poderia desenvolver um importante quadro depressivo.

Esses alunos tinham características excessivamente flutuantes em seu psiquismo. Não colocavam a sociedade em perigo, é verdade. Reconheciam seus erros, também é verdade, mas podiam colocar em risco sua saúde psíquica. O professor, que era abalado pelos seus terrores noturnos, começou a provocar "insônia" em seus alunos.

CAPÍTULO 9

Afastado da universidade

Júlio Verne e Katherine tiveram uma longa conversa sobre a pequena carta que ele recebera em sala de aula. Mais uma vez, a textura do papel, o tipo de letra, a data e, principalmente, o nome do autor colocaram combustível no caldeirão de dúvidas do casal. Felizmente, naquela noite ele foi poupado de pesadelos.

No dia seguinte, entrou na universidade às 8 horas da manhã. Sua aula começaria às 8h30. Faria mais uma viagem ao passado, mas antes foi desfrutar do presente, passou pela sala dos professores para tomar um café e encontrar colegas e amigos. Katherine se dirigiu para a biblioteca. Júlio Verne, por sua vez, foi cumprimentado com entusiasmo por vários professores. Alguns o admiravam a tal ponto que, quando tinham tempo, frequentavam sutilmente suas aulas. Mas existia oposição, fomentada principalmente por Paul. Katherine contara havia apenas cinco dias a Júlio Verne alguns trechos da conversa tensa que tivera com Paul. Este também estava na sala dos professores, e não perdeu a oportunidade de perturbá-lo.

— Estão dizendo que você está descompensado, Júlio?

O clima ficou desconfortável, mas Júlio Verne sabia se descontrair.

— Estão? Quem são meus acusadores?

— Alguns alunos.

— Pois eles estão certos. Não sou totalmente equilibrado. E você é?

Perturbado, Paul respondeu:

— Claro que sou!

— Mas por que mudou seu tom de voz na resposta? — indagou Júlio Verne.

Paul teve uma pequena crise de tosse por causa da ansiedade. Mas, para não perder o embate, retrucou:

— Você não é psicólogo clínico. Não tem competência para me interpretar.

— Esqueceu que sou, sim. Mas não disse isso como psicólogo, e sim como um simples observador.

O clima piorou, mas Paul não queria sair do campo de batalha derrotado. Olhando para os demais colegas, tentou humilhá-lo.

— Que crédito tem um professor que é advertido pela reitoria?

— Você tem razão. Não tenho crédito na reitoria, mas talvez tenha com os alunos. Você tem? Seus alunos amam frequentar suas aulas?

Paul interrompeu a conversa e saiu de cena irritadíssimo, pois suas aulas não atraíam os alunos. Eram um convite ao tédio.

Quinze minutos depois, quando Júlio Verne estava se preparando para sair da sala dos professores, Madeleine, a carrancuda secretária do reitor Max Ruppert, que muitos achavam que era sua amante, o chamou:

— Professor, o reitor o convida para ir à sua sala.

— Mas minha aula está para começar. Poderia ir depois do expediente.

— Não, tem de ser agora. E já enviamos um comunicado de que o senhor vai se atrasar.

Os professores se entreolharam. Um deles, velho amigo, Atos, brincou baixinho:

— Está com o moral alto, Júlio.

Atos disse isso porque poucos professores tinham acesso ao temido reitor. Apenas alguns coordenadores de cursos, e, mesmo assim, quando convidados.

— Mas, Madeleine, meus alunos...

— Professor, o senhor não está entendendo. É uma ordem. — Então a secretária contou-lhe a verdade: — Acabou de ser afixado um cartaz desmarcando sua aula de hoje.

— O quê? Sem me avisar! Isso é modo de tratar um professor?

— Não se irrite comigo. Vá se entender com o reitor.

E Madeleine deu-lhe as costas. O clima entre os colegas ficou pesado. Alguns tocaram os ombros de Júlio Verne querendo lhe dar força. Constrangido, ele foi até a reitoria. Sentou-se e esperou ser chamado.

Dez longos minutos de espera até que Madeleine o conduziu à sala da reitoria. Mas Max estava ausente. Só estavam presentes Michael, o coordenador do curso, Antony, o pró-reitor acadêmico, e Paul, que era o mais novo conselheiro acadêmico, informação que Júlio Verne ainda não tinha. Michael estava completamente constrangido.

— Cadê o reitor?

— Max teve outros compromissos — disse Antony, também abatido.

— Sinto muito, professor Júlio Verne — falou Michael, que admirava muito o professor e que por duas vezes assistira às suas intrigantes aulas. Infelizmente, se calara no momento em que mais deveria defendê-lo. Preferiu salvar sua pele para não perder o importante emprego. E, pior ainda, por ser advogado, o reitor o pressionara a redigir uma carta de afastamento. Paul tomou a carta das mãos de Michael e, indelicadamente, leu-a ele mesmo:

Professor Júlio Verne,

Por indisciplina, polêmicas e por sofrer processo de calúnia da parte dos alunos e até colocar em risco a instituição, o senhor está suspenso por um mês das suas atividades acadêmicas. O seu comportamento e sua didática serão avaliados por um conselho formado por notáveis professores. Tal conselho irá decidir o seu destino nesta instituição: a renovação do seu contrato ou seu desligamento.
Sem mais para o momento,

Reitor Max Ruppert

— Sinto muito, Júlio Verne. É a vida — expressou Paul, com ar de ironia. E entregou-lhe a carta.

Max poderia despedi-lo e não o advertir, mas por temor dos alunos que admiravam o mestre e para evitar sofrer algum processo por discriminação, disse que Júlio Verne seria avaliado por um conselho de professores, professores esses que liam a sua cartilha.

Não havia o que discutir com Antony; seu destino estava traçado.

— Não concordo com essa decisão — falou Michael. — Mas quem sabe o conselho renove o seu contrato.

Júlio fitou Michael e se lembrou dos que silenciaram perante as vítimas do Holocausto. E agradeceu:

— Eu ainda estou livre, posso sair, andar, respirar.

Depois disso, o professor meneou a cabeça, deu um leve sorriso, cumprimentou Antony e Michael, e lhes disse:

— Preservem seus empregos. É melhor assim.

E fitou os olhos de Paul como se estivesse dizendo: "Você conseguiu, mas ainda sou livre".

Ao sair pelos corredores, encontrou o grupo de alunos que mais participavam de suas aulas. Eles se tornaram amigos uns dos outros e de vez em quando se reuniam para debater as ideias do professor nas cervejarias e lanchonetes, enfim, fora do ambiente da universidade. Logo que o viram, o cumprimentaram. Pensaram que a aula fora desmarcada por motivos de força maior, não sabiam o que se passava. O reitor não fazia ideia do tanto que o amavam.

— Olá, professor! Quando será a próxima aula? — perguntou Evelyn!

— Nas ruas, nas praças, em qualquer lugar, Evelyn, menos aqui.

— Como assim? — indagou Peter, empurrando sua cadeira de rodas para bem perto dele.

— Acabei de ser afastado da universidade! — falou, aborrecido. Não bastavam os acontecimentos enigmáticos à sua volta, ainda tinha de lidar com o possível desemprego. Provavelmente muitas universidades o receberiam de braços abertos, mas seriam outros alunos, outro começo.

— Faremos um movimento a seu favor. Colheremos assinaturas. Infernizaremos a reitoria! — disse categoricamente Lucas. Mas ele interveio:

— Por favor, não façam isso. Não há mais ambiente para mim nesse espaço. Recuso-me a ser policiado. Quando o preço da liberdade é mais alto do que o preço do seu salário, a única saída é se demitir.

— Professor, e os nossos debates? — indagou Deborah.

— Não nos deixe órfãos justamente agora que percebemos a diferença entre assistir e participar das aulas, entre ouvir e construir o conhecimento — pressionou Brady.

Júlio Verne olhou para aquele grupo seleto de alunos e foi sensibilizado por sua motivação. Então resolveu esperar um pouco, mas certamente seria despedido. E depois, devido aos acontecimentos perigosos que o estavam envolvendo, não era conveniente colocá-los em risco. Cumprimentou-os um a um afetuosamente e partiu.

Ao deixar a porta central da universidade, mais uma surpresa. Gritos de um senhor de 65 anos, com cabelo grisalho, dirigidos a ele.

— Professor, professor! Tenho aprendido muito com suas aulas.

— Muito obrigado. Mas quem é o senhor e que curso faz?

— Sou segurança da instituição. Nas minhas folgas, passei a assistir às suas aulas. Jamais havia lido um livro, não sabia nada sobre o Holocausto nem sobre as garras de Hitler. Agora passo seis horas por semana na biblioteca. Estou pensando em cursar história ou direito.

— Parabéns! Os livros nutrem o cérebro tanto quanto os alimentos ao corpo, mas sua digestão é mais demorada.

E desse modo partiu, para nunca mais voltar. Katherine tentou consolá-lo. Depois de refletir com sua mulher sobre a desconfortante carta de Max Ruppert, sentiu que ela poderia vir ao encontro da sua necessidade de não se expor publicamente até que os riscos cedessem e os fenômenos fossem esclarecidos.

Professor calado é professor morto. Ensinar é seu mundo, seu ar, seu solo, seu sentido existencial. Com o passar dos dias, Júlio Verne começou a ficar abatido, deprimido, isolado. Katherine ponderou que deixar de ensinar poderia comprometer ainda mais a sua saúde mental. No fim de semana, reagiu. Reuniu os mais íntimos dos seus alunos e fez-lhes uma proposta. Formar um pequeno grupo de estudos em sua própria casa, duas vezes por semana. Mas a proposta precisaria ser aprovada por Júlio Verne.

— Um grupo de estudos em nossa casa, Kate? Não seja utópica, os alunos não viriam.

— Eles já concordaram, Júlio — falou sorrindo: — E com um entusiasmo que nunca vi em universitários.

Júlio respirou profundamente e se animou. Os alunos, de fato, estavam exultantes com essa possibilidade. Desconheciam os perigos que os aguardavam.

CAPÍTULO 10

A INFÂNCIA DE HITLER

O grupo de estudo seria a saída ideal para Júlio Verne continuar se sentindo vivo como professor. Era formado por dez integrantes, incluindo ele e Katherine. Apesar das limitações dos dados históricos, o professor procurou mergulhar num assunto em que sempre quisera se aprofundar — o que era difícil em grandes plateias —, um assunto pouco explorado: o processo básico da formação da personalidade de Hitler, o desenvolvimento de sua psicopatia, de sua necessidade neurótica de poder, e o nascedouro das sofisticadíssimas técnicas de manipulação de massa que utilizou. Reuniram-se na terça-feira às 20 horas. E logo após os cumprimentos e a acomodação, o professor começou a discorrer sobre um frágil menino que deixaria pasmo o mundo.

— Vinte de abril de 1889 era uma data destituída de importância na minúscula localidade de Braunau, na Áustria, a não ser porque mais uma criança fora expulsa do útero materno para o complexo útero social. Nasceu o bebê Adolf Hitler.

— Nasceu um psicopata nessa data? — interveio Evelyn.

— Não, Evelyn! Nasceu uma criança. Choro, movimentos musculares bruscos, expressão facial dolorosa, reações comuns a todos os inofensivos bebês. Não havia os mínimos traços psíquicos de um monstro, mas de uma simples criança, cuja existência deveria ser pautada por alegrias e angústias, perdas e ganhos, aventuras e rotina.

— Mas a psicopatia não é genética, professor? — indagou Lucas.

— Os fatores genéticos podem influenciar a formação da personalidade, mas não determinam ou condenam um ser humano. Os fatores educacionais, o meio ambiente e o desenvolvimento do eu como gestor psíquico podem atuar para regular e moldar as influências genéticas.

— Então, em sua opinião, ninguém nasce psicopata, mas forma-se, ainda que haja alguma influência genética para sê-lo — sintetizou Peter.

— Sim, essa é a minha convicção. E, se acreditarmos no contrário, poderemos incorrer nas teses nazistas de querer eliminar cérebros menos aptos para purificar a espécie humana. Um erro cruel. O código genético é o mais democrático de todos os fenômenos da natureza. Entre brancos e negros, palestinos e judeus, americanos e asiáticos, há diferenças genéticas diminutas, como fácies, cor da pele, estatura; na essência, somos iguais. Temos o mesmo potencial intelectual para desenvolver os mais altos níveis do raciocínio complexo, abstrato, indutivo, dedutivo. Temos o mesmo potencial para ser autônomos e não autômatos.

— Autônomo e autômato? — perguntou Gilbert, curioso.

— Sim, apesar de palavras parecidas, as diferenças são gritantes. Ser autônomo é construir sua própria história, ter consciência crítica, aprender a fazer escolhas, ter opiniões próprias, ainda que influenciadas pelo ambiente. Ser autômato é obedecer às ordens e não pensar nas consequências das "verdades" ideológicas, políticas, religiosas, abdicar da sua identidade, ser mentalmente adestrado. O templo nazista requeria que seus adeptos não pensassem. Milhões de jovens se tornaram autômatos.

Vendo seus alunos atentos, o professor passou os olhos pelo pequeno grupo e os questionou:

— E quanto a vocês? O quanto são autônomos ou autômatos?

— Eu penso que sou autônoma — afirmou a sempre rápida Déborah.

— Eu nem sempre sou — disse Katherine, honestamente. — Quando experimento o medo, sou controlada por ele, obedeço às ordens desse cálido sentimento. Quando sofremos um ataque de pânico ou temos uma crise ansiosa, até nosso corpo deixa de ser autônomo, não faz escolhas, tem uma série de reações que nos submetem a ele.

Júlio Verne completou o pensamento de Katherine.

— Uma pessoa que exclui, grita, elimina e tem necessidade que o mundo gravite em sua órbita também não é autônoma. Parece forte, mas na realidade é frágil. Os nazistas tinham armas e dominavam brutalmente as pessoas, mas no fundo eram escravos das suas crenças, servos de seus preconceitos.

— Mas, se é assim, na sociedade de consumo o *marketing* pode dirigir ou moldar nossa vontade e nos fazer autômatos. Pensamos que somos livres para decidir, mas no fundo podemos estar obedecendo a ordens — disse Elizabeth, preocupada, pois tinha uma irmã adolescente que era viciada nas últimas novidades da moda e novas tecnologias eletrônicas.

— Exatamente. Por isso o *marketing* tem de respeitar o direito de escolha do consumidor, e o consumidor tem de ser encorajado a ter um consumo responsável. O *marketing* político, em destaque o nazista, deveria respeitar a autonomia dos cidadãos, mas o jogo de interesses, calúnias, mentiras domina o cenário.

Os alunos não conheciam esses temas, e introduzi-los nessa seara foi capital para compreenderem alguns fenômenos do psiquismo do jovem Adolf. O professor disse que a mãe de Hitler parecia ter sido uma mulher ajustada, sociável e simpática. Uma camponesa humilde, iletrada, que trabalhava como empregada doméstica na casa de Alois Hitler, seu tio e futuro marido.[50] Alois usou a relação desigual para seduzir Klara, que se tornou sua amante e terceira mulher, por ocasião da morte da segunda.[51] Casaram-se em 7 de janeiro de 1885. Hitler nasceria quatro anos depois, um período sem atropelos. Klara não era uma adolescente, tinha 27 anos, e Alois, 47 anos.

— Há uma acusação de que a mãe de Hitler era supertolerante e encorajava nele o sentido de singularidade, de ser único e destinado a uma história única — disse Katherine.

— Sentir-se singular é saudável para estruturar a identidade, mas sentir-se único no sentido de ser melhor e de se colocar acima dos seus pares é completamente doentio. É provável, Kate, que Klara fosse superprotetora do menino que amamentou, gerando timidez, insegurança, e contraindo a sua autonomia. Mas, ainda que ela tenha dado uma proteção exagerada ao pequeno Hitler, os tempos mudaram quando ele fez 5 anos.

— O que aconteceu? — perguntou Deborah.

— Klara deu à luz uma nova criança. A atenção ficou dividida. Sua mãe não seria mais só dele, o mundo não pertencia somente a ele. Hitler teria de ajustar-se a essa nova realidade.

— Mas penso que esse ajuste nunca foi operado com maturidade — apontou Deborah.

— Correto. Hitler jamais se adaptou a isso. Muitos garotos superprotegidos crescem com a necessidade neurótica de ser o centro das atenções. Não sabem cooperar, dividir afetos, emoções, aplausos — declarou o professor.

— Essa talvez seja a primeira característica doentia da sua personalidade — afirmou Katherine. — O mundo tinha de girar em torno das necessidades do menino Hitler.

— O pai, Alois, era reservado, circunspeto, de humor contraído. Filho ilegítimo, usava o nome de sua mãe, Schicklgruber, que mais tarde mudou para Hitler. Era funcionário público[52] — comentou o professor.

— O pai do homem que quis conquistar o mundo era um burocrata que vivia a rotina de um serviço público! Não é um paradoxo?! — disse Brady, que aprendera a valorizar os conhecimentos que não caem nas provas.

— Mas lembre-se, Brady, a mente de Hitler era paradoxal. É provável que a mãe o exaltasse e o pai o diminuísse. Amor e ódio circulavam pelas suas artérias "emocionais".

— Provavelmente a exaltação do menino por parte da mãe era uma forma de projetar nele uma admiração que não via no seu marido, muito mais velho, pacato, destituído de *glamour* — afirmou Katherine.

— Tem fundamento essa tese, mas o pai de Hitler não era um burocrata engessado. Conseguiu sair da condição de funcionário subalterno da alfândega austro-húngara para uma posição relativamente alta: inspetor-chefe de direitos alfandegários. Alois não era alcoólatra, mas amava a vida e os vinhos, e talvez os amasse mais do que a convivência com seus filhos.[53]

— Nunca me esqueço, Júlio, de que certa vez você me comentou que, embora o pai de Hitler não fosse dado ao grande humor e à sociabilidade, tinha uma relação estreita com a natureza, particularmente com as colmeias. Até realizou o sonho de comprar uma fazenda com apiário e criar abelhas em grande escala. O que me intriga é que o contato com a natureza deveria abrandar a ansiedade e irritabilidade do menino — comentou Katherine, sempre detalhista.

Durante sua vida, antes de adquirir sua propriedade rural, Alois fora econômico e com suas economias de salários pôde comprar uma casa, que, juntamente com outros imóveis, possibilitou-lhe uma existência financeira confortável.

O professor ficou pensativo. Em seguida disse:

— Mesmo num ambiente isento de grandes estímulos estressantes podem-se não desenvolver funções complexas da inteligência, como a generosidade e a sensibilidade. Algumas vezes o pai de Hitler foi descrito como um tirano, um homem brutal, mas essa descrição é mais para tentar explicar ou justificar de maneira superficial o caráter insano de seu filho.[54] Não há relatos de abuso sexual, privações, vexame social ou violência doméstica em grande escala. Embora Alois não fosse afetivo, não há provas de que batesse ou espancasse o menino Hitler, nem que o submetesse ao cárcere da humilhação e do desprezo.

Apesar disso, o professor comentou que é provável que o pai fosse um homem radical, com rejeição aos judeus e aos clérigos. Suas últimas palavras antes de falecer de um ataque cardíaco foi uma expressão raivosa, "esses negros", expressão que remetia aos clérigos reacionários.

— Sinceramente, estou confuso — afirmou Peter. — Uma mãe simples e um pai burocrata, que amava colmeias e aparentemente não tinha um caráter brutal, educaram um homem da ferocidade de Adolf Hitler. Não entendo esse processo.

— Eu também não. Sempre pensei que um ambiente social caótico, saturado de privações e abusos, e uma relação materna e/ou paterna extremamente doentia é que fossem capazes de explicar a formação de um filho psicopata — afirmou Déborah, embora fosse psicóloga social.

— Essa é uma grande questão. Pedagogicamente, é inaceitável que pais "aparentemente normais" possam gerar filhos cruéis. Mas lembrem-se de que "pais normais" podem gerar filhos autômatos, que não saibam fazer escolhas e não tenham consciência crítica, que não saibam pensar antes de reagir nem se colocar no lugar dos outros, caso de Hitler — discorreu Júlio Verne.

— Então, quem tem uma visão simplista de que a psicopatia dos filhos ou a maldade deles tem uma relação direta com a personalidade destruidora dos pais pode se chocar ao analisar a história de Hitler — afirmou Gilbert compenetrado.

Katherine reflexiva completou:

— Essa tese é angustiante, mas em alguns casos tem fundamento: o ser humano não precisa ser devorado na infância para devorar os outros quando adulto... A mente humana é de uma complexidade surpreendente. Se estudarmos as violências causadas por jovens, inclusive ataques terroristas, nem sempre encontramos pais que de alguma forma as tenham fomentado. Há pais que se esmagam de culpa sem serem culpados.

— O estresse social, o radicalismo político, as crises econômicas, as ideologias fundamentalistas e a apologia da exclusão podem se aninhar no psiquismo de um ser humano destituído de autonomia e gerar verdades absolutas, que o controlarão — confirmou Júlio Verne. E fez nova revelação: — Hitler, Himmler, Goebbels e outros nazistas não viveram na relação familiar um corpo de estímulos estressantes que justificassem se tornar os maiores psicopatas da história, mas se tornaram.

— Como assim? — indagou Gilbert.

Deborah completou a dúvida:

— Você quer dizer, professor, que nem todos os protagonistas do nazismo eram psicopatas?

Lucas, confuso, também indagou:

— Auschwitz tinha 8 mil soldados da SS, nem todos eles foram psicopatas?

— Não! Não é isso que quero dizer. Todos eles foram psicopatas e, por definição, feriram, violentaram, controlaram, escravizaram *e/ou* mataram e não sentiram a dor de suas vítimas, não se posicionaram minimamente no lugar delas, chafurdaram na lama da indiferença. Mas vocês devem saber que há uma diferença enorme entre um *psicopata estrutural*, forjado pelas intempéries psíquicas e sociais, e um *psicopata funcional*, que não sofreu traumas importantes na infância, mas que ainda assim desenvolveu uma necessidade neurótica de poder e de evidência social, cuja mente é passível de ser adestrada por ideologias inumanas e, consequentemente, de cometer atrocidades inimagináveis.

Em seguida, disparou o professor:

— É provável que somente 2% ou 3% da temível polícia SS, que era comandada por Himmler, fosse formada por psicopatas estruturais, influenciados pela carga genética, agressividade, abusos sexuais, privações, discriminação, *bullying*. Felizmente, a maioria das pessoas traumatizadas se superam. E os demais carrascos da SS o que foram?

Agora seus alunos começaram a entender. O próprio Lucas arrematou:

— Tornaram-se psicopatas funcionais forjados no útero social estressante e por ideologias radicais e inumanas construídas pelos nazistas.

— Mas isso é muito grave — comentou Gilbert.

— O massacre de judeus, de marxistas, homossexuais, na Segunda Guerra Mundial, a destruição coletiva patrocinada por Stálin, o genocídio de Ruanda na década de 90 do século XX, enfim, nossa história é manchada por psicopatas funcionais que, carismáticos, convencem as massas e são capazes de ascender ao poder, seja pela força das ideias ou das armas, e cometer atrocidades impensadas — concluiu Peter com precisão. — E penso que os psicopatas estruturais, devido às suas limitações intelectuais, dificilmente dominam as massas.

— Mas como preveni-los? Nós também podemos cair nesse ardil? — perguntou Brady, assustado.

Segundo Júlio Verne, nas sociedades atuais, se houvesse um botão que pudesse eliminar uma parte significativa da humanidade, algumas centenas ou alguns milhares de pessoas teriam coragem para detoná-lo. Felizmente elas não têm o poder e o carisma de Hitler.

— Lembre-se, Brady, é preciso ser autônomo, ter mente livre, fazer escolhas inteligentes. Se não formos autônomos, poderemos, em circunstâncias especiais, ser seduzidos, calados ou amordaçados por esses líderes — afirmou Elizabeth.

— Mas quem é plenamente autônomo? — indagou novamente.

De repente, interrompendo a conversa, alguém bateu à porta apressadamente. O porteiro do prédio não avisou que alguém estava subindo no apartamento deles. Júlio Verne e Katherine, resgatando de seu inconsciente a angústia gerada pelas estranhas cartas que tinham recebido, ficaram imediatamente tensos. Entreolharam-se. Júlio foi rapidamente até a porta, mas dessa vez havia um personagem. Era Billy, o inspetor de polícia. O casal não fora avisado porque o interfone estava com um pequeno problema, e o mensageiro subiu porque se identificou como policial.

— Olá, Billy, prazer recebê-lo em minha casa — falou Júlio, mais relaxado e num tom um pouco alto, para tranquilizar sua mulher.

Tinham se conhecido havia menos de duas semanas, mas construíram um bom relacionamento. O inspetor estava preocupado, mas não abandonou seu bom humor.

— Acho que meu amigo Renan estava certo.

— Renan? Ah, sim, o que acredita em transporte no tempo. O que aconteceu, foi abduzido? — brincou Júlio Verne.

— Ele não, mas Thomas Hellor, sim.

— Não estou entendendo — falou apreensivamente o professor, e pensou: "Se o assassino fugiu, poderá tentar assassinar outras pessoas, e quem sabe vir atrás de mim".

— Mas como fugiu? Quem o ajudou?

— Não sabemos. O sujeito desapareceu sem deixar vestígios. Ele estava isolado em uma cela devido à sua periculosidade e, sem que ninguém notasse, como por encanto, simplesmente desapareceu. E tem outra coisa: leia. — E lhe deu um envelope contendo um laudo pericial.

Júlio Verne o abriu. Katherine deixou os alunos na sala e também se aproximou da porta. Ambos leram juntos o laudo, que dizia que a amostra de tecido do uniforme da SS de Thomas Hellor não era de um tecido atual, mas constituído de fibras confeccionadas nos tempos do nazismo.

— Billy, não vamos delirar — falou Katherine. — Deve haver tecidos como esse espalhados por aí.

— Sim, em raríssimos museus. É uma fibra diferente. Mas não estou afirmando que o sujeito é Thomas Hellor. Ainda não estou comprando um bilhete para me hospedar num hospital psiquiátrico. Mas, brincadeira à parte, tudo isso é muito incompreensível — completou Billy.

— Esse sujeito deve fazer parte de uma sociedade secreta, que de maneira obsessiva queira reproduzir os tempos antigos — disse Júlio Verne, sem querer pensar muito no assunto.

— É o mais lógico — afirmou Billy, mas estava claramente em dúvida.

Confuso e angustiado por se lembrar do algoz que deixou Peter paraplégico, Júlio Verne convidou o inspetor para participar da mesa-redonda sobre a personalidade de Hitler. Afinal de contas, estaria relativamente seguro com o policial. Curioso, o inspetor resolveu aceitar o convite. A bem da verdade, ele estava mais interessado no suco e nos petiscos sobre a mesa. Depois de apresentar o inspetor ao grupo, os debates se encadearam. Billy, que não lia livros nem se interessava por história, ficou admirado logo nos primeiros dez minutos. Recebeu um banho de luz em sua pragmática racionalidade.

— Embora Hitler não fosse diretamente alvo de grandes traumas, é provável que a diferença de idade entre Klara e Alois Hitler, o ciúme doentio e o controle excessivo do pai sobre a "jovem" mãe tenham afetado o pequeno Adolf. O menino tinha uma ligação intensa com a mãe, mas era incapaz de protegê-la das investidas do pai.

— Talvez aqui tenha começado a se desenhar a característica de "libertador" de Hitler, que mais tarde eclodiria, ainda que desastradamente, como líder político — concluiu Brady.

— Incrível. O homem que queria "libertar" a Alemanha era o mesmo que não conseguiu libertar sua mãe das garras de seu pai — sintetizou Peter.

— Protegido pela mãe, Hitler tinha uma atitude conformista, não amava o trabalho árduo, não era proativo nem líder de grupo, ao contrário, era indolente, passivo, mas gostava de se vestir elegantemente — disse o professor.[55]

— É surpreendente. Pensei que Hitler desde a infância fosse um dominador, um líder de turma — comentou Billy com a boca cheia, sentindo-se à vontade para se expressar.

— Hitler não era um adolescente brilhante — afirmou o mestre: — A estética o fascinava mais que o conteúdo, inclusive a sua imagem social. Não se sentia atraente, cativante, envolvente. Tinha necessidade de autoafirmação. Até seu estranho bigode, adotado quando adulto, incomum na época, era uma necessidade de fixar sua marca, tal como uma celebridade excêntrica que deseja se distinguir dos demais mortais[56] Nasce o homem preocupado com sua imagem social.

Klara percebia que seu filho não tinha grandes projetos. Tentava despertar o interesse dele pela vida e pelo futuro, uma tarefa árdua. Enviou-o para uma escola de artes em Munique, mas ele ficou lá poucos meses. Certa vez, em outra tentativa, deu-lhe dinheiro para visitar Viena. De Viena, com sua péssima escrita, ele lhe enviou postais enaltecendo a grandeza dos edifícios da capital austríaca.[57] Não tinha uma causa por que lutar.

O pai, percebendo que o filho não tinha aptidão para o trabalho pesado ou para ser um burocrata como ele, havia sugerido há tempos que tivesse aulas de canto. A mãe, por sua vez, deu-lhe permissão para que fizesse aulas de música, o que Hitler fez durante quatro meses, no início de 1907,[58] mas não administrava seu estresse e seu desânimo. Desânimo esse que marcaria sua história.

Seus discursos teatrais, seus gestos vibrantes, suas decisões marcantes eram reflexo de um ser humano destituído de uma motivação existencial saudável, um homem que procurava sair da sua "insignificância".

— Não consigo perceber pela sua exposição os traços de um destruidor nesse garoto — comentou Deborah.

— Não subestime a fera que hiberna — disse Júlio Verne. — O jovem Adolf Hitler raramente dava continuidade ao que começava. Suas reações diante das investidas educacionais da mãe eram sempre fracassadas. Seria esse garoto sem brilho que

25 anos mais tarde assumiria o controle da Alemanha. Tornou-se poderoso, eloquente, agressivo, combativo, determinado, mas raros eram os que enxergavam que no seu cerne havia uma personalidade frágil, insegura, saturada de complexos.

— Era mais um ator do que um líder. Não é sem razão que gostava de encenar — afirmou Katherine.

— E como foi seu desempenho na escola? Era um bom estudante? — indagou Peter.

— Não. Sua ortografia e pontuação estavam muito abaixo do que se poderia esperar de um rapaz de 17 anos que havia cursado a escola secundária.[59] Hitler era tão irresponsável que abandonou os estudos sem trancar a matrícula,[60] um comportamento que demonstrava seu desprazer de entrar em camadas mais profundas do conhecimento — comentou o professor.

— É por isso que ele vai desprezar a formação acadêmica em toda a sua história. Não poucas vezes debochava das escolas e dos professores, pois sabendo que tinha limitações intelectuais, precisava criar argumentos para aliviar seus conflitos — afirmou novamente Katherine.

— Eu também sempre debochei das escolas. Por acaso como eu, ele não gostava de escrever ou ler livros? — perguntou Billy.

— Não gostava de ler nem de escrever, embora tenha escrito dois volumes de um livro que o deixou rico e famoso, *Mein Kampf* — disse o professor. — Por toda a sua vida, deu mais importância à palavra falada do que à escrita. Quando entrou para um regimento de infantaria na Baviera, lá fez amizade com outro mero recruta, Rudolf Hess, seu grande admirador e companheiro de loucuras. Provavelmente Hess, quando estavam na prisão, foi o datilógrafo de um dos dois volumes de *Mein Kampf*.[61] Retomando a adolescência de Hitler, vemos que este, sentindo-se sem a proteção de sua mãe, partiu definitivamente para Viena em busca do sonho de ser artista plástico, sonho esse rejeitado pelo pai. Ele se inscreveu tanto na Academia de Artes de Viena como na Academia de Arquitetura, mas, sem qualificação, foi preterido por ambas.[62]

— Preterido? — indagou Gilbert. — Hitler?

— Sim. A rejeição sempre calou fundo no psiquismo de Hitler; tornava-se uma experiência avassaladora, uma janela traumática inesquecível.

— Janela traumática? Como assim? — perguntou Billy, que era completamente leigo no funcionamento da mente humana, mas que agora despertara.

O professor de história, atuando como mestre em psicologia, comentou com o inspetor de polícia um fenômeno que, segundo acreditava, estava na base da agressividade humana.

— Janelas da memória são áreas de leitura num determinado momento existencial. Interpretamos e sentimos o mundo, e reagimos a ele, através das janelas em que estamos. Nos computadores somos deuses, Billy. Entramos nos arquivos que queremos, e quando bem entendemos, sem distorções. Na memória humana, essa liberdade pode ser saturada de janelas que contêm medo, ciúmes, inveja, paixões, que são verdadeiras armadilhas que asfixiam nossa percepção da realidade. O *Homo sapiens* construiu a matemática, mas seu psiquismo pode ser mais ilógico do que se imagina.

— Incrível, pensei que eu fosse estritamente racional. Talvez, por isso, transformo uma barata num monstro — afirmou Deborah.

— E eu transformo uma prova num foco de tensão. Nem durmo direito — disse Brady, contraindo a face.

— E eu sempre acho que existe um bandido na minha cola — afirmou Billy, esquecendo que estava em público. Mas em seguida tentou se defender: — Muitos policiais ficam paranoicos.

— Hitler nunca teve uma mente livre — continuou o professor. — Era controlado pelos complexos que se desenhavam em sua adolescência, embora na infância tenha sido aparentemente poupado. Se fosse bem-humorado, bem resolvido e sereno, poderia ter absorvido o impacto da rejeição sem grandes traumas. Mas o filho superprotegido, hipersensível e emocionalmente frágil abateu-se muitíssimo. Em Viena, desolado por ter sido preterido, mudou-se para uma pousada suja, de paredes desbotadas e sem isolamento térmico. Não conseguia sobreviver com dignidade, mas não queria retornar à sua casa. Para saciar a fome, arriscou-se fazer anúncios e pintar cartazes para empresas pequenas.[63]

— Será que não foi nessa época que se desenvolveram as habilidades intuitivas para a propaganda que mais tarde utilizaria? Será que nesse tempo não surgiu o embrião do propagandista de massa? — perguntou Nancy.

— É provável — disse o professor. — Tímido, impulsivo, socialmente retraído, não atraente física e intelectualmente, Hitler tinha uma existência regada a solidão, o que reforçou em seu inconsciente sua necessidade neurótica de estar em evidência social e de controlar pessoas. Mais uma vez há de se assinalar que uma pessoa que se sente marcadamente diminuída pode ter uma sede insaciável de poder se não trabalhar seu complexo de inferioridade. E, pior, quando conquista o poder, pode se tornar, em alguns casos, um verdadeiro carrasco dos seus liderados.

Para ilustrar essa característica da personalidade de Hitler, o professor trouxe à luz uma das suas frases:

— Observem o que o Führer disse para os seus ministros e os líderes das forças armadas: "Nada tinha atrás de mim, nada, nenhum nome ou poder, ou imprensa, nada mesmo, absolutamente nada".[64]

O professor adicionou:

— Hitler, e somente ele, tinha de estar no centro das atenções. Ele se dizia mestre de si mesmo, organizador de um partido, criador de uma ideologia, salvador tático, o Führer (condutor, guia, chefe) da Alemanha, e por um decênio foi o epicentro do mundo.

— É incrível, creio que aqui nasceu o ególatra que se pronunciou de maneira deselegante ao presidente Roosevelt antes de deflagrar a Segunda Guerra Mundial — lembrou Brady.

O professor comentou que esse homem megalomaníaco fora um jovem sem consciência crítica, tímido, sem autodeterminação, uma presa fácil do sistema social. Deslocado e sem espaço, arquivou experiências inesquecíveis em Viena. Começou a confeccionar seu asco pela sociedade burguesa e suas normas. E como a rejeição aos judeus percorria as artérias de muitos ambientes sociais, aos poucos essa rejeição penetrou em seu psiquismo e produziu efeitos desastrosos.

— E como Hitler não se observava nem se mapeava, projetou seu ódio pela sociedade vigente contra um povo que nunca lhe fez mal. O asco aos judeus começou a controlá-lo — afirmou Katherine.

— Nessa época, ele e seu amigo de infância August Kubizek assistiram à ópera *Rienzi*, de Richard Wagner — continuou o professor. — A ópera se passava na Roma medieval. Rienzi, porta-voz do povo, se opõe à aristocracia. Ele quer retroagir um século e resgatar a república da Antiguidade, mas sofre uma conspiração. Sua última batalha é no Capitólio, que desaba, incendiado, à sua volta.

Hitler se comoveu intensamente com o revolucionário Rienzi de Wagner. Em sua ingenuidade intelectual, traçou planos para seu futuro e para a sociedade. Ele via o mundo não pela realidade deste, mas pelas janelas traumáticas que construíra em seu psiquismo e que expandiam seus conflitos. Ensimesmado e com baixo nível de socialização, seus projetos, ainda que absurdos, se tornaram uma obsessão. Mais tarde, quando liderava o Partido Nazista, disse sobre a ópera de Wagner: "Foi naquela hora que tudo começou". De fato, ali se desenvolveram três ideias fixas que jamais o abandonaram: a) Linz, a cidade de sua infância, onde ele nunca se destacou; b) a Antiguidade, especialmente na pintura e escultura; detestava a arte moderna; c) Wagner. Wagner, político e artista, tornou-se o ícone de Hitler, o que o levou mais tarde a comentar que não era possível compreender o nazismo sem compreender Wagner. Este rejeitava drasticamente os judeus, hasteava, portanto, a bandeira do antissemitismo e do culto à raça pura, o que deu contornos à visão de Hitler.

Hitler sonhava em escrever óperas. Era a coreografia que o fascinava. Em seu imaginário concebia cenas impactantes, que ultrapassassem as do seu ídolo. E de fato suas coreografias ultrapassaram muitíssimo as de Wagner. Entretanto, nunca foram encenadas no palco de um teatro, e sim no imenso teatro social da Alemanha, quando duas décadas depois se tornaria seu grande Führer. Hitler usou seus dons artísticos para criar a propaganda nazista, desde os uniformes até as bandeiras e os estandartes.[65] A insígnia foi criada por ele em 1923. A população alemã ficava fascinada com a movimentação das forças armadas nas festividades, com suas cores vivas, suas bandeiras e centenas de milhares de figurantes em perfeita harmonia.

— Hitler, enfim, era superior a seu ídolo, Richard Wagner, era "Rienzi", o ator principal, o libertador do povo, o revolucionário que o conduziria às ilusões do Terceiro Reich. Adolf nunca rompeu nem reciclou seu passado, jamais se tornou um líder maduro e autônomo, mas um líder autômato, que obedecia às ordens dos fantasmas que assombravam sua mente, em especial os da rejeição e da insegurança. O homem que nunca foi dominado por ninguém era um frágil prisioneiro das mazelas que habitavam seu psiquismo — afirmou ainda o professor. — Outro fato relevante que influenciou o jovem Hitler foi quando ele assistiu ao filme *Tunnel*, de Kellermann[66]

Continuou o mestre.

— Nesse filme, um agitador social despertou as massas com suas falácias. O frágil e inseguro Hitler ficou dias em estado de êxtase com o poder da palavra falada, um fascínio que moldou seu intelecto e o fez acreditar que poderia ter grande êxito social se a utilizasse, o que acabou fazendo à exaustão. Começou a fazer discursos para pequenas plateias.

— Talvez aqui tenha se iniciado a gestação do grande orador e o manipulador da palavra. O protagonista da grande ópera social — afirmou, com sutileza, Gilbert, com a concordância dos demais membros do grupo.

Desse modo, o seleto grupo de amigos fez um passeio pela infância e adolescência de Hitler, um passeio, sem dúvida, incompleto e imperfeito, mas impactante. Depois de debater esses temas, o professor, para finalizar, disse que na primavera de 1913, aos 24 anos, Hitler deixou Viena fugindo do alistamento obrigatório. As armas não o atraíam no primeiro momento, sua virulência ainda estava sendo incubada. Foi para Munique, Alemanha. Mas aparentemente era impensável que esse imigrante cultural-intelecto-emocionalmente desqualificado se tornaria o líder máximo da nação. Todos desconheciam os segredos que esse jovem guardava.

— Espere um pouco. Permita-me concluir. O ímpeto pelas artes e, por extensão, pela estética, a predileção pelo *marketing*, a compulsão pela palavra falada, associados a uma personalidade depressiva, tímida e que tentava se compensar por meio da neurose pelo poder, gestaram um homem que aprendeu a amar espetáculos e, como raros, a dominar as grandes plateias — discorreu Katherine argutamente, que, assim como Júlio Verne, lia quase todas as noites os livros de história à luz da psicologia e sociologia.

— Fascinante arremate — expressaram Deborah e Evelyn.

— É esse o homem que deixou atônita a Europa? Eu, um policial bem informado, não conhecia quase nada dele — afirmou o inspetor Billy novamente com a boca cheia.

— Em Munique ele cristalizou sua obsessão pela problemática judaica — continuou o professor. — Multidões de judeus já eram vítimas de expurgos na Rússia e na Europa oriental, em especial na Polônia e na Hungria, o que indicava que o antissemitismo já tinha musculatura anos antes do nazismo. Fome, medo, angústia, conflitos sociais faziam parte da história não apenas dos judeus, mas de milhões de europeus nos fervilhantes anos que antecederam a Primeira Guerra Mundial, e continuariam a pulsar ainda mais fortemente até o início da Segunda Guerra Mundial.

Vendo em Munique os problemas sociais inerentes à fuga em massa de judeus de vários países, o jovem Hitler, que também era estrangeiro, em vez de expressar compaixão pelos desprotegidos, começou a fazer coro com os que diziam que eles eram a causa das mazelas da Alemanha. Pouco a pouco, começou a considerá-los protagonistas das desgraças da humanidade.

— Hitler comprou, dilatou e estendeu falsas crenças e soluções mágicas. E qual a diferença entre um remédio e um veneno? — perguntou Júlio Verne.

— A dosagem — afirmou Billy.

— Correto. Existiam falsas crenças contra minorias antes do nazismo, mas a dosagem da propaganda expressa tanto nos discursos de Hitler como nos dois volumes de seu livro, bem como o ministério da Propaganda, capitaneado por Goebbels, empacotaram tais crenças como verdades políticas e sociais absolutas — completou Júlio Verne.

— Nasceu, assim, um dos maiores exclusivistas da história. Um homem incapaz de sentir a dor dos outros — concluiu o futuro jurista Peter, que mais do que qualquer um do grupo tinha peso para fazer essa conclusão, porque ele mesmo sentia as garras da exclusão por ser paraplégico.

Com tudo o que acabara de dizer e debater, Júlio Verne encerrou aquele dia de estudos de grupo quase sem fôlego. A viagem fora longa, muito longa, e era preciso tempo para digerir os fenômenos que de alguma forma contribuíram para a formação das bases do psiquismo do garoto que um dia destruiria parte da humanidade.

Billy foi o último a se despedir do casal. Antes que ele partisse, o professor sentiu que deveria contar-lhe algo que o estava incomodando e que inicialmente considerara ser um pensamento paranoico sem sentido. Mas diante dos últimos acontecimentos precisava se abrir ao inspetor de polícia. Falou-lhe sobre o carro que ziguezagueava descontrolado e que quase o matara logo após o primeiro grande pesadelo.

— O sujeito estava alcoolizado? — indagou Billy.

— Parece que sim. Ou talvez não soubesse dirigir.

— É difícil um adulto na atualidade não saber dirigir um carro. A não ser que tenha vindo de outro tempo — brincou o inspetor.

— Mas o mais estranho, Billy, é o anel que vi.

— Que anel é esse?

— Um anel de honra da SS. Foi tudo muito rápido, e posso estar enganado, mas parecia ser um anel que alguns membros mais agressivos, graduados e fiéis a Hitler recebiam.

— E por que não me contou isso antes?

— Foi há meses. Não imaginei que pudesse haver alguém em meu encalço.

Em seguida, Katherine tocou no assunto das cartas. Foi até um armário, abriu-o com uma chave e as trouxe. Billy era bem-humorado, bonachão, mas também um policial esperto e respeitado na Scotland Yard. Coçou a cabeça, perturbado, ao tocá-las e lê-las. As datas, os dizeres, o conteúdo, a textura do papel, tudo era muito bizarro. Nunca estivera tão confuso.

— Professor, ou estamos diante do caso psiquiátrico mais complicado da história ou do crime mais enigmático. Mas acalme-se. Acho o senhor uma pessoa de notável inteligência, embora os inteligentes também pirem. Mas esse caso... — E fez uma expressão de espanto. — Tem mais segredos que um museu. Vou ver se consigo identificar o tal motorista.

— Poderia pedir para a perícia criminal analisar as cartas, a tinta, o papel? — solicitou Katherine, apreensiva.

— Sim, claro. Já ia tomar providências. Mas, enquanto isso, se não quiser visitar um cemitério, é melhor que o professor evite sair de casa — disse Billy, irônico e preocupado. Sentiu que a vida dele estava em perigo.

Com essas palavras ele se despediu do casal. Enquanto descia pelo elevador, o inspetor estava pensativo. Não conseguia organizar o quebra-cabeça. Fora o maior solucionador de casos complexos de Londres na última década, mas nunca se sentira tão perdido. Aproximar-se do professor era um convite a se deparar com mistérios inimagináveis e riscos imprevisíveis. Sherlock Holmes, pensou, se fosse um personagem real, tremeria em seu túmulo diante desses segredos.

CAPÍTULO 11

UM SIMPLES SOLDADO IMPACTANDO A ALEMANHA

Na semana seguinte, Billy apareceu para dar as notícias sobre a investigação do acidente e sobre as cartas. E aproveitou para participar do grupo de estudo que se realizava naquela noite. Antes de se sentar na sala com os alunos, Billy chamou Júlio Verne para uma conversa particular. Estava tenso, sem seu humor característico. O professor, percebendo algo errado, pediu licença para os alunos e solicitou a Billy que conversassem no escritório. Katherine os acompanhou. Foi uma conversa rápida e estressante.

— Em primeiro lugar — disse Billy, lendo um relatório —, o papel das cartas tem uma consistência celulósica que não existe nos dias atuais. Em segundo, a máquina de escrever é de origem alemã e usada nos tempos antigos. Em terceiro, a caneta de quem assina tem uma tinta cuja consistência molecular não é de nosso tempo.

Durante o processo de leitura do intrigante relatório, o casal diluía sua segurança como gelo sob o sol do meio-dia.

— Mas como isso é possível? — indagou Júlio Verne. — Essas cartas com essas características indicam que não fui eu que as escrevi! Não tenho esse tipo de papel, máquina nem caneta em meu acervo.

— Conspiração! É uma hipótese provável. Talvez o senhor esteja sendo alvo de uma grande conspiração.

— E o motorista? — indagou Katherine ansiosamente.

— O motorista ficou em coma por três dias. Não portava documentos. Suas impressões digitais não o identificaram como nenhum cidadão britânico. Após acordar, ficou muito agitado. Queria de todo modo se levantar e sair do hospital. Precisou ser sedado. Ao todo, ficou uns cinco dias internado até que fugiu. Ninguém sabe do seu paradeiro.

— Mas quem era ele? — perguntou o professor.

— Ele falava um péssimo inglês. Pelo sotaque, parecia de origem alemã, embora não tivesse uma face característica.

— E o anel? — indagou novamente Júlio Verne.

— Por acaso é este?

O anel fora retirado por enfermeiros na unidade de terapia intensiva e guardado. Júlio Verne sentiu um pequeno frio na espinha ao pegá-lo. Analisou-o detalhadamente e confirmou que era o anel de honra da SS. Só não sabia se era falso ou verdadeiro.

— Parece verdadeiro. E, se realmente for, de que museu ele o furtou ou de onde o retirou? — questionou o professor, reforçando a tese de que o motorista provavelmente queria matá-lo.

Mais uma vez, Katherine expressou uma pergunta que estava se tornando um refrão.

— Somos apenas professores. Por que essa perseguição implacável? Qual era o nome do motorista?

— As pessoas que colheram informações disseram que o paciente, enquanto estava sedado e semiconsciente, comentou que se chamava Hey... Heydrich... Rei...

O professor completou o nome que Billy teve dificuldade de pronunciar

— Reinhard. Reinhard Heydrich...

— Como você sabe?

O professor, perplexo, não respondeu, estava ofegante, mal conseguia respirar. Pediu que fossem para a sala e lá iria lhes explicar. Depois de um momento para reorganizar seus pensamentos, comentou, abalado, para seu pequeno grupo de alunos.

— Reinhard Heydrich foi o arquétipo do Partido Nazista: frio, cruel, intolerante, radical, orgulhoso, mas astuto, profundamente astuto em atingir suas metas. Pela função que ocupava na SS, sabe-se que tinha arquivos de todos os nazistas nas mãos, inclusive de Hitler.[67]

— Que fera! Um nazista, com medo de cair em desgraça, tinha informações privilegiadas das autoridades? Não é muito diferente dos corruptos que amam o poder nos dias atuais — concluiu o inspetor.

Enquanto Billy fazia suas considerações, o professor rapidamente pegou uma das cartas e aumentou sua tensão. Estava assinada por "Reinhard". Katherine também observou esse detalhe, assombrada.

— Será que o sujeito que o ameaçou pela carta é o mesmo que quase o acidentou nas ruas? — perguntou ela a seu marido. — Como pode alguém, nos dias atuais, querer se passar por esse desalmado?

— Não sei! Estou confuso. Só sei que o Reinhard Heydrich daquele tempo era de uma desumanidade tal que havia um plano em Londres para assassiná-lo.

O professor comentou que líderes tchecos no exílio, morando em Londres, decidiram assassinar Heydrich por suas políticas inumanas na antiga República Tcheca. Provavelmente o governo britânico os tivesse treinado para este fim. Heydrich se tornara dirigente do país quando a Alemanha o invadira.

— Com sua política de compensação, ele aumentou a produção. Usou um cartão de ração adicional com uma mensagem inequívoca: Colabore e prospere, resista e pereça! Ganhou notoriedade no rol dos nazistas. Era um homem de habilidades excepcionais, inclusive para esmagar os direitos humanos. Mas como Hitler, seu ídolo, era igualmente paradoxal. Imaginem, herdou talentos musicais de seu pai e podia tocar violino em concertos.[68] Mais uma vez o paradoxo nazista entre a música e a sinfonia da morte em massa se cristalizou.

Disse ainda que Heydrich era emocionalmente desequilibrado, imprevisível e com baixíssima tolerância aos que pensam diferente. Desde o início, sua história foi incomum. Depois de ser expulso da marinha, foi convertido ao nazismo em 1931 e apresentado a Himmler. Este, após um teste em que lhe pediu para desenhar um esboço do serviço de segurança, impressionado, o contratou na hora. Heydrich passou então a chefiar o poderoso serviço de segurança e inteligência da SS.[69] Logo, uma rede de espiões da SS surgia em toda a Alemanha sob suas ordens, o que lhe dava notável poder.

— Heydrich era um antissemita radical — relatou o professor, e acrescentou algo que Katherine desconhecia completamente: — Mas tinha medo de que sua aparência nórdica, com nariz proeminente e fácies triangular, que fugia dos traços arianos, o denunciasse como de ascendência judaica. Esforçava-se desesperadamente por apagar essas suspeitas. Seu pai era Suss, nome que poderia dar uma conotação judia, bem como o nome de sua mãe, Sarah. Investigações posteriores tenderam a indicar que Heydrich não tinha origem judaica, mas ele era tão avesso a essa possibilidade que chegou a apagar o nome Sarah da lápide de sua mãe. Himmler, o todo-poderoso da SS, provavelmente usava perversamente o medo de Heydrich de ser considerado judeu para controlar seus talentos.[70]

— Que crápula! Desonrou a própria mãe — afirmou o inspetor de polícia.

— Heydrich não foi um crápula qualquer. Tem uma dívida impagável com a humanidade. Com suas mãos, a pedido do homem que recebeu a condecoração máxima da hierarquia militar alemã, Göring, redigiu uma minuta abrangente para chegar "à solução final do problema judaico", protocolo que foi sancionado na Conferência de Wannsee, em Berlim, presidida pelo próprio Heydrich, em janeiro de 1942, e que levou ao assassinato sistemático dos judeus nos campos do Leste Europeu nos anos de 1942-1944.[71]

— Meu Deus, numa simples conferência, militares sentados em confortáveis poltronas consideraram homens, mulheres, crianças, idosos, indignos da condição de seres humanos — expressou Katherine.

— Sob os aplausos da plateia, Heydrich, como um animal raivoso, bradava: "Nada de Madagascar! Fim aos judeus até o último dos seus descendentes! Vamos varrê-los da Europa e quem sabe do planeta!".

— Madagascar? — indagou Lucas.

— Madagascar é a ilha tropical para onde a política racial nazista inicialmente pensou em levar todos os judeus da Europa para ficarem debaixo do jugo dos alemães. Mas o ódio de Heydrich e daqueles militares chegou às raias do impensável, não admitia que eles respirassem no teatro do tempo!

— E qual a justificativa? — comentou Billy, assombrado.

— Porque alguns judeus eram ricos? Porque alguns eram agiotas? Porque tinham habilidades para o comércio? Ter dinheiro não era nem é um defeito, ao contrário, uma oportunidade para promover o desenvolvimento, embora a maioria dos judeus da época lutasse para sobreviver. Porque tinham a sua religião, cultura e seus costumes? E qual o pecado disso? Porque eram de raça diferente dos arianos? Na realidade não existem raças como Hitler e a pseudociência nazista pensavam, mas uma só espécie. Porque tinham relação com o socialismo e com a arte moderna? Não, não havia nenhuma justificativa para o extermínio em massa! — argumentou o professor como um colecionador de lágrimas.

— A espécie humana cortou a sua própria carne, eliminou um pedaço de si mesma sem compaixão alguma, nem sequer anestesia — disse Katherine, pegando na mão direita de seu marido.

— Será que não percebiam minimamente os gemidos dessas pessoas, pelo menos das crianças? Não consigo entender até onde vai a loucura humana! Se não há justificativas externas, professor, por que a mente humana é capaz dessa monstruosidade? — perguntou Peter.

Todos esperavam uma resposta. O professor havia pensado nesse assunto crucial durante anos a fio. Não poucas noites perdera o sono. Respirou prolongadamente. Sabia que a verdade era um fim inatingível, mas não se esquivou de dar uma resposta bombástica, embora somente uma minoria dos alunos a entendesse em suas dimensões mais profundas.

— Lembre-se do que já lhes disse: o pensamento, que é o instrumento básico do *Homo sapiens* para dialogar, ouvir, escrever, debater, conhecer, é de natureza virtual. Portanto, jamais incorpora a realidade do objeto pensado. Por exemplo, tudo que pensamos sobre os outros, por mais criterioso que seja, não incorpora a realidade deles, mas é um sistema virtual que tenta defini-los, caracterizá-los, conceituá-los. Nem mesmo o que pensamos sobre nós mesmos substancializa a realidade das nossas emoções, dos nossos conflitos, da nossa complexidade.

— Isso é incrível! Então, estamos sempre sós! — exclamou Brady, espantado.

— Sim, profundamente sós. Existe a solidão de ser socialmente abandonado, a de ser abandonado por nós mesmos e a solidão imposta pelo pensamento virtual, que é à qual me refiro e que o senso comum não percebe. Estamos próximos e infinitamente distantes de tudo. Essa solidão gera uma ansiedade vital que movimenta os fenômenos psíquicos para produzir diariamente uma imensa quantidade de pensamentos e imaginação para nos aproximarmos da realidade jamais alcançada. Portanto, pensar não é uma opção do *Homo sapiens*, mas um fenômeno inevitável.[72] Você pode alterar a velocidade e a qualidade dos pensamentos, mas jamais deixa de pensar, mesmo no sono.

— Fiquei perturbado com essa ideia — afirmou Gilbert. — Mas como podemos provar que o pensamento é virtual?

— A matéria-prima do pensamento raramente foi estudada pelos ilustres pensadores como Freud, Jung, Skinner, Piaget. Se o pensamento não fosse virtual, não poderíamos pensar no futuro, pois ele é inexistente, nem resgatar o passado, pois é irretornável. Na esfera da virtualidade, o *Homo sapiens* conquistou uma plasticidade construtiva sem precedentes. Até um psicótico é um engenheiro brilhante de imagens mentais, ainda que aterradoras.

— Mas então o fenômeno da virtualidade libertou a mente humana — afirmou Deborah.

— Sem dúvida, sem ele não seríamos quem somos, não teríamos um riquíssimo imaginário.

— Mas onde entra o nazismo nisso? — perguntou Katherine, que, embora fosse psicóloga, precisava se esforçar para acompanhar o raciocínio de Júlio Verne.

— Eis a questão. O mesmo fenômeno que nos libertou também pode nos aprisionar, e muito. Se não temos a realidade do objeto pensado, podemos diminuí-lo ou aumentá-lo — argumentou o professor.

— Entendo. Veja o caso das pessoas tímidas. Como o "pensar" delas não incorpora a sua própria realidade concreta, ainda que muitas sejam notáveis, elas têm tendência a se diminuir e, ao mesmo tempo, valorizar excessivamente o juízo dos outros.

— Espere um pouco — disse Deborah, lembrando-se de um tio cientista: — Por isso é que uma pessoa, ainda que seja um físico brilhante, se tem fobia de ratos, vai transformá-los em dinossauros. O pensamento virtual pode expandir muitíssimo o objeto pensado.

Depois disso, num *insight* que iluminou sua mente, Peter chegou ele mesmo à conclusão da sua pergunta: até que ponto, mesmo sem grandes justificativas, a mente humana é capaz de monstruosidades?

— E se não temos a realidade dos outros, podemos diminuí-los cruelmente. Os nazistas contraíram na esfera da virtualidade o valor e a dimensão intelectual dos judeus, bem como dos ciganos, homossexuais, russos. — E lembrando-se de que Hitler considerava os judeus como bactérias, arrematou: — Era um ódio psicótico, irracional, insano.

— A mente humana tem facilidade em produzir inimigos que não existem. Outros holocaustos, ainda que em menor escala, podem voltar a ocorrer? — questionou Billy, inquieto.

— Eles já ocorreram, inspetor, e há grandes chances de voltarem a ocorrer. Vocês, policiais, protegem os cidadãos contra criminosos concretos, mas não protegem a mente humana de fabricar seus inimigos. Sem conhecer as armadilhas dos preconceitos e reciclar a influência do estado emocional e social, nem a filtrar as ideologias radicais, podem-se cometer atrocidades contra muçulmanos, judeus, homossexuais, negros, imigrantes, mendigos.

Para Júlio Verne, os nazistas eram intelectualmente superficiais. Não compreenderam a natureza dos pensamentos nem mesmo os fenômenos que estão nos bastidores da mente, que constroem em milésimos de segundos as cadeias de ideias e que, consequentemente, gritam que somos essencialmente iguais. Os homens que determinaram a solução final do problema judaico não apenas viveram no cárcere da virtualidade como também fecharam o circuito da memória. Mais uma vez o professor comentou que a violência não é produzida apenas pelos vilões, mas também pelos que se calam sobre ela por medo, conveniência ou indiferença.

— Os que não concordaram completamente com as teses de Heydrich, Göring, Rosenberg e Himmler, na fatídica Conferência de Wannsee, em Berlim, fizeram do silêncio seu mais gritante erro. O radicalismo intelectual, o fundamentalismo político, o tendencialismo científico produziram uma massa de psicopatas funcionais, mentes adestradas. Um deles que bradasse contra a solução final poderia mudar pelo menos um pouco o curso da história, ainda que sua cabeça fosse colocada a prêmio. O silêncio dos omissos é combustível para a vilania dos canalhas — completou Júlio Verne.

Por alguns instantes, ninguém ousou falar, pois quase todos os presentes já haviam usado de alguma forma o silêncio para se esconder. Em maio de 1942, quatro meses depois da funesta conferência da solução final, Heydrich desfilava orgulhosamente em carro conversível em Praga, no famoso Boulevard Kirchmayer. O grupo de tchecos treinados na Inglaterra o aguardava ansiosamente. O coração parecia que sairia pela boca. Era o momento de eliminar Heydrich. Seu carro foi metralhado, mas, por incrível que pareça, a arma do assassino, uma Sten, parou de funcionar. Heydrich, ferido, tentou persegui-lo, mas o estilhaço de uma granada jogada por outro assassino se impregnou em seu corpo. Morreu dolorosamente de septicemia, infecção generalizada, que paralisou seus rins e produziu uma coagulação disseminada. Muitos dentro e fora do Partido Nazista ficaram aliviados com sua morte.[73]

Depois de ouvir esse breve relato histórico, Billy, resgatando seu lado irônico e impulsivo, falou:

— Bom, o Heydrich do passado foi assassinado, e você, professor, está vivo, pelo menos por enquanto. Lá fora há outro Heydrich e talvez uma corja de paranoicos que querem tirar sua pele. — Após falar isso, se deu conta de que estava em grupo. E tentou consertar as coisas. — Brincadeira. O professor ainda vai viver uns bons anos.

Era difícil se recompor depois do comentário de Billy. Mas, mais uma vez, ensinar o fazia respirar. Sob ameaça, suas aulas adquiriam mais *status* emocional e mais densidade histórica. Após falar sobre Heydrich, o professor retomou a discussão anterior sobre a adolescência de Hitler e relembrou sinteticamente as dificuldades que ele atravessara em Viena. Depois, começou a falar sobre sua mudança para Munique, Alemanha, fugindo do alistamento militar.

Em 28 de junho de 1914, ocorrera um grave acidente. O herdeiro da Áustria, arquiduque Francisco Ferdinando, fora assassinado, gerando um tumulto internacional que desencadearia a Primeira Guerra Mundial. O solitário Hitler, o frustrado "artista", o frágil líder e débil propagandista, que fugira do alistamento na Áustria, num ato de "bravura", se alistou na Alemanha.[74]

Enquanto o professor discorria sobre a história, Billy, que tinha certo apreço pelo poder, perguntou, curioso:

— Certamente Hitler deve ter tido um papel de destaque na Primeira Guerra Mundial, um oficial de alta patente.

— Errado, Billy. Hitler teve um papel pequeno, sem notoriedade nem relevância. Na Baviera foi-lhe conferido o papel de encarregado de levar mensagens (*Meldegänger*) do *front* da guerra para o quartel e vice-versa.

— Espere um pouco! Você está me dizendo que o homem que anos mais tarde dominaria os grandes generais, almirantes e marechais da poderosa Alemanha era um simples soldado que corria desesperadamente longas distâncias para levar mensagens? Isso é uma brincadeira? — indagou Billy, perplexo, pois, como inspetor de polícia, sabia o valor da hierarquia.

— Professor. Não é possível que um soldado raso dominasse gigantes das forças armadas — comentou Gilbert.

— Quanto tempo levou esse processo? — indagou Deborah.

— Façam vocês mesmos as contas. A Primeira Guerra terminou em 1918, e Hitler se tornou chanceler em 1933.

— Incrível! Em meros quinze anos — falou Peter.

— Realmente inacreditável. Um estrangeiro inculto e politicamente despreparado dominou em pouco tempo todo um país não com o poder das armas, embora o usasse. Mas com outro tipo de poder, o mais penetrante.

— O poder da palavra — afirmou Gilbert.

— O poder das armas domina o corpo, o das palavras domina a mente. A palavra teatralizada de Richard Wagner começava a influenciá-lo. Durante a Primeira Guerra, Hitler chegava tímida e ofegantemente aos seus líderes, revelava-lhes o que acontecia no *front* da batalha e recebia ordens, correndo para transmiti-las. Não era um intelectual, nem um estrategista. Não tinha nenhuma voz de comando, não chamava a atenção por sua perspicácia ou brilhantes ideias. Entretanto, o simples soldado que mais tarde se tornou cabo teve contato estreito com os que decidiam o destino dos outros. O poder, em destaque o poder das palavras, mais uma vez o fascinava.

— E quais foram os méritos de Hitler na Primeira Guerra? — indagou Elizabeth.

— Ele trabalhou como qualquer soldado. Feriu-se duas vezes e duas vezes recebeu a distinção da Cruz de Ferro por bravura, o que o fascinou. Mas nenhum mérito mais relevante do que as centenas de milhares de jovens alemães que morreram ou se feriram. Entretanto, o conflito penetrou nas entranhas de sua mente, debelou sua frágil capacidade de tolerância e fomentou seu comportamento agressivo, radical e exclusivista.

— Derrotado na Primeira Guerra Mundial, os ataques de fúria e ódio ganharam musculatura no psiquismo do tímido Hitler — ponderou Katherine.

— Exatamente! O estresse social e da guerra avolumaram seus conflitos psíquicos.

— E quando o simples soldado começou sua carreira política? — perguntou Gilbert.

O professor comentou que a Alemanha, derrotada e fragilizada, assinara o Tratado de Versalhes com os vencedores, e entre outras coisas concordara em pagar indenizações, um peso insuportável para uma economia em crise.

— Nunca pise na cabeça de um derrotado; um dia ele se recupera e se torna uma serpente para envenená-lo. A dor da humilhação é mais penetrante que a física: esta se alivia com o tempo, aquela se torna inesquecível. O Tratado de Versalhes foi o maior erro dos vencedores da Primeira Guerra Mundial, fomentando o ódio alemão e criando espaço social para o desenvolvimento de partidos radicais, um erro corrigido quando os aliados venceram a Segunda Guerra Mundial.

— Li recentemente — disse Peter, que era o mais estudioso dos seus pares — que o governo alemão do pós-primeira-guerra, chamado de República de Weimar, era impopular. Hitler, embora sem cultura, ensaiava lançar um movimento para aniquilar o poder da social-democracia, bem como estilhaçar a influência dos judeus no país.

— Lembre-se do que já estudamos. O caos político e social, o desemprego em massa, a inflação galopante, a humilhação e o jugo imposto pelo Tratado de Versalhes construíram um grande útero social para nutrir o embrião das teses nacionalistas e exclusivistas — afirmou o professor.

A ansiedade por mudanças ecoava no povo alemão e nutria as ambições do jovem Hitler de liderar massas descontentes. Ele afastou-se dos combalidos partidos políticos tradicionais, até porque é provável que raramente seria aceito, e usou o Partido Operário Alemão como seu veículo político. Com poucos filiados e baixa qualificação cultural, o ambiente ideal para um débil mas agressivo líder iniciar sua carreira.[75]

— Quem fundou esse partido? Foi Hitler? E como o desenvolveu? — indagou Billy, que nunca fora interessado em ciências políticas e pela primeira vez mostrava sede de conhecimento nesse complexo campo.

— Não, Billy, não foi Hitler que o fundou. Foi um ferreiro chamado Anton Drexler em 7 de março de 1918, portanto antes do fim da Primeira Guerra. Drexler reuniu os amigos em Munique para fundar o Comitê Operário Livre para uma Boa Paz. No começo não era um partido político, mas um movimento de amigos, amantes de cerveja, que se reuniam nas tavernas enquanto seus compatriotas, inclusive Hitler, ainda estavam no *front*. Eles queriam fazer algo em prol da grandeza da Alemanha, por isso fundaram um partido nacionalista.[76]

— Mas o movimento nasceu com bases saudáveis? — perguntou, curioso, Brady.

— Todo movimento ou partido nacionalista, Brady, por mais bem-intencionado que seja, torna-se exclusivista, não pensa como humanidade, mas como grupo social. Em nome da defesa nacional, exclui, expurga e até elimina minorias. Embora Anton Drexler parecesse uma pessoa honesta, seu partido já nasceu doentiamente ambicioso. Seus membros estabeleceram um programa de conquista: queriam anexar a Sérvia, a Romênia, a Polônia, parte da Bélgica, a Ucrânia, os países bálticos e a Albânia.[77] Esse era o programa irônico da "Boa Paz". Porém, com a derrota da Alemanha na Primeira Guerra Mundial, essa ambição se esfacelou. Com a fragmentação política produzida pela derrota, Drexler fundou o Partido dos Trabalhadores Alemães.

— Políticos tradicionais, filósofos, advogados, líderes sindicais faziam parte da sua formação inicial? — perguntou Lucas, imaginando que, para dominar a Alemanha em menos de 15 anos, grandes formadores de opinião deviam fazer parte do nascedouro desse partido.

— Não. Drexler não conseguiu reunir mais do que quarenta membros, dentre os quais mecânicos, negociadores de cavalos, ferreiros, artesãos, bêbados — afirmou o mestre.

E continuou:

— Entre os objetivos do partido, estava refundar a Grande Alemanha, reunir todos os compatriotas e combater toda a concorrência judaica no comércio e na indústria. Eles elegeram o alvo errado; não atacavam os reais problemas de uma Alemanha combalida econômica e politicamente. O radicalismo frequentemente pega carona no populismo se inicia num ambiente de baixo nível de conhecimento.

— E como Hitler, um simples cabo e ainda por cima imigrante, entrou para o partido e o dominou? — indagou Peter.

— Deixe-me responder a essa pergunta, mestre — indagou Billy, bem-humorado. — Hitler usou o gatilho dos gatilhos: a palavra. As palavras frequentemente precedem os homicídios. A palavra dispara a ofensa, mas também o fascínio, acaricia a emoção e domina a alma — comentou o inspetor de polícia.

A turma o aplaudiu. Pela primeira vez Billy sentiu-se inteligente em meio a pessoas cujo poder estava não nas armas, mas nas ideias. Após sua fala, o professor propôs uma pausa de dez minutos antes de tocar num assunto saturado de enigmas, um dos seus temas prediletos: as armadilhas que Hitler usou para ascender ao poder. Nenhum dos alunos queria interromper o grupo de estudo, mas ele estava fatigado. Transmitir conhecimento, ainda que resgatasse seu prazer, furtava-lhe energia cerebral. E somado às notícias que Billy lhe trouxera sobre seus inimigos, o estresse era dantesco.

O professor foi tomar água. A água que lhe refrescava o corpo era insuficiente para refrigerar sua mente, assaltada por ardentes preocupações.

CAPÍTULO 12

O nascimento e o desenvolvimento do Führer

Em 1919, Hitler estava sem emprego e passando necessidades. Fazia discursos em ambientes nacionalistas para ganhar a vida, o que era uma tarefa difícil. Foi nesse tempo que ele se encontrou com o capitão Ernst Röhm, o homem que se tornaria seu amigo e um dos seus patrocinadores e admiradores. Röhm só não imaginava que, anos mais tarde, quando Hitler ascendesse ao poder, pagaria um preço caríssimo. Após a Primeira Guerra Mundial, depois da dissolução do exército alemão, os oficiais tentavam entrar em contato com o que se chamara de quarto estado, os artesãos, pequenos burgueses. Nesse ambiente, procuravam encontrar meios para formar organizações paramilitares. Objetivavam, entre outras teses, expandir e fortalecer o exército alemão, que, de acordo com o Tratado de Versalhes, não podia ter mais de 100 mil membros regulares.[78]

Eram tempos difíceis. O capitão Ernst Röhm incentivava Hitler a estimular o sentimento nacionalista entre os homens comuns. Ao saber do novo partido, pediu para Hitler observar as suas bases, suas teses, seu movimento, sua influência social.

Essa missão mudaria a história de Hitler. Lá encontrou, reunidos numa taverna, os homens que iriam desempenhar um papel fundamental na primeira fase do nacional-socialismo. Röhm se agradou do novo partido, mas sua envergadura era demasiado pequena para um oficial. Hitler, um simples cabo, começou a frequentar e dominar as suas reuniões.

— Não entendo! Como um simples policial tornou-se um dos políticos mais poderosos do planeta? — disse intrigado Peter.

— Em 1919, Hitler filiou-se ao Partido dos Trabalhadores Alemães. Tinha em torno de trinta anos. Sentindo-se útil, logo começou sua jornada para divulgar suas teses. Primeiro, pelas cervejarias, muitas delas nos porões; depois, pelos salões e auditórios.

— O orador agressivo e vibrante deve ter ganhado notoriedade ao tocar a alma dos abatidos pela derrota na guerra e pelo desemprego — ponderou Evelyn.

— Sem dúvida. E por frequentar muitas cidades e lugares onde estava a massa descontente e desesperançada, o imigrante, que estava somente havia seis anos na Alemanha, conheceu as mazelas e os anseios do povo alemão como jamais os políticos alemães, lotados em belos gabinetes, haviam conhecido — afirmou o mestre.

— Foi uma grande estratégia política — declarou Gilbert.

— Não há como não lhe dar esse crédito. Quando assumiu o poder como chanceler (cargo equivalente ao de primeiro-ministro), em 1933, raras eram as cidades da Alemanha em que ele não havia colocado seus pés e não tinha feito contundentes discursos.

Logo que Hitler penetrou no solo da política, as soluções mágicas, ainda que superficiais, e seus discursos teatrais chamaram a atenção do seu pequeno e radical partido. Em pouco tempo, tornara-se uma estrela entre seus membros. Em julho de 1921 assume finalmente o comando do minúsculo Partido dos

Trabalhadores Alemães. Nunca fora chefe de nada, nem de uma cervejaria, e sequer tinha profissão definida, mas agora o ambicioso Hitler tinha um pequeniníssimo partido nas mãos. Passou a ter controle absoluto da sua agremiação. Seus gestos e suas ideias começaram a contagiar a região da Baviera.

— Frequentes pancadarias entre nacionalistas e marxistas eram travadas nas reuniões abertas. Estava formado o Partido Nazista aguerrido, radical e exclusivista. Entre suas metas, a união de todos os alemães numa Grande Alemanha, a anulação do Tratado de Versalhes, a exclusão dos judeus dos cargos públicos e a eliminação da ameaça bolchevique — completou o professor.

— Amante da propaganda, Hitler e alguns amigos afixavam cartazes vermelhos, com a estampa da suástica, em diversos pontos da cidade, em que não apenas falava dos locais das reuniões, mas colocava o resumo dos seus discursos. Criara assim, com as parcas tecnologias de seu tempo, a sua rede social — comentou Katherine.

— É provável que com Hitler a política e a propaganda tenham começado um casamento inseparável, que dura até os dias atuais — disse Lucas.

— Exato, ao assumir em 1921 o controle do partido — continuou Júlio Verne —, começou a deixar à margem os homens que o fundaram, em especial o idealista Anton Drexler, que em 1919 já havia criado a política de repúdio aos estrangeiros, em destaque os judeus. Hitler, querendo imprimir sua marca, mudou o nome do partido para Partido Nacional-Socialista dos Trabalhadores Alemães (NSDAP, abreviadamente, Partido Nazista).

Ele detestava os marxistas, mas colocou a palavra "socialismo" no nome do ainda incipiente partido, uma estratégia de *marketing*. Seu notável complexo de inferioridade o levou a sonhar em colocar seu nome na história. Não aceitava o lugar-comum. Fisgar homens, ter grandes plateias, estar envolto por uma corja de bajuladores, excitava o psiquismo do homem que há poucos anos era um jovem rejeitado e sem grandes qualificações culturais e intelectuais.

Em 1924, o partido tinha um número pequeno, mas não desprezível de membros: 10 mil. Em 1926, havia atingido mais que o dobro. Em 1929, quando Himmler se tornou o líder pleno da SS, havia passado de 100 mil. Nessa época, o partido ganhou 12 cadeiras na Câmara dos Deputados.[79]

O professor fez uma pequena pausa.

— Os acontecimentos políticos tornam-se galopantes — disse Júlio Verne. — Inspirado na bem-sucedida "Marcha sobre Roma", de 1922, que assinala a chegada de Mussolini ao poder, Hitler, então com 34 anos, após analisar a inflação galopante, chegou à óbvia conclusão, no outono de 1923, de que a economia da Alemanha entraria em colapso.[80] Era necessário fazer uma revolução, a começar por Munique.

Alguns personagens que marcariam a história da Segunda Guerra Mundial participaram desse famoso levante conhecido como Putsch da Cervejaria de Munique. Hitler reuniu amigos como Hermann Göring e Ernst Röhm, e eles pensaram que, com o uso da força da ainda frágil SA, poderiam tomar o governo regional da Baviera. Como um louco, na quinta-feira, 8 de novembro, um fanático Hitler instigava os homens da SA, bem como bêbados, desempregados e outros radicais, a tomar o poder.[81]

E continuou:

— Uma revolução nacional começou a partir de Munique. Neste momento, nossas tropas ocupam toda a cidade" — comentou o professor, imitando a voz de Hitler. — Claro, Hitler, sempre eufórico, megalomaníaco, exagerava.

— É interessante. Cinco anos antes, Hitler era um humilde e tímido cabo, agora era um agitador das massas na cidade mais importante da Baviera. Como os tempos mudam! — comentou Katherine.

— E o plano foi bem-sucedido? — perguntou Lucas.

— Não, o plano foi malsucedido. Hitler, Göring e Röhm eram amadores, em primeiro lugar porque não conseguiram controlar os meios de comunicação. Quando Hitler se tornou chanceler, passou a controlá-los, e desse modo estilhaçou a democracia alemã. Em segundo lugar, confiou em alguns parceiros que não se juntaram a eles no dia do golpe. Anos mais tarde, o Führer se tornaria um perito em eliminar aqueles em quem não confiava. O terceiro erro foi acreditar que venceriam a batalha com muita facilidade. Tanto assim que Himmler, porta-bandeira do partido, havia posado estupida e ingenuamente para a imprensa como um vencedor.

No dia seguinte, os revoltosos tiveram que enfrentar uma real batalha campal com a polícia estatal e o exército. Três policiais e catorze nazistas foram mortos. Göring ficou ferido e Hitler deslocou um ombro após tropeçar. Quase todos os expoentes do partido fugiram. Hitler foi preso e acusado de alta traição. Em 26 de fevereiro de 1924, sofreu julgamento no tribunal da Escola de Infantaria em Munique.[82]

— Não entendo. Esse julgamento não seria o fim de Hitler? — perguntou Lucas, que estava finalizando o curso de direito e desejava se tornar criminalista.

— Em tese, era para Hitler ser sepultado com esse malogrado golpe. Mas ele mostrou uma notável habilidade em manipular fatos a seu favor, para transformar o caos em oportunidade criativa. Num golpe de propaganda, Hitler assumiu total responsabilidade pela liderança das tropas de assalto, as SA, no malogrado golpe.

— Mas como um imigrante assumiu a responsabilidade pelos alemães? — assinalou Peter.

— Sim! Hitler usou o evento para se tornar o que jamais fora, o "alemão dos alemães", para mostrar um patriotismo que seus pares não tiveram. Foi um golpe no inconsciente coletivo do partido e da nação. Ao mesmo tempo que "protegeu" Göring, Himmler, Röhm, ele os subjugou com sua intrepidez. Como toda a imprensa nacional noticiava o caso nas primeiras páginas, a fragmentada Alemanha encontrou um "herói", um homem que, embora forasteiro, parecia ser um grande defensor da pátria. Observem o que o outrora frágil adolescente e tímido soldado falou agora, como líder de um partido pequeno, para a poderosa corte que o julgava:

> *Não são os senhores que nos julgam. O julgamento cabe ao eterno tribunal da história... Esta corte não nos perguntará: "Os senhores são culpados ou não de alta traição?". Esta corte nos julgará... como alemães que unicamente desejavam o bem de seu povo e de sua pátria; que desejavam lutar e morrer... Se assim for, os senhores podem pronunciar mil vezes a nossa culpa...*[83]

— É surpreendente a capacidade dele de manipular as pessoas. Um imigrante que estava havia cerca de dez anos na Alemanha se colocou como o mais devotado dos alemães — comentou Katherine.

— Os juízes, fascinados com Hitler e seu patriotismo, se compadeceram dele e dos revoltosos. Desaprovavam suas ações, mas exaltaram suas intenções. Desconheciam as teses que ele defendia, não prestaram atenção no monstro em gestação.

Hitler era um líder fracassado, é verdade, mas, agora, era um líder nacionalmente famoso e não mais um militar que vivia anonimamente. Numa única peça de *marketing*, ganhou simpatizantes em toda a Alemanha. Com atitudes como essa, que ultrapassam o terreno da política e entram no território da emoção, cativou pouco a pouco a alma da sociedade que, à exceção de uma pequena minoria, depositou nele seu futuro e confiança. Fiéis foram no seu sucesso e fiéis permaneceram na sua flagrante derrota.

Na ocasião, Hitler foi sentenciado a cinco anos de prisão, mas cumpriu apenas nove meses. Uma pena pequena para um delito tão grave. E na prisão tinha mordomias, podia receber amigos, ler jornais e escrever. Além disso, aproveitava para criticar o governo, incapaz de produzir segurança social, controlar a inflação e resolver as pendências humilhantes do tratado que os vencedores da Primeira Guerra Mundial haviam imposto.

Em nove meses, a sede insaciável pelo poder ganhou musculatura. Ele escreveu no cárcere o primeiro volume de seu livro *Mein Kampf*, onde expõe suas teses: ódio aos judeus, superioridade da raça ariana, representada pelos alemães, e a predestinação dele como Führer dos alemães para impor o germanismo sobre o resto do mundo.[84]

Fez uma pequena pausa. Analisou e completou:

— Hitler era o "herói" falastrão de um partido diminuto, mas que tinha a meta de salvar a Alemanha e redimir o mundo. O tempo passou, e a Alemanha continuava frágil economicamente e mais frágil ainda socialmente. Mas o progresso de Hitler foi consistente. Os direitos autorais de *Mein Kampf* fizeram de Hitler um homem rico[85] — abordou o professor.

— Li que Martin Bormann, o homem a quem Hitler confiou suas finanças, também imaginou outras fontes de renda para seu ídolo. Entre as quais, a destinação de parte do seguro compulsório contra acidentes para os membros do Partido Nazista, que gerava lucros consideráveis[86] — discorreu Katherine.

— É verdade — disse o professor. — Além disso, foi criado em 1930 o Fundo de Doação Adolf Hitler da indústria alemã. Líderes empresariais, inclusive, na época, judeus, foram aconselhados a demonstrar seu apreço com contribuições "voluntárias" ao Führer. À medida que Hitler ganhava impulso, saía das cercanias da província e defendia ferozmente suas teses nos mais diversos espaços da Alemanha. O ódio mordaz contra os judeus ganhava corpo.[87]

— Os judeus viviam em grande número na Alemanha? Eram milhões, como o são os islamitas que hoje residem na França e na Inglaterra? — perguntou Billy.

— Não. Eram uma pequena minoria. Representavam pouco mais de 0,5% da população alemã. Não era uma ameaça ao Estado, inclusive numérica. E, mesmo assim, muitos dos 500 mil judeus começaram a migrar em massa dessa explosiva Alemanha. Metade ficou, mas estes jamais imaginariam o fim que teriam. Essa ingenuidade explica por que os judeus não tentaram assassinar Hitler. Não era só o temor das já existentes SS e da SA que os bloqueava, mas seu pacifismo naqueles áridos tempos.

Hitler, que nascera na Áustria, sob o antigo Império Austro-Húngaro, renunciou à cidadania austríaca em 1925. Ficou sete anos um cidadão sem pátria, até que em 1932, com a intenção de se tornar candidato à Presidência da República, resolveu se tornar um cidadão alemão.[88]

De repente, após o professor dar essa explicação, um barulho ensurdecedor arrebentou a porta do seu apartamento.

Todos entraram em pânico, muitos alunos caíram no chão. Gritos, medo, tensão, ninguém se entendia. Katherine, sensível aos últimos acontecimentos, com partículas de pó, entrou em desespero. Alguns pensaram que o prédio estava desabando; outros, como Júlio Verne e Billy, pensaram que estavam sofrendo um ataque terrorista. O inspetor sacou sua arma e se preparou para enfrentar inimigos armados.

Um silêncio mordaz tomou conta do ambiente, mas ninguém entrou atirando nos sessenta segundos seguintes. Billy pediu que todos recuassem para os quartos. A polícia foi acionada por vizinhos, a ambulância já estava a caminho. Quando a poeira abaixou, Billy e Júlio Verne foram lentamente até a porta de entrada ou ao que sobrara dela. Observaram o corredor, que estava completamente vazio. Havia dois apartamentos por andar, e os vizinhos do professor estavam de férias. Este, completamente assustado, olhou para baixo e viu um envelope empoeirado. Seus lábios tremeram. Fez um gesto para pegá-lo. Mas o inspetor o impediu. Ficou com medo de que contivesse uma bomba, mas era tão fino que parecia só ter uma folha em seu conteúdo; não tinha o formato de uma possível bomba. Billy lentamente se abaixou e o pegou, e, depois de examiná-lo, entregou-o para o professor, que visivelmente tenso o abriu e leu.

Júlio Verne, descobrimos sua trama. Sua caça a Hitler falhará. Suas próprias palavras, abaixo, dirigidas à senhora Katherine, assinaram sua sentença de morte:

Querida Katherine,

Não é possível levar Hitler à racionalidade. Ele foi, como você sabe, uma criança superprotegida pela mãe, um pré-adolescente que teve um rendimento intelectual insuficiente na escola, um adolescente arrogante e que nunca se destacou no esporte, um jovem que foi preterido como artista plástico, um adulto que nunca se deu bem com as mulheres, um ser humano sem consciência crítica e com baixo nível de sociabilidade. Por tudo isso, Adolf não admite competidores. É uma mente doente, com uma necessidade neurótica e incontrolável de poder. Tentarei eliminá-lo antes que se torne chanceler.

Júlio Verne
Alemanha, 1º de outubro de 1932.

Billy, quase afônico, pediu explicações:

— O que... significa... essa carta, professor?

Júlio Verne estava assombrado.

— Não fui eu que a escrevi. É uma imitação da minha assinatura. Só pode ser!

Katherine, emudecida, se aproximou do inspetor e de seu marido. Este, num rápido movimento, tentou esconder dela o envelope. Mas ela, intrépida, o pegou e leu, em estado de choque, cada palavra.

— Meu Deus, o que está acontecendo, Júlio Verne? Você tem de me dar uma explicação, ou muitas. Parece que estamos vivendo uma psicose coletiva.

Júlio Verne, com as mãos na cabeça e a testa franzida, mal conseguia articular as palavras.

— Não sei... Não sei, Kate. Estou... Estou completamente perturbado.

— Como uma carta falsa pode ser responsável por uma explosão de tal concretude que quase faz desabar o prédio?

— O que significa caçar Hitler, professor?

— Não sei. Não tenho respostas. Só estou desconstruindo a sua imagem — explicou Júlio Verne, e, nesse momento, sentiu calafrios percorrendo suas vértebras, pois resgatou a mensagem de "Heydrich": *você escolheu a pior forma de assassinar um homem, desconstruir a sua imagem. Estou em seu encalço.*

— Mas e a data? Por que 1º de outubro de 1932? — insistiu Billy.

— Já disse que não sei! — falou Júlio Verne, exasperado. Depois, mais calmo, ponderou: — Isso só pode ser obra de terroristas. De homens que se fazem passar por Heydrich, Thomas Hellor e quem sabe muitos outros nazistas.

— Não consigo raciocinar diante desse caos — afirmou o experiente inspetor. — Mas de uma coisa sei. Você tem de mudar de apartamento e ficar de quarentena até que a polícia investigue o caso e silenciar-se.

— Calar-me, Billy? Se eu silenciar minha voz, minha mente vai gritar e minha emoção vai se deprimir. Sem liberdade de expressão, não tenho oxigênio.

— E com ela não terá pulmões para respirá-lo, professor! — falou o inspetor, em tom mais alto, para o intrépido e teimoso professor.

— Mas sem liberdade já estou morto! — retrucou Júlio Verne.

Billy não se convenceu. Completou rispidamente:

— Não sabia que o seu caso parece ser o mais complexo e explosivo dos últimos cem anos do departamento de polícia! Não lhe contei, mas há cinco agentes vigiando este prédio dia e noite, e mesmo assim ocorreu esse ataque! Por que você acha que tenho frequentado sua casa?

Júlio Verne não gostou do que ouviu. Indignado, perguntou:

— O quê? Você frequenta minha casa para me vigiar?

Constrangido, o inspetor tentou contornar a situação.

— Não é bem assim. Aliás, sendo honesto, no começo era essa a meta. Mas mudei, encontrei um professor que me ensinou a ter prazer de surfar nas águas da história — falou com humildade, algo raro para o experiente inspetor, que, apesar de ser bem-humorado, era rígido como uma rocha.

Júlio Verne, ao ouvir essas palavras, relaxou e agradeceu sua proteção.

— Desculpe-me, Billy. Ando estressado.

Para o inspetor, Júlio Verne estava sendo alvo de uma tremenda conspiração. Se quisesse sobreviver, teria de mudar de endereço, esconder-se, mudar sua rotina. Parecia não haver leis ou regras para esses agentes do mal, que agiam nas trevas.

Deborah, Lucas, Evelyn, Brady, Gilbert, Peter, haviam se aproximado deles e ouvido parte da intrigante conversa, mas não sabiam o que estava acontecendo. Faces tensas, agoniadas, o professor fitou-os e também lhes pediu desculpas, dando-lhes algumas explicações. Entretanto, todas elas os deixaram mais confusos do que estavam. Nesse momento, ele olhou para Peter na cadeira de rodas e teve um tremendo sentimento de culpa. Não conseguiu dizer nada, somente deixou escapar algumas solitárias lágrimas dos olhos.

Peter parecia ter entendido que o atirador na universidade tivera um alvo definido e ele fora o alvo errado. Segurou o braço direito de Júlio Verne e, mais uma vez, disse, agora quase sem palavras:

— Não se culpe, professor!

Subitamente chegou uma tropa de assalto composta de dez homens com armas em punho. Eles invadiram as escadas, corredores e elevadores. Billy os recebeu e pediu-lhes que vasculhassem o edifício, mas guardou o envelope. Os policiais nada encontraram, suspeitos, vestígios nem outras pistas. Os mistérios se avolumavam.

Em seguida, entraram os paramédicos com macas e equipamentos para cuidar dos feridos. Mas felizmente só havia leves escoriações. Corpo intacto, mente fragmentada, assim estavam Júlio Verne e Katherine, que rapidamente pegaram algumas trocas de roupas e foram se abrigar em um hotel indicado e superguardado pela Scotland Yard. O outrora tranquilo casal de professores, que passou a acordar sobressaltado pelos terrores noturnos, agora passaria a ter cada vez mais pesadelos diurnos.

CAPÍTULO 13

A METEÓRICA ASCENSÃO AO PODER

O serviço de inteligência da Scotland Yard, com a ajuda da Interpol, fez uma longa investigação da explosão. Quanto à carta, a textura do papel, a tinta com a qual supostamente alguém assinou em nome de Júlio Verne, a tipografia da máquina que escreveu o texto, enfim, todos os dados remetiam novamente aos tempos da Segunda Guerra Mundial. Longas reuniões periciais e de avaliação de riscos foram feitas com notáveis especialistas, e mais uma vez nenhuma luz clara no horizonte podia se ver. Em uma dessas reuniões, a conversa foi perturbadora.

— Que caso complexo! Estou espantado com a possibilidade de, na cidade, haver pessoas à solta capazes de tudo — afirmou Thomas, um especialista em ataques terroristas.

— Ainda que seja uma possibilidade remota, não podemos deixar de considerar o próprio Júlio Verne como suspeito. Dissimular comportamentos é uma característica dos mais perigosos criminosos — comentou James, outro especialista. — O que acha, Billy?

— Não, não é possível. Júlio Verne é alguém de ilibada generosidade.

— Cuidado, Billy, talvez você esteja fascinado com a inteligência dele e não enxergue o risco que ele oferece. Peço-lhe que seja mais racional — afirmou Robert, o chefe da equipe.

A única conclusão consensual a que chegaram era que o "caso Júlio Verne" era de segurança nacional. Depois de analisar os fatos e ponderar sobre os riscos, os especialistas recomendaram que Júlio Verne e sua esposa interrompessem seu grupo de estudos e ele passasse a ser protegido e não apenas vigiado. O professor ficou arrasado. Quem lhe comunicou a recomendação não foi Billy, mas os próprios Thomas e James.

— Quem não tem medo não mede as consequências dos seus atos. Sabemos que o senhor é ousado, mas deve se proteger — afirmou Thomas.

— Ser ousado não é ter falta de medo, mas gerenciá-lo. Eu tenho medo, mas não posso ser refém dele. Preciso de uma última reunião com meus alunos. Não posso abandoná-los. Não seria bom para a formação deles.

O serviço de inteligência da polícia deu o alvará para essa reunião, e designou Billy para, dali em diante, liderar um rigoroso esquema para protegê-lo. Depois de ponderar, considerou-se que seria mais seguro que o professor fizesse essa última reunião com seus alunos numa sala de reuniões do Departamento de Justiça do governo, um lugar supostamente muito seguro.

Cinco dias depois, uma quarta-feira, às 19 horas e 30 minutos, eles se reuniram ao redor de uma bela mesa espelhada por um verniz que cobria as estrias de madeira. As poltronas eram ultraconfortáveis, mas ninguém se importava com elas. Todos estavam mais angustiados pela separação do grupo do que preocupados com o conforto ou a segurança. Os vínculos denunciavam que eles eram mais do que alunos e um mestre, era um grupo de amigos que tinham rompido o cárcere da solidão e, com mente livre, viajavam pelo mundo das ideias. Era uma perda irreparável, e eles esperavam que fosse temporária.

Billy estava presente na reunião. Como o prédio estava sendo completamente vigiado, não havia policial de plantão do lado de fora da sala de reuniões. Antes de começar a fala do professor, o grupo de alunos fez uma homenagem para ele e Katherine. Ao som de um violão, tocado por Peter, cantaram a música "We Are the World!",* que exalta a família humana, composta de todos os povos, raças e culturas, com o objetivo de resgatar a dignidade dos africanos famintos de pão e de liberdade, nutrientes essenciais para a vida humana. Júlio Verne ficou profundamente sensibilizado com a homenagem. Sua comoção era tal que lhe embargou a voz, e por instantes ele não coordenou suas cordas vocais.

Tentando aliviá-lo, Peter iniciou a reunião com algumas indagações.

— Por que o senhor está sendo perseguido? Não consigo vê-lo tendo inimigos. — Mas, se lembrando do reitor e de alguns alunos que o processavam, ele se corrigiu: — A não ser os que o invejam, mas esses não sujariam suas mãos...

O professor gastou os primeiros 15 minutos sintetizando alguns outros detalhes que eles não sabiam. Depois desse resumo histórico, Lucas viu um lado excitante em tudo o que o professor estava passando. Enxergou uma grande aventura.

— Incrível. Parece que inimigos estão viajando no tempo para persegui-lo.

Diante disso, Peter, brincando, fez uma inquietante pergunta para o professor.

---

* Nós Somos o Mundo!"

— Se você pudesse entrar numa máquina do tempo e destruir Hitler, você o faria?

— Nunca pensei nisso. Mas... para tentar ajudar milhões de pessoas, não me silenciaria — afirmou o professor, perturbado com a proposta.

— Eu também acho que Júlio Verne é alvo de inimigos de outro tempo, de outro mundo! — afirmou Billy, rápida e euforicamente. Mas em seguida, observando os olhos de Katherine, tentou acalmá-la. — É brincadeira. Essa crença é coisa de malucos.

— A realidade é crua, dolorida e dramática. Eu e Katherine podemos perder a vida.

— Pelo tipo e conteúdo das cartas, bem como pelas ameaças, isso parece obra uma conspiração internacional — afirmou Gilbert.

— Sim, é possível. Mas que perigo pode oferecer um professor de história?

— Muitos! — afirmou Peter. — Formar mentes pensantes é mais poderoso do que usar armas. Somos a prova disso.

O professor sorriu, como se estivesse agradecendo a seu aluno.

— Na vida, períodos de acalmia se alternam com turbulências, tranquilidade se alterna com ansiedade, mas eu não imaginava que minha vida virasse de pernas para o ar.

O professor aproveitou esse gancho para comentar que, entre a Primeira e a Segunda Guerra Mundial, a Alemanha viveu dias turbulentos.

— Não teve momentos tranquilos nesse período? — questionou Gilbert.

— Houve fagulhas de tranquilidade no período que sucedeu à prisão de Hitler. A Alemanha começou a ter desenvolvimento econômico, o que fortaleceu a democracia e conspirou contra a ascensão do futuro ditador.

— Você quer dizer que a democracia é o regime político da abundância e a ditadura, do caos? — perguntou Brady, levando o professor a refletir nas implicações dessa questão sociopolítica.

— O desenvolvimento socioeconômico fortalece a democracia, e a democracia o promove. Entretanto, o caos é um excelente meio de cultura para a tirania. Hitler observava a crise da Alemanha e considerava a democracia ineficiente para resolvê-la, oferecendo outra forma de governo, o nacional-socialismo, uma verdadeira ditadura, em que os sindicatos seriam abolidos, o direito de greve estancado, a renda do trabalhador controlada, embora o lucro e a propriedade privada fossem preservados.[89]

Hitler, apesar de não ter apreço pela democracia, estava num regime democrático, e dentro das regras do jogo preparou seu partido para enfrentar as eleições. Mas, com o desenvolvimento econômico, seu partido já não encantava, seus discursos não inflamavam a emoção e suas ideias, que incentivavam hostilidades contra o governo e os judeus, não causavam mais os mesmos impactos. Hitler quase fora sepultado.

— Eu não entendo a mente de alguns políticos. Quando estão na oposição, torcem para que aqueles que estão no governo se arrebentem ou que a sociedade entre em crise para poderem conquistar espaço — afirmou Lucas.

— Isso se chama necessidade neurótica de poder — declarou Katherine.

— O vírus teve de esperar que o corpo social da Alemanha diminuísse sua imunidade para eclodir uma grave infecção — comentou Júlio Verne.

— Mas quando isso ocorreu? — perguntou Billy, que desconhecia a história da economia mundial.

— Na crise de 1929, com a quebra da Bolsa de Valores de Nova York. Em consequência, a América e a Europa mergulharam na depressão econômica. Com o sistema imune comprometido, o vírus do nazismo voltou a se multiplicar descontroladamente. As indústrias começaram a fechar, as pessoas não conseguiam trabalho, o comércio sofreu uma forte queda. Tudo isso se instalou na Alemanha, já fragilizada economicamente.

— Foi nesse período, então, que a classe média e os grandes industriais se alarmaram, o que os levou a apoiar e até mesmo financiar os nazistas, os radicais nacionalistas — concluiu Gilbert.

— Exatamente. E o sucesso apareceu nas urnas. Em 1930, aquele que era um partido desprezível ganhara musculatura e se convertera na segunda força política do país, com 6 milhões de votos. Compare a rapidez com que as datas se sucederam: treze anos antes, em 1918, o tímido Hitler fugia das armas levando mensagens do quartel para o *front*; seis anos depois, em 1924, foi preso como herói no Levante de Munique; e sete anos mais tarde, em 1930, seu partido teve uma votação explosiva. O depressivo Adolf estava eufórico, sentia que poderia abraçar a Alemanha e o mundo — declarou o mestre.

E continuou:

— Hitler tinha agora milhões de adeptos. E não apenas isso, tinha também duas poderosas organizações paramilitares em formação, a SA e a SS. Nos meses e anos seguintes, as organizações paramilitares nazistas não tardaram a agir. Provocaram o caos e o terror social, e a desestabilização da República de Weimar, o que levou à ascensão e queda de chanceleres, obrigando o idoso presidente Hindenburg, com 84 anos, a convocar novas eleições para julho de 1932. Seria um marco para o Partido Nazista. A determinação de Hitler era surpreendente. Numa época em que os aviões e campos de aviação não tinham tanta segurança, fazia cinco voos diários, com discursos de 15 minutos em cada cidade, por todos os cantos do país.[90]

Nesse ano, quase 7 milhões de alemães estavam sem emprego, a fome e a insegurança social faziam parte do cardápio diário das famílias menos abastadas. Sobreviver era uma arte. O resultado dessa eleição não poderia ser mais favorável a Hitler. Seu partido aumentou 133% o número de votos em apenas três anos. Outro sucesso notável.

— Em tempos de crise, o voto, que deveria ser racional, se torna passional — afirmou Katherine.

Nesse período, Hitler, que detestava todos os demais partidos, aceitou fazer um acordo com a direita alemã, ganhando mais força. Em 1933, sem condições de impedir o acesso de Hitler ao poder, o presidente Hindenburg o nomeou chanceler da Alemanha.[91]

— A culta Alemanha, a nação que possuía as mais notáveis escolas e os mais ilibados pensadores, finalmente entregava seu destino nas mãos de um estrangeiro truculento, extremista e sem qualificação administrativa — afirmou Júlio Verne.

— Em meros 15 anos, o humilde soldado-mensageiro, que passava completamente despercebido pelos poderosos generais, marechais e almirantes da nação, controlava com mão de ferro todos eles. A velocidade de ascensão de Hitler foi surpreendente — concluiu Deborah, impressionada.

— Eis o homem. Hitler tinha 44 anos ao assumir o cargo de chanceler, era completamente saturado de ambição, irritadiço, ansioso, explosivo, de interiorização limitada, resiliência débil e com baixíssima capacidade para suportar contrariedades, mas com altíssima capacidade de manipular a emoção e influenciar pessoas. Talvez não passasse numa simples prova para avaliar suas habilidades de trabalhar em equipe e gerenciar uma mísera instituição, mas a democracia tem uma característica fundamental: os líderes são avaliados pelo voto. O sociopata prevaleceu — diz Júlio Verne.

— Deveria haver uma análise psiquiátrica prévia para se verificar a sanidade e intenções dos líderes que se candidatam — ponderou Peter.

— Pode ser útil. Mas que parâmetros usar? Como evitar erros? — indagou o professor.

— Hitler dominou a sociedade alemã logo que assumiu o poder? Como os políticos tradicionais se dobravam aos seus pés? — perguntou Gilbert.

— Logo que estreou na política, Hitler foi alvo de deboches e chacotas pelos mais ilustres personagens da sociedade. "Até onde poderia chegar um homem radical, com ideias bizarras, sem flexibilidade nem habilidade para dirigir uma complexa nação?", diziam. Os jornais faziam charges ironizando seu poder e sua competência. Nem os líderes de outras nações achavam que Hitler pudesse ir longe. Não o conheciam. Opor-se a ele nutria seu autoritarismo e sua insaciável sede de poder — comentou Júlio Verne.

Os problemas sociais eram graves, e a intervenção estrangeira, através do Tratado de Versalhes, era um desconforto emocional e econômico. Muitos políticos sérios acreditavam que o austríaco que nunca exercera um cargo executivo seria fritado na complexa teia política alemã. Mas a propaganda e a censura começaram. Um conjunto de *slogans* nacionalistas que exaltavam excessivamente o povo alemão, a cultura alemã e a raça ariana começaram a ser propalados na ainda frágil Alemanha nazista.

Em seguida, o professor continuou:

— Pressionado por Hitler, o velho Hindenburg assina, no dia 4 de fevereiro, um decreto "Da proteção do povo alemão", que dava poderes ao governo de proibir as manifestações políticas e os jornais impressos dos partidos adversários.

Um burburinho começava a assombrar a sociedade germânica. Intervenções predatórias eram deflagradas em todas as direções onde houvesse movimentos suspeitos. Um congresso de artistas e intelectuais, realizado no teatro Ópera Kroll, fora proibido por causa de supostas afirmações ateístas.[92] Ninguém com ideias diferentes estava seguro.

Como era característico, Hitler, sob a batuta de Goebbels, faz uma poderosa e penetrante propaganda bipolar: atitudes generosas se alternavam com comportamentos violentos, confundindo o psiquismo dos alemães.

Após uma pausa, o professor continuou:

— Hitler, após se tornar chanceler, não foi morar em Berlim inicialmente, mas em Munique. Seu gesto demonstrava renúncia aos seus privilégios de chanceler, inclusive aos seus salários, uma falsa humildade, pois era um homem rico devido ao megassucesso de seu livro, que se tornou uma espécie de bíblia do nazismo, um presente dado até em festas de casamento.

— Era o próprio Hitler que fazia o serviço sujo, que varria os opositores? Ou ele se protegia devido ao seu cargo? — perguntou Katherine.

— Hitler era o arquiteto das atrocidades, mas preservava suas mãos da lama. Cabia a Göring, o cão de guarda de Hitler, cuja corpulência prestava um caráter jovial à agressividade, debelar sem compaixão focos de resistência. Quando Hitler assumiu, Göring fez rapidamente, no corpo administrativo e militar, uma grande varredura. Líderes eram destituídos e substituídos em massa. No início do governo nazista, mais precisamente em 17 de fevereiro, a agressividade alçou os mais altos voos. Nesse dia, ordenou aos policiais que comandava: "Complacência e cordialidade máxima com grupos nacionalistas, mas "recorrer às armas sem compaixão, se for necessário, tratando-se de grupos de esquerdas".[93]

"A partir de um serviço secundário na polícia de Berlim, que se dedicava a vigiar movimentos 'anticonstitucionais' de marxistas, judeus, jornalistas e políticos descontentes, Göring começou a organizar a Gestapo (a poderosa Polícia Secreta do Estado) — Geheime Staatspolizei. Viu nessa polícia o segredo da perpetuação do nazismo, a tal ponto que seu aparelhamento teria, quatro anos mais tarde, um orçamento quarenta vezes maior. O executor dos sonhos megalomaníacos de Hitler ordenou, já no dia 22 de fevereiro de 1933, a formação de um corpo policial auxiliar de 50 mil homens, composto sobretudo de membros da SA e da SS. A democracia alemã perdeu seu caráter de neutralidade e instalou o terrorismo político-policial.[94] Hitler, através de seus apóstolos, calou a oposição, sufocou vozes dissonantes" — comentou o professor.

— Mas Göring não fez o *marketing* bipolar de Goebbels no começo de sua jornada? — indagou Lucas, surpreso: — Não mostrou generosidade no palco e agressividade nos bastidores? E a diplomacia do novo governo?

— Göring era o estereótipo do verdadeiro pensamento de Hitler. Os opositores não eram portadores de ideias divergentes, mas inimigos a serem abatidos. O que o carrasco ouvia em segredo do Führer colocava em prática radicalmente. Ouçam o que ele teve a coragem de dizer pouco mais de um mês após Hitler assumir o poder: "Toda bala que sair agora do cano de um revólver é um projétil meu. Se chamam isso de assassinato, então sou eu que assassino; eu ordenei tudo e assumo a responsabilidade".[95] Ao ouvirem o grande Göring dizer essas palavras, os policiais perderam o medo de matar e cometer crassos crimes — disse o professor.

— Penso que dar poderes inconstitucionais à Gestapo e a outras polícias fomentou toda sorte de atrocidades contra as minorias — comentou o arguto Peter.

— Exato — confirmou o professor: — Mortes sumárias, julgamentos sem provas, humilhações públicas, destruição de famílias inteiras fariam no futuro parte da rotina desses "semideuses". O dramático incêndio do Reichstag, a Câmara dos Deputados, no fim de fevereiro de 1933, e a culpa que os nazistas impuseram aos socialistas são outros exemplos dessas atrocidades. "Enfim, peguei-os", disse Hitler espontaneamente, indicando que exploraria o fato até as últimas consequências — comentou o professor.

E continuou:

— Um deputado em Berlim, quando estava sob a mira dos revólveres dos soldados da SS, suplicou pela sua vida. "Por favor, tenho crianças, minha mulher, meus pais são idosos. Por que eu?" "Porque você é marxista, não merece viver...", foi a resposta. Médicos, advogados, escritores e políticos comunistas seriam perseguidos, arrancados de suas camas, levados ao cárcere, mortos impiedosamente. Paradoxalmente, esse mesmo Hitler que odiava os comunistas procuraria, anos mais tarde, realizar a qualquer custo um tratado de não agressão com a Rússia para iniciar a invasão da Polônia.

— Em política, a lógica inexiste. Os inimigos tornam-se amigos por contrato — comentou Lucas.

— Nem todos, Lucas. Há muitos políticos honestíssimos — declarou Júlio Verne, tentando aliviar o desânimo com a classe política e flexibilizar o radicalismo de seu aluno.

— Quem assassina dois ou três para se manter no poder toma um caminho sem volta, continuará assassinando dez, cem, mil. Pois, se reconhecesse seus assassinatos, teria de enfrentar dois tribunais: o primeiro, o da sua própria consciência, cuja punição seria deflagrada pelo sentimento de culpa, regado a angústia e depressão; o segundo tribunal é o jurídico, cuja punição é prescrita em lei. Para evitar esses dois tribunais, os ditadores rarissimamente se entregam espontaneamente — comentou Katherine, com fina argúcia.

Nesse momento ela sentiu vibrar o seu celular. Havia se esquecido de desligá-lo. Quando ia fazê-lo, viu que era sua mãe. Pediu licença e foi até o banheiro para atendê-la.

— Kate, ficamos sabendo da explosão em seu apartamento. Estamos preocupadíssimos! Por que você não nos contou?

— Desculpe-me, mamãe, não queria deixá-los preocupados. Mas a polícia já está investigando o caso.

— Investigando? Eles estiveram aqui fazendo uma série de perguntas estranhas, em especial sobre Júlio Verne. Paul também esteve aqui ontem, preocupado com você e com a saúde mental de seu marido.

— Esqueça Paul, mamãe. Perdoe-me, mas estou participando de uma reunião. Depois eu ligo, prometo.

— Espere! — disse a mãe, exaltada. — Não sei o que está acontecendo com você, mas é tempo de cair fora desse casamento. Não é porque Júlio está... está tendo surtos psicóticos, mas agora é pela sua segurança.

Katherine respirou profundamente para não dar uma resposta agressiva a sua mãe.

— Ok, mamãe. Vou pensar no seu caso. — E desligou.

Quando ela se sentou ao lado de Júlio Verne, este indicou com os olhos que queria saber o que estava acontecendo. Tentando ser bem-humorada, ela disse em voz baixa:

— Era mamãe, feliz com nosso casamento.

Em seguida, o professor comentou que toda pessoa ou regime autoritário precisa ter ou inventar inimigos para continuar exercendo seu autoritarismo. Sem eles, os ditadores não se perpetuam no poder nem exercem o controle das massas. No início do governo nazista, o primeiro grande inimigo foram os marxistas, depois os judeus. A lista dos perseguidos era enorme.

E continuou, falando sobre a arte e a cultura bolchevique. Em 1933, foi feita uma série de exposições em Nuremberg, Dessau, Stuttgart, Dresden, da chamada "arte degenerada", que era a arte moderna produzida por artistas socialistas. Essa arte, segundo os nazistas, tinha clara influência judaica e era considerada uma ameaça à cultura alemã, uma depravação intelectual e espiritual. Tal postura tinha caráter higiênico. Segundo os nazistas, as obras dos artistas modernos mostram doenças mentais dos seus criadores e incentivam a contaminação da raça por exaltarem as formas de um ser humano imperfeito.[96]

— Ainda que tenha havido fatores sociais estressantes, parece que foi menos a sociedade caótica do pós-Primeira-Guerra que criou o monstro Hitler e mais o monstro Hitler que moldou a sociedade para ser destrutiva — deduziu Deborah.

— É uma tese interessante — comentou Júlio Verne. — Hitler aflorou e cultivou os instintos agressivos que estão em qualquer ser humano, raça ou cultura. Era um especialista em dominar as pessoas criando um ambiente fantasmagórico. Talvez por isso tivesse clara preferência pela guerra. São dele estas palavras, escritas em *Mein Kampf*: "Na guerra eterna, a humanidade se torna grande; na paz eterna, a humanidade se arruinaria".[97] Ao dominar a Tchecoslováquia sem resistência, comentou com suas secretárias: "Filhas, cada uma de vocês me dê um beijo aqui e aqui... É o maior dia da minha vida. Vou entrar para a história como o maior dos alemães".[98]

Hitler traiu o próprio povo alemão, que havia depositado nele sua confiança. Sem dúvida, em suas campanhas pré-eleitorais e em seu livro, discorreu sobre seu espírito beligerante; mas, uma vez eleito, procurou escolher as palavras. Os anos se passaram, e como chanceler discursou sobre paz em muitas oportunidades, embora nos bastidores caçasse as 'bruxas'. Entretanto, sua sede de poder e sua opção pela guerra nunca foram esquecidas.

Chegou o tempo de acabar com o discurso de paz e atirar toda uma nação e, por consequência, o mundo no calabouço. Num importante discurso feito para um seleto grupo de espectadores, em especial para dirigentes da imprensa alemã, proferido em 10 de novembro de 1938, revelou a sutil armadilha que, ardilosa e detalhadamente, preparara para Alemanha:

> *As circunstâncias me obrigaram, durante anos, a quase só falar de paz. Só insistindo, sem cessar, no desejo de paz dos alemães e em suas intenções pacíficas, foi possível conquistar passo a passo a liberdade do povo alemão e dar-lhe armamento indispensável para as etapas seguintes. Essa propaganda pacífica, seguida durante anos, apresenta igualmente seu aspecto negativo: poderia levar muita gente à ideia de que o regime hoje se identifica realmente com essa decisão, essa vontade de manter a paz a qualquer custo.*
>
> *Isso levaria não só a fazer um julgamento errôneo sobre as finalidades do nosso sistema, mas principalmente a impregnar a nação alemã... de um espírito que terminaria se tornando derrotismo e eliminaria inevitavelmente os sucessos atuais.*

Os motivos pelos quais falei de paz durante tantos anos eram imperativos, mas a seguir foi necessário proceder à lenta mutação psicológica do povo alemão, fazê-lo entender que certas coisas devem ser conseguidas à força, se não puderem sê-lo por meios pacíficos...

Esse trabalho [...] foi começado, prosseguido, reforçado conforme os meus planos. [99]

— Jamais imaginei que Hitler tivesse traído sutilmente a sociedade alemã. Para mim, eram os alemães que tinham sede de guerra — declarou Peter.

— A guerra, então, foi planejada estrategicamente por ele. Um dos homens que mais cometeu crimes contra a humanidade era um traficante de emoções — afirmou Billy.

— Menos de um ano depois desse discurso, o conteúdo nele existente se materializou, e a Segunda Guerra Mundial se iniciou. O sequestro emocional da sociedade alemã já havia começado a ganhar grande notoriedade no dia 25 de fevereiro de 1934. Na ocasião, Rudolf Hess, embriagado pela admiração a Hitler, anunciara, em discurso transmitido em cadeia de rádio, a forma de juramento que os políticos, a Juventude Hitlerista, membros das forças armadas, a SS, SA, Gestapo, e as pessoas de um modo geral, deveriam prestar ao Führer: "Adolf Hitler é a Alemanha, a Alemanha é Adolf Hitler. Quem presta juramento a Adolf Hitler faz um juramento à Alemanha".[100] Esse doentio culto à personalidade, que começou em fevereiro de 1934, cristalizou-se após a morte do presidente Hindenburg, no dia 2 de agosto. Hitler nomeou-se presidente, comandante supremo das forças armadas e o grande Führer do Terceiro Reich, "o homem mais capaz, determinado, perspicaz para tirar a Alemanha do obscurantismo" — afirmou o professor.

— Espere — interrompeu Katherine. — Lembro-me de uma famosa frase de Winston Churchill, e ela revela, pelo menos inicialmente, que até ele se deixou seduzir por esse jogo neurótico de Hitler: "Podemos execrar o sistema de Hitler, mas não podemos deixar de admirar seu desempenho patriótico. Se o nosso país for vencido, eu espero que encontremos um campeador tão invejável que nos restitua a coragem e nos devolva nosso lugar no concerto das nações".[101]

— Bem lembrado, Kate. Churchill, embora fosse o mais ferrenho inimigo de Adolf Hitler, não conhecia os elementos psicossociais que conhecemos hoje. Hitler nunca foi um patriota, nunca serviu a Alemanha, mas as suas próprias ambições. Quando a guerra estava perdida, em vez de se render para poupar milhares de vidas e os meios de sobrevivência da nação, usou a mesma estratégia de Stálin quando invadiu a Rússia: destruir tudo, pontes, açudes, lavouras, inclusive obras de arte. Em primeiro, em segundo e em terceiro lugares estava o próprio Hitler, em último lugar estava a sociedade.

E continuou dizendo o professor:

— Após a Segunda Guerra Mundial, um sentimento de culpa pulsou no psiquismo de dezenas de milhões de jovens e adultos alemães das gerações seguintes: "Por que nossos antepassados elegeram um psicopata? Por que depositaram nele sua confiança? Por que abriram mão de sua autonomia e se tornaram autômatos, sujeitaram-se a uma obediência cega?". Muitos, por não compreenderem o funcionamento da mente, não entenderam as sutis armadilhas construídas no inconsciente coletivo dos alemães pelo Führer e seus asseclas, que os tornaram servos e não autores da própria história. Não há desculpas para aquela geração, mas há explicações.

De repente, ouve-se um barulho enorme, que parecia vir do andar térreo. Era o estrondo de uma bomba. Parecia haver paredes ruindo e muita gritaria. Não dava para distinguir direito, pois o grupo estava no décimo primeiro andar. Todos ficaram apavorados. Mas Billy interveio:

— Calma, pessoal, este prédio é extremamente seguro. Devem estar fazendo reparos.

Katherine e Júlio Verne se entreolharam, preocupados. Como estava no fim da exposição, o professor concluiu:

— Adolf Hitler, o maior mestre da manipulação da emoção, provavelmente seduziria qualquer povo que não abortasse suas mensagens quando elas ainda estivessem no nascedouro. É fácil abortar um ditador desse naipe em sua fase embrionária, mas dificílimo fazê-lo em sua "maturidade".

— Ninguém exaltou tanto o povo alemão e, ao mesmo tempo, ninguém lhe cobrou um preço tão exorbitante — concluiu Katherine.

Quando o professor se preparava para se despedir de seu grupo de amigos, subitamente as portas se abriram e, interrompendo a reunião, apareceram três policiais pedindo que se retirassem rapidamente do edifício. O professor, ansioso, indagou:

— O que está ocorrendo?

— Um ataque terrorista.

— Mas este prédio não é seguro? — indagou Peter, olhando para Billy.

— O terror torna qualquer lugar inseguro.

E assim se encerrou a última reunião, o último debate. Após evacuarem o prédio, despediram-se com lágrimas nos olhos. Foi uma despedida rápida, mas comovente. Talvez nunca mais se reunissem novamente. Quando o professor estava no carro da polícia que o levaria para outro lugar, Peter se aproximou com sua cadeira de rodas e lhe disse:

— Não desista de ser professor. Obrigado por iluminar nossa mente. Cuide-se.

O professor estendeu seu braço, tocou uma de suas pernas imóveis e agradeceu. Em seguida, juntamente com os outros amigos, cantou novamente a canção “We Are the World”, à medida que o carro se afastava.

CAPÍTULO 14

Uma espécie que mata seus filhos

Inverno, 24 de fevereiro de 1942. Os soldados da SS atravessaram apressados o jardim da bela casa de Abraham Kurt. Olhos fixos, faces tensas, semblantes agressivos, comportamentos irredutíveis, eram caçadores de humanos. O sol poente era insuficiente para esconder o terror que estava por vir. Bateram violentamente com os punhos cerrados na bela porta central com molduras sobressaltadas que desenhavam a anatomia de galhos e flores. O dr. Abraham Kurt, Rebeca, sua mulher, um casal de filhos, Anne, de 8 anos, Moisés, de 10 anos, e um hóspede interrompem bruscamente o café da manha. A resposta tardia dos Kurt irritou os soldados, que chutaram a porta, tentando arrombá-la.

O hóspede, recebido no seio da família na noite anterior, não sabia como reagir. Temia que a polícia estivesse em seu encalço. Mas Abraham e Rebeca foram assaltados por outro temor. Sofrendo por antecipação, pensavam obsessivamente no momento em que seriam deportados da Alemanha como plantas arrancadas do solo sem generosidade e sem suas raízes. Notícias de que nazistas estavam transportando judeus em trens de gado para a Polônia chegavam com frequência. Vizinhos alemães os ajudavam em segredo com os poucos alimentos que lhes sobejavam, mas o cerco estava se fechando rapidamente. Tropas alemãs que voltavam do leste traziam notícias que faziam tremular a alma: judeus tratados como animais, guetos, escravidão nos campos, execuções sumárias.

Rebeca, ao ouvir os violentos toques na porta, teve um ataque de nervos, contraiu o estômago e regurgitou o leite que acabara de beber. O leite regurgitado invadiu a traqueia e gerou acessos incontroláveis de tosse. Num esforço quase sobre-humano, tentou contê-los comprimindo a boca com a mão direita, enquanto o líquido escorria entre os dedos e era enxugado com um guardanapo de tecido branco. Era preciso dominar-se naquele momento. Mas como? Rebeca era uma mulher forte e bela, mas ultimamente a insônia a punia com rugas em torno de seus olhos verdes.

— Meu Deus! Chegou a hora! — disse ela após cessar sua crise de tosse. Mas Abraham Kurt, pegando em suas mãos, tentou abrandar a indisfarçável ansiedade dela.

— Calma, Rebeca! Calma! Vou abrir a porta. — Em seguida, gritou para os que queriam arrombá-la: — Esperem! Já vou! Já vou! — E deu um sinal para seus filhos se esconderem na parte de baixo da estante em que colocava seus principais livros jurídicos. Parecia que eles haviam sido treinados para aquela ocasião. O hóspede também atendeu ao sinal e rapidamente se escondeu no escritório da casa.

O dr. Kurt, judeu, advogado renomado, morava na casa mais bela do bairro, num terreno de 2.300 metros quadrados ricamente arborizado e afastado do centro da bela Frankfurt. Anne e Moisés tinham muitos amigos loiros e de olhos azuis. Não entendiam por que haviam sido proibidos de frequentar a escola. Com seus amigos alemães faziam reuniões subversivas: reuniam-se para brincar, esconder-se atrás das árvores e jogar água uns nos outros na fonte atrás da casa. Os meninos não tinham a noção de que a Europa ardia em chamas.

O hóspede estava profundamente aflito. "Serei sem dúvida descoberto", pensou. Tentava gerenciar sua ansiedade, mas era impossível. Sua mente se tornara um trevo de ideias e preocupações. Era um estrangeiro no seio dessa família, mas fora recebido com dileta solidariedade. Seis horas antes, tivera uma conversa franca e particular com o dr. Kurt, um homem aberto, afetuoso, dotado de uma inteligência incomum.

— Não entendo, dr. Kurt, por que o senhor e sua família ainda não foram presos pelos nazistas? — perguntou o hóspede.

— Muitos juízes judeus deixaram sua toga, vestiram o manto da humilhação, foram tratados como criminosos. Brilhantes advogados judeus também foram expulsos dos fóruns sob o coro de vaias. Alguns tiveram de trabalhar em estábulos para ganhar alguns trocados e sobreviver. E destes, os que tiveram sorte emigraram. Os que não conseguiram, foram deportados para a Polônia, inclusive meus pais e irmãos — disse, com o rosto entristecido, os olhos lacrimejando. — Quanto a mim, por ser conhecido internacionalmente por minha luta pelos direitos humanos, tenho sido útil ao Terceiro Reich.

— Como assim? — indagou, curioso, o hóspede.

— Tenho sido obrigado a enviar mensagens para as instituições da Europa falando sobre a preservação dos direitos humanos na Alemanha.

— Mas são mensagens falsas! — afirmou o hóspede, perturbado.

— Sim, mas sou obrigado a assinar os artigos que me trazem sob a mira de um revólver. Além disso, recusar a assiná-los é assinar a sentença de morte de Rebeca e meus filhos. Mas não há como esconder que o governo de Hitler é violador das liberdades individuais. A qualquer momento, serei descartado.

— Mas quais são suas atividades atuais? Como sobrevive?

— Desde 1938 não posso trabalhar como advogado, deixar o país nem a cidade. Vivo numa espécie de cárcere privado. Nos últimos três anos, temos sobrevivido dos bens que consegui vender antes da Noite dos Cristais, em novembro de 1938, quando as vitrines das lojas judias foram estilhaçadas e suas propriedades, saqueadas, inclusive a loja de meus pais. Os bens foram leiloados, as sinagogas queimadas, foi o início do fim dos judeus que moravam na Alemanha.

— Houve espaço para algum protesto? — questionou o hóspede, curioso.

— Espaço para protesto? Você está brincando. Dois anos depois de Hitler se tornar chanceler, seu corpo jurídico elaborou as Leis de Nuremberg, que impediam os casamentos de judeus e alemães ou mesmo relações sexuais entre eles. Como militante em prol dos direitos humanos, tentei protestar. Mas...

O dr. Kurt interrompeu sua fala, comovido. O visitante, ansioso, queria saber o que houve, mas teve de esperar ele se refazer.

— Proclamei: "Somos judeus! Não somos animais! Somos humanos! Pertencemos à mesma espécie que os arianos!". E, ousado, escrevi um artigo que teve impacto internacional.

Mais uma pausa. O hóspede esperou.

— Não tardou para vir a vingança. Alguns membros da SS me sequestraram quando eu estava nas ruas. Tiraram-me a roupa, me atiraram ao chão, me chutaram, me espancaram e disseram: "Nunca se compare aos animais! Você é inferior a eles". E posteriormente me embriagaram e me soltaram nu no centro da cidade. Não me mataram por fora, mas o fizeram por dentro, pois sabiam o que eu representava no meio jurídico. Os discípulos de Himmler jamais tolerariam que um ativista judeu interferisse na tese da purificação da raça ariana.

— Mas vocês não perceberam o monstro que estava em gestação? Por que o senhor não emigrou?

— Por um lado, devido à paixão pelo meu povo; por outro, devido a um erro de cálculo de risco. Como eu poderia supor que um desacreditado chefe de partido periférico, um conspirador contra uma sociedade democrática, um escritor de segunda categoria, de *Mein Kampf*, um portador de teses ultranacionalistas, prosperasse muito tempo nos solos da culta Alemanha?

O dr. Kurt, outros intelectuais, bem como não poucos políticos alemães, éticos e comprometidos com a Alemanha, de fato calcularam mal a engenhosidade de Hitler, Göring, Himmler, Goebbels... O ataque-surpresa era a arma mais poderosa de Adolf Hitler. Como um felino faminto, rapidamente mordia a garganta das suas presas e as asfixiava, sem lhes dar chances para se defender, inclusive as nações que dominou.

— Vivi minha infância nesta rua, me aventurei em minha adolescência nesta cidade, sonhei meus mais belos sonhos nesta pátria. Sempre amei a Alemanha e a considerei o melhor lugar do mundo para se viver. Nem em meus delírios pensei que um dia seria considerado um verme a ser esmagado, uma raça inferior... Os terremotos nos surpreendem — disse metaforicamente, não como advogado, mas, agora, como um simples ser humano.

Enquanto na mente do hóspede passava rapidamente o filme da conversa que horas atrás tivera com o dr. Kurt, este tinha aberto a porta para os carrascos da SS e tentava negociar com eles. Anne e Moisés, amedrontados, procuravam conter seus movimentos, uma tarefa difícil para duas crianças. Seus pais já os haviam prevenido que algo poderia acontecer, mas para protegê-los não lhes revelaram os detalhes. O dr. Kurt tentou invocar a Constituição do país, mas a Alemanha vivia sob um regime de exceção. As leis serviam ao ditador e não o ditador às leis.

Ao invocar seus direitos constitucionais, foi espancado no rosto e no abdome e empurrado violentamente, caindo sobre a sala. Rebeca tentou socorrê-lo. Mas ambos foram rendidos impiedosamente.

— Onde estão as crianças? — disse o chefe da missão, o oficial da SS que liderava os dez soldados caçadores de judeus.

— Já não se encontram mais aqui! — afirmou o dr. Kurt.

— E o homem que vocês abrigam?

— Não sei do que o senhor está falando.

Mais um tapa no rosto, agora com grande estalido. O chefe da missão deu ordens para os agressivos policiais da SS vasculharem toda a casa. Eram cinco jovens, mas não os encontraram. A pequena Anne viu pela fresta os horrores que se passavam na sala. Quando percebeu que seus pais estavam sendo levados, não suportou, esqueceu todas as técnicas que eles lhes ensinaram e reagiu como qualquer criança diante do abandono. Moisés tentou contê-la, mas não foi possível. Ela abriu a porta e, aos prantos, gritou:

— Mamãe! Papai! Não nos deixem!

Rebeca amava intensamente sua filha, mas seu som era o que menos queria ouvir naquele fatídico momento. Após essas palavras, a pequena Anne saiu ao seu encontro e a abraçou. Moisés também saiu do armário e correu até seus pais. E, com uma bravura que só uma inocente criança possui, ousou tentar retirá-los das mãos dos soldados. Vendo o pequeno judeu tocar seus braços arianos, um policial da SS, que não tinha mais do que 19 ou 20 anos, deu-lhe um bofetão que o atirou longe. Quando ia ser espancado, o dr. Kurt implorou ao chefe da missão:

— Por favor, ele é apenas uma criança.

O chefe da missão deu ordem para o policial se conter. Em seguida, o pai foi até Moisés e o abraçou carinhosamente.

— Querido. Obrigado por sua coragem. Não tenha medo.

O menino teve um leve sangramento no nariz. O pai o limpou com sua bela camisa branca de algodão dos tempos de glória como advogado.

— Não se preocupe, garoto, vocês também farão a viagem — disse, com sarcasmo, o líder do grupo.

A SS era a responsável por implementar as políticas raciais do Terceiro Reich que sancionaram o extermínio em massa de judeus. Sob o manto da insensibilidade, a dor das crianças não lhes retirava o oxigênio emocional nem lhes denunciava que estavam no último estágio da psicopatia.[102]

Lá fora, os caminhões apinhados de judeus assombrados os aguardavam. Antes de subirem no comboio, o oficial da missão conferiu os dados que estavam no veículo sobre a casa dos Kurt e, com uma dose de ira, indagou mais uma vez:

— Temos notícia de que vocês receberam um visitante. Onde ele está?

O dr. Kurt fez um movimento rápido com a cabeça de que não havia ninguém. O oficial pegou-o pelos ombros e o chacoalhou, dizendo:

— Não minta para mim, senão todos morrem.

Mas o advogado manteve o silêncio. Mais uma vistoria foi ordenada dentro da casa e nos jardins, e nada encontraram. Os pais e os filhos foram atirados dentro da carroceria de um camburão improvisado, na realidade um caminhão coberto por lona. A família, a "célula *mater*" que Hitler prometeu defender em seu primeiro discurso em cadeia pelo rádio, era dilacerada em mil pedaços. O Führer não apenas destruiu judeus, mas o psiquismo de todos os alemães que ainda conservavam alguma sensibilidade. Depois de participar ou assistir àqueles espetáculos sombrios, ninguém mais estaria plenamente vivo, ainda que seu corpo não estivesse morto...

De repente, um policial que conversou com os vizinhos do dr. Kurt trouxe para o oficial a notícia de que um estranho fora visto na casa havia pouco mais de duas horas. O oficial, num ataque de fúria, mandou descer toda a família. Dessa vez, esperto, perguntou às crianças:

— Há outra pessoa escondida na casa?

Com a cabeça baixa, elas balançaram a cabeça negando. Mas, ferino, o policial deu-lhes um golpe fatal. Fez um gesto para os policiais, para apontarem as armas rente à cabeça de seus pais.

— Vou contar até três, se não nos contarem, seus pais morrerão. Se disserem a verdade, nós os soltaremos. — E para o espanto dos que estavam próximos, contou aos berros: — Um, dois...

Anne, trêmula, cedeu.

— Sim!

— Aonde? Vamos!

Vendo seus pais sob a mira de um revólver, disse chorando:

— No... escritório... do papai!

Mas não precisaram entrar novamente na casa para vistoriá-la. O hóspede veio ao encontro deles, trajando a roupa de um oficial da SS. Ouvira a armadilha que o oficial armara para as crianças e sabia que Anne seria a primeira a ceder. Todos ficaram perplexos com sua aparição. Apontando sua arma para ele, o oficial lhe perguntou:

— Que roupas são essas? — E os demais policiais o agarraram brutalmente, enquanto o oficial refez a pergunta: — De onde furtou essa farda?

— Larguem-me ou serão punidos. Serão todos fuzilados.

— Mas quem é você?

O hóspede, desgarrando-se deles, lhes mostrou documentos. Um dos soldados arrancou-lhe os documentos das mãos e os entregou ao oficial, que os analisou, atônito. Mas o inumano chefe da missão era uma pessoa experiente.

— A cópia do documento parece perfeita, mas você é uma cópia barata da raça ariana. Sua face judia não nega sua raça. — E bradou: — É um espião judeu! Assassinem-no.

E quando iam atirar nele, o hóspede, em vez de se intimidar, reagiu com notável autoridade. Falou algo que perturbou o dr. Kurt e deixou confuso o oficial da SS.

— Não sabia que o poderoso Reinhard Heydrich também tinha aparência judia? Himmler, Adolf Eichmann, Otto Fegelein, o dr. Ernest Kaltenbrunner, saberão dessa infâmia. Estou aqui em missão secreta para investigar esta família.

O oficial ficou inseguro diante desses nomes, não conhecia a todos. Ouvira falar de Heydrich, do general Kaltenbrunner e do poderoso líder supremo da SS, Himmler, mas não os conhecia pessoalmente.

— Se me ferir, irá para a corte marcial — disse o estranho, fitando bem nos olhos o oficial.

De repente, o estranho olhou pelas frestas da carroceria do caminhão e o viu lotado de pequenos meninos, meninas, mães, pais, idosos. A cena lhe esmagou o coração. Ficou tão emocionado que apertou seus olhos para segurar as lágrimas. Tentando disfarçar seus sentimentos, se aproximou do dr. Kurt e de sua mulher e bradou:

— Respeitem a grande Alemanha!

Pensando que ele estava criticando a contaminação da Alemanha pelos judeus, o oficial apontou a arma para os pais de Anne e Moisés. Mas o hóspede interveio veementemente:

— Respeitar a grande Alemanha é respeitar a honestidade dos seus cidadãos. O senhor é honesto, oficial?

— Sim, claro que sou.

— O maior poder de um ser humano está nas armas ou nas palavras?

— Bom, eu... — falou titubeando, mas, antes de completar sua ideia, o estranho o interrompeu.

— O Führer diria nas palavras. Nunca ouviu seus discursos?

Lembrando-se dos longos discursos de Adolf Hitler que ouvia no rádio, o oficial reconheceu que era nas palavras.

— Eu ouvi a sua proposta feita a essas crianças. Elas foram sinceras ao responder à sua pergunta. Preserve esta família, cumpra sua palavra, respeite a grande Alemanha.

— Mas são judeus... — disse o oficial, perturbado. Mas aquele ousado estranho o abalou mais ainda.

— Com esse comportamento, jamais ganhará uma Espada de Honra da SS, um Anel de Honra, uma Cruz de Mérito de Guerra, nem sequer uma Cruz de Ferro de segunda classe.

O oficial ficou surpreso com seu conhecimento sobre a indústria de honrarias da SS. Amava essas medalhas e sonhava ansiosamente em ganhar uma delas. Não podia correr o risco de manchar sua história.

— Os pais vão para o caminhão. As crianças podem ficar, pelo menos por enquanto. Senhor... — E olhando nos documentos, citou o nome do estranho. — Senhor Júlio Verne.

Júlio Verne seguia escoltado na cabine do caminhão para que suas palavras e sua identidade fossem verificadas. Enquanto o caminhão transitava pela pista esburacada e chacoalhava seu corpo, ele olhava para a carroceria e sentia que sua mente ia estourar. Sabia o tratamento que essas pobres criaturas em breve teriam. Dois quilômetros à frente, entrou em pânico. Como um louco, mesmo sabendo que poderia ser fuzilado de imediato, gritou sem parar para que o caminhão interrompesse seu curso. Se não tentasse salvá-los, já estaria morto.

— Parem! Parem o caminhão! Que espécie é essa que assassina seus próprios filhos? Parem!

Júlio Verne se debatia na cama desesperadamente. Ofegante e em completo desespero, subitamente despertou de mais um pesadelo. Outra vez sentiu a história pulsar em suas artérias. Dessa vez não se acovardou nem se autoflagelou, mas parecia que estava enfartando. Katherine, vendo-o agitado, trêmulo e com calafrios, abraçou-o e tentou acalmá-lo. Sentiu o suor dele molhando sua pele. O quarto de hotel tornou-se um pequeno cubículo para conter tanta comoção. Sentado na cama, roçou suas mãos sobre os cabelos e, angustiado, disse:

— Eu estive lá, Kate. Eu conheci as crianças.

— Júlio, acalme-se. Foi outro pesadelo.

— Não, Kate, eu conheci Anne e Moisés Kurt!

— Quem?

— As duas crianças que me enviaram a carta.

Foi então que ela se lembrou, assustada, de alguns de seus dizeres:

Querido tio Júlio Verne,

Fique tranquilo, a sra. Fritz disse que cuidará de nós enquanto o papai e a mamãe estiverem na Polônia... Depois que saímos de nossa casa, fizeram um leilão com tudo que tínhamos lá... Levaram também nossos brinquedos e nossas roupas. Anne chora muito. Perdemos tudo. Eu não entendo: por que nos odeiam?... Eu e a Anne não aguentamos de saudades deles... Esse será o inverno mais triste de nossa vida. Obrigado por ter-nos ajudado. Um beijo de

Moisés e Anne Kurt

Após uma longa pausa Júlio Verne comentou:

— Anne era esperta, meiga, sensível. Moisés era gordinho, belo, corajoso.

E lhe contou o que sonhou. Após o surpreendente relato, Katherine começou a bombardeá-lo com perguntas. Mas ele a interrompeu.

— Por favor, Kate, não me peça explicações. Não as tenho.

Katherine, percebendo Júlio Verne confuso, abalado e ainda taquicárdico, fez a oração dos sábios: o silêncio... Só o silêncio era capaz de conter as inumeráveis dúvidas que saturavam a mente deles.

CAPÍTULO 15

O MESTRE DOS DISFARCES: SEDUZINDO AS RELIGIÕES

O último pesadelo e os estranhos fatos que envolviam os personagens Moisés e Anne ressuscitaram o temor de Katherine de que o homem que ela escolhera para dividir sua história poderia estar tendo uma doença mental. Estavam num confortável hotel pago pelo governo, e as refeições eram servidas no próprio quarto. O professor, atordoado, não conseguiu tomar café naquela manhã. No início da tarde, tentou almoçar. Colocou uma porção de alimentos na boca, mas não sentia o sabor como antes. À noite, seu corpo suplicava por nutrientes, mas sua angustiada emoção continuou suprimindo seu prazer de comer. Mente e corpo se digladiavam na arena do seu estressado cérebro.

— Você não pode continuar assim, Júlio. Tem de se alimentar, senão vai debilitar seu sistema autoimune.

— Eu sei, Kate, mas não sou dono do meu corpo — disse ele se sentindo impotente.

— Mas você pode e deve proteger sua emoção. Afinal de contas, terá um grande compromisso esta noite. Billy logo estará aqui com uma escolta de policiais.

Raramente deixavam as cercanias do hotel onde haviam sido hospedados. Como estavam sob forte proteção policial, só saíam escoltados, algo que os incomodava. Embora um tanto desnutrido, para ele essa noite seria um desafio complexo e inadiável. O famoso Júlio Verne sempre era convidado por diversas instituições para dar conferências, mas, devido às implacáveis perseguições, rejeitava quase todas. A recomendação era que evitasse ao máximo as exposições públicas. Mas não desmarcara o convite daquele dia, às 20 horas. Afinal de contas, era o Primeiro Congresso Internacional sobre Tolerância, Solidariedade e Paz Social, patrocinado pelas mais importantes religiões do planeta. Falaria para uma plateia à qual jamais havia se apresentado, para líderes católicos, protestantes, islamitas, judaicos, budistas, bramanistas e mais dezenas de outras religiões.

Num nobilíssimo gesto, os líderes das mais diversas religiões resolveram criar uma associação internacional para promover a fraternidade, a inclusão social, o respeito incondicional, num mundo onde o preconceito aflorava, o terrorismo se propagava, representantes de diferentes religiões se agrediam, partidos políticos se digladiavam e nações competiam ferozmente pelo mercado. Queriam pôr fim a toda espécie de terrorismo. Era o primeiro grande evento da nova agremiação. Haveria 411 líderes dos mais diversos países, todos portadores de notável nível cultural e dotados de extraordinária influência social. Haveria chefes de Estado participando.

Havia vários conferencistas, Júlio Verne era um deles. Esperavam que o intrigante professor falasse sobre a intolerância, a exclusão racial e a relação de Hitler com a religiosidade. Um tema interessante, mas o professor estava inicialmente distante, tinha vontade de se isolar; antes de dar qualquer contribuição ao mundo, queria tentar reorganizar seu pequeno e perturbado mundo. Billy apareceu às 19h15, como havia marcado. Como tinham que percorrer ruas movimentadas, logo partiram num carro blindado. Billy estava no banco da frente, com um experiente motorista, também policial. Katherine e Júlio Verne estavam atrás. Quatro policiais os acompanhavam em outro carro.

Não tardou para o professor ficar novamente inquieto. Durante o trajeto, apareceu um carro em alta velocidade que ficou por um instante paralelo ao deles. No banco de trás havia um jovem em torno de 25 anos, loiro, cabelo bem aparado, estilo militar, que fez um gesto com as mãos como se estivesse apontando uma arma para Júlio Verne. O professor fixou seu olhar no sujeito e levou um susto: parecia o oficial com que sonhara na última noite, que estava na casa do dr. Kurt e era encarregado de deportar as famílias para a Polônia.

Júlio Verne esfregou seus olhos para ver se não era uma miragem. De repente, em vez de avançar, o carro desacelerou suavemente, e o motorista ficou lado a lado com o professor. Ambos se entreolharam. Mais um ataque de medo. O motorista parecia o homem que quase o matara na manhã seguinte ao primeiro pesadelo, o suposto Heydrich. E, por incrível que pareça, assemelhava-se ao próprio personagem da história. Em seguida, o motorista acelerou e não causou nenhuma confusão, pelo menos naquela breve fagulha de tempo.

Júlio Verne pensou consigo o que uma mente estressada não é capaz de imaginar. Em seguida comentou com Katherine:

— Não estou passando bem. Parece que vi o carrasco do meu último pesadelo no carro que acabou de passar por nós.

Billy ouviu.

— Carrasco do último pesadelo? O que está acontecendo, professor?

Não dava para explicar para o inspetor. Este o internaria.

Preocupadíssima, Katherine tentou mais uma vez acalmá-lo.

— Você sabe que os sonhos, ainda que tentem traduzir uma realidade, são meras construções virtuais.

— Claro que sei. A imaginação não se materializa... — E, abatido, admitiu: — Mas talvez eu realmente esteja doente. O que construo em minha mente é o que estou querendo enxergar. Mas o incrível é que o motorista que quase me matou há tempos estava dirigindo o carro. E ele não é virtual.

Contudo, o motorista do veículo em que estavam o interrompeu:

— Percebi algo estranho naquele carro. Tive a impressão de que o passageiro do banco de trás fez um gesto como se sua mão esquerda fosse uma arma.

Júlio ficou aliviado, pelo menos tudo aquilo não era fruto de sua imaginação. Mas isso não resolvia o problema. Contudo, Billy tentou tranquilizá-los.

— Lembre-se, este veículo é blindado. E já sinalizei ao carro que nos acompanha para ficar alerta. Talvez seja melhor desistir da conferência.

— Não. Eu preciso estar lá.

De repente, sob o comando de Billy, o carro que levava o casal, bem como o que levava os policiais que os acompanhavam, fez uma curva brusca e mudou de rota. Seguiram um trajeto não usual para atingir o anfiteatro. Não houve mais atropelos. Chegaram ao local apenas dois minutos além do horário marcado para a conferência, uma heresia para britânicos. Foram recebidos com entusiasmo por Dorothy e pelos demais organizadores do evento, mas o professor estava visivelmente pálido. Logo foi encaminhado ao palco. E mesmo desconcentrado, ainda era provocador, como sempre. Fez inicialmente a pergunta mais óbvia do mundo, quase sem sentido, pela natureza da plateia.

— Quem crê em Deus, de alguma forma?

Todos levantaram a mão.

— Quem considera aviltantes as ações de Hitler?

A pergunta era mais óbvia ainda, tinha um sabor de ingenuidade, ainda mais pelo nível intelectual do público. Todos levantaram a mão.

O professor olhou demoradamente para a plateia e, sem meias palavras, os chocou.

— Desculpem-me, mas muitos religiosos como vocês, pessoas do mais alto nível e com as melhores intenções humanitárias, apoiaram Hitler naqueles áridos tempos.

Atônitos, os líderes se perguntaram:

— Como pode ser isso? Impossível! Jamais!

Então o mestre emendou uma pergunta:

— Se vocês tivessem vivido na Alemanha nazista e dispusessem de informações reduzidas sobre as atrocidades que Hitler cometia, resistiriam ao seu poder e influência?

Todos ficaram calados. Katherine achou que Júlio Verne fora um pouco indelicado com aqueles respeitados homens. Achou que ainda estava sob efeito do último pesadelo. Sabia que uma mente depressiva contraía a tolerância, talvez fosse isso que estivesse acontecendo com Júlio Verne, pensou. O professor olhou para a plateia e, como detestava a passividade, provocou-a:

— Por favor, intervenham, discutam e discordem quando e como quiserem de minha fala.

— Sabemos que houve o silêncio de alguns importantes religiosos, mas crer que eles tenham apoiado esse fanático é improvável — comentou o dr. Theo, um bispo da Igreja Anglicana.

— Sim! Crer que um líder religioso de expressão tenha não apenas silenciado como referendado Hitler é inaceitável — afirmou James, um teólogo católico romano.

Diante disso, Júlio Verne silenciosamente meteu a mão no bolso direito e tirou uma carta escrita por religiosos em elogio a Hitler. A plateia se escandalizou:

> *[...] O senhor, meu Führer, conseguiu eliminar o perigo bolchevique no país e agora chama nosso povo e os povos da Europa para o enfrentamento decisivo contra o inimigo mortal de toda a cultura cristã ocidental [...] O povo alemão — e, com ele, todos os seus membros cristãos — agradece esse feito ao senhor...*
>
> *Que o Deus Todo-Poderoso esteja ao seu lado e ao lado do nosso povo, fazendo com que sejamos vitoriosos contra o inimigo duplo que deve ser alvo do nosso querer e agir. A Igreja Alemã comemora, nesta hora, os mártires religiosos do Báltico, de 1918. Ela lembra o sofrimento anônimo que o bolchevismo, como fez com os povos sob seu domínio [...] e está em oração com o senhor e com os nossos valentes soldados [...] para que haja sob sua liderança uma nova ordem e que chegue ao fim toda destruição interna, toda profanação ao sagrado, todo ataque à liberdade de consciência.*[103]

Ao ouvirem aquela carta, os participantes se entreolharam embasbacados; não conseguiam acreditar na sua veracidade.

— Certamente não foi nenhum importante líder religioso que a redigiu, mas algum fanático sem instrução! — rebateu o dr. Theo.

Mas o professor Júlio Verne deu a referência bibliográfica e o endereço.

— Desculpe-me, mas a carta foi escrita pelo Conselho Eclesiástico da Igreja Alemã. E assinada por Maharens, Schultz, Hymmen em 12 de julho de 1941.

Os ícones religiosos perguntavam uns aos outros:

— Como podem renomados religiosos ter escrito essas palavras para Hitler? Como podem suplicar que o Todo-Poderoso esteja ao lado do maior assassino da história?

— Embora Hitler fosse um dissimulado e a Conferência de Wannsee em Berlim, presidida por Heydrich, que construiria a solução final da questão judaica, viesse a ocorrer seis meses depois, em janeiro de 1942, não há desculpas para esses religiosos. Talvez não soubessem dos campos de concentração, mas o expurgo de judeus, as leis de Nuremberg, a Noite dos Cristais e muitas outras barbaridades já tinham acontecido à vista de todos.

E o professor continuou:

— O apoio desses líderes religiosos alemães à guerra contra a Rússia é emblemático. O bolchevismo russo, capitaneado por Lênin, havia eliminado o direito de expressão, inclusive a liberdade religiosa. Mataram os ícones religiosos, proibiram rituais, silenciaram vozes. Quando Hitler invadiu a Rússia, esses líderes se lembraram dos sofrimentos de seus pares e, num ufanismo cego, apoiaram a invasão. Reagiram como qualquer ser humano, pautados pela ação e reação. Nutriram a violência com a violência. Tais cristãos, que dizem seguir o homem Jesus, rasgaram o tratado de tolerância e solidariedade que ele proclamou em prosa e verso no Sermão da Montanha e que reflete as mais extraordinárias teses pacifistas — afirmou o professor de história Júlio Verne que, embora judeu, conhecia muito bem a história de Jesus.

A plateia ficou novamente emudecida.

— Eu sou budista e concordo com seu pensamento — disse Herbert, um notável líder religioso. — Conheço o livro sagrado dos cristãos e me surpreendo com sua apologia à mansidão, que é totalmente contrária não apenas ao nazismo, mas ao próprio instinto humano: "Felizes os mansos porque herdarão a terra! Se alguém lhe ferir uma face, dê-lhe a outra...!". Quem herda a terra em seus mais figurados sentidos não são os que exercem o poder, a pressão ou a coação, mas os que exalam a paciência. Infelizmente, alguns religiosos do tempo de Hitler negaram isso.

Os líderes, em especial os cristãos, ficaram chocados com essas conclusões, ainda mais elaboradas por um professor de origem judaica e um líder budista. Fizeram um mergulho introspectivo e começaram a refletir sobre a história e suas próprias histórias. Hitler odiava o marxismo, mas, para invadir a Polônia e não abrir outra frente de guerra, precisava fazer um tratado de não agressão com a Rússia, que também fazia fronteira com a Polônia. Dois anos após invadir a Polônia, Hitler traiu esse tratado. Enquanto a Rússia enviava carregamentos de alimentos pelas estradas de ferro para a Alemanha, Hitler a estava sorrateiramente invadindo por terra.[104] Stálin não confiava em Hitler, mas não imaginava que ele fosse romper tão rapidamente o tratado germânico-russo.

Youssef, um líder islamita, que estava na parte central do anfiteatro, interessado em conhecer a estrutura do caráter de Hitler, interveio com uma questão:

— Hitler tinha uma personalidade inabalável? Foi ele titubeante em alguma época?

— Sim! Antes de invadir a Polônia, hesitou diversas vezes, ficou insone, ansioso, aflito, temia a reação da Inglaterra, da França, dos Estados Unidos e de outros países. Mas, como um vampiro social, à medida que tinha sucesso em suas campanhas, ficava mais forte, ousado, megalomaníaco.

— Sabemos que Hitler tinha uma admiração por Napoleão Bonaparte. A derrota deste, ao invadir a Rússia, não inibiu sua ambição geopolítica? — indagou Thomas, um teólogo protestante.

— O sonho de muitos admiradores é superar seus ícones. Hitler não queria cometer os mesmos erros que Napoleão. Estrategista, preferia, como sempre, os ataques-relâmpago, regados a surpresas. Usou um dos maiores aparatos militares da história: 3 milhões de soldados, 3 mil tanques, 7 mil canhões, 7 mil aviões. Em 24 horas, destruiu 1.500 aeronaves russas. Tudo indicava que seria vitorioso. Para esse psicopata, os povos eslavos eram uma raça inferior, não mereciam crédito nem sentimentos.[105]

Contrariando seus estrategistas, Hitler dividiu as tropas em três frentes para dominar Leningrado, Kiev e Moscou. Esperava levar em quatro meses, antes da chegada do inverno, a grande Rússia a capitular. Mas desconhecia as forças da natureza. O avanço, que deveria ser rápido, não tardou a encontrar grandes obstáculos: a fome, a falta de estradas, a diarreia (havia soldados que tinham trinta crises de diarreia por dia), o tifo, os piolhos, as chuvas torrenciais e a lama que grudava como cola nas máquinas alemãs. E, por fim, devido à resistência russa, a campanha atrasou e o intenso inverno chegou. O poderosíssimo exército alemão viu seus piores dias chegarem. Os "demônios" que perturbaram Napoleão e que os alemães tentaram engenhosamente exorcizar os assombraram. Sob as ordens expressas de Stálin, os agricultores e moradores dos vilarejos e cidades usavam a estratégia da "terra arrasada": queimavam tudo que era possível ser ingerido ou usado pelo exército alemão e partiam.

— Mas essa guerra foi um suicídio coletivo — expressou Thomas.

— Foi um verdadeiro suicídio para os jovens alemães. As ações revelam o coração. Hitler nunca amou a juventude alemã e muito menos a raça ariana como tentava mostrar em seus discursos. Centenas de milhares de jovens alemães estavam despreparados para as intempéries ambientais. Servindo às ambições de um homem, morreram fora de sua pátria. Como vassalos dos generais nazistas, muitos nem sequer sabiam os reais motivos pelos quais seus corpos tombavam numa luta insana. Não poucos daqueles garotos deliravam à beira da morte pedindo os braços de seus pais.

Hariri, um líder hinduísta, sentindo liberdade em expor suas ideias, comentou:

— Em sua gana de destruir o socialismo russo, o líder da Alemanha se esqueceu das crianças que brincavam nessa nação, dos adolescentes que sonhavam, das mães que amavam. E se esqueceu inclusive da dificuldade de dominar o indomável pendor humano pela liberdade.

— Ao invadir a Rússia e outros povos, Hitler inspirou-se no passado da Inglaterra, que dominou povos, em especial a Índia, uma enorme nação, com um número reduzidíssimo de prepostos em relação ao dos habitantes locais — comentou o professor.

O professor ainda comentou que o desastre estratégico na invasão da Rússia preanunciou o começo do fim de Hitler. Na guerra a emoção embrutece; na guerra nazista, se transformava em pedra. Os soldados alemães se tornaram impiedosos ao encontrar judeus russos.

— Como podem os homens abater seus semelhantes sem os olhar minimamente com os olhos deles? Que mentes são essas que se recusaram a enxergar a dor latente de pessoas inocentes? — indagou Jack, outro líder protestante.

Um rabino judeu, Joseph, um dos grandes estudiosos da Torá, respondeu por Júlio Verne.

— No início, os judeus, homens e mulheres, eram escoltados para as florestas com pás e, sem saber o que fariam, lá cavavam suas próprias sepulturas. Mas Himmler, o carniceiro da SS, achou o método demorado demais. Com isso, mudou a estratégia, começou a usar as valas comuns. E ali assassinava famílias inteiras.

Todos esperavam que o professor continuasse a falar, mas, nesse momento, sua voz se embargou. Detonando o gatilho de sua memória, recordou o primeiro dos seus recentes pesadelos. Recordou-se do pai que olhou nos olhos do filho e das palavras inexprimíveis para consolá-lo.

William, um bispo católico romano, fez uma pergunta que levou o professor a dissipar as imagens dolorosas da sua mente.

— E quanto aos prisioneiros russos? Houve solidariedade mínima para com eles por parte do exército nazista?

— A sorte de centenas de milhares de prisioneiros russos também não foi diferente. O custo para mantê-los, associado ao fato de serem considerados seres de segunda classe, fizeram com que fossem assassinados ou mortos nos campos de prisioneiros pela inanição, por doenças e pelo frio.

— Você começou sua conferência com uma carta. Era comum Hitler recebê-las? — perguntou o dr. Theo.

— As cartas recebidas por Hitler dependiam da sua curva de popularidade. Em 1925, quando era um mero pregador de ideias radicais em ambientes miseráveis, as cartas cabiam numa única pasta de arquivo. No primeiro quadrimestre de 1933, o chanceler recebeu mais de 3 mil cartas. Mas ainda era um líder exótico e visto com desconfiança. No fim desse ano, o sedutor de mentes e corações recebeu 5 mil cartas. Em 1934, recebeu pelo menos 12 mil cartas. Em 1941, no calor da guerra e das tensões sociais, recebeu 10 mil cartas. E, à medida que foi se tornando um tirano derrotado, as cartas começaram a desaparecer.[106] Em seu aniversário de 1945, o deprimido Hitler recebeu reduzidíssima correspondência, e menos de cem pessoas apareceram para cumprimentá-lo, a maioria das quais pertencia à Juventude Hitlerista.

Em seguida, o professor tirou outra carta do bolso:

> *A União das Igrejas Livres envia ao senhor, meu Führer, os mais cordiais votos de felicidades pelas vitórias estupendas do leste, na certeza de que o senhor, como ferramenta de Deus, finalmente acabe com o bolchevismo, com o poder do inimigo de Deus e do cristianismo, assegurando não só o futuro da querida pátria alemã quanto o da nova ordem europeia. Reafirmamos nossas preces e nossa incondicional disposição ao sacrifício.*
>
> *Diretor Paul Schmidt*
> *Bispo Melle, 25 de agosto de 1941.*[107]

Todos os presentes ficaram novamente perplexos ao ouvir os dizeres dessa carta.

— Que admiração é essa? Que fascínio é esse que ele exercia sobre os religiosos? — comentou, indignado, Jack. — Que ousadia é essa em dizer que este crápula era ferramenta de Deus?

— Eu já estudei esse assunto — comentou o dr. Theo. — Hitler foi embalado como uma espécie de semideus para uma sociedade fragilizada política e economicamente. Aliás, Hitler, Göring e Himmler, enfim os principais dirigentes do Partido Nazista, eram envolvidos em práticas místicas ocultistas e visões religiosas.[108]

— Mesmo Bormann, que cuidava das finanças e do acesso a Hitler, bem como Goebbels e Rosenberg tinham uma queda pelo ocultismo. Goebbels, em especial, apresentava-o como o "Messias da Alemanha", o grande timoneiro da Europa. Era a religião a serviço do Estado.[108]

O professor comentou que os comícios do partido eram encenados numa atmosfera quase religiosa.

— Por mais inacreditável que seja, a Alemanha estava tão fascinada por Hitler que o prefeito de Hamburgo teve a ousadia de declarar: "Podemos nos comunicar diretamente com Deus por meio de Adolf Hitler". Em 1937, um grupo de religiosos já via Hitler como uma espécie de messias: "A palavra de Hitler é a lei de Deus".[110]

E comentou que naquele ano mais de 100 mil alemães abandonaram formalmente a Igreja Católica. Não precisavam de religião, precisavam seguir Hitler. Uma minoria de adeptos católicos e protestantes era praticante. Os jovens haviam perdido a sua consciência crítica. Raros eram os que tinham opinião própria.

— E por mais absurdo que pareça, mesmo após o término da guerra, nos julgamentos de Nuremberg, Baldur von Schirach, o líder da Juventude Hitlerista, ainda não perdia sua fé no messianismo de Hitler. Foi mais longe que muitos apóstolos de Jesus em seus últimos dias. Não o negou, como Pedro.

A plateia se alvoroçou, estava perplexa. E o professor proferiu estas palavras:

— Baldur, o líder da Juventude Hitlerista, disse: "Servir a Alemanha é, para nós, servir verdadeira e sinceramente a Deus; uma bandeira do Terceiro Reich é, para nós, a bandeira de Deus; e o Führer é o salvador do povo que Ele nos enviou".[111] Hitler era, portanto, senhoras e senhores, mais do que aquele que uniu os alemães e ofereceu trabalho às massas, ele era o guia, o messias para milhões de pessoas.

Os líderes islâmicos, judaicos, católicos, protestantes, ortodoxos, bramanistas, budistas, hinduístas, conversavam uns com os outros sobre até onde um líder é capaz de dominar o psiquismo de uma sociedade e impor-se como sobre-humano. A arte da "dúvida" sempre foi o princípio da sabedoria na filosofia, e a Alemanha teve uma das filosofias mais profícuas e maduras, mas a capacidade de duvidar foi abortada pela propaganda de massa e pelos atos engenhosamente encenados por Hitler no teatro social.

Enquanto a plateia estava em alvoroço, de repente um jovem esbelto, loiro, de olhos azuis, que estava sentado na última fileira, junto à porta de saída do anfiteatro, começou aos brados a dialogar em alemão com Júlio Verne. Como apenas alguns participantes, entre eles o próprio professor, sabiam falar o alemão, o público ficou sem entender o que estava ocorrendo, nem mesmo Billy ou Katherine. Atônito, o professor não traduziu o intrigante diálogo para não causar tumulto à reunião.

— Professor Júlio Verne, vim de muito longe para assassiná-lo. Mas depois de tudo que ouvi nesta reunião estou confuso e desesperado. Descobri que nossa mente foi entorpecida pelo Führer.

Tentando manter a calma, o professor perguntou, também em alemão:

— Mas quem é você?

— Como quem sou eu? Estivemos juntos na peça *Irmãos de sangue.*

O professor engoliu saliva e deu um suspiro proeminente.

— Peça? Mas que peça? Nunca o vi antes. Diga-me quem é você realmente.

— Lembra-se, sou Alfred, um dos líderes da Juventude Hitlerista, braço direito de Baldur von Schirach?

O professor teve calafrios ao ouvir essas palavras. Billy e Katherine estavam na plateia. Sabiam que havia algo errado, mas não entendiam o quê. E, antes de partir, o jovem, aflito, finalizou:

— Nossa juventude está sendo enterrada viva. — E bateu rapidamente em retirada, como se estivesse fugindo de um fantasma ou assinando sua sentença de morte por sua crítica a Hitler.

O professor ficou sem fôlego. Tentou dizer "espere", mas não deu tempo. Só indicou a Billy para segui-lo, o que o inspetor fez.

Júlio Verne estava no meio do seu tempo de preleção. O professor tinha ainda alguns importantes assuntos a tratar, mas não sabia como se conduzir. Os participantes do evento conversavam uns com os outros para saber o que estava ocorrendo. Ninguém se entendia. Katherine queria ir ao seu encontro, mas ele estava no palco, visivelmente preocupado. Lendo o olhar dela, Júlio Verne pediu desculpas à plateia e solicitou um intervalo de 10 minutos. Seu pedido foi atendido. Começou a temer pela segurança dos presentes. Precisava conversar urgentemente com Billy.

CAPÍTULO 16

As loucuras do III Reich

Durante o intervalo, o professor traduziu o incompreensível diálogo para Billy e Katherine. O inspetor, preocupadíssimo, rapidamente acionou os policiais que faziam sua segurança. Depois de vasculharem toda a área, concluíram que o jovem não se encontrava mais no ambiente e não havia mais ninguém suspeito, pelo menos fora do prédio.

— Eu não entendo. O jovem Alfred afirmou que me conhecia.

— Explique melhor. Ele disse que estiveram juntos numa peça teatral?

— Sim. E foi mais longe, disse o nome da peça, *Irmãos de sangue*.

— E você já esteve nessa peça? — indagou o inspetor.

— Não, pelo menos que eu me lembre. E o que é espantoso é que ele disse que a conferência abriu seus olhos, que descobriu que a juventude alemã estava contaminada. Mas se referia à juventude daquela época, dos tempos do nazismo.

— Pelo que eu saiba e pelo que estudei em psicologia social, só houve uma Juventude Hitlerista, na Alemanha de 1933 a 1945 — afirmou Katherine.

— É estranho. Ele se identificou como Alfred, o braço direito de Baldur von Schirach, o líder da Juventude Hitlerista, o mesmo que citei na conferência e que considerou Hitler um messias no julgamento de Nuremberg.

— Mas não há ninguém na lista de participantes com esse nome.

— Parece que estou enlouquecendo.

— Ou então, professor, você é um Indiana Jones dos dias atuais, um viajante do tempo. Renan explica isso — disse, com um sorriso no rosto, tentando relaxar o ambiente.

— Billy!!! — exclamou Katherine.

Subitamente chegaram os seguranças e lhe trouxeram o relato. O sujeito não foi encontrado, nem deixou vestígios.

— Bem, professor. Parece que, se havia perigo, ele foi dissipado. Se você quiser, pode continuar sua conferência — comentou Billy.

Júlio Verne ponderou amedrontado:

— É a primeira vez que os principais líderes mundiais das mais diversas religiões se reúnem para promover a paz, a tolerância e a inclusão social. Imagine as consequências de um atentado aqui!? Eles não se reuniriam mais. A humanidade perderia uma grande oportunidade de respeitar as diferenças e abrandar o terrorismo e suas disputas.

Katherine percebeu o medo estampado na face de seu marido, mas, pensando na sua saúde mental, considerou que seria melhor que ele continuasse sua exposição.

— Lembre-se do que você já nos disse: "Quem não tem nenhum tipo de medo é irresponsável. Coragem não é ausência do medo. É o controle dele". Domine-o e continue sua preleção. Explicar o que está ocorrendo conosco gerará mais tumulto. Nem nós temos as explicações. Falar para esses líderes é um privilégio, até presidentes de nações queriam ter essa oportunidade. Tente ser breve.

Nesse momento, o professor, e não seu marido, entrou em cena.

— Kate, como eu poderia ser breve numa conferência dessa envergadura sem cair no superficialismo? Muitos desses homens e mulheres são mais cultos que eu em diversas áreas! Eles têm fome e sede de conhecimento. — Porém, respirando profundamente, procurou ouvi-la: — Mas vou tentar.

Billy deu o aval de que reforçaria a segurança, alertaria todos os policiais para intervir em qualquer ato suspeito. O professor, mais calmo, voltou ao palco e se esforçou para ter o mesmo entusiasmo. Precisava ser bombardeado pelas perguntas para se reanimar, o que não tardou.

Nancy, uma teóloga da Igreja Anglicana, após ouvir as primeiras palavras de Júlio Verne, quebrou o clima de apreensão.

— É surpreendente que um homem tosco, grosseiro, radical fosse capaz de seduzir uma das sociedades mais cultas da história. Que técnicas Hitler usou e que poderiam ser usadas por outros líderes para flertar com novas sociedades em crise, inclusive instituições religiosas?

— Um ser humano em um surto psicótico nunca delira dizendo ser um personagem anônimo da sociedade, tal como um faxineiro. Ele se projeta num ícone social, como um famoso presidente, rei, ditador ou até numa figura religiosa proeminente. A sociedade também pode viver uma espécie de psicose coletiva em tempos de caos socioeconômico, rebaixando sua consciência crítica e se projetando num grande líder portando soluções salvadoras. Notem que palavras profundas ditas por pessoas anônimas podem não ter grande destaque, e palavras débeis ditas por celebridades acabam adquirindo um *status* elevado. Tal injustiça intelectual é reflexo solene do cárcere do processo de interpretação a que podemos nos submeter.

Preocupado com esses mecanismos que asfixiam a liberdade, Kemal, um intelectual do islamismo, concluiu:

— O culto à personalidade que certos líderes e ditadores difundem é um dos maiores instrumentos de controle das massas. É tempo de exaltarmos os anônimos e estimulá-los a ter uma mente crítica para entender que todos os líderes sociais, inclusive nós, existem para servir e não para ser servidos.

A plateia o aplaudiu entusiasmadamente, inclusive o professor, que em seguida comentou:

— De fato, o culto à personalidade imprimido por Hitler era tão insidioso que, quando ele entrava num ambiente, todos se aquietavam, as risadas eram silenciadas, as vozes, caladas. Era um semideus. Chegou inclusive a substituir a Páscoa e o Natal por festividades nacionais. E a cruz, como símbolo cristão, pela suástica. Ele se serviu da religião para subjugar a sociedade.[112]

Paolo, um dos grandes teólogos da Igreja Católica Apostólica Romana, PhD em filosofia, perplexo com o holocausto acrescentou:

— A Alemanha era um país majoritariamente cristão. Mas para Hitler as teses sociológicas e humanistas de Jesus eram um tormento. Hitler eliminou doentes mentais, Jesus investiu tudo que tinha nos combalidos. Hitler não admitia opositores, o mestre de Nazaré recomendava a poesia do perdão. Sua afetividade era um escândalo para o nazismo.

O professor sabia disso e completou o pensamento de Paolo:

— Para Hitler, o "Jesus Judeu" ensinava uma "ética feminina de piedade". Proteger os diferentes e os que viviam à margem da sociedade, como os leprosos e os doentes mentais, era uma heresia inaceitável para Hitler e seus doze apóstolos (Himmler, Göring, Goebbels, Rosenberg, Hess, Ribbentrop, Schirach, Streich,

Frick, Funk, Brauchitsch, Ley).[113] Por isso, os pais alemães foram desencorajados de enviar seus filhos a qualquer escola religiosa que fosse. Para substituir a religião na Alemanha foi instituído o "culto ao Führer, do sangue e do solo". Hitler, esperto que era, não ia exteriormente contra a Igreja, mas nos bastidores ele a minava sorrateiramente.[114]

Houve um alvoroço na plateia. Os religiosos ficaram atônitos com a perspicácia do Führer em influenciar e manipular as crenças do povo alemão. Após essa exposição, Katherine entrou em cena. Como psicóloga social, era uma especialista em ciência da religião.

— Hitler foi supervalorizado em ambientes nos quais deveria ser minimizado, destacadamente nos espaços acadêmicos e religiosos. Seduziu o psiquismo de muitos com uma pesada propaganda que valorizava a sociedade, a autoestima, o bem-estar social e até "Deus", só que esse deus era criado à sua imagem e semelhança, ele o chamava de "Providência". Aliás, citou mais de mil vezes a palavra "Providência" em seus discursos públicos e reuniões íntimas.

O professor Júlio Verne fez coro a esse questionamento e comentou que, ao assumir o poder, Hitler observou a febre partidária, as disputas irracionais e a crise social, e fez em 1933, com uma habilidade surpreendente, um apelo dramático pelo rádio conclamando a união nacional com expressões místicas e sociais fortíssimas.

Imitando a voz do Führer, o professor reproduziu alguns trechos do seu primeiro discurso logo após se tornar chanceler.

— "Desde o dia da traição de novembro de 1918", aqui ele está se referindo à assinatura do Tratado de Versalhes, "o Todo-Poderoso deixou de abençoar nosso povo". Tal expressão evidencia que os alemães que assinaram ou ratificaram esse tratado seriam vingados e perseguidos em seu governo. E ele se considerava o único para essa missão: "Vou restaurar a unidade de espírito e de vontade de nosso povo". E, ludibriando os religiosos, prometeu colocar sob sua proteção "a cristandade, que é a base de toda a nossa moral, e a família, célula *mater* de nosso povo e nação".[115] Ao prometer defender a religião, a família e o povo, Hitler, mostrou uma notável habilidade para tocar a música que as pessoas queriam dançar. Fascinadas, anos mais tarde ele as atiraria no mais lúgubre abismo.

Inspirado pela exposição de Júlio Verne, William, um teólogo protestante, estudioso do misticismo dos nazistas, comentou enfaticamente:

— Hitler era tão manipulador da religião que tinha a ousadia de terminar alguns discursos usando a estrutura de linguagem semelhante à da oração Pai-Nosso para exaltar a grandeza do seu governo: "Soará a hora em que milhões de seres que hoje nos detestam cerrarão fileiras atrás de nós e saudarão conosco o novo Reich alemão... O Reich da grandeza e da honra, do esplendor e da justiça. Amém!".[116]

Billy foi mentalmente iluminado com todas essas informações. Conhecia pouco a história geral, mas, instigado a desvendá-la, indagou:

— Afinal de contas, professor, o que é o Terceiro Reich?

Era uma pergunta simples, mas vital para compreender o governo que causou um terremoto social na Europa e arrastou nele grande parte das nações do mundo.

— O III Reich é o nome do Terceiro Império alemão. Representou o delírio de grandeza dos nazistas. Alfred Rosenberg, ideólogo e papa do paganismo, propôs esse nome para o governo nacional-socialista, embora não tenha sido ele o inventor da expressão. Seu autor foi um escriba, Moeller van den Bruch, conhecido como excelente tradutor da obra completa de Dostoiévski. "A ideia do III Reich é uma concepção histórica que se eleva acima da realidade...", disse Moeller. Ele queria que todos os nacionalistas alemães participassem da sua construção. Rosenberg retomou, promoveu e expandiu as ideias de Moeller.[117]

— Mas quais foram os dois primeiros Reichs? — perguntou Dorothy, uma das organizadoras do evento.

— O I Reich, segundo Moeller, foi o Santo Império Romano-Germânico (926-1826). O II Reich foi o dos imperadores alemães após a unificação do país (1871-1918), que só se manteve com o gigantismo de Bismarck, mas desapareceu com seu promotor. O III Reich era, segundo Rosenberg, o autêntico Império Alemão, que respondia a todo anseio e expectativa dos alemães. E nesse magno III Reich, o fundamento seria a raça alemã, e não mais as dinastias ou os líderes políticos. Foi lançado nesse império algo assombroso: a política da supremacia racial. A raça, afirma o filósofo do nazismo, é a alma vista de fora, e a alma é a raça vista de dentro. Não há loucura maior do que essa. Por quê?

— Porque Rosenberg faz uma unidade inseparável: a raça e a alma são a mesma coisa. A raça é o centro da história biológica e a essência da história da humanidade. Desse pensamento, ele extraiu e vendeu para os nazistas a falsa tese da necessidade de uma raça superior para desenhar um novo capítulo no desenvolvimento biológico e histórico da humanidade — disse Katherine.

— Ao que parece, Rosenberg filosofou, de maneira estúpida, que no III Reich tudo devia se submeter a um grupo racial: a ideologia política, a religião, as artes — disse o dr. Theo.

Todas essas intervenções alegraram o professor, o que fez abrandar seu estresse. A segunda parte da conferência serviu-lhe de terapia, e o fez relaxar. Em seguida, ele comentou que Rosenberg influenciou Hitler desde o começo. Marchou com ele no Putsch da Cervejaria de Munique, em 1923, embora sempre fugisse na hora de maior risco. Quando Hitler foi preso, manteve a conexão com os partidários e escreveu artigos e brochuras sobre o programa do Partido Nacional-Socialista dos Trabalhadores Alemães, que continha ideias de Hitler, projetos econômicos de Georg Feder e do próprio Rosenberg.

— Os textos de Rosenberg foram lidos por Hitler na prisão de Landsberg e pautaram as ideias centrais de seu livro *Mein Kampf*. Com isso, três novos elementos foram introduzidos no programa do partido:[118]

1) a doutrina da purificação da raça;
2) a doutrina do III Reich;
3) a ocupação do leste da Europa, em detrimento da Rússia bolchevista.

Anos mais tarde, todas as ideias de Rosenberg foram reunidas num livro que se tornou, ao lado do livro de Hitler, a bíblia do nacional-socialismo, chamada de *O mito do século XX*. E o prospecto da editora dizia que o Führer considerava essa obra como o trabalho filosófico mais importante da época.

— Mas os alemães daquela época se sentiam superiores a outros povos? — perguntou Kemal.

— Ao contrário do que muitos pensam, o alemão médio sofria, segundo Rosenberg, de um crônico complexo de inferioridade, sentia-se até "inferior a si próprio"; tinha, portanto, uma necessidade vital de autoafirmação e poder, espaço que Hitler soube tão bem ocupar. Ao colocar a questão racial no centro da política nazista, Rosenberg e Hitler perceberam que era necessário elevar às nuvens a autoestima do povo alemão. Foi por isso que o nazismo começou a usar à exaustão expressões como "grandeza da raça", "o eterno destino da Alemanha", "o puro sangue", "somos únicos".[119]

Essas expressões falavam muito mais à emoção do que à razão, levando passo a passo à implosão do complexo de inferioridade e a construção do complexo de superioridade, gerando uma exaltação irracional da raça ariana. O nazismo passou a perseguir e massacrar tudo que considerava uma ameaça à pureza racial, inclusive os homossexuais. Não os viam como mentes complexas, como seres humanos que amavam, choravam e sonhavam.

Nancy, a teóloga anglicana, faz um novo comentário:

— Diante dessa exposição, entendo que muitas desgraças da humanidade decorrem de tal distorção filosófica. Toda vez que supervalorizamos uma raça, um povo, uma nação, um grupo religioso ou um partido político, causamos acidentes históricos, preparamos caminho para as atrocidades, o ser humano fica em segundo plano. E confesso que já caí nessa cilada, supervalorizei minha religião e diminuí outras. Não admitia perder membros para outras instituições. Loteei seres humanos sem aplaudir sua liberdade de escolha...

Os brilhantes líderes presentes na Conferência Internacional sobre Tolerância e Paz Social ficaram tocados com a honestidade da respeitadíssima Nancy. Fizeram igualmente um exame de consciência. O rabino Joseph, profundamente impactado, se levantou da primeira fileira e comentou:

— Temos de aprender a ser apaixonados pela humanidade, temos que prestar mais atenção na dor dos outros. O Artífice da existência deu-nos uma consciência existencial, e no centro dela está a sede de ser livre. E não há como ser livre no teatro social se primeiramente não o formos no teatro psíquico. E não há como ser livre no teatro psíquico sem respeitar os que pensam e creem diferentemente de nós.

Karl Marx havia considerado a religião como o ópio que entorpece a mente humana, mas aqueles líderes consideraram que a religião poderia se tornar um importante veículo para libertá-la. Com o mesmo entusiasmo com que aplaudiram Kemal, o líder islâmico, a plateia aplaudiu Joseph, o líder do judaísmo. Júlio Verne, inspirado por esses homens, atingiu o ponto alto da conferência:

— Em minha humilde opinião, deveríamos frequentar grupos, mas não pertencer a nenhum deles. Entre frequentar e pertencer, há uma diferença gritante. Judeus, islâmicos, cristãos, budistas, hinduístas, inclusive membros de partidos políticos, deveriam pertencer em primeiro lugar à humanidade, depois ao seu grupo, caso contrário, produziremos o fundamentalismo religioso e o radicalismo ideológico, e, consequentemente, nunca beberemos o cálice da tolerância nem sentiremos o paladar da solidariedade. O futuro da humanidade poderá ser sombrio.

Com essas palavras, o professor terminou sua preleção e se curvou diante daqueles líderes. A plateia em peso se levantou e irrompeu em aplausos, aplaudindo em especial toda a comunidade. Não poucos líderes se aproximaram de Katherine e a beijaram na face. Depois de beijá-la, os participantes abraçaram-se uns aos outros, gerando um clima de notável afabilidade. Billy, que era um pouco machista, nunca fora beijado na face por homens. Olhava para Júlio Verne um pouco constrangido, mas deixou-se levar pelas águas da sensibilidade. Esquecera por instantes que lá fora alguns inimigos poderiam estar aguardando-os.

O professor sentiu-se intensamente realizado nessa noite, aprendeu muito mais do que ensinou. Sua mente foi envolvida por fagulhas de esperança ao ver aqueles líderes mundiais despertando um romance com a humanidade. Finalmente saíram de seu conformismo e começaram a pensar como espécie. Guerras, exclusão, destruição frequentemente foram deflagradas por disputas religiosas.

Ao sair do anfiteatro, Júlio Verne entrou rapidamente no carro, sob os olhares atentos dos policiais que faziam sua segurança. Tudo parecia tranquilo, nenhuma ameaça, nenhum acidente, até que seis quadras antes de chegar ao hotel o pior aconteceu. Um carro passou em altíssima velocidade e os metralhou. O veículo quase tombou. Se o carro que transportava Júlio Verne, Katherine e Billy não fosse blindado, todos estariam mortos. Sentiram o gosto virtual da morte. Foram 25 balas, das quais 18 pegaram o lado da porta em que o professor estava. Os seguranças que iam no carro de trás tentaram persegui-lo, mas a potência do carro dos assassinos era muito maior que a do deles. E do mesmo modo como surgiu, desapareceu.

CAPÍTULO 17

DEVORANDO A ALMA DOS ALEMÃES: O SUTIL MAGNETISMO SOCIAL DO FÜHRER

Devido ao clima de perseguição implacável que o professor e Katherine viviam, não era recomendável que frequentassem mais nenhum lugar público, pelo menos pelas semanas ou meses seguintes, até que a trama em que estavam envolvidos fosse revelada e os homens que queriam assassiná-lo, presos. Os dias se passaram, e o cárcere privado os angustiava muito. Sempre bateram as asas com liberdade, amavam festas e jantares. Filmes já não os animavam. O canal de história e de ciências era a única coisa que conseguia distraí-los. O professor não era tímido, mas introvertido, e em alguns momentos tinha necessidade de doses de solidão para se interiorizar e produzir. Entretanto, a solidão que o abarcava era excessiva e punitiva. Katherine, diferentemente dele, tinha necessidade de estresse social para sentir-se viva e produzir. A solidão sob qualquer forma a perturbava. Ela foi se deprimindo. Queria sair, respirar, mas Billy, que estava sempre por perto, era transparente com eles.

— O departamento de segurança não se responsabilizará se vocês saírem deste *apart-hotel.*

— Por quanto tempo mais? — perguntou Katherine, mesmo sabendo que a resposta inexistia.

— Quem sabe? Nunca vi, nesses vinte anos de polícia, um casal correr tantos riscos e ter tantos fatos estranhos rodeando-os. Há vinte policiais investigando as pistas. E todas elas nos deixam mais confusos.

Depois dessa resposta, o casal teve uma conversa ardente. Estavam abatidos a tal ponto que nem perceberam que Billy estava presente na sala.

— Não vejo a hora de voltar às minhas aulas, aos meus amigos, restaurantes — disse o professor, consternado. E olhando para o luxuoso apartamento vitoriano em que se encontravam, completou: — Não nasci para o luxo, nasci para as ideias.

Katherine, além do tédio que a asfixiava, não sabia o que explicar aos seus pais e aos seus amigos. Até tinha medo de que seu celular estivesse grampeado. Observando o abatimento dela, Júlio Verne sentiu que estar ao lado dele não era um convite ao prazer.

— Desculpe, Kate... Desculpe-me por tê-la metido nessa confusão. Você tem todo o direito de desistir da nossa relação...

— Não fale bobagem.

— Fico pensando se você não estaria mais feliz nos braços de outro homem do que no deste simples professor. Será que Paul não faria...

Interrompendo sua fala, ela afirmou, irada e entristecida:

— Paul? Não me ofenda. Eu escolhi você, um aventureiro, sem grandes somas de dinheiro, mas um rico mercador de ideias. — Mais uma vez colecionou lágrimas.

— Perdoe-me, querida. — E tocou suavemente sua cabeça.

Ela levantou o rosto e comentou:

— Amanhã é aniversário de nosso casamento, Júlio. Esqueceu-se? Nunca me senti tão insegura ao seu lado e nunca tive tanta certeza de que o amo.

Profundamente emocionado, ele olhou para a sua face e jamais a viu tão linda. E se beijaram. Billy virou o rosto, mas deu uma espiadela. Teve uma inveja saudável deles. Casara-se duas vezes e não tivera filhos. Atualmente estava separado, à procura de um novo romance.

— Queria tanto ter um filho seu! Mas neste clima... — disse ela, insistindo num desejo que havia anos que a controlava.

— Tranquilize-se, querida, chegará o momento.

De repente, num sobressalto, ela disse:

— Espere um pouco! Esqueci-me! Amanhã não apenas é dia do nosso casamento, mas também do Encontro Nacional de Psicólogos Sociais e Cientistas Políticos.

— E você quer ir a esse encontro? Não é seguro, Kate.

— Não eu, mas você. Lembre-se de que você foi o convidado de honra para falar sobre "O Magnetismo Social de Hitler Cativando o Inconsciente Coletivo".

— Sim, mas pedi para você desmarcar minha presença há pelo menos um mês e meio.

— Desculpe, estava tão orgulhosa de você que não a desmarquei. Queria que os profissionais da minha área o conhecessem. Até porque esperava que tudo fosse resolvido rapidamente.

— Não! Não! Não! — proclamou Billy, que estava atentíssimo a toda a conversa. — Estou fora.

— Billy, por favor, arme um esquema. Vamos sair disfarçados.

— Não é seguro!

— Você é um policial brilhante, certamente conseguirá nos proteger — insistiu ela, desejando respirar outros ares.

Vendo-o ainda resistente, ainda acrescentou:

— Por favor, não deixe que sua amiga seja envergonhada diante de seus pares...

E virando-se para o marido:

— A não ser que Júlio não queira me dar esse presente de casamento... — disse afetivamente Katherine.

Difícil era, para esses dois homens, resistir a um pedido dessa fascinante mulher. A dívida de agradecimento de Júlio Verne com Kate era grande. Ela vivia ao seu lado sem reclamar. Ele fez um sinal que sim. Em seguida, ela olhou para Billy, fazendo novamente um pedido, agora com os olhos.

— Mulheres, sempre me dominam. Ok! Vou tentar.

Katherine levantou-se e beijou o policial cinquentão, com leve sobrepeso, cabelo um tanto desarrumado, na face esquerda.

Billy brincou:

— Isso é uma declaração de amor, Kate?

Júlio respondeu por ela.

— Uma declaração para ficar a uma milha de distância dela.

— Ciúme de homem é pior que arma de bandido — afirmou Billy.

E todos sorriram. O inspetor sofreu um desgaste enorme para conseguir autorização do Departamento de Segurança. Depois da autorização, começaram a se preparar para mais uma aventura. No dia do evento, pegaram o elevador de serviço, passaram pela cozinha e saíram pelos fundos do hotel. Nenhum suspeito à vista. Dessa vez, dois carros com seguranças, um atrás e outro na frente, os protegiam. Nenhum transtorno pelo caminho. No local do evento, mais dez policiais estavam a postos.

A casa estava cheia. Havia 215 participantes no Salão Nobre, onde o professor faria sua alocução. Logo antes de iniciar sua fala, ficou apreensivo. Fungou o nariz, passeou seu olhar pelo público. Temia que houvesse algum terrorista na plateia. Billy montou um esquema de segurança incomum e desconfortável. Todos os participantes passaram por detectores de metais, o que gerou muita reclamação. Paul, o antigo namorado de Katherine, estava presente no evento e sabia que todo esse rigoroso esquema de segurança era por causa de Júlio Verne. Queria que ele próprio estivesse em evidência social.

As luzes diminuíram na plateia, em contraste com o foco de luz sobre o professor. Todos atentos. Sua fala gerava expectativa.

— Hitler penetrou no inconsciente coletivo da sociedade alemã com uma refinada propaganda pseudoafetiva de massa, jamais vista na história.

Mas rapidamente ganhou um opositor na plateia, Paul. Paul ainda pensava que Júlio Verne, embora inteligente, estava desenvolvendo uma esquizofrenia. Sua inveja clandestina asfixiava sua mente. Era psicólogo clínico e estava presente no evento dos psicólogos sociais menos para aprender e mais para questionar seu "rival", o que na primeira oportunidade fez.

— Eu discordo, professor Júlio Verne. Você é muito romântico. Hitler era truculento. Dominou a sociedade alemã do seu tempo pelo clima de terror que imprimiu, pelo uso das armas.

Katherine ficou inquieta com o clima. Mas o professor tinha prazer em ser questionado. Tomou a palavra e falou com brandura, mas sem perder sua arte de instigar o raciocínio.

— Paul, que bom que você está presente, e obrigado pela sua discordância. Sem dúvida, o emprego das armas, em especial pela SS, pela SA e pela Gestapo, para eliminar qualquer opositor nos bastidores do regime, começando pelos marxistas, criou um silêncio mordaz. Mas o flerte que esse ditador usou para seduzir a sociedade não foi linear, porém multiangular. Ele alavancou a economia investindo poderosamente no rearmamento das forças armadas. Diminuiu o número de desempregados. Atacou o Tratado de Versalhes. Usou símbolos místicos para cativar as religiões. Procurou a unidade política numa Alemanha fragmentada. Tudo isso contribuiu para a supremacia hitleriana. Contudo, outras poderosas armas foram apontadas, mas não destacadas, pelos historiadores, até porque envolvem os meandros da psicologia social, e que tiveram uma importância vital para Hitler cativar sorrateiramente o inconsciente coletivo da sociedade alemã. Alguém pode me apontar alguma?

Ninguém respondeu. Paul emudeceu. O professor acusou:

— O "ensopado de domingo".

— "Ensopado de domingo"? — indagou Billy para Katherine, que também não sabia do que se tratava.

— O "ensopado de domingo" foi instituído pelo nazismo em outubro de 1933, portanto dez meses depois do início do seu governo. No primeiro domingo dos meses de outubro a fevereiro, as famílias alemãs das classes média e rica foram encorajadas a se alimentar somente de um ensopado com poucos ingredientes, e a economia gerada por esse sacrifício era coletada de casa em casa para auxiliar os pobres nos meses subsequentes, de novembro a março, quando o inverno chegasse. Havia 7 milhões de desempregados, um caos social. A nação se envolveu coletivamente num clima de solidariedade patrocinado pelos nazistas.

O dr. Herbert, professor e doutor em ciências sociais, levantou-se e comentou:

— Desconhecia esses fatos, mas foi incrível a habilidade desse homem para sequestrar o afeto da sociedade. Fico imaginando a cena dos pais tendo de explicar aos filhos as causas e os objetivos daquele pequeno sacrifício.

— É de se imaginar ainda que milhões de pobres ficaram agradecidos com a ajuda que emanava da sociedade, que criou uma rede de fraternidade, ainda que superficial. E mesmo que essa política não tenha tido nenhuma eficácia para eliminar a pobreza, foi um grande golpe de propaganda — comentou Michael, um especialista em *marketing* social.

E o professor acrescentou:

— O partido de Hitler não tinha sido majoritário nas eleições. E Hitler tornou-se chanceler por meio de manobras políticas. Muitos políticos tradicionais esperavam que o bizarro Hitler caísse em breve por sua falta de habilidade política, mas num golpe ele começou a penetrar em todos os lares alemães e, mais que isso, na alma deles, inclusive na das crianças e adolescentes.

— Agora estou começando a entender por que um forasteiro magnetizou a sociedade a que não pertencia — disse Billy para Katherine.

— Esse austríaco, despreparado política e intelectualmente, mas muitíssimo bem preparado em *marketing*, conseguiu, sem usar recursos do Estado, se fazer lembrado mês a mês em cada família alemã, no melhor ambiente, na melhor data — comentou Anna, uma ilustre professora de psicologia social. — Sem dúvida, o Führer penetrou como uma bomba no inconsciente coletivo.

Paul encolheu-se na sua cadeira. E o professor em seguida fez uma breve explicação da complexa e insana personalidade de Hitler. O lobo e o cordeiro habitavam na mesma mente. A mesma mão que acariciava era a que matava.

Hitler, sob a sombra de seu ministro de Propaganda, Goebbels, inaugurou o *marketing* político assistencialista, e foi mais competente do que os especialistas da atualidade. Foi inclusive mais criativo do que os ícones socialistas, como Lênin e Stálin, em cativar a população. Os socialistas expurgaram milhões de "opositores", Hitler seduziu milhões de almas. As portas da

Alemanha estavam abertas para a emigração dos alemães, e poucos partiam.

— Hitler sabia como poucos arrecadar impostos e, como raros, arrecadar afetos — comentou Katherine.

— Vejam os efeitos do *marketing* de Hitler no território da emoção das crianças, numa época em que não havia televisão. Analisem esta carta, produzida em 19 de abril de 1934 — disse o professor:

> *Caro senhor chanceler do Reich, Adolf Hitler,*
>
> *Nós, meninos e meninas hitleristas, não queremos deixar de expressar nossos mais sinceros votos de felicidade no dia do seu aniversário. Desejamos, de todo o coração, que Deus lhe dê muitos e muitos anos de vida, para que possamos nos tornar, sob seu governo, autênticos e corajosos alemães, e para que possamos desfrutar das suas obras na Alemanha recém-despertada, debaixo do sol brilhante da sua magnífica vitória [...].* [120]

— É surpreendente essa reação desses meninos. Como pode, senhoras e senhores, na Alemanha daquele tempo, haver meninos e meninas *hitleristas*? Que golpe é esse no território da emoção? É provável que a maioria das crianças e adolescentes da atualidade, apesar de toda a mídia disponível, nem sequer conheça o nome dos seus líderes políticos — comentou Vitória impactada, chefe do departamento de ciências políticas de sua universidade.

O professor continuou dizendo que numa época sem TV, internet, Twitter, Facebook, Hitler já havia construído uma rede de relacionamento social não apenas entre os jovens, mas até entre crianças e adolescentes. E num ambiente de insegurança do pós-Primeira-Guerra, medo do futuro, crise econômica, fomentou-se um meio de cultura para os grandes lances de propaganda de Hitler, que levaria pouco a pouco a sociedade alemã, que não era vocacionada para a guerra, a deixar de ficar perplexa com sua ambição psicótica.

Em seguida, Júlio Verne fez esta observação:

— Hitler era um *superstar*, uma celebridade maior do que cantores e atores — afirmou. — E, como tal, quebrava todos os protocolos. Usava golpes afetivos fatais, falava de improviso, tinha reações e gestos incomuns para um presidente, primeiro-ministro, rei, governador. Seus comportamentos eram comentados oralmente no tecido social, e geravam uma reação em cadeia. Vejam a outra parte da carta que acabei de ler e tirem suas próprias conclusões...

> *Soubemos que o senhor é o padrinho de todo sétimo filho. Mas como vai demorar demais para nós [eles eram apenas cinco irmãos], e já que não somos batizados e queremos ser seus afilhados, pedimos que o senhor consagre nosso sentimento divino por meio do batismo e se torne o padrinho de todos nós. O senhor vai atender nosso desejo? Por favor, por favor!*
>
> *Seus jovens congratulantes, que o adoram sobre todas as coisas:*
>
> *Gerhad, 11 anos; Horst, 8 anos; Evi, 5 anos;*
> *Dietrich, 3 anos; Sigfried, 2 anos.*[121]

A plateia fez um mergulho introspectivo e mais uma vez ficou embasbacada com a maneira como Hitler sequestrara a inocência daqueles meninos e de seus pais. Não se tratava de jovens, mas de crianças que formavam uma liga de admiradores do Führer.

— Sr. Júlio Verne, se entendi bem, a carta desses meninos queria dizer que Hitler apadrinhava o sétimo filho de toda família alemã numerosa com o ritual cristão do batismo? É isso mesmo? — perguntou Sam Moore, um colunista político que escrevia para grandes jornais.

— Sim. É isso mesmo.

— Sou especialista em ciências políticas. Que eu saiba, nenhum outro estadista revelou tão entranhado afeto, ainda que falso, no seio da sua sociedade. De quando mesmo foi datada essa carta?

— De 19 de abril de 1934. Menos de um ano e quatro meses depois de ele haver assumido o poder, politicamente ainda frágil, mas com uma popularidade altíssima.

— Essa informação do apadrinhamento não procede — disse Paul arrogantemente. — Como Hitler teria feito isso se a Alemanha tinha mais de 50 milhões de habitantes na época?

Júlio Verne disse, pacientemente:

— A Alemanha tinha na época cerca de 80 milhões de habitantes — corrigiu o professor. — Essa informação não é invenção minha, faz parte de recentes descobertas. E dou a fonte: está no belo livro *Cartas para Hitler*, de Henrik Eberle. Pelo tamanho da população, era impossível o apadrinhamento coletivo das famílias numerosas. Hitler só "apadrinhou" algumas dessas crianças, e no início do seu governo. O Führer era um populista. Seduzia e enganava a sociedade, sem nenhum sentimento de culpa, com ideias impraticáveis para se agigantar em seu psiquismo.

— E o que vale para os políticos populistas é a peça de *marketing* e não a aplicabilidade das suas teses. Essas cinco crianças terminaram sua carta dizendo "por favor, por favor", como as crianças da atualidade, quando insistem em ganhar um objeto de desejo, como um celular, um tablet ou um tênis — concluiu David.

A dra. Susan, amiga de longa data do dr. Michael e professora na mesma universidade, disse:

— Completando a ideia, numa única peça de *marketing* e sem gastar novamente nenhum dinheiro do Estado, ele atingiu três fascinantes objetivos: a) exaltou a religiosidade por valorizar o ritual do batismo cristão; b) estimulou a multiplicação da raça ariana ao valorizar famílias numerosas; c) assumiu a "paternidade nacional" para conduzir a Alemanha ao seu "destino" histórico.

— Os políticos atuais abraçam crianças durante a campanha eleitoral para mostrar afetividade e proximidade. Hitler foi mais longe. Para conquistar o palco social, ele primeiramente conquistou os bastidores da emoção — completou David.

A plateia aplaudiu a professora Susan, as ideias de David e do professor. Paul, envergonhado, ficou rubro. Não os aplaudiu.

A professora Ellen em seguida perguntou a Júlio Verne:

— Você acha que todas as ações de *marketing* de Hitler, que geraram seu magnetismo social, foram planejadas?

— Não creio, professora. Não há dúvida de que Hitler, juntamente com o gênio Goebbels, foram os grandes inventores do "*marketing* da emoção de massa". Mas uma parte de suas ações se misturava com seus conflitos da adolescência, era uma tentativa de superação do complexo de inferioridade de Hitler e da sua sociabilidade contraída.

— Nunca confie na pele de um político antes de analisar seus dentes — disse Billy, arrancando risadas da plateia.

Katherine, que estava ao seu lado, acrescentou:

— O soldado que corria solitário no solo onde se travavam as batalhas corria agora nos espaços mais íntimos da mente dos alemães.

Isaac, professor de sociologia de uma importante universidade em Jerusalém, que viera a Londres como professor convidado desse congresso, fez indagações sobre a flutuabilidade doentia e extrema do psiquismo de Hitler, um tema que o professor já havia discutido em suas aulas:

— Como pode um líder que estabeleceu o *ensopado de domingo* e que, aparentemente, pensava na fome dos pobres alemães, ser o financiador dos campos de concentração que esmagaram de fome milhões de judeus e outros seres humanos? Que homem é esse que apadrinhou as crianças arianas das famílias numerosas e, ao mesmo tempo, foi capaz de levar à morte impiedosamente 1 milhão de crianças e adolescentes judeus? Que mente é essa?

— Essa é a paradoxal mente do maior criminoso da história. Era um homem de dupla face, tal qual Stálin, que era capaz de assassinar seus supostos inimigos à noite e de manhã tomar café com as viúvas como se nada tivesse acontecido.

De repente, um professor, especialista em movimentos sociais, levantou-se e produziu esta pérola:

— O voto é poderosíssimo durante as eleições, mas fragilíssimo depois delas. A sabedoria está em saber quando exercê-lo. Era fácil a sociedade alemã eliminar o candidato, mas não o ditador.

Júlio Verne o aplaudiu, a plateia o acompanhou.

Marc, pesquisador de um instituto de pesquisa social, tocou no polêmico tema.

— Se há exames médicos para ser admitido em uma profissão, por que não um exame psiquiátrico para dirigir uma nação?

— Sua proposta é interessante, mas... — declarou Michael, rebatendo Marc — poderia haver laudos psiquiátricos manipulados, que, inclusive, poderiam vetar pessoas aptas por pensarem diferentemente. A decisão do eleitor é soberana. E a imprensa deve contribuir com ele expondo e criticando a história dos candidatos.

— Mas a imprensa pode ser manipulada! Sem uma imprensa livre, não há sociedade livre — disse Marc, num tom ríspido.

E assim se iniciou uma discussão no evento. Alguns apoiavam a ideia do exame psiquiátrico, outros a condenavam. Minutos depois, começaram a atacar o *marketing* político na atualidade.

— O *marketing* político é injusto, depende de quem o financia e de quanto se financia. Ele embala líderes como mercadorias — disse Douglas, um psicólogo social revoltado com o dinheiro gasto em tempo de eleições.

Uma voz ecoou:

— Concordo! O *marketing* político algumas vezes presta-se a transformar homens corruptos em líderes palatáveis. Os políticos não deveriam usar propaganda de massa para se promover. Deveriam expor suas ideias e seus projetos em "branco e preto" — afirmou Jefferson, usando uma metáfora.

— Mas o *marketing* expõe ações, revela propostas, esse é o jogo. É quase impossível, nas grandes sociedades, conhecer os candidatos sem a sua extenuante exposição na mídia — comentou Mary, amiga de Katherine.

Júlio Verne observava o debate. Despreocupado em dar respostas prontas, tentou abrandar o clima. Agradeceu as acaloradas opiniões e em seguida relatou que Hitler foi provavelmente o primeiro político a usar à exaustão o mais penetrante meio de comunicação de todos os tempos: o rádio.

— O rádio? Que ingenuidade, Júlio Verne! — discordou Paul novamente, que usou a oportunidade de diminuí-lo. — O rádio não pode ser o maior meio de comunicação de todos os tempos. É na verdade um instrumento tímido. As imagens transmitidas pela TV e pela internet são muito mais poderosas!

Paul achou que dessa vez o pegara. O professor respirou profundamente e, depois de um momento de silêncio, comentou:

— Obrigado, Paul, mais uma vez. Eu não disse que o rádio é o instrumento mais poderoso, mas o mais penetrante meio de comunicação de todas as eras. A TV e mesmo a internet, por transmitirem imagens prontas, saturam o córtex cerebral, o que pode levar à contração do imaginário. O rádio, por transmitir apenas sons, liberta o imaginário do ouvinte, transformando-o num construtor das imagens que "vestem" os sons. Instigando-o a ser um engenheiro de ideias e não um repetidor delas.

Paul se calou, pois nunca tinha pensado nisso antes. E para confirmar sua tese, Júlio Verne se dirigiu a Paul e depois à plateia:

— Em que época foram produzidos qualitativamente mais pensadores: na era da TV ou do rádio?

Paul novamente nunca tinha refletido sobre isso, nem a maioria dos psicólogos e cientistas sociais. Mas estes aproveitaram para fazer uma breve viagem na história, e ficaram surpresos com as conclusões que tiraram.

Edwin, um pesquisador que investigava a relação entre a física quântica e as ciências humanas, concluiu:

— Estilhaçando meus preconceitos, ao que parece foi na era do rádio. Foi nessa época que surgiram Einstein — pai da teoria da relatividade —, Werner Heisenberg — pai da mecânica quântica. E mais, Hubble, Freud, Piaget, Erich Fromm, Sabin e tantos outros cientistas.

— As grandes teorias surgiram numa época em que o tráfego de imagens prontas não saturava a mente humana. O uso do rádio fomentava a imaginação, o que provocava a criatividade — comentou o professor. — E falando sobre Einstein. Ele imaginava-se viajando num raio de luz e observava o que acontecia com o tempo.

Ele mesmo confessou que a imaginação era mais importante que o excesso de informação.

Os participantes do evento perceberam que a conferência sobre o magnetismo social de Hitler possuía um leque tão amplo que tinha grandes implicações para o futuro da espécie. Goebbels, o "gênio" do *marketing* político, tinha um plano. Tal plano previa a utilização mais ampla possível do rádio, uma massificação "que nossos adversários não têm sabido explorar...", escrevia o chefe da Propaganda.[122] Ele queria que Hitler fizesse seus discursos em todas as cidades dotadas de emissoras de rádio para atingir o maior número possível de alemães. Mas os discursos deveriam romper o cárcere do tecnicismo político e ganhar ares de um artista plástico.

— São de Goebbels estas palavras — disse o professor:

> *Nós transmitiremos as mensagens radiofônicas para o meio do povo e daremos assim ao ouvinte uma imagem plástica do que acontece durante nossas manifestações. Eu mesmo farei uma introdução para cada discurso do Führer, na qual tentarei transmitir aos ouvintes o fascínio e o clima geral de nossas manifestações coletivas.*[123]

Continuando, disse ainda:

— E Albert Speer, o arquiteto e grande amigo de Hitler, confirma em suas memórias:

> *Por meio de recursos técnicos como o rádio e o megafone, 80 milhões de pessoas foram privadas da sua liberdade de opinião. Por conseguinte, foi possível submetê-las à vontade de um único homem.*[124]

E também:

— Quem olha para as atitudes de Goebbels poderia achar que outrora ele não fora uma mente independente. Mas se engana. O Partido Nazista voltou à legalidade em 1925, e Goebbels foi um dos primeiros a filiar-se. No começo, vivia em atrito com Hitler: "Exijo que esse pequeno-burguês Adolf Hitler seja expulso do partido". Depois anotara em seu diário:

> *Estou exausto. Quem é esse Hitler, afinal? Um reacionário? Extremamente inábil e volúvel?... Itália e Inglaterra são nossas aliadas naturais... Nossa tarefa é aniquilar o bolchevismo, mas o bolchevismo é uma invenção dos judeus...*[125]

Diante disso, Katherine comentou:

— Uns têm habilidade para adestrar animais, outros, mentes humanas. Adolf Hitler tinha habilidade para adestrar homens que antes eram mentes independentes. Anos depois, Goebbels tornou-se apenas uma sombra do Führer.

A discussão nutria paixões, mas o professor olhou para o relógio e viu que havia avançado 10 minutos em seu tempo de exposição, embora os participantes continuassem animados em viajar pela história sob as asas da psicologia social e das ciências políticas. Devido à avançada hora, sintetizou as características do *marketing* político e dos discursos eletrizantes de Hitler, que alicerçavam seu magnetismo social:

— 1) Tonalidade imponente e teatral da voz; 2) utilização de frases de efeito; 3) supervalorização da crise social e econômica; 4) propagação contínua da ameaça comunista, o que causava pânico nos empresários e produzia uma adesão histérica ao Führer; 5) lembrança constante da humilhação sofrida na Primeira Guerra Mundial; 6) excitação até o ódio aos inimigos da

Alemanha, em especial marxistas e judeus; 7) promoção exaustiva da raça ariana e da autoestima do povo alemão; 8) exaltação do nacionalismo e de sua postura como o alemão dos alemães; 9) utilização exagerada das suas origens humildes; 10) verborreia — necessidade neurótica de falar, expressa por monólogos intermináveis.

E explicou:

— Quanto à verborreia, Hitler falava por horas a fio utilizando palavras, expressões e teses para impressionar as plateias e pressioná-las a depositar nele sua confiança.[126] Não poucos ditadores têm tanto apreço pelas palavras quanto pelas armas.

— Temos de repensar os líderes com tais características — declarou novamente Isaac. — Odeio Hitler até as raízes da minha alma, pois ele quase levou meu povo ao aniquilamento. — Mas hoje entendi que ele só fez o que fez por sua finíssima astúcia. No palco, ele afagava; nos bastidores, asfixiava. O monstro foi embalado por seu *marketing* de massa com características impactantes.

Após esse comentário, Anna, doutora em ciências da educação, fez este comentário:

— A conclusão a que cheguei, professor e diletos colegas, e que me deixa abaladíssima, é que, antes de devorar os judeus, Hitler devorou o psiquismo dos alemães...

Júlio Verne concordou:

— Essa também é minha conclusão: antes de devorar os judeus, Hitler canibalizou a emoção dos alemães.

E Anna acrescentou:

— E fico perturbada em concluir que a humanidade está atravessando e atravessará crises energéticas, insegurança alimentar, aquecimento global, criando um meio de cultura ideal para surgirem novos líderes radicais, sedentos de poder e "sedutores". Estamos preparados para abortá-los? Será que nossa educação está formando jovens pensadores que saibam fazer escolhas inteligentes e sejam protagonistas da sua própria história? — completou Anna.

Todos a aplaudiram, inclusive o professor. Para ele, não estávamos formando tais pensadores, portadores de mentes livres, pelo menos não coletivamente. Saturar o cérebro de informações e não estimular as funções mais complexas da inteligência era uma opção educacional perigosa. Ele se preocupava ao perceber que uma criança de 7 anos de idade na atualidade tinha mais informações que um imperador romano no auge de Roma. Esse excesso de informações estressa muitíssimo a psique, pois não é elaborado como conhecimento, o conhecimento como experiência e a experiência como sabedoria.

Para encerrar sua fala, ele comentou o magnetismo de Hitler exibido nas inaugurações e nos *shows* militares, capazes de gerar um delírio de grandeza:

— A argúcia de Hitler saía do rádio e ia para as ruas. Ele era um especialista em lançar pedras fundamentais e colocar primeiras pás em obras que iriam iniciar. E fez escolas para muitos políticos. E sua notável capacidade de autopromoção também ganhava ares nas forças armadas. Hitler reunia dezenas de milhares de soldados nas grandes praças, que faziam performances espetaculares. Um perfeccionismo rítmico e um exibicionismo que suplantavam os grandiosos espetáculos da atualidade.

E continuou:

— O ponto alto das exibições do regime eram as Honras Fúnebres, quando Hitler atravessava fileiras gigantescas de milhares de soldados rigorosamente organizados. A portentosa homenagem aos que tombaram excitava o cérebro de quem os contemplava, gerando uma comoção fortíssima, provocando o instinto de lutar. A debilitada Alemanha despertava para seu gigantismo. Os shows militares tornaram-se grandes peças de *marketing*. Feitos ao ar livre, em horários tais que combinavam um jogo de luz e sombra, objetivavam dar contornos messiânicos à imagem do Führer", disse ainda o professor, no fim de sua exposição.

E completou:

— Essa é uma breve história da sofisticadíssima propaganda imprimida por um simples soldado que quinze anos depois de perder a Primeira Guerra Mundial se tornou chanceler e dominou generais e marechais, deixando o mundo assombrado. Sem sua virulência e seus golpes no inconsciente coletivo, patrocinados por seu *marketing* de massa, nunca sairia do anonimato. O melhor de Hitler era seu desempenho como ator, pois, como ser humano, era ególatra, radical, instável, parcial, agressivo, explosivo, exclusivista, amante de bajuladores, avesso a críticas e ao diálogo. Adolf Hitler queria inscrever seu nome no concerto das nações e gravar com chamas seu nome na história. O homem que teve a ambição de Alexandre, o Grande, a habilidade de discursar de Júlio César e a sede de poder de Napoleão Bonaparte desconhecia que a vida humana, por mais longa que seja, é como a brisa que sorrateiramente aparece e logo se dissipa aos primeiros raios solares do tempo.

CAPÍTULO 18

MEU AMIGO DOENTE MENTAL

Júlio Verne fez sua última conferência para psicólogos sociais e especialistas em ciências sociopolíticas sem nenhum atropelo, pelo menos externo. Ficou motivado com todas as intervenções e conclusões. Mais uma vez, sentiu que aprendeu muito, tanto ou mais do que ensinou. Não se incomodou com Paul, seu desafeto, que, com sua arrogância, acabou contribuindo para enriquecer o debate. Após sua conferência, os seguranças envolveram Júlio Verne como se fosse uma celebridade, o que afastava as pessoas que tentavam se aproximar. Ele insistia que o deixassem livre para cumprimentar todos os ilustres personagens do congresso. O movimento em torno dele gerava um ataque de ciúme em Paul, que tinha queda pelo assédio social.

Billy não gostou do afrouxamento dos seguranças, mas o momento parecia não inspirar maiores cuidados. Na saída do anfiteatro, Júlio Verne recebeu mais cumprimentos. Alguns participantes chegavam até Katherine e diziam: "Parabéns pela agudeza intelectual de seu marido. Vocês formam um belo casal". Ela sentia-se orgulhosa. Aqueles cumprimentos, vindos de um grupo de intelectuais da sua área, era uma ducha que aliviava o dramático estresse que passara ao lado dele nos últimos meses.

Paul, constrangido, tentava se aproximar para cumprimentá-los, mas faltava-lhe coragem. Quando estavam para entrar no carro, subitamente um acidente ocorreu. Apareceu um sujeito estranho, de gestos bizarros, com as mãos e o pescoço tremendo, vestindo em pleno verão um velho e surrado casaco preto que parecia uma peça saída de um museu. De repente, o sujeito se aproximou de Júlio Verne e soltou seu vozeirão:

— Sou um general do Führer! Matem as moscas! Viva...

O professor se assustou. Parecia que o conhecia. Mas, antes que o estranho terminasse sua frase, os seguranças o atacaram. Apesar de restarem poucas pessoas no local, foi um escândalo depois de uma noite tão bela. Os seguranças, muito bem treinados, o renderam à força: agarraram-no, colocaram seus braços para trás e apontaram uma arma para a sua cabeça. Pensaram se tratar de um terrorista disfarçado. Revistaram-no rapidamente, mas não encontraram nenhuma arma. O pobre homem ficou desolado com a violência. O casal foi rapidamente pressionado a entrar no veículo blindado, mas o sujeito identificou o professor e, para seu espanto, pediu ajuda.

— Júlio Verne, meu amigo, socorro!

O professor, que estava com as mãos na porta do carro, voltou-se, olhou bem para o sujeito e ficou pasmo. De outro lado, ao ver a citação do nome dele, os seguranças, confusos, relaxaram um pouco suas mãos. Foi então que o sujeito soltou sua frase completa:

— Sou um general do Führer! Matem as moscas! Viva os judeus!

O pequeno grupo de psicólogos sociais que ainda estava nas imediações não entendeu nada, muito menos Katherine e Billy.

— Rodolfo? Como é possível? — indagou o professor, como se estivesse vendo um fantasma.

— Sou eu, amigo. Você é um cara famoso, hein?! — disse o estranho, que sabia falar inglês, mas tinha um sotaque marcadamente alemão. — Você precisa voltar. Já salvamos uns vinte dos nazistas. — E batia as mãos na cabeça, fazendo trejeitos como uma pessoa mentalmente desequilibrada.

— Olá, Júlio! — gritou outro sujeito, do outro lado da rua. Também vestindo um casaco azul surrado e rasgado, com o cabelo desgrenhado. E veio ao encontro deles.

Os seguranças apontaram as armas para ele. Mas se arrefeceram quando viram que ele tinha a fácies de uma pessoa com síndrome de Down.

— Klaus? Não é possível! — exclamou o professor, atônito.

— Falou muita bobagem hoje — disse o personagem em alemão, pois não sabia falar inglês.

Os dois se aproximaram de Júlio Verne e lhe deram um prolongado abraço. No início, o professor resistiu, mas depois respirou profundamente, reciclou seu preconceito e os abraçou afetuosamente. Parecia um cenário surreal.

Katherine conhecia os amigos de seu marido e sabia que esses dois não estavam no rol deles. Perturbada, perguntou:

— Júlio, de onde você os conhece?

Júlio Verne ficou sem voz.

Ela insistiu:

— Quem são eles?

— Não sei.

— Como não sei? Você citou o nome deles.

— Eu citei, mas não sei de onde os conheço.

Paul estava lá, quase invisível para o casal, e assistia de camarote a todo o confuso enlace. Parecia estar dizendo, com inexprimível júbilo: "Esse Júlio Verne não me engana. Só pode ser um psicótico que alterna períodos de lucidez".

— Será que não foram seus pacientes quando você clinicava?

— Não. São meus amigos...

— Seus amigos de onde?

— Se eu lhe contasse, não me acreditaria.

— Tente, Júlio. Tente, por favor.

Engolindo em seco, disse:

— Dos meus pesadelos.

Rodolfo era um personagem do asilo de doentes mentais. Tinha amigos judeus desde a infância e, com a exclusão e prisão destes, agudizou sua psicose. Ao confessar de onde conhecia o personagem, o professor não parecia o mesmo intelectual vibrante e instigante de minutos antes. Katherine, que estava superfeliz com a inteligência dele, começou novamente a desconfiar da sua sanidade psíquica. O psiquismo de Júlio flutuava.

— Ei, Júlio. Diga para ela. Estivemos juntos há poucos dias brincando na neve — comentou Rodolfo.

— Neve, que neve! Estamos no verão! — pensou alto Paul. Todos o ouviram e descobriram sua ferina presença. E ele completou baixinho: — Dois psicóticos em surto.

Katherine ouviu o diagnóstico dele. Teve vontade de avançar em Paul, mas a saúde mental de seu marido era mais importante.

Rodolfo olhou para o ambiente e surpreso concluiu:

— É mesmo! A neve sumiu, Júlio. Vou tirar meu casaco. — E deu para Paul segurá-lo. Este, cheirando-o, atirou-o ao chão.

Billy pegou o casaco e o devolveu a Rodolfo, que não gostou da atitude de Paul. Fixou seus olhos nele e disse:

— Que sujeito maluco!? É seu amigo, Júlio?

Constrangido, Júlio Verne, falou:

— Nunca foi.

Paul, sem nenhuma compaixão, se despediu sarcasticamente do casal, mas sem apertar-lhes as mãos.

— Sinto muito, Kate. — E, fitando-o, acrescentou: — Se quiser, me procure...

— Nem que fosse o último terapeuta da Terra — respondeu ela.

— Se quiser pagar uma consulta, eu o atendo — falou Rodolfo para Paul, que saiu bufando de raiva.

Abatido, o professor disse:

— Desculpe-me, preciso ir, Rodolfo. Adeus, Klaus.

— Mas não vamos salvar os judeus? — indagou Rodolfo.

— Em breve... — exclamou, sem saber se estava delirando ou vivendo uma realidade.

Billy não podia sequer investigá-los, não haviam cometido crime algum. Pareciam mendigos sem família e sem proteção social. O casal foi para o carro escoltado pelos policiais. No trajeto, nenhuma pergunta, um silêncio pesado. Katherine, que estava se tornando uma colecionadora de lágrimas, com os olhos úmidos, indagou a si mesma: "Ninguém pode dar uma conferência brilhante, com dados tão bem organizados, se estivesse mentalmente doente, não?". "Alguma coisa está errada", pensou ela, contrapondo este pensamento: "Mas os gênios também adoecem".

Ao entrarem no *apart-hotel*, despediram-se de Billy. Este, antes de ir embora, tentou confortar Júlio Verne:

— Professor, não sei o que está acontecendo com você, mas sou seu fã. Aprendi mais com você neste último mês do que em décadas na polícia.

O professor agradeceu com movimentos de cabeça.

Depois, fatigado, Júlio Verne tomou um prolongado banho. As gotas de água que escorriam pelo seu corpo eram uma metáfora viva do rio de dúvidas que transbordava de sua mente. Estava profundamente pensativo. Recordou o pesadelo que tivera com Rodolfo e não chegou a nenhuma conclusão capaz de aliviá-lo.

Encontrou Katherine na sala, também refletindo. Abraçou-a e lhe contou em detalhes esse sonho. Ela o ouviu, e não podia acreditar. A mesma frase, a mesma face, o mesmo casaco, o Rodolfo dos sonhos era o Rodolfo que encontrara aquela noite. A única explicação plausível era que ele saía em transe noturno nas noites em que Katherine não pousava em casa e fazia amigos nas ruas e, depois, retornando à cama, dormia e sonhava com os personagens que conhecera como se tivessem saído do passado. Uma explicação pouco palatável à racionalidade.

— Tudo bem. Eu sei que uma pessoa em surto psicótico não reconhece que está doente e muito menos que precisa de ajuda. Mas, Kate, me ajude a pensar em meu caso com isenção. Se me disser que estou tendo surtos, aceitarei. Eu tangencio meus pensamentos? Perco o foco?

— Não — disse ela.

— Perdi os parâmetros da realidade? Minhas ideias estão sem uma sequência lógica?

— Não.

— Perdi a consciência crítica? Deixei de saber quem sou, onde estou e quais são meus papéis sociais?

— Não.

— Ouço vozes? Tenho delírios de grandeza? Acredito em falsas crenças? Tenho ideias de perseguição?

— Não. Estamos sendo perseguidos por personagens reais. Não é uma invenção da sua mente.

— Vejo imagens desconexas com o mundo concreto?

— Não sei. Você assinou cartas como se estivesse vivendo no passado. Você recebeu cartas sem saber da sua origem. Há poucos dias, dialogou com um jovem que interrompeu a conferência e que disse que estava lá para assassiná-lo, mas se arrependeu. E hoje viu personagens que somente existiam em seus pesadelos.

— Mas não eram alucinações. Eram objetos reais e personagens reais, e não criados por minha mente. Kate, eu amo o princípio da sabedoria na filosofia, que é a arte da dúvida. Uma pessoa portadora de psicose perde a capacidade de duvidar, inclusive de si mesma. Quem mais duvida ou pergunta do que eu?

De fato, nada se encaixava no quadro psiquiátrico de Júlio Verne. Raramente alguém estava tão integrado à realidade e, ao mesmo tempo, vítima de uma avalanche de fenômenos perturbadores e inexplicáveis. E, para tranquilizá-la, aceitou se consultar com um famoso psiquiatra, o dr. Henry, amigo do pai dela. Foram prolongadas conversas dentro do *apart-hotel.* Depois de três consultas, o psiquiatra, além de não ter chegado a nenhum diagnóstico, estava mais confuso do que quando o conhecera.

— Talvez você esteja tendo um problema mental, devido a uma síndrome neurológica. Você tem a sensação de que já viu aqueles fatos, mas não os viu; tem uma certeza falsa devido a alguns problemas neurológicos, quem sabe metabólicos — disse o dr. Henry, despedindo-se de Júlio Verne e de Katherine.

Mas o pai de Katherine já havia avaliado essa hipótese e nada encontrara. Contudo, mais uma vez foi atendido por um neurologista. No outro dia, Júlio estava, com um pesado esquema de segurança, fazendo uma série de exames laboratoriais, inclusive ressonância magnética. E nada, literalmente nada, foi detectado. O neurologista apenas lhe prescreveu um tranquilizante, mas sua mente precisava de outro remédio: respostas. Respostas capazes de levá-lo a minimizar sua portentosa ansiedade, e aquietar as águas agitadas da emoção. Sem elas, não podiam sequer deixar o belo presídio do *apart-hotel*.

Sempre pediam comida nos restaurantes, mas descobriram que a liberdade realçava o sabor dos alimentos, algo que não tinham. Depois dos resultados neurológicos, resolveram comer algo simples, preparado por Katherine. Ela abriu um vidro com pasta de amendoim e passou no pão de forma, que tinha grãos de trigo e linhaça. Fez também uma omelete com legumes. Ele preferiu um pão com manteiga aquecido no micro-ondas. Não estavam com o apetite aguçado, mas precisavam se alimentar. Ambos tomaram suco de laranja. Enquanto ele bebia, acariciava as mãos dela.

— Sempre tive certeza do que fazia, do que queria, das minhas metas e dos meus projetos. Hoje tudo é inconclusivo em minha história. Até meu exame neurológico.

Tentando aliviá-lo, disse:

— Veja o lado bom dessa história. Pelo menos você não tem um tumor cerebral ou alguma outra coisa grave. Nós amamos a certeza, mas a existência é uma fonte interminável de dúvidas.

— Tem razão. Pensar é um mistério. Perturbar-se também. Obrigado. O que eu faria sem a mulher mais bela de Londres ao meu lado?

E levantou-se da mesa para ir beijá-la. E, apesar do estresse, se amaram suave e apaixonadamente. Dormiram abraçados. A noite prometia ser uma lagoa plácida, sem turvações, ainda que mínimas. Mas a imprevisibilidade fazia parte da "rotina" desse inteligente casal.

CAPÍTULO 19

Uma juventude infectada

14 de maio de 1934 — Turíngia/Alemanha. As poltronas não eram confortáveis, o anfiteatro não era pomposo, mas estava lotado, metade com adultos, metade com crianças e adolescentes, para assistirem a uma tragédia escrita e produzida por Hugo Hertwig.[127]

Todos se mostravam excitados com o desenvolvimento do espetáculo, mas um espectador na primeira fileira estava sob um ataque de pânico. Coração palpitando, suor excessivo, pulmões ofegantes. Mexia-se na poltrona ininterruptamente. Esfregava as mãos no rosto, queria interromper a peça aos gritos: "Vocês estão loucos! Hitler vai devorá-los!". Mas havia muitos soldados da SS e da SA assistindo à peça armados e prontos para atirar em qualquer opositor. Além disso, havia tanta gente em pé que não tinha como gritar e sair correndo. Seria esmagado pela multidão.

Tentou relaxar, conter sua ânsia de vômito e abrandar sua raiva, mas era quase impossível. Ao seu lado, um adolescente batia palmas entusiasmado no fim de cada ato. Entre um ato e outro, tentando salvar pelo menos um jovem do fascínio por Hitler, o homem que odiava a peça perguntou ao adolescente ao seu lado:

— Qual seu nome?

— Alfred Günther.

— O que o atrai mais nessa peça?

— O Führer. Não está vendo? Temos o maior líder da Europa.

— E se ele for um monstro vestindo uma pele de cordeiro?

— O quê, um opositor?! Você não ama o Führer! — disse o jovem e, num ataque de ódio, se levantou subitamente, chamando a atenção de alguns ao seu redor.

— Calma, Alfred, calma! Sente-se, só queria conhecer sua fidelidade a Hitler.

Alfred se sentou, desconfiado. Algumas pessoas também prestaram atenção no estranho espectador. Eis que nos últimos atos os atores mirins aparecem. E aquilo que era ruim se tornou intragável. O incomodado espectador descobriu, para seu completo desgosto, que Hitler já tinha torcida organizada até entre as inocentes crianças. Entrou, saltitante, uma menina que não tinha completado 10 anos, da Liga das Meninas Hitleristas, e um garoto de 9 anos, da Liga dos Meninos Hitleristas:

A menina dizia:

Salve nosso Führer! Salve nosso povo!
Acreditamos no Deus dos Justos!
Ele nos traz luz do sol, afasta as nuvens cinza,
Presenteia os bons, deserda os maus.
Ser alemão significa: "Sopro divino".
Os arianos são portadores da cultura!
Os povos da Europa gostam de viver de acordo com os hábitos alemães;
O modelo de humanidade é você, "alemão"!

O observador começou a ter ataques de tosse, que inclusive atrapalhavam a atuação da menina. De repente, recebeu um tapa nas costas, de um brutamontes da cadeira de trás.

— Isso vai resolver! Cale-se.

O tapa quase lhe quebrou algumas costelas, aquietando suas crises de tosse, mas não sua mente, cujos questionamentos fervilhavam: "Que palavras são essas?". A filosofia nazista ganhara ares teatrais em lugares distantes de Berlim. Alfred Günther, bem como seus pais e amigos, que estavam ao seu lado, volta e meia focalizavam o espectador e atestavam que ele não estava apreciando o conteúdo da peça. Este ficou mais perplexo ainda quando o menino de 9 anos começou a atuar:

O Führer foi enviado pela misericórdia de Deus:
Não apenas para a Alemanha! Também para outras nações!
Somos profetas do Führer
E vamos acabar com as religiões!
Somos a juventude e carregamos a igreja no coração.
Carregamos as pedras e acendemos as velas.
Podemos construir as pontes para o futuro da Alemanha.
Que nossos filhos olhem, orgulhosos, para o alto!

Hitler estava no poder havia um ano e quatro meses quando a peça *Irmãos de sangue* foi encenada. Ela era apenas uma amostra do que ocorria em todo o tecido social alemão. A filosofia barata de Rosenberg, as habilidades de Goebbels, o poder paramilitar da poderosíssima polícia SS, dirigida por Himmler, e da SA, dirigida por Ernst Röhm, exaltavam Hitler a patamares que nem os "Césares" atingiram. Calígula, que sonhava ser deus, invejaria-o.

"Profetas do Führer? O nazismo se converteu numa religião.", pensou. O sonho nazista era que no seio da humanidade deveria existir uma religião, um partido, uma cultura e até uma capital mundial, projetada por Albert Speer.

E de repente a peça se encerrou de maneira apoteótica. Uma enorme quantidade de meninos e meninas de 8, 9, 10 anos entravam por todos os lados e anunciam a uma só voz:

Alemães! Acreditem em vocês! Acreditem em seus feitos! A Alemanha é eterna.

Os tempos do sentimento de inferioridade detectado por Alfred Rosenberg tinham cessado, o humor da sociedade alemã rapidamente fora para o outro extremo. A própria história do autor da peça, Hugo Hertwig, era um drama. Seu pai morrera durante a Primeira Guerra Mundial vítima de doença incurável. O irmão mais velho fora severamente ferido na guerra. A mãe e seis filhos dependiam da ajuda do governo para não morrer de fome. Projetando suas dificuldades nas dificuldades que Hitler passara durante sua vida, Hertwig a escrevera em homenagem ao salvador da Alemanha.[128]

Toda a plateia levantou-se e ovacionou o autor da peça e seus atores, com exceção do espectador que não conseguiu deixar de ser fiel à sua consciência. Seria baleado pelos policiais da SS ou linchado pela multidão. Em estado de choque, sabendo que morreria de qualquer maneira, num ato de bravura ele deu um salto e subiu ao palco.

Muitos pensaram que se tratasse de um espectador mais exaltado, excitado com o conteúdo da peça. Ele, observando a massa de crianças e jovens, ficou intensamente sensibilizado. Em breve a maioria deles perderia a vida nos campos de batalhas, uns pela fome, outros pelas infecções e outros ainda pelos projéteis.

Como um louco, aos brados, perguntou:

— Vocês sabem quem estão exaltando?

A plateia subitamente se acalmou, ficou pasma com a ousadia do espectador, inclusive Alfred. Esperavam mais elogios a Hitler, mas ele sutilmente os contrariou. Imitando a voz de Hitler, soltou um dos discursos que seria feito muito tempo depois:

> *Tudo que for essencial à manutenção da vida deve ser destruído... Os suprimentos de alimentos, as fazendas, devem ser reduzidos a cinzas; o gado, morto. Nem mesmo as obras de arte que as bombas pouparam devem ser preservadas. Os monumentos, castelos, igrejas, óperas, também têm de ser arrasados...*[129]

Em seguida, em sua própria voz, sentenciou:

— Hitler destruirá completamente a Alemanha. A maioria desses jovens perderá suas vidas. Não o amem. — As pessoas não acreditaram no que estavam ouvindo. Hitler, era o Führer, infalível, inatacável, o pai da nação. E o homem completou as últimas palavras antes do seu funeral: — O Führer é um monstro! Milhões de judeus, inclusive crianças como vocês, morrerão em suas mãos.

Quando pronunciou as últimas palavras, gritaram "morte ao judeu!", e foi empurrado por Alfred e em seguida atacado pela multidão ao seu redor, antes mesmo que os policiais da SS atirassem nele. Homens, mulheres e adolescentes avançaram sobre ele, o esmurraram, chutaram, pisotearam.

— Júlio, acorde! Acorde! Você está sangrando. Acorde! — Era Katherine, apavorada, vendo seu nariz com hemorragia.

O professor não acordava. Estava num sono profundo. Assustado, colocava as mãos sobre o rosto, tentando se proteger do linchamento. Ela, desesperada, tentou abraçá-lo e protegê-lo. Ele sempre sonhara, mas era a primeira vez que tinha dificuldade de despertar.

— O que aconteceu, Júlio? Estamos aqui, seguros!

E mais uma vez ela o abraçou. Seu homem estava trêmulo, fragilizado, desfigurado psiquicamente. Enfim ele acordou.

— Acabei de ser linchado, Kate... — E, depois de uma pausa, olhou para ela e lhe afirmou: — Mas não sei qual dor era pior, se a do espancamento do meu corpo ou da minha alma.

Seus olhos misturavam lágrimas com gotas de sangue.

— O que aconteceu, querido?

— Vi belíssimas crianças alemãs dominadas, seduzidas pelo nazismo.

— Felizmente foi só mais um pesadelo.

— Lembra-se daquele jovem que interrompeu a conferência ecumênica?

— Sim, me lembro.

— Ele estava lá, ao meu lado. Foi o primeiro a me atacar.

Ela suspirou e disse:

— Bom, pelo menos você teve contato com ele e depois sonhou com o personagem, não foi como o estranho caso de Rodolfo e Klaus.

— Há muitos policiais me protegendo. Posso fugir do mundo, mas não dos fantasmas da minha mente.

O professor passou as mãos nos lábios, que também sangravam. De repente, o atendente do hotel lhe interfonou dizendo que tinha uma carta para ele. Esse tipo de carta lhes dava arrepios. Pediu-lhe que a desse para os seguranças avaliarem o seu conteúdo. Estes o analisaram e constataram que se tratava apenas de papel. Katherine olhou para o relógio; eram 8 horas da manhã.

— Espere, eu a receberei.

O envelope da carta era de plástico e não estava selado. O remetente era o reitor Max Ruppert. Após entregá-la a seu marido, este a abriu pacientemente. Katherine estava sentada numa poltrona King esperando a leitura da mensagem, que era curta e direta.

Professor Júlio Verne,

O senhor é o mais popular professor de nossa universidade e, de longe, também o mais polêmico. Amado por alguns e odiado por não poucos. O conselho acadêmico respeita sua maneira de ser e pensar, mas seus serviços profissionais não preenchem a linha pedagógica desta instituição de ensino. A partir de hoje, o senhor está desligado do quadro de professores.

Reitor Max Ruppert

— Como o reitor descobriu este endereço? — indagou Júlio Verne.

Katherine, apreensiva, disse:

— Falei há dois dias para uma amiga íntima, que é próxima de Max, onde estávamos. Foi um desabafo. Quem sabe ela comentou com ele?

Júlio Verne leu de novo a mensagem, respirou longamente, e, enquanto irrigava seus pulmões com ar, tentava irrigar sua emoção com serenidade. Mas foi incapaz.

— Hipócritas!

Suas aulas promoviam crises e estilhaçavam paradigmas, mas seus alunos deixavam de ser repetidores de informações.

— Não gravite na órbita do reitor.

— Não se trata disso, Kate. — E ele se sentou na cama, indignado: — Acabei de ter pesadelos sobre a massificação de jovens da década de 30 do século XX. E hoje, o que mudamos? Não poucos jovens da atualidade desconhecem a história, não têm cultura geral nem opinião própria. Se eles deliram diante de artistas com quem nunca conviveram, como não ficarão fascinados por um homem carismático como Hitler?

Após dizer essas palavras, começou a sentir um aperto no peito, uma sensação de asfixia e ânsia de vômito. Soltou um grito desesperado, como se estivesse às portas da morte.

— Ahhh!

Embora cambaleante, foi rapidamente ao banheiro e começou a vomitar sem parar. Colocava as mãos na garganta, mas parecia que algo impedia a passagem do ar. Seu intestino começou a aumentar o peristaltismo, contraindo-se sem parar. Em seguida, os seguranças entraram no *apart-hotel* do casal, desesperados. Encontraram Katherine no banheiro tentando socorrer Júlio Verne. Ela também não estava se sentindo bem. Suava muito e estava taquicárdica.

— A carta deve estar envenenada, sra. Katherine. O agente que abriu está passando mal.

— O quê? Envenenada, então deve ser isso... — disse ela, olhando desesperadamente para o marido.

Se o agente que inspecionou a carta não tivesse usado máscara e luvas, teria morrido envenenado com o gás tóxico que ela liberara. Teve os mesmos sintomas de Júlio Verne. Este só não morreu porque havia pouco gás remanescente. Os outros agentes embalaram o envelope com a carta num recipiente hermético para que se avaliassem os produtos tóxicos nele contidos.

O professor precisou ir com urgência ao hospital e ficou um dia internado na unidade de terapia intensiva. Depois, foi direto para um novo *apart-hotel*, com endereço desconhecido, para tentar despistar os conspiradores ou terroristas. Os agentes da Scotland Yard estavam desolados com esse furo no esquema de segurança. Não entendiam como, com todo o aparato policial e as técnicas modernas, não conseguiam prender os suspeitos. Eles surgiam como num passe de mágica e desapareciam com igual maestria.

No dia seguinte, no novo endereço, os dois agentes do serviço de inteligência especializado em terroristas, Thomas e James, juntamente com Billy, foram dar a notícia do laudo pericial ao casal.

— Não entendemos. O gás venenoso que os intoxicou não é mais fabricado na atualidade — disse Thomas.

— Qual é o tipo? — perguntou o professor.

— Zyklon B.

— Não é possível! — falou, intrigado, Júlio Verne.

— Você já ouviu falar dele? — questionou Katherine.

— É um poderoso pesticida. O mesmo usado nas câmaras de gás de Auschwitz.

Todos ficaram calados com esse relato. Mais uma vez os nazistas estavam nessa perseguição implacável. O professor colocou as mãos na cabeça e, depois de um longo suspiro, comentou:

— Cerca de mil homens, mulheres, crianças, idosos, entravam por vez numa pequena câmara de pouco mais de 2.000 metros quadrados pensando que iriam tomar banho. Do alto da câmara, eram atirados grânulos do veneno que, com altas temperaturas, desprendiam o gás tóxico que permeava todo o ambiente.[130] Depois, prisioneiros judeus eram obrigados a juntar os corpos e os colocavam na fornalha para não deixarem vestígios.

— Meu Deus, que crueldade! — falou Billy.

Katherine abraçou Júlio Verne.

— Eu senti seus sintomas, são horríveis — falou completamente abalado.

Depois de uma prolongada pausa, Katherine, ansiosa, perguntou:

— Será que Max Ruppert está envolvido nessa conspiração?

— Não podemos acusá-lo, por enquanto. Mas é possível que alguém da universidade ou algum mensageiro esteja de alguma forma envolvido — falou James.

Billy se adiantou e colocou as suspeitas que pairavam sobre a equipe de segurança:

— Pode ser que o número de pessoas interessadas em seu assassinato seja maior do que imaginamos. É provável que procurem todas as pessoas que têm acesso a vocês para rastrear seu endereço e atacá-los. Contato zero por enquanto, nem com familiares.

— Como podem dois professores ser alvos de uma conspiração gigantesca, Billy? Será que não somos o alvo errado? — comentou novamente o professor.

— Seria bom que fossem, professor — comentou Thomas.

Os dias se passaram, e o casal continuava num cárcere privado, tentando se esconder de inimigos a quem desconheciam e que tinham uma habilidade incrível para penetrar em labirintos difíceis de ser explorados.

CAPÍTULO 20

O PROJETO ULTRASSECRETO

Vinte horas, verão. Júlio Verne e Katherine andavam abraçados livremente como nos tempos iniciais do candente relacionamento. Estavam disfarçados, ela com um chapéu que cobria parte do seu rosto, ele com barba postiça. Deprimidos, entediados, não suportavam mais a rotina extenuante de "refugiados" no *apart-hotel*. Nem aguentavam mais ser vigiados. Fazia duas semanas que nada acontecia. Fugiram, pelo menos por uma noite, para sair das fronteiras do tédio e respirar liberdade, uma liberdade patrocinada pelos disfarces. Arejaram a emoção, estavam razoavelmente felizes. Ora a mão esquerda dele tocava o ombro dela, ora deslizava sobre seu cabelo. Nesse clima, ele segredava aos seus ouvidos o quanto a amava, palavras intraduzíveis. O ambiente só se rompia quando algum som diferente os envolvia. Olhos atentos, mentes sobressaltadas, denunciavam o baixo limiar para enfrentar estímulos estressantes.

— O que foi isso? — disse ele, preocupado.

— Não sei. Parece que um objeto metálico caiu em um desses escritórios.

Ela colocou a mão sobre a cintura dele e o empurrou suavemente, querendo dizer "esqueça, vamos em frente". Passaram pelo BigBen, e nunca o tinham visto tão lindo. Cruzaram o rio Tâmisa, andaram duas quadras, viraram à esquerda, percorreram mais 250 metros até que chegaram a um restaurante francês de sua preferência.

Os pais de Júlio Verne haviam falecido havia mais de dez anos, num acidente de carro. Eles não apenas amavam os escritores franceses como também apreciavam a cozinha francesa. Filho único, o professor aprendera, nos tempos de abundância com os pais, a também apreciá-la e, mais que isso, contemplar suas cores, seus odores e seus sabores. Rejeitava o *fast-food*. Comer, para Júlio Verne, era um ritual lento e prazeroso, um convite a uma boa conversa. O problema era que o contraído salário de professor nem sempre permitia essas aventuras, ainda mais agora: ele desempregado, ela de licença. Precisavam relaxar, e pensaram que nada melhor do que um prato francês acompanhado de um bom vinho.

— Você continua linda, Kate — disse ele na porta do restaurante.

— Tenho de reconhecer que você não é míope — brincou ela.

— De baixa autoestima você não vai morrer — disse ele beijando-lhe os lábios e, romântico, agradeceu-lhe de modo especial. — Obrigado por existir e invadir minha história. Eu te amo.

Ao entrarem no restaurante, procuraram deixar fora toda ideia de perseguição, reações fóbicas, insegurança, mistérios inquietantes. Apesar disso, pediram um ambiente mais isolado. Um garçom os levou até a mesa ao fundo, no canto esquerdo. Enquanto percorriam o ambiente, observavam as vidraças estampadas com monumentos parisienses: Torre Eiffel, Arco do Triunfo, Louvre... Era um pedaço da França dentro de

Londres. Frequentavam esse restaurante três vezes ao ano, para comemorar o aniversário deles e o de casamento. O garçom que os introduziu à mesa pediu que aguardassem um momento até que viesse com a carta de vinhos e dos pratos. Sentaram-se, e Katherine, tomada de uma envolvente emoção, repousou suavemente suas mãos sobre as dele.

— A liberdade é como o ar. Tão invisível, mas tão fundamental. Perdê-la é morrer por dentro, é tirar oxigênio da emoção — comentou ela, em estado de júbilo.

— Só sabe seu valor quem a perde — disse ele, fascinado, como se a tivesse resgatado, pelo menos por alguns instantes.

Depois ela mudou de assunto.

— É uma pena que este restaurante não caiba com frequência no bolso dos professores.

— Mas tudo que é raro se torna especial. — E acrescentou: — Você é uma mulher rara.

— E você é um homem complexo.

— Isso é um elogio ou uma crítica?

— O que você acha? — disse ela instigando-o, como ele fazia com seus alunos.

— Hummm. Deixe-me ver, um homem complexo pode ser profundo, mas imprevisível, inteligente, mas com preocupações tolas, ousado, mas capaz de sofrer estupidamente pelo futuro. Complexo e complicado são duas características muito próximas.

— Está se descrevendo?

— Talvez — falou ele com um suave sorriso.

— Você acha que eu me apaixonaria por um homem comum? — ela o questionou.

— Creio que não.

— Toda mulher inteligente escolhe homens complicados para se relacionar. — disse ela com seu refinado humor. Ele deu uma gargalhada e a interrompeu.

— Sou um homem complicado, mas eu te amo — falou, num tom mais alto, para que quem estivesse próximo ouvisse.

— Fale baixo — disse ela, embebida em alegria, mas constrangida. Ele abaixou o tom de voz, mas continuou a melodia.

— Obrigado por não desistir de mim.

— Para onde eu fugiria? Se durmo, você está em meus sonhos; se viajo, levo-o comigo; se estou tensa, você faz parte da minha ansiedade...

— Eu sei. Sou um homem pegajoso.

E a delicada conversa se estendeu por longos vinte minutos, como se não se encontrassem dentro de um restaurante, como se tivessem fome de afeto, sede de entrega. E nenhum garçom apareceu para perturbá-los.

— É estranho, mas nenhum garçom apareceu até agora — disse Júlio Verne, tomando conta da situação.

— Talvez tenham vindo, mas, distraídos com nosso amor, não os ouvimos, e, discretos, não nos atrapalharam — disse ela, se despreocupando com fatos inusitados e procurando esquecer o tumulto das últimas semanas.

Ele tentava chamar os garçons, mas nada, pareciam ignorá-los. Levantou-se para ir ao encontro de algum deles. Mas não foi necessário, logo que deu os primeiros passos, vieram três garçons ricamente trajados ao seu encontro, um deles trazia um vinho que ele amava, que custava pelo menos duzentas libras a garrafa, e que só tomara na casa de alguns amigos riquíssimos.

— O senhor está enganado. Eu não pedi esse vinho! Aliás, não pedi vinho algum.

— Mas sabemos que o senhor o aprecia muito. Ele já foi pago pelos que o convidaram.

Nesse momento, abriram-se as janelas tensionais do seu cérebro. Preocupado, afirmou:

— Não fui convidado por ninguém! Vim aqui por iniciativa própria.

Katherine, igualmente ansiosa, começou a achar que haviam descoberto a identidade deles. Começou a observar ao seu redor para ver se algum inimigo os cercava.

— Relaxe! — disse ele.

Mas, pensando tratar-se de mais um atentado, Katherine se levantou subitamente. Ele a acompanhou.

— Espere, senhor. Tenho um recado de seus alunos!

— Alunos?

Sem dar maiores explicações, o garçom leu a frase:

Os livros nutrem o cérebro tanto quanto os alimentos ao corpo, mas sua digestão é mais demorada. Que você tenha uma excelente digestão, professor! Pensem em seus alunos: Deborah, Lucas, Gilbert, Evelyn, Brady.

E ele se lembrou de que era o autor desse pensamento.

— Que incrível! Meus alunos me seguiram e prepararam uma festa para um professor desempregado.

— Isso é demais — disse ela, sentando-se e relaxando.

O professor sabia que Lucas e Deborah eram muito ricos. Ele também se sentou aliviado, suspirando suave e demoradamente. Os garçons se apresentaram. O de cabelos grisalhos, cerca de 60 anos, de voz imponente e estatura alta, se chamava Hermann; o segundo mais velho, cerca de 50 anos, também alto e moreno, chamava-se Theodor; e o terceiro, mais jovem, cerca de 40 anos, com leve sobrepeso, de estatura mediana e perfil mais agitado, chamava-se Bernard. Em seguida, eles trouxeram as entradas. Antes que Júlio Verne e Katherine fizessem o pedido dos pratos principais, os garçons lhes trouxeram. E eram justamente os pratos que mais amavam.

— Surpreendente. Só com Lucas eu havia comentado sobre nossas preferências na culinária francesa. É impressionante como são generosos — expressou o professor.

— Mas esses pratos são muito caros, não? — comentou Katherine.

— Fiquem tranquilos. Nesta noite, os senhores têm *full credit* — disse Hermann, que parecia o *maître*.

Júlio Verne, que estava apresentando uma branda anorexia, retomou seu apetite. Borbulhando de alegria, comeu prazerosamente. Tomaram toda a garrafa de vinho, acompanhado de água Perrier. Ao fim do jantar, após uma sobremesa de frutas flambadas regada a conhaque e um saboroso café, se preparavam para ir embora. Entretanto, não tardou a aparecer outro garçom, diferente dos que os haviam servido. E trouxe o inesperado.

— A conta, senhor!

— Quatrocentas e noventa libras? Nós temos *full credit*. Fomos convidados para estar aqui.

— Onde estão as pessoas que os convidaram?

— Não sei, mas o *maître* me disse que tudo estava pago.

— Como isso é possível? Neste tempo de dificuldades econômicas, alguém o convida sem aparecer e lhe dá liberdade para gastar o que quiser? O senhor está brincando com a minha cara — exclamou o garçom, incrédulo, achando que Júlio Verne queria lhe aplicar um golpe barato.

Katherine ficou constrangida.

— Mas alguns alunos é que estavam financiando o jantar.

— Alunos? Onde estão eles?

Não havia como explicar. Irritado, o garçom perguntou:

— Qual é o nome do garçom que lhe fez essa afirmação? — perguntou, profundamente desconfiado.

— Hermann, Theodor e... — disse ele, tendo indigestão.

— Bernard... — completou ela o terceiro nome.

— Hermann, Theodor, Bernard? Não há ninguém na casa com esses nomes. Olhe para nossos garçons e os identifique, por favor.

— Estranho. Não os vejo.

O casal se entreolhou, pasmo, e novamente detonou o gatilho cerebral que resgatou o trauma do terror. Sentiram um incontrolável desejo de sair correndo. A conta era o problema.

— Não é possível! O que está acontecendo? — perguntou Katherine novamente, com olhos umedecidos.

— Eu é que pergunto ao senhor o que está acontecendo, senhora. Qual é sua profissão, senhor? — questionou o garçom rispidamente.

— Sou professor!

— Como pode um professor explicar tantas coisas aos alunos e dar uma explicação tão esfarrapada para não pagar sua conta!?

O garçom os abalou. Suas razões eram pífias. Grosseiro, saiu de cena para tomar providências. Júlio Verne, que tinha pesadelos dormindo, estava agora em um pesadelo acordado, no restaurante que mais amava. Teve saudades de Billy.

— Como sou ingênuo! Vamos pagar a conta e sair o mais rápido possível.

Para sua surpresa, enquanto ficara de pé para rapidamente procurar o garçom que lhes cobrara, três homens trajando *smokings* impecáveis, que estavam sentados a uma mesa a apenas

8 metros de distância, se levantaram e foram em sua direção. O professor e Katherine, pasmos, os identificaram:

— Mas vocês não eram os garçons que nos serviram?

— Sim, somos seus serviçais — afirmou Hermann.

— Mas o que isso significa? — perguntou Katherine.

— Permitam-nos sentar que vamos nos explicar.

— Desculpe-nos, mas temos compromissos — disse ele, temendo que fossem nazistas disfarçados. Mas os três não pareciam terroristas, se é que estes têm rosto. Embora também não parecessem confiáveis.

— Acalmem-se. É um grande prazer estar com o senhor, professor Júlio Verne, e com a senhora, professora Katherine.

— Mas vocês nos conhecem?

— Como não conhecer o aventureiro das salas de aulas, que abala alunos e rompe paradigmas? — afirmou Theodor.

E se apresentaram, exibindo suas credenciais.

— Eu sou Theodor Fritsch, doutor em teoria da relatividade, chefe do Departamento de Física Aplicada do... Bom, isso é outra etapa.

— Eu sou Bernard Gisevius, doutor em física quântica.

— Eu sou Hermann Klee, general de carreira.

— Um general? — disse, impressionada, Katherine.

— Sim, mas também sou engenheiro e especialista em mecânica quântica. Sou chefe do projeto que vamos lhes explicar. Somos todos alemães, creio que nosso sotaque nos denuncia um pouco.

— Físicos de renome? Foram vocês que nos convidaram para esta refeição? Não foram nossos alunos? Que brincadeira de mau gosto é essa? — indagou o professor.

— Sim, fomos nós que os convidamos — disse o general.

— Mas... e a frase que você leu de Júlio, antes de nos servir, e o nome correto dos alunos? — indagou, deveras desconfiada, Katherine.

— Conhecemos muito bem suas histórias, suas teses e suas frases. Sabemos de seus alunos. Citamos uma de suas frases e, ao fim, dissemos "pensem em seus alunos", mas não que eles os tivessem convidado.

Nesse ínterim, chegou o gerente do restaurante com a conta e a deu novamente para o professor. O general pegou-a.

— Não se preocupe, a conta é nossa. Ele é nosso convidado. Qualquer dúvida, fale com o dono do restaurante. — E passou seu cartão.

Impressionado, Júlio Verne esperava por respostas. Pelo menos dessa vez não teria de explicar o inexplicável. Mas não tocou no assunto dos terroristas. Não sabiam até então em que terreno estavam pisando.

— Podemos nos sentar? — indagou novamente Hermann.

— Não é sempre que recebo um general — disse o professor.

Os três pediram desculpas pelo transtorno que lhes causaram, mas disseram que tinham planejado tudo aquilo para abrir-lhes a mente para outras possibilidades. Hermann tomou a frente e disse-lhes:

— O caos é dramático, mas pode ser um momento único para novos começos. Quem tem medo dele se enterra nos pântanos do conformismo.

E com seu olhar pediu para Theodor dar mais explicações.

— Há fenômenos aparentemente inexplicáveis, mas nem por isso irreais. Mostramos que éramos reais, depois desaparecemos, mas estávamos bem próximos de vocês, e vocês não nos viram, a não ser quando nos desvendamos.

— Não estou entendendo nada — disse Katherine, sincera como sempre. Theodor continuou.

— Do mesmo modo, na física há fenômenos reais, mas que não são captados pelo nosso sistema sensorial. Estão presentes, mas não conseguimos explicá-los com um raciocínio simples ou unifocal. Você tentou explicar ao garçom a nossa existência e ele achou que você delirava. Mas não somos um delírio, somos reais. Para muitos, alguns fenômenos que não conhecem ou não entendem são loucuras, preferem ignorá-los.

— Eu os entendo. Tenho enfrentado alguns fenômenos que parecem loucura — afirmou Júlio Verne com certo alento. Se ele estava ficando maluco, aqueles três, ao que parecia, também estavam.

Katherine sentiu-se confusa e estúpida depois dessa explicação. O professor sabia que aqueles bizarros homens queriam dizer algo. Mas também sabia que se metera em mais uma confusão dos diabos.

— Aonde vocês querem chegar? — disse ele, curioso.

— Queremos falar sobre uma das mais fantásticas loucuras da física — afirmou Bernard.

— Mas vocês estão enganados. Não sou dessa área. Sou professor de história.

— E eu de psicologia social. Não temos nada a ver com a física — comentou Katherine.

— Errado. A história e a física sempre foram divorciadas. Mas chegou o dia em que essas duas áreas do conhecimento farão o mais surpreendente casamento — afirmou Theodor.

— Aliás, a física poderá corrigir a história — disse orgulhosamente Hermann em tom messiânico.

— Corrigir a história? Não se corrige o passado, só se corrige o presente — disse o professor, contraindo os músculos do nariz como sempre fazia quando estava em desacordo com algo. — Sou crítico do sistema cartesiano. Para mim, os alunos estão entulhados de informações lógicas, o que tem esmagado o raciocínio complexo e a sensibilidade deles. E vocês vêm me falar da supremacia da física.

— Nós sabemos o que você pensa, professor — disse Hermann, e brincou: — Inclusive o que você gosta de comer e beber. Também cremos que as ciências humanas são fundamentais e somos críticos do tecnicismo nas universidades.

Essa posição surpreendeu Júlio Verne.

— Mas, afinal de contas, quem são vocês? O que físicos alemães querem com meu marido? — perguntou Katherine, completamente insegura.

— A fama de Júlio Verne ultrapassou as barreiras do seu país. Procurávamos um judeu que tivesse um notável conhecimento sobre a Segunda Guerra Mundial, cujas palavras espumassem ansiedade e inquietassem seus ouvintes.

— Por quê? — questionou o professor.

A resposta foi direta e absurda.

— Para tentar corrigir a história da humanidade.

Júlio Verne sorriu, sem muito controle.

— Desculpem-me, senhores. Eu já disse e afirmo o que é de senso comum. Não se corrige o passado. Estão loucos?

— É aí que entra a física quântica e a teoria da relatividade geral.

O professor tossiu duas vezes.

— É muito para a nossa cabeça. Por favor, vamos parar de elucubrar. Sejam claros — falou Katherine, estressada, tal qual fazia com Billy.

Mas, de repente, Júlio Verne trouxe à sua memória a peça que os convidados haviam lhe pregado. Falou alto: "Eles apareceram, depois sumiram, em seguida reapareceram, mas já estavam presentes. A existência deles parecia improvável, mas não irreal". Sentiu um calafrio na coluna vertebral. Lembrou-se das cartas, das perseguições implacáveis, dos agentes estranhos que queriam sua cabeça, que apareciam e desapareciam como num passe de mágica. Ficou excitado e confuso. Os homens que estavam em sua mesa não eram psicóticos. Por instantes, pensou que, se Billy estivesse ali, já teria embarcado na fantasia desses homens.

Hermann foi direto ao assunto.

— Trabalhamos num projeto ultrassecreto patrocinado pelo governo alemão. Unindo a teoria de Einstein com a mecânica quântica, construímos a mais admirável máquina de todos os tempos, uma corda cósmica. Em outras palavras... Construímos finalmente a máquina do tempo...

Júlio Verne e Katherine quase caíram da cadeira. Entreolharam-se sem dizer nenhuma palavra. Só queriam descobrir aonde aqueles homens queriam chegar.

Então Theodor sentenciou:

— O ser humano pode viajar no tempo.

Hermann tomou novamente a frente e disse:

— Não podemos entrar em detalhes, mas durante muitos anos trabalhamos numa máquina que pode distorcer o espaço-tempo a tal ponto que se torna possível fazer uma curva no tempo e voltar ao passado, ou viajar para o futuro.

— Viajar ao passado? O passado é irretornável. Transportar-se para o futuro? O futuro é inexistente. Desculpe-me, mas isso parece coisa de malucos — exclamou Katherine, querendo ir embora. E acrescentou. — Nossa vida já tem tido fatos estranhos demais para embarcarmos em mais uma arriscada aventura. Vamos, Júlio. — E ameaçou se levantar.

Mas Júlio hesitou.

— Espere, por favor. Vocês têm o direito de pensar que isso é absurdo. Era isso que queríamos demonstrar quando os servimos como garçons. O improvável não é impossível. Nosso laboratório, a um preço altíssimo, produziu a mais fantástica loucura da física — afirmou Bernard.

— E como saberei que vocês não estão delirando? — perguntou o professor.

— Venham e vejam com os próprios olhos.

— E o que vocês querem de mim? — questionou novamente.

— Precisamos de um herói capaz de tentar mudar a história! — falou Theodor.

— Eu, um herói? Mudar a história? Estou mais para covarde do que para homem mediano, que dirá herói.

— Sabemos quem você é. É você que procuramos.

— Mas se eu me recusar?

— Tem todo o direito.

— Vocês não têm medo de que contemos esse seu segredo para os outros?

— Não! O garçom que cobrou a conta já o chamou de louco porque não conseguiu explicar seus "convidados" invisíveis. Imagine se um professor de história e uma professora de psicologia disserem que há uma máquina de tempo com a qual é possível viajar pela história.

— Certamente me internarão! — afirmou o professor.

— Somente Billy e Renan acreditarão nessa bizarrice — disse Katherine.

— Mas mudar que capítulo da história?

Houve um silêncio na mesa. O casal percebeu algo estranho no ar. O general Hermann foi evasivo.

— Quem sabe mudar guerras.

O professor deu uma gargalhada de nervosismo.

E, olhando para eles, tentou se conter:

— Desculpe-me, mas por essa não esperava.

Katherine, inquieta, esfregou suas mãos.

— Vocês querem que um simples professor que provoca a mente de alguns alunos mude o curso da história? — E olhando para seu marido, lhe pediu desculpas e completou: — Querem que um homem que não mata uma mosca silencie bombas e canhões?

Theodor, observando a incredulidade do professor, espetou-o na raiz da sua alma:

— Com uma mão um mestre escreve na lousa, com a outra muda o mundo quando muda a mente de um aluno. Não é isso que o senhor afirma? Você não confia no poder de um professor...?

Ele e sua mulher se calaram. O general Hermann se levantou e foi mais longe em feri-lo:

— Pensávamos que você era um professor de história apaixonado pela humanidade e crítico das injustiças sociais. Pensávamos que teria curiosidade em conhecer outras camadas da ciência. O senhor disse ousadamente em sala de aula que se sentia um covarde por não ajudar, em seus pesadelos, as pessoas de sangue do seu sangue, carne da sua carne.

Júlio Verne pensou: "Como eles sabem de todos esses detalhes?". O general completou seu bombardeio:

— Não acho que seja um covarde, professor, caso contrário, não causaria tumulto em suas plateias. Mas no mínimo é um mestre enterrado em seu conformismo, que não honra a investigação científica. E quem não a honra não é digno de grandes descobertas, morrerá em sua mediocridade.

E então eles os deixaram. Júlio Verne e Katherine, silenciosos, não conseguiam olhar um para o outro. Quando os três personagens estavam perto da saída do restaurante, Júlio Verne não se aguentou, bradou o nome de Hermann. Mas nesse momento um garçom veio ao encontro deles para atendê-los. Estava trazendo uma bandeja coberta com um lenço branco, que escondia uma das suas mãos.

Ao se aproximar, o professor reconheceu assombrado que era a mesma face do motorista que quase o matara logo após o primeiro pesadelo... Sem demora, o suposto garçom tirou uma arma e apontou para ele, que só teve tempo de dizer.

— Espere!

Mas o garçom não queria perder um segundo. Quando ia disparar seu revólver à queima-roupa, foi contido por uma arma sofisticada que paralisou a sua musculatura. Essa arma era do general Hermann. O suposto assassino caiu trêmulo no chão. Era um intruso, não fazia parte do corpo de garçons do restaurante. Era um nazista que estava no encalço do professor. Em pânico, disse:

— Obrigado, general! O que está acontecendo?

— Também não sabemos.

De repente, apareceu outro sujeito tentando matá-lo. Era Thomas Helor, o mesmo que deixara Peter paraplégico. Se não fosse a arma secreta, agora de Theodor, o casal, bem como o general, teria sido assassinado.

— Vamos embora rapidamente deste lugar — recomendou o general.

E partiram em seu carro. Katherine estava abalada. O general sabia que coisas estranhas estavam acontecendo nas últimas semanas com o casal, mas não conhecia muitos detalhes. Após chegarem a um lugar seguro, perguntou se tinham vivido outras situações de riscos. O professor, mais confiante, se abriu, contou detalhes das incríveis experiências que havia tido, das cartas às tentativas de assassinato.

Os três forasteiros entreolharam-se, pasmos com os relatos. Preocupadíssimos, não tinham uma explicação completa do que estava ocorrendo, mas algo imprevisível e, provavelmente, incontrolável parecia estar em andamento. Theodor, sem esconder sua ansiedade, ligou um sofisticado aparelho digital com hologramas e entrou em contato com o comando central do laboratório encarregado do megaprojeto em que trabalhavam. Passou diversos dados por meio de um sofisticado sistema de códigos. Houve um cáustico momento de silêncio enquanto analisavam os fatos. Hermann estalava os dedos, Theodor fazia movimentos com a perna e Bernard movia os lábios sem parar. Estavam estressados. Minutos depois, veio a resposta. Theodor leu o relatório como quem vislumbrasse um fantasma. Não resistiu, e fez uma observação em voz alta, olhando para seus dois amigos.

— O processo já começou. Mas como isso é possível? Ele nunca esteve no laboratório.

Em seguida, conversaram algumas palavras em código, numa língua desconhecida pelo casal. Júlio Verne e Katherine, completamente perdidos, sentiram que um vírus mortal os havia infectado.

— Mas como? O que o desencadeou? — indagou o general, agora em inglês.

— Não sabemos. Ninguém sabe — afirmou Theodor.

Em seguida, o próprio general olhou bem nos olhos de Júlio Verne e, levantando-se imediatamente, disse-lhe sem meias palavras:

— Professor Júlio Verne, o senhor não está enlouquecendo. As suas gritantes e inquietantes perguntas serão respondidas.

Podemos esclarecer todo o inferno que o senhor está passando. Mas talvez as respostas que lhe daremos não sejam menos perturbadoras do que pensar que passa por uma psicose.

— Como assim?

— Sua vida está por um fio.

— Disso eu sei.

— Sinto muito, mas não podemos revelar o que está acontecendo sem que antes o senhor participe das reuniões em nosso laboratório e conheça de perto o projeto. Vocês decidem, e tem de ser agora.

Júlio Verne olhou para Katherine, que queria pelo menos mais um pouco de dados.

— Não terá respostas, senhora. São duas as opções, ou ficam mergulhados no mar de dúvidas ou têm a possibilidade de encontrar as respostas que tanto procuram.

Ela ficou paralisada por alguns momentos e, em seguida, indicou com a cabeça que ele deveria decidir.

Júlio Verne, ainda inseguro, solicitou:

— Aceito, mas com uma condição: Katherine tem de me acompanhar e participar de todos os diálogos que se sucederão.

Theodor sorriu. E Katherine observou:

— Preciso de seis horas para me comunicar com nossos amigos e parentes e arrumar nossas malas.

— Acho que vocês não estão entendendo o que está acontecendo. Terão seis minutos. Não se deram conta de que há algo estranhíssimo nessa perseguição implacável? Não perceberam que houve uma distorção no tempo e que a qualquer momento podem morrer? Não poderão se comunicar com ninguém. Apenas quando estiverem em segurança, em nossa base — afirmou categoricamente o general.

— Mas... e minhas roupas? — revelando um toque de vaidade no meio do caos.

— Temos muitas roupas do seu estilo e tamanho.

— E... — disse ela.

— Sra. Katherine, sinto muito, não tem "mas" nem "e". Vocês estão à beira de um precipício e tememos que possam arrastar nosso projeto junto. Ou aceitam partir agora e terão a nossa proteção ou nós os abandonamos para sempre.

O que poderiam perder? Em que a situação poderia se agravar? O que era pior do que a falta de liberdade e o risco iminente de morrer?, pensaram. Usaram apenas um minuto para aceitar a proposta do jeito como fora colocada à mesa; afinal de contas não suportavam mais o cárcere privado. No caminho, absorto em sua mente, Júlio Verne, ainda incrédulo, perguntou a si mesmo: "Máquina do tempo? Só em ficção científica!". Em seguida, não se aguentou e perguntou ao general Hermann:

— Por que não fizeram essa proposta a outros?

Hermann voltou a face para ele e desferiu estas palavras:

— Já fizemos para onze personalidades. Algumas foram e não voltaram.

Vendo-o apreensivo, tentou consertar as coisas.

— Brincadeira. Não preencheram os requisitos.

Katherine gelou. Será que era mesmo brincadeira? Ela, que era saturada de curiosidade, teve medo de fazer novas perguntas. Sabia que o conhecimento que abranda a emoção é o mesmo que pode excitar a ansiedade.

— Júlio Verne, o senhor é um privilegiado, fará parte da maior aventura em que um ser humano já embarcou — afirmou Bernard, tentando aliviar a tensão que o perigoso projeto poderia causar. — As aventuras de Indiana Jones e Marco Polo serão brincadeiras de criança perto da que o senhor experimentará.

— Devo relaxar ou me perturbar com sua tese?

— Depende do ângulo que você olha.

Perplexo pelos seus terrores noturnos, assombrado com a proposta e confuso pelas possibilidades à sua frente, o professor Júlio Verne resolveu, afinal, honrar o seu nome e dar a volta em um mundo completamente desconhecido.

CAPÍTULO 21

O Túnel do Tempo

Katherine e Júlio Verne voaram de Londres num jato particular para uma região secreta na Alemanha. Nada lhes foi dito sobre a cidade nem a região. Tudo era sigiloso e permanecia sob um manto de mistérios. Júlio Verne tentou fazer perguntas durante o voo, em especial sobre os capítulos da história que tencionavam mudar, mas Theodor indicou-lhe que nenhuma resposta mais profunda lhe seria dada. Deveria aguardar a reunião com os principais membros do Projeto Túnel do Tempo. O ousado professor tentava aquietar seus pensamentos, mas naquele clima não era um eficiente gestor da sua ansiedade.

O aeroporto era extremamente guardado, um espaço fora dos grandes centros e que pertencia às forças armadas. Após pousarem, entraram num ônibus blindado, guardado por vinte fuzileiros em pé e a postos. Dirigiram-se para o interior do aeroporto. Todos os passageiros tiveram que ser identificados e escaneados em sofisticadas câmeras de raios x. Suas retinas foram lidas e identificadas também. Pelo número de seguranças e pelo sistema de identificação, o professor percebeu que o projeto poderia não ter eficácia, mas os três cientistas que o encontraram em Londres não estavam brincando.

Após esse processo de identificação, tomaram um trem subterrâneo que, depois de 20 quilômetros, saiu do subsolo e os introduziu numa região cercada de montanhas e com falésias imensas. A vegetação era belíssima, jardins suspensos, lagos e cachoeiras. Não parecia um laboratório, mas um oásis. Entraram num edifício pequeno, com grossas paredes de concreto. Lá havia um elevador que os conduziu aos imensos andares subterrâneos, ricamente iluminados e intensamente protegidos. Após saírem do edifício, andaram um longo trajeto em carro elétrico no quinto andar, onde as portas abriam-se e fechavam-se. O casal olhava espantado para toda aquela tecnologia. Tudo era automático e digital. Foram diretamente à reunião em que o "conselho" os aguardava.

Sempre escoltados por uma dúzia de fuzileiros em outros carros elétricos, desceram do veículo, percorreram mais 50 metros, até que chegaram finalmente ao destino, uma imensa sala, onde os membros principais do projeto estavam reunidos. Os nomes de Júlio Verne e de Katherine estavam em lugares definidos, no centro do espaço, um em frente ao outro.

Do encontro participaram seis cientistas, dos quais duas eram mulheres, Angela Feder e Eva Groener, e seis membros de alta patente das forças armadas. Todos alemães. Estavam sentados ao redor de uma imensa mesa redonda de mogno africano bem avermelhado com estrias claras.

Arthur Rosenberg, um brigadeiro, deu boas-vindas a Júlio Verne e a Katherine. E, como militar, tomou a frente e pediu que todos se apresentassem. Depois desse breve momento, o general Hermann se apresentou como chefe-geral do Projeto Túnel do

Tempo e Theodor, chefe científico. O general, pragmático que era, não gostava de rodeios. Foi direto ao assunto:

— A Alemanha, em especial as forças armadas do pós-Primeira Guerra Mundial, ao submeter nossa mente ao comando de um estrangeiro teatral e rudimentar, Adolf Hitler, cometeu o maior erro de sua história. Todos sabemos disso, inclusive nossas crianças. Hoje, somos um dos povos mais pacifistas no rol das nações. Mas não estamos satisfeitos.

Júlio Verne diminuiu sua respiração, tentou analisar seu pensamento, mas não entendeu aonde o general queria chegar. Katherine, observadora, tentava captar cada detalhe da sua expressão facial e da sua fala. Em seguida, Arthur Rosenberg completou sua ideia:

— Temos consciência de que cada judeu, cigano, homossexual, marxista, eslavo que o nazismo vitimou pertencia muito mais do que a um grupo cultural, mas à humanidade. A proximidade estreita do código genético entre os povos declaram que não existem raças humanas como pensava o nazismo e alguns grupos radicais da atualidade; somos todos pertencentes à família humana, como o senhor gosta de dizer, professor.

O brigadeiro se expressou com delicada afetividade, algo não esperado pelo casal de psicólogos de um militar de alta patente.

Júlio Verne os interrompeu com uma pergunta que não conseguia segurar.

— Desculpem-me! Vocês querem mudar o capítulo da Segunda Guerra Mundial? — indagou assombrado.

— Sim! É o que pretendemos! Se vamos conseguir, já não sabemos! — disse o general, sem rodeios.

Katherine perdeu a voz. Júlio Verne ficou pálido. Emocionado, o general comentou:

— Conhecíamos mil causas da ascensão de Hitler, mas todas elas reunidas não formavam um corpo de ideias capaz de explicar por que entregamos nossa alma a esse crápula. Mas depois passamos a conhecê-lo. Tivemos acesso a todas as suas aulas pela internet. E não poucas foram assistidas presencialmente por membros de nossa equipe. Suas conferências nem de longe resolveram todas as nossas indagações, mas compreendemos um pouco mais a personalidade de Adolf Hitler e as estratégias sofisticadas que ele usou para penetrar e se agigantar no inconsciente coletivo da Alemanha e se tornar predador de nossas emoções.

Katherine, ao ouvir essas palavras, ficou orgulhosa de seu marido. Foi a primeira vez que ela e Júlio Verne viram um militar com a voz embargada. Não foi a derrota na Segunda Guerra Mundial, mas a consciência de seus erros que transformou os militares alemães na casta mais humana e sensível de todas as forças armadas das nações modernas. Contribuiu para isso a atitude generosa dos aliados que venceram a guerra. Diferentemente dos vencedores da Primeira Guerra, estes cobraram pouco e se doaram muito, e investiram na reestruturação da Alemanha, o que diminuiu as animosidades e cultivou o altruísmo. Eles viveram as máximas: "Nunca pise no pescoço de um vencido porque um dia ele se transformará numa víbora. Estenda-lhe a mão que terá solenes aprendizados".

Depois de pigarrear levemente, Theodor, sob o olhar incentivador do general Hermann, continuou:

— Como o general Hermann lhes disse, desenvolvemos um projeto ultrassecreto chamado Túnel do Tempo. Foram gastos mais de 12 bilhões de dólares durante árduos quinze anos. Temos evidências reais de que ele funciona.

— Mas é possível se transportar no tempo? Parece uma ficção que cheira ao delírio — exclamou Katherine, assustada com toda essa história.

Theodor, dessa vez, deu-lhes mais detalhes.

— Se estudarmos acuradamente os buracos negros, a mecânica quântica e a teoria da relatividade de Einstein, verificaremos que o tempo não é uma linha reta entre o passado e o futuro. Ele pode ser distorcido, acelerado ou mesmo desacelerado.

— Não entendo! Para mim, o tempo sempre foi uniforme. O que a plasticidade do tempo tem a ver com o transporte ao passado? — comentou o professor.

— À medida que nos aproximamos da velocidade da luz, o tempo se torna mais lento. Usando uma máquina que faz as partículas entrarem num vórtice, elas o circundam e se aceleram tanto que distorcem a linha do tempo dentro do anel, criando um "túnel" pelo qual podemos retornar ao passado — afirmou dessa vez Angela Feder, especialista em aceleramento de partículas.

— Esse é um relato sintético de como essa sofisticadíssima máquina funciona. E, se funciona, podemos viajar no tempo. E, se podemos viajar no tempo, é possível mudar a história, ainda que seja uma possibilidade remota. E, se é possível mudar a história, podemos escolher qual período e qual capítulo queremos tentar mudar — explicou o brigadeiro Arthur.

E Hermann se antecipou e falou da grande meta:

— E escolhemos eliminar Hitler. Se for possível, queremos mudar não apenas a história das forças armadas alemãs, mas a história do mundo. Enfim, queremos varrer Hitler e a Segunda Guerra Mundial das páginas de nossos livros, das páginas de nossas lembranças, dos textos da humanidade! — exclamou enfaticamente o general Hermann.

Júlio Verne colocou as duas mãos sobre a cabeça. Não sabia se estava febril ou eufórico. Taquicárdico, ofegante, sudorético, enfim, foi assaltado por sintomas psicossomáticos. Nem em sua imaginação de criança fora tão longe.

Katherine acabara de ouvir a ficção científica mais louca e brilhante que já ouvira. Com dificuldade de articular a voz, ela disse:

— Vocês não são deuses! E, além disso, eu pensava... que a... Alemanha já tivesse resolvido a sua culpa.

O professor também interveio.

— Desculpe, Katherine, como você sabe, o sentimento de culpa é fundamental. É um dos fenômenos psíquicos que mais nos torna humanos. Se a culpa for intensa, deprime o psiquismo; se inexiste, financia o instinto animal; mas se for dosada, é de uma pedagogia fascinante. Todavia, apesar de ser um especialista em Segunda Guerra, jamais culpei a sociedade alemã atual pelas loucuras do nazismo. Os filhos não podem ser encarcerados pelos erros dos pais.

— Nós sabemos disso e concordamos, mas quem controla plenamente seu psiquismo? Após a Segunda Guerra Mundial, nossas gerações olharam para esse período envergonhadas pelos erros que aquela fatídica geração cometeu. A Alemanha já pediu desculpas ao seu povo pelo Holocausto judeu e por outras atrocidades. Mas nós, membros do Projeto Túnel do Tempo, queremos mais do que reconhecer nossos erros, queremos corrigir a "própria história". Sabemos que não somos deuses, mas seres humanos imperfeitos e limitados, e como tais é que queremos tentar...

O brigadeiro Arthur, sincero, declarou:

— Nós, militares, toda vez que estudamos a história sentimo-nos profundamente desconfortáveis com nossos pares do passado.

O almirante Hans Oster rompeu seu silêncio e também comentou:

— É provável que a sociedade alemã tenha resolvido sua angústia histórica. Mas nós não conseguimos olhar para as páginas da história sem nos perguntar "por quê?". É quase inacreditável que os militares tenham se curvado a um homem maníaco, portador de uma filosofia irresponsável e infantil. O Projeto Túnel do Tempo pode aliviar a dor dos mutilados, das crianças às suas mães, dos adolescentes aos idosos.

— Mas temos esse direito? — perguntou Katherine, que era uma mulher espiritual.

Eva Groener, especialista em física quântica, respondeu:

— A ciência modifica o presente e reescreve o futuro. Agora ela tem a possibilidade de reescrever o passado. Não há nenhum problema ético nisso. É nosso dever!

— Em que eu posso ser útil para esse projeto? — disse Júlio Verne, com o coração palpitando.

Tomando a palavra, Angela Feder foi clara. Fez uma pergunta surpreendente ao intrépido professor Júlio Verne.

— Se você tivesse a oportunidade de retornar no tempo, eliminar Hitler e mudar a história, você o faria?

Katherine ficou emudecida. O destemido Júlio Verne vacilou por segundos.

— Eu, um assassino?

Nesse momento, detonou o gatilho da sua memória, abriu a janela que tinha a proposta de Peter, feita em tom de brincadeira: "Se você pudesse entrar numa máquina do tempo e destruir Hitler, você o faria?". O professor lhe havia respondido: "Não me silenciaria...". Agora a pergunta era feita em tom de seriedade, o que lhe gerou um enorme dilema. Ser ou não ser, ir ou ficar.

— Suponhamos que a máquina do tempo transportasse alguém de fato para o passado? Quais seriam as consequências? Quais os efeitos colaterais? Qual a margem de erro? — indagou Katherine.

— Não é o momento de entrar nessa matéria agora! — falou contundentemente Eva Groener, com ar de rispidez perante uma aluna que atravessou a cadeia de eventos.

Katherine a enfrentou.

— Como não?! Não é possível seguir trajetórias sem conhecer os riscos nelas implicados, pelo menos os que são passíveis de se conhecer!

— Desculpe-me. Seremos transparentes com vocês. Só lhe pediria um pouco mais de paciência — esclareceu Eva, num tom mais brando.

Júlio Verne tinha muitas dúvidas sobre o projeto, mas uma certeza também tinha: se esse projeto fosse real, não queria ser um covarde diante da possibilidade de mudar a história. Não podia ser um ativista dos direitos humanos de quinta categoria, como alguns que berram nos palácios dos governos, mas são incapazes de correr riscos para aliviar a dor dos outros.

Angela, sabendo da influência de uma mulher sobre um homem, foi mais arguta que os demais cientistas e militares.

— Os gemidos das crianças nos campos de concentração não a tocam, Katherine? O trabalho escravo em Auschwitz não a desespera? Se você fosse uma aluna de Júlio Verne e derramasse uma gota de lágrima por qualquer um deles, teria nota máxima do professor...

A cientista usou uma das expressões de Júlio Verne para diminuir a resistência dela, que de fato ficou emudecida e emocionada. As palavras de Angela Feder transportaram Júlio Verne para as imagens de seus pesadelos. Ele colocou a mão direita na testa, apoiando a cabeça. Depois a levantou e começou a contar seus pesadelos.

Contou especialmente os detalhes do primeiro da série. Comentou que famílias inteiras de judeus eram obrigadas a tirar suas roupas e, então, eram fuziladas sem a mínima piedade. Falou sobre o pai que beijou todos os seus filhos antes de morrerem e do diálogo inaudível com o filho de 10 anos. Após relatá-lo, mais uma vez tornou-se um colecionador de lágrimas. A equipe deste megaprojeto, por acompanhar a história de Júlio Verne, já sabia de seus pesadelos.

— Mas por que eu?

— Porque você viveu sua infância na Alemanha antes de ir para a Inglaterra. Seu alemão é perfeito. E também porque você é um dos maiores especialistas na Segunda Guerra Mundial. Portanto, conhece detalhes históricos como nenhum de nós. Teria mais eficácia na operação. E, além disso, achamos que seria melhor um especialista de origem judaica para corrigir a própria história perpetrada pelo nazismo — afirmou Hermann.

Em seguida, Theodor fez a pergunta fatal:

— Você aceitou conhecer o projeto. E agora, aceita entrar para a missão? Aceita entrar na Máquina do Tempo?

O projeto trazia o mais belo e excitante convite para um humanista, em especial para um professor de história. Ele olhou fixamente para os olhos de Katherine e respondeu:

— Como posso recuar?

Todos os membros da equipe relaxaram e deram um suave sorriso, embora ele ainda não tivesse dado uma resposta definitiva. Mas foi um grande passo. Entretanto, Theodor, estranhamente, em vez de comemorar, começou a falar dos riscos. Parecia que queria dissuadi-lo. Era esse o método do projeto, e seguiam à risca o protocolo de escolha.

— A máquina que criamos demanda quantidades absurdas de energia para criar um pequeno buraco negro. Esse processo é muito instável e difícil de manipular. Portanto, há riscos.

— Quais? — perguntou Katherine, ansiosa e, ao mesmo tempo, animada por tocarem nesse assunto.

Honesto, Theodor enumerou-os:

— Risco de o viajante no tempo ter hemorragia cerebral. Risco de se alterar seu código genético e a multiplicação das células e, portanto, desenvolver câncer.

Júlio Verne e Katherine foram ficando pálidos. E Eva continuou.

— Risco de se desintegrar com a radiação.

Júlio Verne continuou olhando para Katherine sob a aura de um estresse pós-traumático cujos "inimigos" estavam no campo das possibilidades. E para o espanto do casal o relatório dos riscos continuou.

— Sabemos que o tempo desacelera um pouco quando você se aproxima de grandes massas. Se viajar dentro do buraco negro, dependendo da corda cósmica e da velocidade que atingir, poderá ir a milhares de anos no futuro ou a milhares de anos no passado. O espaço-tempo pode sofrer uma distorção a tal ponto que pode ir ao início da história do universo, ouvir o estrondo do Big Bang, a grande explosão cósmica inicial — falou o general Hermann.

— E quais as implicações de tudo isto? — perguntou Katherine, perplexa. Júlio Verne, tenso, não queria ouvir a resposta.

— O risco é você ficar preso na barreira do tempo. Fixar-se em qualquer época e lugar do espaço-tempo. Poderá, por exemplo, ser enviado à Era do Gelo e ficar lá — comentou Theodor.

A ousadia de Júlio Verne derreteu como gelo ao sol do meio-dia. Nunca se sentiu tão frágil. Engolindo saliva, ele pensou em se esquivar.

— Mas há tantas pessoas que odeiam o nazismo e que conhecem os movimentos econômicos, políticos e sociais que o nortearam. Por que eu? — novamente perguntou.

Os proponentes da mais incrível viagem se entreolharam. Chegara a hora de lhes contar o último segredo.

— Você também foi escolhido por seus pesadelos — afirmou Angela.

— Como assim?

— De acordo com a teoria da relatividade, nada supera a velocidade da luz. Mas descobrimos que um fenômeno é capaz disso...

Um silêncio envolveu o ambiente. O que poderia ser?, questionou a si mesmo Júlio Verne.

— A velocidade do pensamento e da imaginação. A velocidade da luz é constante, mas a do pensamento pode ser acelerada e ou desacelerada — afirmou Theodor.

O professor não entendeu nada, nem mesmo aonde o cientista queria chegar. Mas em seguida ficou perturbadíssimo e, ao mesmo tempo, trêmulo.

— Precisamos da energia dos seus pensamentos, em especial da armazenada em seus pesadelos, como botão de *stop* para interromper o transporte na história. Não há como frear o processo de retorno ao passado, a não ser que a energia metafísica dos pensamentos entre em...

— ... sintonia com a energia física da máquina do tempo e... interrompa o retorno do tempo num determinado espaço — concluiu o professor, assombrado.

— Exatamente — confirmou Theodor.

— Esperem um pouco. Vocês estão querendo dizer que os terrores noturnos sobre os horrores do nazismo alojados no inconsciente do meu marido vão direcionar a atividade da máquina do tempo? — ponderou Katherine.

— Sim. É o que acreditamos — afirmou Erich.

— Vocês acreditam? Mas a ciência não pode sobreviver de crenças — falou, indignada, Katherine.

Ela tinha razão. Eram renomados cientistas, haviam feito inúmeras pesquisas, mas não conheciam todas as etapas da misteriosa máquina.

— Temos evidências bastante seguras de que a energia mental poderá guiá-lo dentro do buraco negro nos momentos históricos que queremos, ou melhor, que sua mente ou sua imaginação quer — afirmou o chefe científico da missão, Theodor.

— Meu Deus, um medicamento demora pelo menos dez anos para ser lançado no mercado. Testes e mais testes são feitos para saber sua eficácia e seus efeitos colaterais, e vocês querem me colocar numa máquina tremendamente instável, perigosa e sem botão de controle — ponderou Júlio Verne.

— Mas vale o sacrifício! — afirmou Hermann.

A ansiedade da equipe tinha uma justificativa. Produzir um pequeno buraco negro dentro da megamáquina não apenas demandava uma quantidade absurda de energia como era difícil controlar as consequências desse buraco negro no presente. Sentiam que ela estava ficando cada vez mais instável. Precisavam enviar um "herói".

— Mas não sou um messias, general — afirmou Júlio Verne. — Sou um ser humano saturado de defeitos e abarcado por diversos medos.

— Mas é um professor de história indignado com as loucuras da humanidade. Estamos lhe oferecendo a chance que qualquer historiador ou professor de história jamais teve ou sonhou, a de visitar *in loco* os eventos do passado que são meros textos nos livros. Estamos lhe oferecendo a possibilidade de reescrever a história. Não há causa tão nobre — esclareceu Arthur Rosenberg.

— Além disso, professor Júlio Verne, o senhor não pode recusar a missão — falou incisivamente o poderoso chefe-geral do projeto, general Hermann.

Katherine ficou indignada com o general. Parecia que a democracia não funcionava nesse laboratório. Irritada, comentou:

— Como não? Não somos seus prisioneiros. Pelo menos supomos que não.

— Esperem. Não me julguem precipitadamente — disse o general. — Você não é nosso prisioneiro, professor, mas, infelizmente, é prisioneiro do tempo...

Fez-se um silêncio pesado na plateia, e o casal não arriscou perguntar nada. Esperava mais dados. E eles vieram por meio de Theodor.

— Você não pode recusar a missão de viajar no passado porque simplesmente já esteve lá.

— Que loucura é essa? — indagou Júlio Verne.

— A carta a Goebbels que você escreveu, a carta das crianças Anne e Moisés e as demais cartas, todas com datas e materiais gráficos daquela época, indicam que o senhor já esteve lá e abriu de alguma forma uma corda cósmica, uma janela do tempo — disse Hermann.

— Vocês estão brincando comigo — exclamou confuso o professor. — Eu nunca estive em nenhuma máquina do tempo, nunca estive aqui, nunca vivi essas aventuras.

— Não sabemos direito o que está acontecendo, mas o senhor já viajou por meio da máquina do tempo no futuro e abriu o transporte de coisas e pessoas do passado...

Numa crise de nervos, Katherine cortou as palavras do general Hermann e se antecipou.

— Vocês estão afirmando que os homens que querem nos matar são verdadeiros nazistas que foram transportados por essa janela do tempo? Uma janela que Júlio Verne abriu?

— Temos fortes indícios de que sim. Júlio Verne não está mentalmente insano, como alguns pensam, inclusive um desafeto chamado Paul. Ele tem pesadelos com fatos reais que viveu em sua viagem ao passado. E, além disso, através da corda cósmica que sua energia mental de alguma forma cria, tem transportado nazistas dos tempos de Hitler para os dias atuais, gerando uma perseguição jamais vista. Notem que eles não têm identidade, usam métodos do passado, aparecem e desaparecem com incrível facilidade — afirmou Theodor.

O professor, como se tivesse sido iluminado, respirou profundamente aliviado e disse, em tom mais alto:

— É isso mesmo! Só pode ser isso! Ter viajado no passado é a única coisa que explica os estranhíssimos fenômenos que me envolveram nesses últimos meses. É isso, Kate! — falou comovido, pegando nas mãos dela. Sentiu que tirou uma tonelada de peso do seu cérebro.

Confirmar que a confusão na sua mente não era sinal de loucura por um lado abrandou sua ansiedade, por outro ateou fogo em seus questionamentos.

— Eu conheci Rodolfo? Ajudei a resgatar alguns doentes mentais? Vivi com os pequenos Moisés e Anne? Enviei carta para Katherine dos tempos da Segunda Guerra para os dias atuais? Tive contato com Thomas Hellor? De alguma forma conheci o crápula Heydrich? Ele tentou me assassinar! Ah, se eu soubesse que era ele... Mas como isso é possível? Nunca consenti em viajar no tempo.

— Não se lembra desse fato porque essa permissão aconteceu no futuro, ainda que esse futuro seja daqui a algumas horas ou dias — afirmou Theodor.

— Além disso, o transporte desses nazistas indica que o senhor não apenas já viajou através da Máquina do Tempo como alterou o passado de alguma forma. Esses fatos estranhos demonstram claramente que a máquina funciona e que a energia mental é o mecanismo de localização espaçotemporal — confirmou Angela, entusiasmada. Todos bateram palmas para essa confirmação.

— Desculpe-me por fazer uma última pergunta — disse, dessa vez delicadamente, Katherine: — E se Júlio se recusar a entrar na máquina, o que pode acontecer?

O general, depois de fitar seus colegas, disparou uma bomba.

— Como há uma corda cósmica aberta e com endereço mental do professor, numa situação de intenso estresse, talvez se crie um buraco negro virtual capaz de sugá-lo definitivamente para o passado. Assim como nazistas continuarão se transportando para o presente, ele poderá ser transportado para o passado.

— Sem a máquina?

— Provavelmente. O senhor pode negar o transporte no presente, mas não poderá negá-lo no futuro.

Os cientistas confessaram que mexeram na caixa-preta do tempo e envolveram o casal. Pediram desculpas, mas elas de pouco adiantavam.

O professor sempre tinha lutado em sala de aula para formar alunos que tivessem as funções mais complexas da inteligência bem desenvolvidas em seu psiquismo, como capacidade de expor e não impor suas ideias, proteger sua emoção, gerenciar seu estresse e, acima de tudo, fossem autores autônomos e autores da sua própria história e, assim, contribuíssem para o "Holocausto nunca mais". Agora era um fugitivo, em nenhum lugar estaria seguro. Faltava-lhe habilidade para proteger sua psique e sua integridade, bem como da sua mulher.

— Infelizmente, mesmo dentro de um presídio de segurança máxima, esses carrascos podem persegui-lo — disse o brigadeiro Arthur.

— Então, somos mortos-vivos — afirmou Katherine em pânico.

— Talvez não — disse Hermann. — É preciso fechar essa corda cósmica. A única possibilidade de você sobreviver, professor, é tentar retornar ao passado e, quem sabe, conseguir eliminar Hitler.

— Se vocês estiverem corretos e minha mente funcionar como controle da viagem do tempo e realmente cair numa sociedade nazista, como é que eu, um judeu com fácies de judeu, biótipo de judeu, sobreviverei? Serei morto por aqueles malucos caçadores de meu povo.

— Para essa eventualidade, preparamos documentos e uniformes falsos, semelhantes aos dos oficiais da SS — afirmou Hermann.

Nesse momento, o professor se lembrou de que em seus pesadelos trajava tais uniformes. Theodor, pragmático, adicionou:

— Sofrerá pequenas cirurgias corretivas e de preenchimento, para disfarçar seu biótipo. E incorporará em seu dicionário linguístico uma série de expressões da época.

— E para minimizar os riscos e maximizar as possibilidades de sucesso do Projeto Túnel do Tempo, desejamos transportá-lo à infância de Hitler e não para a Alemanha nazista — falou sem titubear Arthur.

— Vocês não estão pensando...? — exclamou trêmulo Júlio Verne.

— Será mais fácil eliminar uma criança do que um adulto — adicionou o brigadeiro.

Nesse momento, Júlio Verne partiu para o ataque.

— Matar uma criança? Eu? Como pode um professor que afirma que os frágeis usam a agressividade e os fortes a generosidade assassinar uma criança? Hitler se tornou o maior psicopata, criminoso e vilão da história, mas não há crianças psicopatas.

— Pense bem. Será uma criança contra 1 milhão de crianças judias, isso sem contar as crianças inglesas, polonesas, russas — disse o pragmático Bernard.

— Por favor, Bernard, não é uma questão de números. Imaginem que eu tenha êxito. Assassinei uma criança para mudar a história. E quais serão as sequelas disso em meu psiquismo? Matarei em primeiro lugar minha consciência. Cobertores não me aquecerão. Antidepressivos não me animarão. Primaveras não terão mais perfumes nem cores para mim. Andarei errante dia e noite.

— Tentar eliminar um Hitler adulto é arriscadíssimo — falou em bom som o general Hermann. — Não se esqueça de que ele é blindado pela SS e tem milhões de discípulos. Todo nosso trabalho poderá ser invalidado.

— Se eu eliminar uma criança, ainda que seja o pequeno Adolf, não serei diferente dos nazistas. Deve haver alternativas.

Katherine pegou nas mãos de seu homem e as acariciou. Ele estava visivelmente transtornado. Ela suplicou a eles:

— Por favor, deixe-o pensar. Júlio precisa se reorganizar.

E assim terminou a longa reunião. Era preciso pensar em todas as possibilidades. Afinal de contas, o sonho belíssimo de corrigir a história poderia se transformar no seu mais angustiante pesadelo, capaz de furtar sua tranquilidade ao dormir e ao levantar. Jamais seria o mesmo... "Brincar" de deus era uma responsabilidade insuportável.

CAPÍTULO 22

Eis o homem certo!

O casal de professores foi conduzido a um confortável aposento. Cama macia, *king size*, travesseiro do tamanho e da maciez que gostavam, cortinas esvoaçantes, estampadas com tulipas brancas da preferência de Katherine, uma escrivaninha de mármore de Carrara para a leitura, uma biblioteca particular com os livros que Júlio Verne se deliciava em ler. Havia frutas sobre uma pequena mesa ao lado da escrivaninha, entre elas, as uvas, peras e papaias que o casal apreciava. Havia até suculentas atemoias, uma fruta tropical brasileira considerada pela inglesa Katherine a rainha das frutas. Sob a cama, sandálias macias para circularem do banheiro para o quarto.

— Eles pensaram em tudo, Júlio.

— É surpreendente. Acho que nos conhecem muito mais que nossos amigos.

— Talvez preparassem tudo isso por causa do sentimento de culpa de nos terem atirado no coliseu do tempo.

— É provável. Nunca pessoas tão bem-intencionadas causaram tantos transtornos a simples professores. Sinceramente, cheguei a pensar que estava surtando.

— Em alguns momentos tive certeza de que você estava. Pensei que teria de interná-lo — exclamou Katherine sorrindo. Em seguida, refletiu sobre o antes e o depois desses transtornos.

— Sinto-me completamente insegura.

— Kate, não estamos aqui nem por minha culpa nem por sua. É hora de enfrentarmos esse deserto...

Ela parou, pensou e concordou:

— Tem razão. É tempo de parar de se lamentar. Não podemos fazer nosso enterro antes do tempo.

— Ei, essa frase é minha — brincou com a mulher que amava.

— Conceda-me a honra de vivenciá-la — disse, esforçando-se para ser bem-humorada.

Essa atitude deu uma guinada no combalido ânimo do casal. Ainda viveriam períodos de agudas incertezas, encenariam lágrimas no teatro do rosto, medos sulcariam o território da emoção, mas resolveram assumir o caos social e encontrar nele oportunidades criativas. Gastaram horas debatendo e estudando os livros de história sobre a escrivaninha para construir alternativas à proposta do grupo de eliminar a criança Hitler. Entraram num dilema ético que jamais tinham pensando em adentrar.

— Já pensou se você conseguir eliminar o Führer? Você, que é meu herói, será meu super-herói — brincou ela.

— Tenho pânico em ouvir o estampido de um revólver. Como farei isso? — disse ele, sentindo-se fragilizado.

— A julgar pelos que querem escalpelá-lo, você não é tão fraco assim. Deve ter causado muito tumulto no passado.

Júlio Verne ergueu os ombros e olhou para si, hesitante. Era difícil ele se convencer de que tivesse perturbado tanto os nazistas.

Depois de muito conversarem, foram orquestrando alternativas extremamente motivadoras. Fatigados, precisavam descansar. O estresse e os sobressaltos das últimas semanas contraíam a entrega um ao outro, o prelúdio, o afeto, as palavras íntimas e únicas. Foram dormir, mas não conseguiram deslocar-se da realidade crua para ter um sono repousante. Às 5h30, Júlio acordou assustado. Teve novamente um episódio de intenso estresse.

— Descanse, meu herói — brincou ela novamente.

Abraçando-a, conseguiu dormir novamente. Ninguém os chamou pela manhã. Acordaram espontaneamente às 10 horas. Minutos depois, ouviram toques suaves na porta, diferentes do que os amedrontavam. Mesmo assim, apreensivo, Júlio vestiu seu roupão branco e foi observar quem era pelo olho mágico da porta. Era um garçom oferecendo um rico café da manhã com omelete com verduras, frutas flambadas, salada de frutas, tudo regado a suco de uva natural, sem açúcar, como eles gostavam. Eram porções generosas, que podiam satisfazer duas pessoas famintas. E naquele dia, por estarem mais relaxados, o apetite deles se avolumou. O professor colocou a corrente na porta para abrir somente uma fresta.

— Fique tranquilo, seu Júlio. Passei pelo serviço de segurança.

Júlio abriu completamente a porta pedindo desculpas. Depois do agradável café, saíram para a reunião com os cientistas e militares, que ainda estavam apreensivos com a possibilidade de o professor recuar. O casal se sentou em seus lugares na grande mesa oval. Segundos depois, o general Hermann, direto como sempre, indagou:

— Então, professor. Qual a sua decisão?

Júlio Verne, diferentemente do militar, gostava de fundamentar sua resposta. Em vez de falar da sua decisão, fez um relato sobre o terror noturno que tivera na primeira noite no laboratório. Não havia ainda comentado o episódio com Katherine.

— Sonhei que estava preso em Auschwitz. Fui poupado das câmaras de gás e me tornei um dos trabalhadores escravos na indústria química IG-Farben. Os nazistas nos usavam como corpos descartáveis até exaurir a energia da última célula.[131] Estava magro, abatido, deprimido, desanimado. Eis que apareceu um nazista e pediu que o meu grupo de companheiros se reunisse para tirar uma foto.[132] Talvez fôssemos seu troféu para mostrar quando retornasse à Alemanha.

— Mas por que você não me falou desse pesadelo, Júlio? — perguntou Katherine, intrigada, pois entre eles não havia segredos.

— Não queria estragar uma das melhores noites dos últimos tempos.

Os membros da equipe se entreolharam e gostaram de ouvir que se sentiram bem. Na sequência, o professor completou seu marcante relato.

— Não parecíamos homens, mas esqueletos vivos. Vi médicos, professores, empresários, bancários, funcionários das empresas, magérrimos, com as costelas sobressaltadas, sem musculatura, pernas flácidas que mal conseguiam se colocar de pé. Eles não trajavam camisas, calças e sapatos, mas sandálias com solado de madeira e um velho e esgarçado blusão listrado que havia meses não era lavado. Alguns não tinham sequer roupas íntimas por baixo. Fazia muito frio e com esses farrapos tentávamos nos aquecer, uma tarefa impossível, que levava à morte os mais debilitados.

E ainda disse que na foto os personagens expressavam um leve e irônico sorriso no rosto, como se estivessem se despedindo da vida, se preparando para o último ato existencial. Após esse relato, o professor, para espanto dos presentes, inclusive de Katherine, abriu um envelope e tirou uma foto em que os miseráveis estavam estampados. Era supostamente a mesma foto que o nazista havia tirado do grupo de Auschwitz em 1942. O papel de impressão era antiquíssimo.

Quando Katherine a pegou em suas mãos, observou-a e fez uma expressão de pânico.

— Júlio, querido, você está aqui! Não é possível, meu Deus! — Colocando a mão direita na testa, descreveu sua localização: — É você no canto esquerdo, ao fundo.

A foto passou de mão em mão. Todos ficaram embasbacados, não parecia ser montagem. Profundamente condoído, não por ele, mas pelos judeus de Auschwitz, discorreu:

— Éramos um amontoado de lixo para os policiais da SS e não seres humanos. Para eles, não tínhamos aspirações, sentimentos, desejos, não existíamos. Qualquer comunicação uns com os outros ou mesmo um tropeço por fraqueza muscular era suficiente para receber uma bala. Não havia a mínima compaixão. Os membros da SS perderam sua humanidade e asfixiaram a nossa. Alguns, ao dormir, deliravam que estavam conversando com seus filhos e suas mulheres. Brindavam a afetividade em seu imaginário. A psicose para muitos era um presente para sair das fronteiras da realidade. Mas os *capos*, criminosos encarregados de nos vigiar, ouvindo-os, os matavam e ordenavam aos seus companheiros que fizessem a limpeza.

Depois dessa descrição, as palavras do colecionador de lágrimas não conseguiam mais fluir. Theodor, indignado, perguntou:

— Como é possível manter um organismo vivo de trilhões de células com míseros pedaços de pão e um caldo ralo de sopa por dia, meses a fio?

E o tom do questionamento subiu. Agora por parte do general Hermann:

— Como é possível não ter ataque de fúria contra Hitler ao ver um capataz com luvas grossas e casaco de couro gritar para desnutridos prisioneiros realizarem trabalhos insuportáveis sem agasalhos e numa temperatura de -20ºC?

E o tom dos horrores subiu mais ainda. Agora por parte de Angela:

— Como é possível suportar o estresse de estar carregando o próprio cadáver sendo que em breve morreria de inanição ou seria atirado numa câmara de gás do outro lado da cerca elétrica? Os nazistas gostavam quando algum judeu procurava fugir para treinarem suas habilidades de caça.

— E como resistir à tentação de não se deixar ser eletrocutado e terminar a dor física e emocional quando um dia parecia tão longo como a eternidade? — indagou o próprio professor Júlio Verne, olhando para Katherine. Esta ganhou uma força irresistível e também questionou:

— Sim, como é possível suportar o trabalho escravo, se havia forte desconfiança de que os filhos e a mulher já tinham sido aniquilados nas câmaras de gás do campo em que estavam?

Os homens e as mulheres dos campos de concentração foram grandes heróis da história, embora quisessem apenas ter o direito de ser simples seres humanos. Angela ficou impressionada com a sensibilidade e atitude de Katherine. Não parecia a mesma mulher atônita da véspera.

Depois dessa sequência de apontamentos cruéis, o professor queria, mais do que qualquer pessoa, entrar naquela máquina do tempo, mesmo que tentassem impedi-lo. Por isso, aumentou seu tom de voz, levantou-se e confirmou:

— Eu aceito a missão.

Recebeu os aplausos calorosos da equipe. Mas em seguida ponderou:

— Mas não eliminarei o pequeno Adolf! Tentarei eliminar o Adolf Hitler adulto, o homem culpado, o crápula social, antes de ele ascender ao poder ou de desencadear a Segunda Guerra.

Todos receberam uma ducha de água fria. Trinta anos de pesquisa e dez anos de construção do portentoso laboratório. Cerca de 2.500 pessoas trabalhando direta ou indiretamente para executar o Projeto Túnel do Tempo, embora a grande maioria delas não soubesse o que construíam, e agora tudo era colocado em risco por causa de uma febre humanista. Como evitar as frustrações? O general Hermann o lembrou dos atentados frustrados que Hitler sofreu.

— Em um desses atentados, Hitler escapou com escoriações, em seguida foi ao rádio, mostrou que estava vivo e ordenou uma perseguição impiedosa, raramente vista.

— Eu sei dessa perseguição, general. Hitler não apenas caçou os que atentaram contra ele, mas os pendurou em frigoríficos e pediu para filmar o evento. Depois, com uma crueldade épica, matou seus pais, suas mulheres e seus filhos, enfim todos os parentes. E, ao dar a ordem de ceifar toda a família, ainda teve a pachorra de dizer que tal extermínio era diferente dos expurgos que Stálin praticava.[133]

Katherine saiu de sua aparente segurança para um clima de intensa indignação.

— O quê? Hitler eliminou crianças, mulheres e idosos alemães para se vingar dos que tinham conspirado contra ele?

Apesar do clima criado, Júlio Verne não cedeu.

— General, não adianta tentar me dissuadir. Não vê que estou sendo perseguido pelos discípulos de Hitler? O que isso indica? Que se eu viajei no tempo no período em que ele era adulto. Indica também que quanto a isso não mudei minha opinião no futuro, que não concordei em assassinar uma criança, que não tomei o mesmo cálice dos ditadores.

Todos tiveram que concordar com o professor. O argumento tinha fundamento, o que os levava a ouvi-lo com distinta atenção.

— Se serei um viajante no tempo, quero, então, atacar os pontos de mutação da história!

Criou-se um burburinho no ambiente.

— Pontos de mutação? — indagou, curioso, o general Hermann. — Nunca ouvi falar desse fenômeno.

— Pontos de mutação da história são curvas existenciais, os nós pelos quais ela se amarra, se desenvolve e se alavanca. Metaforicamente falando, um evento marginal muda um parágrafo da história, mas um ponto de mutação muda um capítulo. Se mudarmos um ponto de mutação, podemos mudar inclusive todo um contexto histórico, quiçá a Segunda Guerra Mundial.

— Ainda não estou entendendo, professor — disse honestamente Eva. Ela não era apenas uma brilhante cientista da física quântica, mas também tinha notável cultura geral. Ficou desconcertada com aquela expressão. Pensou, por instantes, que ele estivesse se esquivando de sua responsabilidade.

— Não se mudam as grandes ações da história com um evento marginal, mas pelos pontos de mutação ou centrais. Precisamos encontrar esses pontos de mutação e eliminá-los, ou mudar sua curvatura.

Angela Feder, que detestavase sentir-se ignorante, foi direta:

— Defina claramente esse fenômeno e nos dê um exemplo inteligível.

— Ponto de mutação é o ponto de deslocamento de uma grande sequência de eventos. Se eu destruo uma metralhadora, posso mudar um parágrafo da história, mas se destruo uma fábrica de armas, ataco um ponto de mutação, posso mudar um capítulo da guerra.

Finalmente, foram iluminados.

— No início do Projeto Túnel do Tempo, se eu eliminasse um soldado, atacaria um evento marginal e, portanto, estéril, mas se eliminasse o general Hermann, o projeto teria chance de ser abortado — brincou Theodor. Alguns sorriram, trazendo um leve refrigério ao denso clima.

— Perfeito. Assassinar Hitler é um grandioso ponto de mutação, mas há outros pontos de mutação mais fáceis que, se atingidos, produzem os mesmos efeitos. Temos de achá-los e elegê-los. Eu e Kate garimpamos alguns — afirmou o professor.

O general Hermann, apesar de ser sempre cético, gostou da ideia. E até palpitou:

— Evitar que o Partido Nazista tenha uma maciça votação pode ser um deles, mas será difícil atingi-lo numa Alemanha em crise financeira, política e social. Quem sabe não é melhor caluniar Hitler, eliminar Goebbels ou subornar o juiz que o condenou para dar-lhe dez anos de prisão sem direito a abrandamento da pena.

— Perfeito! — confirmou o professor.

— Quais são seus pontos de mutação? — perguntou o circunspeto almirante Hans Oster para o professor.

— Dantzig! Sim, Dantzig é um deles.

— A cidade de Dantzig! Ótimo — disse o almirante.

— Hitler era combativo, radical, aguerrido, tinha apreço pela guerra, mas, antes de invadir a Polônia e deflagrar em agosto de 1939 a Segunda Guerra, fora inseguro e titubeante. Suas guerras-relâmpagos só surgiram com o sucesso das primeiras campanhas. Tinha fobia em pensar que uma invasão da Polônia fizesse com que a França, a Inglaterra e até a Rússia entrassem em guerra com ele.

A partir da primavera de 1939, as ambições geopolíticas de Hitler começaram a pulsar incontrolavelmente. Ele reivindicava a pequeníssima cidade de Dantzig da Polônia, que fora anexada por esta na Primeira Guerra Mundial. Dantzig não tinha importância estratégica para a Polônia, era uma cidade alemã, sua separação fora uma concessão do Tratado de Versalhes. Claro que Dantzig não era fundamental para a economia alemã, mas conquistá-la havia se tornado uma obsessão para Hitler, um "brinquedo" para nutrir sua autoestima e a da Alemanha.[134]

E continuou, dizendo que Ribbentrop, o ministro do Exterior, havia convocado o embaixador da Polônia em Berlim, Josef Lipski, e lhe propusera uma conversação a respeito de uma compensação germano-polonesa. Ele insistiu em velhas reivindicações, entre as quais a restituição da cidade de Dantzig e o estabelecimento de uma via extraterritorial, através do Corredor Polonês.[135]

— Esse é um ponto de mutação da história — disse por fim Júlio Verne. — Se o líder polonês cedesse, talvez não houvesse a Segunda Guerra.

— Mas as reais intenções de Hitler não eram Dantzig. A cidade não passava de um pretexto para ele estender o domínio germânico até a Polônia — afirmou o general Hermann.

— O senhor tem razão. Mas Hitler, por meio de Ribbentrop, fez uma oferta que, se aceita pela Polônia, teria alguma chance de abrandar, pelo menos temporariamente, as ambições de Hitler. Em troca das reivindicações, ofereceu à Polônia uma prorrogação de 25 anos do Pacto de Não Agressão de 1934 e a garantia formal de que não se tocaria nas fronteiras da Polônia.[136]

— Sem dúvida, valeria a pena “pagar” para ver se Hitler trairia esse pacto — afirmou o brigadeiro Arthur.

— O Führer queria mostrar sua força diante de 80 milhões de alemães, a população da época — disse Júlio Verne, e comentou que a Alemanha não estava em condições de sustentar uma guerra de longa duração, tanto do ponto de vista político quanto material e psicológico. — E o Führer sabia disso.

> *O princípio fundamental é a liquidação da Polônia — começando com um ataque a ela —, mas só teremos sucesso se o Ocidente ficar fora do jogo. Se isso for impossível, será melhor atacar o Ocidente e aproveitar para liquidar a Polônia... A guerra contra a França e a Inglaterra será uma guerra de vida ou morte... Não entraremos em guerra contra a nossa vontade, mas se ela for inevitável.*[137]

— E qual foi a resposta da Polônia diante das ofertas de Hitler? — perguntou, curioso, o cientista Theodor.

— Não podia ser pior. Acolheu-a com extrema irritação. O sonho secreto da Polônia de participar com igualdade no tabuleiro político da Europa e de ser uma grande potência estava na recusa seca e irracional do ministro do Exterior, Józef Beck. Como um Dom Quixote, negava o poderio militar da Alemanha. Para ele, Dantzig era um símbolo da sua política. Perdê-la, bem como aceitar outros pedidos de Hitler que eram suportáveis, era furtar a identidade da Polônia como futura potência.

Irritado com a recusa de Beck, Hitler libertou os monstros que habitavam em sua mente. Tornou-se mais obsessivo ainda em invadir a Polônia. E, quando o fez, foi com força brutal, simplesmente esmagou a Polônia.

— Você sabia do pedido apaixonado e até suplicante do embaixador francês para que Beck aceitasse o pedido de Hitler, inclusive para ceder à Alemanha um corredor de passagem na Polônia, no caso de um embate contra a Rússia? — disse o general Hermann, que conhecia alguns detalhes da Segunda Guerra Mundial.

— Os líderes da Polônia responderam com incrível arrogância: "Com os russos perdemos a liberdade, com os alemães perdemos a alma". Proponho, portanto, convencer Beck a aceitar a oferta alemã! — concluiu o professor.

Depois disso, Júlio Verne comentou outro ponto de mutação da história. Hitler havia quebrado a espinha dorsal do Partido Comunista na Alemanha. Ele odiava os comunistas e, por extensão, a Rússia, e Stálin sabia disso. Mas só invadiu a Polônia após conseguir um Tratado de Não Agressão Germano-Russo. Invadir a Polônia poderia criar conflitos com a Rússia, algo para o qual ainda não estava preparado. Selar esse tratado foi um grande triunfo da diplomacia alemã, um fenômeno fundamental para quebrar a inércia megalomaníaca do Führer.

— Hitler havia dado um ultimato à Polônia. O tempo urgia. Como não dissuadira a Polônia, a França, bem como a Inglaterra, sabiam que era fundamental fechar um acordo com Stálin antes de Hitler. Enviaram representantes para negociar com o secretário do Partido Comunista. Só que cometeram uma falha grotesca, imperdoável, que facilitou o início da guerra.

Todos se olharam, novamente curiosos, querendo saber qual seria o ponto de mutação. O professor comentou:

— É quase inacreditável. Nessa corrida contra o tempo, enquanto o ministro do Exterior da Alemanha, Ribbentrop, pegava um avião para selar o acordo com Stálin, os embaixadores francês e inglês pegaram um vapor.[138]

— Não é possível!? Na era do avião, pegaram um navio? — exclamou Hermann, batendo novamente na mesa.

— Demoraram dias preciosos, dias que mudaram o destino da história. Como podem, nessa corrida contra o relógio, ter sido tão lentos? Acaso a França e a Inglaterra queriam fazer economia?! — falou indignado Theodor.

— O fato é que a Inglaterra e a França lutaram como leoas para evitar a Segunda Guerra Mundial. Mas não foram perfeitas — afirmou o professor.

— Se o professor Júlio Verne entrar na Máquina do Tempo e conseguir encontrar os embaixadores inglês e francês e convencê-los a pegar um avião antes de Ribbentrop, terão chances de abortar o Tratado de Não Agressão Germano-Russo. É um belíssimo ponto de mutação da história — comentou euforicamente o general Hermann, que começou a achar que atacá-los era um desafio mais humano a perseguir do que sua proposta inicial.

Vários outros *pontos de mutação* foram discutidos, o que animou muitíssimo os membros da equipe do Projeto Túnel do Tempo. Foi feito um relatório dos principais fatos que poderiam ser repaginados. O professor, sensível que era, optou por investir naqueles que poderiam mudar o curso da história sem derramar uma gota de sangue. Era romântico, era ingênuo, não imaginava os incríveis fenômenos que o aguardavam. Teria uma semana para se preparar para a inexprimível jornada.

CAPÍTULO 23

UM ROMANCE EM GRANDE RISCO

No quinto dia em que o professor e Katherine estavam hospedados no laboratório, mais um grave acidente ocorreu. Cinco nazistas conseguiram entrar no prédio de segurança máxima do edifício onde havia a Máquina do Tempo. Balearam dez soldados, dos quais três morreram. Depois tentaram invadir os aposentos onde se encontravam Júlio Verne e Katherine. Os invasores eram todos membros da SA e SS. Não se sabia se eles desconheciam que havia câmeras espalhadas por todos os corredores ou se eram destemidos. Só queriam eliminar seu alvo.

Metralharam a porta do quarto de Júlio Verne e Katherine, mas, como era de aço, não se rompeu. Ao tentar explodi-la conseguiram entrar no quarto, mas eles haviam escapado por uma passagem secreta. Mais de cem policiais que faziam a segurança do laboratório central e da Máquina do Tempo começaram a perseguir os inimigos do casal. Depois de 30 minutos, cessou a perseguição, como que por encanto. Os nazistas desapare-ceram subitamente. Entraram pelo portal do tempo e sumiram. Deixaram uma antiga metralhadora portátil, um rifle e sangue espalhado pelos corredores.

Júlio Verne precisava partir. Provavelmente não apenas a segurança de Katherine dependia do sucesso da missão como também a de toda a equipe do laboratório e quem sabe muito mais. Embora estivessem convictos de que Júlio Verne era o homem certo para viajar no tempo, se sentiam desconfortáveis em não relatar a ele e a Katherine outros riscos que a viagem poderia trazer. Riscos que até agora não tinham sido discutidos.

Os membros do projeto fizeram uma última reunião antes de o professor partir. O general Hermann novamente se antecipou, mas dessa vez foi lacônico.

— A chance de você morrer é grande. Mas, se não for, já estará morto.

Subitamente, repetiu mais uma vez uma das primeiras perguntas que fizera à equipe. Tinha dúvidas se eles haviam sido completamente transparentes:

— Estou atolado até o pescoço neste projeto. Sejam honestos, por favor. Vocês já enviaram algum militar para assassinar Hitler?

Hermann engoliu saliva e, numa das raras vezes em que ficou inseguro, comentou:

— Enviamos três...! Mas eles não retornaram...

— E por que não retornaram? — perguntou, inquieta, Katherine, apertando a mão direita do marido.

— Provavelmente, como dissemos, não tinham o *stop* da máquina do tempo, e se perderam em algum lugar no espaço-tempo.

Em seguida, mostraram uma caixa cheia de relíquias do Egito dos tempos de faraós, da Pérsia, da Grécia, de Israel. Todas datadas com o carbono 14, mostrando seu período histórico. Seu pai era um aficionado pelas artes antigas, paixão que ele também tinha. Havia inclusive os originais do "Mito da caverna" de Platão. Fascinado, ele os examinou.

— Quem os trouxe?

— Um comerciante de artes muito habilidoso. Ele foi e voltou duas vezes com sucesso, na terceira vez nunca mais apareceu.

Nesse momento, Theodor acionou um dispositivo, abriu-se uma cortina enorme e no fundo foi projetado um filme magnífico em 3-D sobre cordas cósmicas e universos paralelos. Mostrou-se a curva do espaço-tempo e suas distorções. Revelou-se o interior de buracos negros e a contração do tempo. Tudo parecia surreal de tão belo.

Ao término da exposição, Angela Feder, pragmática, comentou honestamente sobre o paradoxo do avô.

— Temos a máquina do tempo, mas sinceramente não temos convicção de que será possível mudar a história. A teoria do "paradoxo do avô" diz que não. — Na realidade, todos os passos que davam, bem como todos os comentários, eram programados.

— Paradoxo do avô? Nunca ouvi falar sobre isso — perguntou, curiosa, Katherine.

— Essa teoria defende que, se um viajante do tempo encontrar seu avô antes de seu pai nascer e o assassinar, seu pai, portanto, não nascerá, e o viajante no tempo, consequentemente, não existirá. Não existindo, tem-se um paradoxo irreconciliável.

— Mas teorias são teorias. E você as confirmará — disse categoricamente o brigadeiro Arthur, tentando não desanimar seu homem.

— O amor pela ciência, o amor pela humanidade, têm de movê-lo, professor. Há muitos pontos inseguros, mas fizemos nossa parte, tente ao máximo fazer a sua — afirmou Theodor.

Depois de ouvir atentamente toda a abordagem, surgiu uma questão filosófica vital no último instante e que o grupo não estava preparado para responder.

— E se eu tiver sucesso em mudar a história? Se conseguir eliminar Hitler, vocês saberão quem eu sou? Iremos nos encontrar novamente? Poderemos nos abraçar pelo sucesso da missão?

Angela franziu a testa, contraiu os lábios, olhou fixamente para o professor Júlio Verne e comentou o dilema:

— Pensamos nisso. E sinceramente não temos respostas. Apenas possibilidades. Se você tiver sucesso, talvez não estejamos mais nesta sala, ou quem sabe jamais iremos estar nela, pois nem sequer chegará a existir.

Eva completou o mar de dúvidas:

— Não sabemos se teremos consciência de quem você é. Você falou sobre os pontos de mutação, e talvez eles expliquem parte da resposta. O tipo de deslocamento da história desencadeará uma sequência de eventos que poderá mudar tudo. Mas são só hipóteses.

Katherine emudeceu.

— Deslocar a história é muito sério. Nossas maneiras de ser, de ver e reagir poderão ser mudadas. Minha glória, em caso de êxito, talvez seja solitária — afirmou Júlio Verne.

— Talvez não receba aplausos, nem reconhecimento, ou crédito algum — comentou o sempre ponderado Theodor.

— E se sair contando meus atos, aí é que serei tachado de louco — afirmou novamente Júlio Verne, e brincou: — Bom, louco já sou só de participar deste projeto. Mas quem sabe eu me torne o louco mais feliz da história.

Todos o aplaudiram entusiasticamente, com exceção de Katherine, que o fez discretamente. Após a reunião, o casal saiu abraçado pelos longos jardins de tulipas e margaridas. Ela amava a humanidade, mas estava inconformada.

— Estamos quase no meio do século XXI e Hitler continua fazendo vítimas. Eu sou uma delas. Talvez nunca mais o veja.

— Não, Katherine. Eu te amo. Encoraje-me. Se eu conseguir resgatar uma criança, já valeu a pena.

— Você sempre disse que "o amor é marcadamente ilógico, nos faz ver o invisível...". Seu amor pela humanidade é belíssimo, eu sei disso e o apoio. Mas não tenho vocação para ser heroína, deixe-me ser gente por um momento. Permita-me ser um ser humano como qualquer outro — falou ela, profundamente comovida e intensamente temerosa.

Ele pegou as duas mãos dela e percebeu que a estava impedindo de expressar seus mais íntimos sentimentos.

— Kate, querida, fale sem medo o que você tem em mente.

Ela, mais confiante, ainda que não quisesse desanimá-lo, rasgou a sua alma.

— Depois de tudo que ouvi, tenho sérias dúvidas sobre nosso futuro. Creio que nunca mais nos veremos.

— Kate, não! Nós...

— Espere, Júlio. — Ele se controlou, e ela completou: — Sonhei em ter um filho com você, acompanhá-lo nos cafés quando um dia envelhecermos, viajar pelos mais diversos países e pelo mundo das ideias. Será que hoje não estamos assistindo ao enterro do nosso romance?

— Jamais isso vai acontecer!

— Será? Já pensou nas consequências desse projeto? É provável que sejamos o primeiro casal que morrerá enterrado vivo, sem vestígios, enclausurado no tempo.

E, como colecionadora de lágrimas, ela voltou a chorar. Seu cabelo longo, levemente ondulado escondia um rosto ferido.

— Como assim? Não estou entendendo...

E não estava mesmo. O fascínio pelo projeto estava turvando sua mente. Nesse momento, delicadamente, ela tirou a venda dos olhos:

— Não quero ser egoísta. A humanidade vem em primeiro lugar, a dor dos outros também, mas, como sou parte dela, também estou sofrendo. Já parou para pensar? Se você entrar na máquina do tempo e falhar, será morto ou jamais retornará. E eu ficarei só. E se tiver sucesso, distorcerá os eventos do tempo e talvez nunca me reconheça. E, nesse caso, também ficarei só...

O momento era de indescritível reflexão, Júlio Verne estava atônito. De repente, o general Herman apareceu acompanhado do cientista Theodor e alguns soldados armados com metralhadoras e estranhas armas portáteis e subitamente interrompeu o emocionante diálogo do casal.

— Precisamos ir, professor!

Entretanto, Júlio Verne não podia partir sem tentar confortá-la, ainda que suas palavras dificilmente abrandariam as turbulentas águas da sua emoção. Percebendo o gritante conflito de Katherine, o general permitiu que ela os acompanhasse até a área de segurança mais próxima da complexa e temível máquina do tempo.

— Se desejar, senhora Katherine, será um prazer nos acompanhar pelo menos até o espaço permitido.

Em silêncio, ela caminhou ao lado do homem que amava. Seus olhos fixos no horizonte denunciavam seus temores. O professor por outro lado a cada passo que dava mergulhava nas cálidas palavras da mulher que arrebatara sua emoção e seus sonhos. Estava pensativo, perturbado, confuso.

Perdê-la jamais esteve em seus planos. Era um sacrifício insuportável. Enquanto transitavam por longos corredores, passavam por inúmeros policiais que faziam a segurança da área central do laboratório. Ao se aproximarem, ficaram perplexos, impressionados. Ainda que estivessem protegidos por uma grossa cortina de vidro, a luz que emanava da máquina do tempo era intensa, ofuscava os olhos. Uma esfera girava a uma velocidade espantosa. Júlio Verne respirou com mais frequência e ansiedade. Titubeou. Aventurar-se com o transporte no tempo, para um simples mortal, poderia trazer consequências inimagináveis.

O general Hermann estava ansioso para introduzi-lo na máquina e prosseguir com a experiência, mas sob o olhar suplicante de Júlio Verne, ele e os que o acompanhavam se afastaram por breves instantes do casal, deu-lhe liberdade para uma despedida solene. Depois de um prolongado suspiro, ele, fitando apaixonadamente os olhos dela, quase sem voz lhe disse:

— Minha querida Kate, obrigado por tolerar minha ansiedade, compreender minhas loucuras e ter me amado com todos os meus defeitos. Lembre-se das cartas que lhe enviei do passado. Se de fato estive lá, não perdi minha identidade nem deixei de amá-la. Sem você, meu céu não tem luares, minhas noites não têm descanso... — E a beijou suavemente.

Depois desse beijo, ela afastou levemente a cabeça dele, olhou bem nos seus olhos e lhe deu uma das mais importantes notícias de sua vida.

— Estou grávida!

— Pare, Kate! Não brinque com isso! — disse ele, espantado e com um sorriso entre a crença e a desconfiança. Havia pelo menos três anos tentavam e não conseguiam ter filhos.

Ter um filho era um forte desejo dele e um intenso sonho dela, que inclusive o acalentava em suas noites maldormidas. Não poucas vezes ela imaginou a cena de um filho e uma filha correndo pelos campos, escondendo-se atrás das árvores e gritando: "Mamãe! Mamãe! Venha me procurar!".

— É verdade! Estou grávida. Talvez, por me sentir perseguida, tenha esquecido a obsessão de engravidar e, por fim, aconteceu. Foi no *apart-hotel* em que estávamos.

Tentando conter sua emoção, ela mais uma vez foi de ilibada delicadeza:

— Desculpe-me por revelar isso neste momento de partida. Mas você não poderia fazer essa viagem sem saber que vai ser pai.

— Meu Deus! Finalmente terei um filho. — E também verteu lágrimas, embargou a voz e novamente a beijou. Por fim, segurando-a pelos ombros e olhando fixamente para ela, proclamou:

— Eu viajarei no tempo, mas, ainda que ande pelos ermos da terra ou pelos vales da sombra da morte, ainda que beba o cálice da sabedoria ou me embriague com a taça da loucura, eu lhe prometo, Kate, que voltarei... Atravessarei os umbrais do espaço, transporei os portais do tempo e a procurarei como o mais apaixonado dos amantes, como o ofegante à procura do ar, como o deprimido em busca de fagulhas de alegria, como o romancista que garimpa ansiosamente mais uma vírgula nas curvas da sua imaginação para continuar a escrever a sua mais sublime história de amor... Eu a amei, eu a amo e a amarei.

O medo da perda, essa argamassa tão primitiva e tão atual, que molda e transforma o ser humano, foi utilizado como um memorial eterno para selar o amor entre Katherine e Júlio Verne, um amor sem dúvida sólido e que havia passado por muitos testes de estresse, mas que não se sabia se resistiria ao mais invisível e penetrante dos fenômenos: o tempo.

E assim, Júlio Verne caminha e entra na poderosa máquina. Aquela que poderá mudar a História, pelo menos a sua própria história...

Fim

(Primeiro volume)

REFERÊNCIAS BIBLIOGRÁFICAS

[1] SERENY, Gitta, *Albert Speer: His Battle with Truth,* Londres: Picador, 1996. KLEIN, Shelley, *Os Ditadores Mais Perversos,* São Paulo: Planeta, 2004. FEST, Joachim, *Hitler,* Rio de Janeiro: Nova Fronteira, 2006.

[2] SERENY, Gitta, *Albert Speer: His Battle with Truth,* London: Picador, 1996. KLEIN, Shelley, *Os Ditadores Mais Perversos,* São Paulo: Planeta, 2004.

[3] FEST, Joachim, *Hitler,* Rio de Janeiro: Nova Fronteira, 2006, p. 772.

[4] BARANOWSKA, Olga; DZIENIO, Eliza; SOSNOWSKA, Katarzyna, *Lugares de Extermínio,* Polônia: Parma Press, 2011. PELT, Robert Jan Van; DWORK, Debórah, *Auschwitz,* New York: Yale University Press, 1996.

[5] FEST, Joachim, *Hitler,* Rio de Janeiro: Nova Fronteira, 2006. PELT, Robert Jan Van; DWORK, Debórah, *Auschwitz,* New York: Yale University Press, 1996.

[6] BARANOWSKA, Olga; DZIENIO, Eliza; SOSNOWSKA, Katarzyna, *Lugares de Extermínio,* Polônia: Parma Press, 2011. PELT, Robert Jan Van; DWORK, Debórah, *Auschwitz,* New York: Yale University Press, 1996.

[7] BARANOWSKA, Olga; DZIENIO, Eliza; SOSNOWSKA, Katarzyna, *Lugares de Extermínio,* Polônia: Parma Press, 2011.

[8] FEST, Joachim, *Hitler,* Rio de Janeiro: Nova Fronteira, 2006; PELT, Robert Jan Van; DWORK, Debórah, *Auschwitz,* New York: Yale University Press, 1996; BARANOWSKA, Olga; DZIENIO, Eliza; SOSNOWSKA, Katarzyna, *Lugares de Extermínio,* Polônia: Parma Press, 2011.

[9] WILLIAMSON, Gordon, *A SS: O Instrumento de Terror de Hitler,* São Paulo: Escala, 2006.

[10] WILLIAMSON, Gordon, *A SS: O Instrumento de Terror de Hitler,* São Paulo: Escala, 2006.

[11] KERSHAW, Ian, *Hitler,* São Paulo: Companhia das Letras, 2010.

[12] KERSHAW, Ian, *Hitler,* São Paulo: Companhia das Letras, 2010. COHEN, Peter, *Arquitetura da Destruição,* Suécia: Versátil Home Vídeo, 1992.

[13] KERSHAW, Ian, *Hitler,* São Paulo: Companhia das Letras, 2010. COHEN, Peter. *Arquitetura da Destruição,* Suécia: Versátil Home Vídeo, 1992.

[14] COHEN, Peter, *Arquitetura da Destruição,* Suécia: Versátil Home Vídeo, 1992.

[15] COHEN, Peter, *Arquitetura da Destruição,* Suécia: Versátil Home Vídeo, 1992.

[16] KERSHAW, Ian, *Hitler,* São Paulo: Companhia das Letras, 2010.

[17] KERSHAW, Ian, *Hitler,* São Paulo: Companhia das Letras, 2010.

[18] CURY, Augusto, Inteligência multifocal, São Paulo: Cultrix, 1999.

[19] FEST, Joachim, *Hitler,* Rio de Janeiro: Nova Fronteira, 2006.

[20] FEST, Joachim, *Hitler,* Rio de Janeiro: Nova Fronteira, 2006.

[21] FEST, Joachim, *Hitler,* Rio de Janeiro: Nova Fronteira, 2006.

[22] GELLATELY, Robert, *Apoiando Hitler,* Rio de Janeiro: Record, 2011.

[23] GELLATELY, Robert, *Apoiando Hitler,* Rio de Janeiro: Record, 2011.

[24] KERSHAW, Ian, *Hitler,* São Paulo: Companhia das Letras, 2010.

[25] GELLATELY, Robert, *Apoiando Hitler,* Rio de Janeiro: Record, 2011.

[26] WILLIAMSON, Gordon, *A SS: O Instrumento de Terror de Hitler*, São Paulo: Escala, 2006.

[27] COHEN, Peter. Arquitetura da destruição, Suécia: Versátil Home-Vídeo, 2006.

[28] FEST, Joachim, *Hitler*, Rio de Janeiro: Nova Fronteira, 2006.

[29] FEST, Joachim, *Hitler*, Rio de Janeiro: Nova Fronteira, 2006. LUKACS, John, *O Duelo Churchill x Hitler*, Rio de Janeiro: Jorge Zahar, 2002.

[30] LUKACS, John, *O Duelo Churchill x Hitler*, Rio de Janeiro: Jorge Zahar, 2002.

[31] FEST, Joachim, Hitler, Rio de Janeiro: Nova Fronteira, 2006.

[32] FROMM, Erich, *Anatomia da Destrutividade Humana*, Rio de Janeiro: Guanabara, 1987.

[33] FROMM, Erich, *Anatomia da Destrutividade Humana*, Rio de Janeiro: Guanabara, 1987.

[34] PELT, Robert Jan Van; DWORK, Debórah, *Auschwitz*, New York: Yale University Press, 1996.

[35] WILLIAMSON, Gordon, *A SS: O Instrumento de Terror de Hitler*, São Paulo: Escala, 2006.

[36] FEST, Joachim, *Hitler*, vol. II, Rio de Janeiro: Nova Fronteira, 2006. KERSHAW, Ian, *Hitler*, São Paulo: Companhia das Letras, 2010.

[37] FEST, Joachim, *Hitler*, vol. II, Rio de Janeiro: Nova Fronteira, 2006.

[38] DELAFORCE, Patrick, *O Arquivo de Hitler*, São Paulo: Panda Books, 2010.

[39] GORTEMAKER, Heike, *Eva Braun*, Rio de Janeiro: Companhia das Letras, 2011.

[40] FEST, Joachim, *No Bunker de Hitler*, Rio de Janeiro: Objetiva, 2009.

[41] DELAFORCE, Patrick, *O Arquivo de Hitler*, São Paulo: Panda Books, 2010.

[42] DELAFORCE, Patrick, *O Arquivo de Hitler*, São Paulo: Panda Books, 2010.

[43] FEST, Joachim, *Hitler*, vol. II, Rio de Janeiro: Nova Fronteira, 2006.

[44] FEST, Joachim, *Hitler*, vol. II, Rio de Janeiro: Nova Fronteira, 2006.

[44] COHEN, Peter, *Arquitetura da Destruição*, Suécia: Versátil Home Vídeo, 1992.

[46] COHEN, Peter, *Arquitetura da Destruição*, Suécia: Versátil Home Vídeo, 2006. FEST, Joachim, *Hitler*, Rio de Janeiro: Nova Fronteira, 2006, p. 772.

[47] COHEN, Peter. *Arquitetura da Destruição*, Suécia: Versátil Home Vídeo, 2006. FEST, Joachim, *Hitler*, Rio de Janeiro: Nova Fronteira, 2006. p. 772.

[48] KERSHAW, Ian, *Hitler*, São Paulo: Companhia da Letras, 2010. COHEN, Peter. *Arquitetura da Destruição*, Suécia: Versátil Home Vídeo, 2006.

[49] DELAFORCE, Patrick *o Arquivo de Hitler*, São Paulo: Panda Books, 2010. COHEN, Peter, *Arquitetura da Destruição*, Suécia: Versátil Home Vídeo, 2006.

[50] FROMM, Erich, *Anatomia da Destrutividade Humana*, Rio de Janeiro: Guanabara, 1987. SMITH, Bradley F., *Adolf Hitler: His Family, Childhood and Youth*, Palo Alto Stanford University, 1967.

[51] FROMM, Erich, *Anatomia da Destrutividade Humana*, Rio de Janeiro: Guanabara, 1987. SMITH, Bradley F., *Adolf Hitler: His Family, Childhood and Youth*, Palo Alto: Stanford University, 1967.

[52] FROMM, Erich, *Anatomia da Destrutividade Humana*, Rio de Janeiro: Guanabara, 1987. SMITH, Bradley F., *Adolf Hitler: His Family, Childhood and Youth*, Palo Alto: Stanford University, 1967.

[53] FROMM, Erich, *Anatomia da Destrutividade Humana*, Rio de Janeiro: Guanabara, 1987.

[54] FROMM, Erich, *Anatomia da Destrutividade Humana*, Rio de Janeiro: Guanabara, 1987.

[55] FROMM, Erich, *Anatomia da Destrutividade Humana*, Rio de Janeiro: Guanabara, 1987. SMITH, Bradley F. *Adolf Hitler: His Family, Childhood and Youth*, Palo Alto: Stanford University, 1967.

[56] DELAFORCE, Patrick, *O Arquivo de Hitler*, São Paulo, Panda Books, 2010.

[57] FROMM, Erich, *Anatomia da Destrutividade Humana*, Rio de Janeiro: Guanabara, 1987.

[58] SMITH, Bradley F., *Adolf Hitler: His Family, Childhood and Youth*, Palo Alto: Stanford University, 1967.

[59] FROMM, Erich, *Anatomia da Destrutividade Humana*, Rio de Janeiro: Guanabara, 1987.

[60] DELAFORCE, Patrick, *O Arquivo de Hitler*, São Paulo: Panda Books, 2010.

[61] FEST, Joachim, *Hitler*, Rio de Janeiro: Nova Fronteira, 2006.

[62] KLEIN, Shelley, *Os Ditadores Mais Perversos*, São Paulo: Planeta, 2004.

[63] FEST, Joachim, *Hitler*, vol. II, Rio de Janeiro: Nova Fronteira, 2006. KERSHAW, Ian, *Hitler*, São Paulo: Companhia das Letras, 2010.

[64] FEST, Joachim, *Hitler*, vol. II, Rio de Janeiro: Nova Fronteira, 2006.

[65] COHEN, Peter, *Arquitetura da Destruição*, Suécia: Versátil Home Vídeo, 1992.

[66] KLEIN, Shelley, *Os Ditadores Mais Perversos*, São Paulo: Planeta, 2004.

[67] WILLIAMSON, Gordon, A SS: O Instrumento de Terror de Hitler, São Paulo: Escala, 2006.

[68] WILLIAMSON, Gordon, *A SS: O Instrumento de Terror de Hitler*, São Paulo: Escala, 2006.

[69] WILLIAMSON, Gordon, *A SS: O Instrumento de Terror de Hitler*, São Paulo: Escala, 2006.

[70] WILLIAMSON, Gordon, *A SS: O Instrumento de Terror de Hitler*, São Paulo: Escala, 2006. FEST, Joachim, *Hitler*, volume II, Rio de Janeiro: Nova Fronteira, 2006. KERSHAW, Ian, *Hitler*, São Paulo: Companhia das Letras, 2010.

[71] WILLIAMSON, Gordon, *A SS: O Instrumento de Terror de Hitler*, São Paulo: Escala, 2006.

[72] CURY, Augusto, A fascinante construção do eu, São Paulo: Academia de Inteligência, 2011.

[73] WILLIAMSON, Gordon, *A SS: O Instrumento de Terror de Hitler*, São Paulo: Escala, 2006.

[74] FEST, Joachim, *Hitler*, vol. II, Rio de Janeiro: Nova Fronteira, 2006.

[75] KERSHAW, Ian, *Hitler*, São Paulo: Companhia das Letras, 2010.

[76] DUTCH, Oswald, *Os Doze Apóstolos de Hitler*, Porto Alegre: Meridiano, 1940.

[77] DUTCH, Oswald, Os Doze Apóstolos de Hitler, Porto Alegre: Meridiano, 1940.

[78] DUTCH, Oswald, *Os Doze Apóstolos de Hitler*, Porto Alegre: Meridiano, 1940. FEST, Joachim, *Hitler*, vol. II, Rio de Janeiro: Nova Fronteira, 2006.

[79] WILLIAMSON, Gordon, *A SS: O Instrumento de Terror de Hitler*, São Paulo: Escala, 2006.

[80] FEST, Joachim, *Hitler*, vol. II, Rio de Janeiro: Nova Fronteira, 2006. KERSHAW, Ian, *Hitler*, São Paulo: Companhia das Letras, 2010.

[81] FEST, Joachim, *Hitler*, vol. II, Rio de Janeiro: Nova Fronteira, 2006. KERSHAW, Ian, *Hitler*, São Paulo: Companhia das Letras, 2010.

[82] DUTCH, Oswald, *Os Doze Apóstolos de Hitler*, Porto Alegre: Meridiano, 1940. FEST, Joachim, *Hitler*, vol. II, Rio de Janeiro: Nova Fronteira, 2006.

[83] DELAFORCE, Patrick, *O Arquivo de Hitler*, São Paulo: Panda Books, 2010.

[84] FEST, Joachim, *Hitler*, vol. II, Rio de Janeiro: Nova Fronteira, 2006. KERSHAW, Ian, *Hitler*, São Paulo: Companhia das Letras, 2010.

[85] FEST, Joachim, *Hitler*, vol. II, Rio de Janeiro: Nova Fronteira, 2006.

[86] DELAFORCE, Patrick, *O Arquivo de Hitler*, São Paulo: Panda Books, 2010.

[87] FEST, Joachim, *Hitler*, vol. II, Rio de Janeiro: Nova Fronteira, 2006. KERSHAW, Ian, *Hitler*, São Paulo: Companhia das Letras, 2010.

[88] DELAFORCE, Patrick, *O Arquivo de Hitler*, São Paulo: Panda Books, 2010. FEST, Joachim, *Hitler*, vol. II, Rio de Janeiro: Nova Fronteira, 2006.

[89] HUBERMAN, Leo. *História da Riqueza do Homem*, Rio de Janeiro: Guanabara, 1986. VAN DOREN, Charles, *A History of Knowledge*, New York: Ballantine Books, 1991.

[90] FEST, Joachim, *Hitler*, Rio de Janeiro: Nova Fronteira, 2006. SWEETING, C. G., *O Piloto de Hitler: A Vida e a Época de Hans Baur*, São Paulo: Jardim dos Livros, 2011.

[91] KERSHAW, Ian, *Hitler*, São Paulo: Companhia das Letras, 2010. FEST, Joachim, *Hitler*, Rio de Janeiro: Nova Fronteira, 2006.

[92] FEST, Joachim, *Hitler*, vol. II, Rio de Janeiro: Nova Fronteira, 2006.

[93] KERSHAW, Ian, *Hitler*, São Paulo: Companhia das Letras, 2010.

[94] FEST, Joachim, *Hitler*, vol. II, Rio de Janeiro: Nova Fronteira, 2006. WILLIAMSON, Gordon, *A SS: O Instrumento de Terror de Hitler*, São Paulo: Escala, 2006.

[95] FEST, Joachim, *Hitler*, Rio de Janeiro: Nova Fronteira, 2006.

[96] COHEN, Peter, *Arquitetura da Destruição*, Suécia: Versátil Home Vídeo, 1992.

[97] HITLER, Adolf, *Mein Kampf*. München: Verlag Franz Eber Nachfolger, 1930. HUBERMAN, Leo. *História da Riqueza do Homem*, Rio de Janeiro: Guanabara, 1986.

[98] FEST, Joachim, *Hitler*, vol. II, Rio de Janeiro: Nova Fronteira, 2006.

[99] FEST, Joachim, *Hitler*, vol. II, Rio de Janeiro: Nova Fronteira, 2006.

[100] FEST, Joachim, *Hitler*, vol. II, Rio de Janeiro: Nova Fronteira, 2006.

[101] FEST, Joachim, *Hitler*, vol. II, Rio de Janeiro: Nova Fronteira, 2006.

[102] WILLIAMSON, Gordon, *A SS: O Instrumento de Terror de Hitler*, São Paulo: Escala, 2006.

[103] EBERLE, Henrik. *Cartas para Hitler*. São Paulo: Planeta, 2010.

[104] FEST, Joachim, *Hitler*, Rio de Janeiro: Nova Fronteira, 2006.

[105] KERSHAW, Ian, *Hitler*, São Paulo: Companhia das Letras, 2010.

[106] EBERLE, Henrik. *Cartas para Hitler*. São Paulo: Planeta, 2010.

[107] EBERLE, Henrik. *Cartas para Hitler*. São Paulo: Planeta, 2010.

[108] DELAFORCE, Patrick, *O Arquivo de Hitler*, São Paulo: Panda Books, 2010.

[109] DELAFORCE, Patrick, *O Arquivo de Hitler*, São Paulo: Panda Books, 2010.

[110] DELAFORCE, Patrick, *O Arquivo de Hitler*, São Paulo: Panda Books, 2010.

[111] DELAFORCE, Patrick, *O Arquivo de Hitler*, São Paulo: Panda Books, 2010.

[112] FEST, Joachim, *Hitler*, Rio de Janeiro: Nova Fronteira, 2006. DELAFORCE, Patrick, *O Arquivo de Hitler*, São Paulo: Panda Books, 2010.

[113] DUTCH, Oswald, *Os Doze Apóstolos de Hitler*, Porto Alegre: Meridiano, 1940.

[114] FEST, Joachim, *Hitler*, Rio de Janeiro: Nova Fronteira, 2006. DELAFORCE, Patrick, *O Arquivo de Hitler*, São Paulo: Panda Books, 2010. EBERLE, Henrik. *Cartas para Hitler*. São Paulo: Planeta, 2010.

[115] FEST, Joachim, *Hitler*, vol. II, Rio de Janeiro: Nova Fronteira, 2006.

[116] FEST, Joachim, *Hitler*, Rio de Janeiro: Nova Fronteira, 2006.

[117] DUTCH, Oswald, *Os Doze Apóstolos de Hitler*, Porto Alegre: Meridiano, 1940.

[118] DUTCH, Oswald, *Os Doze Apóstolos de Hitler*, Porto Alegre: Meridiano, 1940.

[119] DUTCH, Oswald, *Os Doze Apóstolos de Hitler*, Porto Alegre: Meridiano, 1940.

[120] EBERLE, Henrik. *Cartas para Hitler*. São Paulo: Planeta, 2010.

[121] EBERLE, Henrik. *Cartas para Hitler*. São Paulo: Planeta, 2010.

[122] FEST, Joachim, *Hitler*, Rio de Janeiro: Nova Fronteira, 2006.

[123] FEST, Joachim, *Hitler,* Rio de Janeiro: Nova Fronteira, 2006.

[124] SERENY, Gitta, *Albert Speer: His Battle with Truth,* London: Picador, 1996.

[125] FEST, Joachim, *Hitler,* Rio de Janeiro: Nova Fronteira, 2006.

[126] LUKACS, John, *O Duelo Churchill x Hitler,* Rio de Janeiro: Jorge Zahar, 2002.

[127] EBERLE, Henrik. *Cartas para Hitler.* São Paulo: Planeta, 2010.

[128] EBERLE, Henrik. *Cartas para Hitler.* São Paulo: Planeta, 2010.

[129] SPEER, Albert. *Inside the Third Reich: Memory of Albert Speer,* New York: Macmillan, 1970. FROMM, Erich, *Anatomia da Destrutividade Humana,* Rio de Janeiro: Guanabara, 1987.

[130] PELT, Robert Jan Van; DWORK, Debórah, *Auschwitz,* New York: Yale University Press, 1996. FEST, Joachim, *Hitler,* Rio de Janeiro: Nova Fronteira, 2006.

[131] KERSHAW, Ian, *Hitler,* São Paulo: Companhia das Letras, 2010.

[132] Revista *Ultimato,* Viçosa, novembro-dezembro, 2010.

[133] FEST, Joachim, *Hitler,* Rio de Janeiro: Nova Fronteira, 2006.

[134] FEST, Joachim, *Hitler,* Rio de Janeiro: Nova Fronteira, 2006.

[135] FEST, Joachim, *Hitler,* Rio de Janeiro: Nova Fronteira, 2006.

[136] FEST, Joachim, *Hitler,* Rio de Janeiro: Nova Fronteira, 2006. KERSHAW, Ian, *Hitler,* São Paulo: Companhia das Letras, 2010.

[137] FEST, Joachim, *Hitler,* Rio de Janeiro: Nova Fronteira, 2006.

[138] FEST, Joachim, *Hitler,* Rio de Janeiro: Nova Fronteira, 2006.

A Editora Planeta e o autor agradecem a todas as escolas secundárias e universidades que estão adotando o livro O colecionador de lágrimas *e colaborando para a prevenção dos mais variados holocaustos em diversas sociedades.*

Este livro foi composto em Minion Pro para a
Editora Planeta do Brasil
em abril de 2013.